David Ignatius

Fils d'un haut fonctionnaire au Pentagone, David Ignatius suit des études d'économie à Harvard, puis au King's College de Cambridge, avant de collaborer au *New York Times Magazine* et au *Washington Monthly*.

Correspondant de guerre pour le *Wall Street Journal* à Beyrouth et en Irak de 1980 à 1983, David Ignatius rentre au *Washington Post* en 1986 et devient rédacteur en chef adjoint en charge de l'actualité financière internationale en 1993. Directeur de l'*International Herald Tribune* depuis septembre 2000, David Ignatius reste un éditorialiste régulier du *Washington Post* et participe à de très nombreuses publications.

Grand amateur des romans de John Le Carré, David Ignatius a vu plusieurs de ses thrillers traduits en français comme *Le scoop* (1998), *La banque de la peur* (2001) ou encore *Le magnat* (2002).

LA BANQUE DE LA PEUR

DU MÊME AUTEUR
CHEZ POCKET

LE SCOOP
LE MAGNAT

DAVID IGNATIUS

LA BANQUE DE LA PEUR

Traduit de l'américain
par François Vidonne

L'ARCHIPEL

Titre original :
THE BANK OF FEAR
Publié par William Morrow and Company,
Inc., New York, 1994.

ISBN : 2-266-11755-6

A Ève, Élisa, Alexandra et Sarah. A tous mes amis arabes qui luttent au jour le jour pour les droits de l'homme et la démocratie.

PROLOGUE

L'immeuble qui abritait le siège de Coyote Investment était situé à l'extrémité ouest de Knightsbridge ; c'était un bloc de béton gris avec de petites fenêtres, comme des yeux de fouine, qui protégeaient des regards l'intérieur. La porte à tambour, à l'entrée, était toujours fermée, forçant les visiteurs à emprunter la porte étroite qui menait au bureau de la sécurité. La seule note de couleur sur la façade provenait d'une tache de rouille qui semblait dégringoler des rebords de fenêtres et des tuyaux d'évacuation d'eau, si bien qu'un regard rapide vous donnait l'impression que du sang suintait des murs. C'était le genre d'endroit dans lequel la plupart des Londoniens ne seraient jamais entrés, à moins d'avoir quelque chose de précis à y faire, et en n'y restant que le temps strictement nécessaire.

Tard ce samedi soir, une limousine Daimler noire s'immobilisa devant ce bâtiment austère. Un gentleman arabe aux cheveux gris, vêtu d'un smoking, émergea de la banquette arrière, entra et prit l'ascenseur jusqu'à son bureau, au cinquième étage, où il passa plusieurs coups de téléphone. Il s'appelait Nasir Hammoud. L'immeuble lui appartenait, comme beaucoup d'autres choses. En ce soir de novembre, un problème le préoccupait. Son premier appel fut pour le responsable de la sécurité.

— Un accident est arrivé, l'informa-t-il lorsque celui-ci se présenta vingt minutes plus tard. Chez moi, à la campagne. Une femme a été blessée.

Il s'exprimait avec lenteur, insistant sur chaque mot comme s'il pouvait en contrôler l'effet sur son interlocuteur. Il n'était guère accoutumé aux accidents. Tout en parlant, il balayait de la main une invisible peluche sur le revers soyeux de sa veste.

Le visage du gentleman manquait de naturel, tout autant que son habit de soirée. Ses traits en eux-mêmes ne possédaient rien de remarquable : des joues carrées, un nez large qui se terminait en un léger crochet vers le bas, un menton quelque peu fuyant. Ce visage rayonnait pourtant d'un éclat étrange, rose et pâle à la fois, comme s'il venait tout droit d'une table d'embaumement. La peau était trop douce, comme sur une photographie retouchée. Les dents renvoyaient un reflet brillant, acéré, et les ongles étaient manucurés de frais. Une des joues portait la trace d'une cicatrice récente, soignée avec tant d'habileté qu'elle était presque invisible dans la lumière du soir. Seuls les yeux paraissaient avoir échappé à l'art des cosmétiques et se réduisaient à deux points noirs brillants. C'était justement cette combinaison – cet aspect lisse, presque féminin, trop soigné, et la sauvagerie pure qui se reflétait dans ses yeux – qui donnait à Nasir Hammoud un air de cruauté calculée.

— *Ya sidi*, opina le chef de la sécurité en effectuant une imperceptible révérence. Oui, monsieur.

— J'ai passé toute la journée à Londres, poursuivit Hammoud. Le chauffeur m'a conduit ici. J'ai appris la nouvelle de... l'accident au téléphone.

— *Ya rayess !* Oui, mon Président !

L'homme était un Irako-Arménien du nom de Sarkis, que tout le monde, mis à part Hammoud, appelait « professeur Sarkis ». Il avait une silhouette anguleuse, des joues creuses, et son nez énorme effaçait presque le reste du visage, évoquant une version levantine d'un oiseau tropical.

— Je voudrais que vous fassiez quelque chose pour moi, je vous prie, dit Hammoud.

— *Ya amir !* répondit Sarkis en s'approchant du bureau. Oui, mon Prince ! Dois-je prévenir un médecin ?

— Non ! Pas de médecin.

— Voulez-vous que j'appelle une ambulance ?

— Pfff ! se contenta de répondre Hammoud, balayant l'idée d'un geste de la main, comme pour ôter une autre peluche de sa veste.

— Que souhaitez-vous donc que je fasse, *sidi* ?

Hammoud se tourna vers le coffre-fort, derrière lui. Il l'ouvrit et compta soigneusement cinquante mille livres. Il disposa l'argent dans une enveloppe en papier kraft sur laquelle il inscrivit une adresse, et la tendit à Sarkis.

— Demain matin, ordonna-t-il, vous irez voir cet homme et vous lui donnerez l'enveloppe. En main propre. C'est un responsable de la police. Dites-lui que cet argent doit servir de récompense pour obtenir des informations sur la personne qui a tué cette femme. Dites-lui que j'ai été désolé d'apprendre la nouvelle. Dites-lui aussi que j'étais à Londres pendant tout le week-end.

Sarkis s'inclina et prit l'enveloppe.

— Elle est morte, *sidi* ?

Hammoud ne prit pas la peine de répondre. Il soulevait déjà le combiné pour passer un autre appel. Cet homme doté d'une extraordinaire maîtrise de soi venait de perdre momentanément le contrôle de la situation, et il tenait à se reprendre aussi vite que possible. Quelques instants plus tard, accordant toute son attention à l'écran de son ordinateur, il commençait à envoyer ses ordres à ses agents, dans le monde entier, en prévision de l'ouverture des marchés financiers du lundi matin. Le professeur Sarkis quitta discrètement la pièce pour se rendre dans le Berkshire afin de se rendre compte des dégâts et parer au plus pressé.

La personnalité de Nasir Hammoud demeurait un mystère, même pour le petit monde arabe de Londres. Parmi les exilés irakiens, on murmurait que, lorsqu'il était jeune, à Bagdad, il avait tué un homme en lui enfonçant des clous dans la tête. Mais cela s'était passé bien longtemps auparavant, et personne ne se souvenait des détails de l'affaire. Désormais, Nasir Hammoud possédait une aciérie en Espagne, une usine de composants électroniques à Lyon, une compagnie immobilière à New York et une entreprise de travaux publics à Turin. Il était riche, fabuleusement riche, ses avoirs se chiffraient en milliards de dollars, mais personne ne semblait savoir grand-chose à son sujet.

Selon la rumeur, M. Hammoud était en excellents termes avec le « Chef suprême » de Bagdad, et c'est là que se situait la véritable origine de sa fortune. Mais c'est ce que l'on disait toujours des riches Arabes... Les gens s'imaginaient que l'argent tombait du ciel dans les mains du Chef suprême avant de passer à celles de ses amis. Ils étaient envieux – ces *jahal*, comme les appelait Nasir Hammoud –, ces ignorants qui auraient voulu posséder de l'argent sans avoir à le gagner. Alors, ils inventaient des fables sur les gens qui avaient réussi. C'était de la jalousie, rien de p[illegible] insistait M. Hammoud à l'intention de ses amis.

Comme beaucoup d'Orientaux riches, Nasir Hammoud était venu à Londres dans l'idée de s'y installer définitivement. La situation était chaotique au pays, à Bagdad. L'époque des guerres était révolue, mais les dirigeants arboraient toujours leurs tenues militaires, commanditaient des poèmes héroïques à leur propre gloire et enfonçaient des clous dans la tête de leurs ennemis. Hammoud en avait eu assez de tout cela, aussi avait-il décidé de se rendre plus à l'ouest, via la France, la Belgique et la Suisse. A chaque étape, son compte en banque avait grossi, et l'origine des fonds était de plus en plus obscure.

C'était un homme ordonné, pointilleux et, avec l'âge, il était devenu plus ordonné encore, et tatillon. Lorsqu'il s'était installé à Londres quelques années plus tôt, il s'était aussitôt rendu chez un tailleur pour commander une demi-douzaine de costumes – tous de la même coupe, la taille cintrée au même endroit et le pli du pantalon tombant de la même manière. Avec ses nouveaux vêtements, il ressemblait à n'importe quel riche businessman international. Londres, Paris, Hong Kong, Berlin – quelle importance ? Un bon bronzage et un nouveau costume suffisaient pour se fondre dans la masse.

Même si, selon la rumeur, il possédait une bonne douzaine de filiales, Hammoud menait ses affaires par le biais de sa holding, Coyote Investment. Le nom de la compagnie amenait les quelques personnes qui en entendaient parler à supposer qu'il s'agissait d'une entreprise américaine, basée à Houston ou à Denver, alors qu'elle était bel et bien enregistrée en Europe, et l'argent qu'elle brassait, pour autant que l'on puisse être sûr de sa provenance, était irakien. Les Arabes appelaient *« taqqiyya »* ce genre de tromperie délibérée. Pour Nasir Hammoud, c'était devenu un principe de management bien établi.

La disposition des locaux de Coyote Investment à Knightsbridge reflétait la passion du secret qui habitait M. Hammoud. La compagnie était divisée en deux parties : l'une pour le public, et l'autre, la vraie. En quittant l'ascenseur au cinquième étage, le visiteur apercevait le bureau de la réception, brillamment éclairé, sur sa droite, et un grand panneau qui annonçait « COYOTE », avec un animal ressemblant vaguement à un loup dessiné à côté du nom. C'était l'entrée publique de la compagnie ; au-delà de ses doubles portes se trouvaient les bureaux des vice-présidents chargés des relations avec les investisseurs, de la communication interne et des ressources humaines. Ces cadres supérieurs étaient tous britanniques. M. Hammoud les gratifiait de cartes de membres de clubs londoniens, de limousines Bentley, et leur accordait de généreux salaires pour le représenter dans le monde financier de la capitale. Ils paraissaient puissants, mais c'était une illusion. Ils n'étaient que des hommes de paille.

Le véritable siège du pouvoir était situé à gauche des ascenseurs, au bout d'un couloir faiblement éclairé qui conduisait au service comptable. On ne pouvait y pénétrer qu'après avoir tapé un code spécial sur une serrure électronique. C'était le domaine des « silencieux », les « employés de confiance » irakiens qui formaient le noyau de la compagnie. Aux yeux des visiteurs, le service comptable paraissait effectivement bien modeste. Des bureaux et des classeurs de simple métal gris, des rideaux qui sentaient le tabac froid et le moisi, des tapis tachés et élimés. Mais c'était là que le véritable travail de Coyote Investment était effectué.

Les employés arabes comprenaient instinctivement la structure interne de la société. En Orient, on sait que richesse et pouvoir doivent demeurer cachés. Ce qui est trop visible n'est en général que poudre aux yeux.

Le vaste bureau d'angle de M. Hammoud était à cheval sur les deux côtés de la compagnie, et disposait de deux portes. Celle réservée aux visiteurs s'ouvrait sur une spacieuse salle d'attente et sur le bureau d'une jolie secrétaire britannique. L'autre porte donnait sur un bric-à-brac mal éclairé, encombré de papiers et de documents, et occupé par le professeur Sarkis, qui faisait également fonction de directeur du service comptable. C'était la seule personne, à part M. Hammoud, à être au courant de toutes les opérations de la compagnie. En connaissait-il tous les secrets ? Nul n'aurait su le dire.

PREMIÈRE PARTIE

L'ÈRE DE L'IGNORANCE

1

Samuel Hoffman comprit qu'il venait de commettre une erreur au moment même où l'homme pénétra dans son bureau. Son visiteur était un Philippin d'environ vingt-cinq ans, dont les dents gâtées jaillissaient dans toutes les directions comme les piquets mal posés d'une clôture ; son regard portait au loin pour revenir aussitôt vers ses pieds, évitant tout contact. D'une main, il agrippait un rosaire, de l'autre une photographie froissée. Et il pleurait. Non pas des sanglots bruyants, mais plutôt le reniflement contenu d'un homme qui se sent honteux de ses propres larmes. Quelqu'un de l'ambassade des Philippines lui avait conseillé de venir, balbutia-t-il. Il avait besoin d'aide, pour l'amour du Ciel. Hoffman songea qu'il n'aurait jamais dû le laisser monter.

— Cinq minutes, dit-il en consultant sa montre. Pas plus.

Il entra dans la chambre à coucher, derrière son bureau, et en revint avec une cigarette allumée. C'était un homme d'une petite trentaine d'années, solidement bâti, d'un bon mètre quatre-vingts, avec un visage étroit et hâlé, un regard intense ; il arpentait la pièce, nerveusement, comme un fauve dans une cage trop petite. Il était vêtu de son uniforme habituel : un costume gris et une chemise bleue à col ouvert. C'était là sa seule excentricité – il portait toujours un costume, mais jamais de cravate. En conséquence, il paraissait toujours trop habillé ou pas assez. C'est ce qui contribuait à lui donner un air inachevé, comme une œuvre en cours de réalisation.

Hoffman écrasa sa cigarette dans le cendrier après en avoir tiré deux bouffées et jeta un coup d'œil à la carte que lui avait tendue le Philippin à son arrivée. Les mots « Ramon Pinta » y étaient écrits à la main en majuscules bien nettes. Pas d'adresse ni de numéro de téléphone. Il se demanda un instant qui, à l'ambassade des Philippines, avait bien pu le lui envoyer, puis il se souvint de cet homme d'affaires de Manille dont le frère, un prêtre catholique romain, avait disparu en Arabie Saoudite. Hoffman s'était efforcé de retrouver le prêtre, mais sans résultat. Et maintenant, le petit homme à la carte manuscrite était là, assis face à lui de l'autre côté de son bureau, mourant de peur.

— Que puis-je faire pour vous, M. Pinta ? interrogea Hoffman, espérant vaguement que la réponse serait : « Rien. »

— S'il vous plaît, implora le Philippin en s'éclaircissant la gorge pour se donner du courage.

Il se pencha vers Hoffman et lui offrit la photographie qu'il tenait dans sa main droite. Son bras était tendu en un geste de supplication. Sa main se mit à trembler.

Hoffman examina la photographie de mauvaise grâce. Elle montrait une femme, sans doute une Philippine, aux grands yeux pensifs, aux pommettes proéminentes et aux cheveux bouclés. Elle portait un uniforme

– une robe noire et un tablier blanc – et aurait très bien pu être une employée d'un hôtel chic du West End. C'était comme une photographie de première communion. La bouche de la femme était entrouverte, comme dans l'attente de quelque chose. Un petit crucifix d'or pendait à son cou.

— Ma femme, expliqua le Philippin en désignant la photographie.

Il reniflait plus fort maintenant. Hoffman lui tendit une boîte de Kleenex qui était posée sur son bureau. Le jeune homme se moucha et enfila le mouchoir dans sa manche, peut-être pour un usage ultérieur. Il fixa un moment le sol, comme pour rassembler ses forces, puis regarda Hoffman droit dans les yeux. Il sortit une autre photo de la poche de son manteau et la posa sur le bureau.

Tout était immobile dans la pièce. La circulation londonienne, au-dehors, n'était qu'un murmure à peine audible à travers les fenêtres. Le curseur sur l'écran de l'ordinateur clignotait avec une parfaite régularité, un battement par seconde, en attendant que Sam Hoffman veuille bien reprendre l'ébauche du rapport qu'il devait envoyer à un client de New York. Les ouvrages de droit étaient posés, comme au garde-à-vous, sur le bord des étagères, prêts à être consultés. C'était un monde de projets, d'attentes et d'espérances, provisoirement suspendu dans le temps, et qui entrait en collision avec un autre monde, inconnu. Hoffman consulta une nouvelle fois sa montre. Comment se débarrasser de ce maudit Philippin ?

Il prit avec soin la photographie. Lorsqu'il vit la couleur atroce, inondée par la lumière des flashs, il plissa les yeux. C'était une photo prise par la police, sur la scène d'un crime, et elle représentait le corps d'une femme étendue sur l'herbe. Mis à part son soutien-gorge, elle était nue. Son visage portait des traces de coups, et du sang avait séché autour de son pubis et le long de ses cuisses. Un slip de femme avait été fourré dans sa bouche. D'après la teinte marron-bleu du corps, on pouvait conclure qu'elle était morte depuis quelques heures lorsque la photographie avait été prise, mais le visage était facilement identifiable. Hoffman secoua la tête. De nouveau, il regrettait d'avoir laissé monter le Philippin. Maintenant, il allait devoir dire quelque chose.

— Je suis désolé, murmura-t-il, retournant la photographie face contre son bureau et la poussant vers son interlocuteur.

Le jeune homme, qui semblait lutter contre ses émotions, la laissa devant lui. Les reniflements continuèrent de plus belle et, au bout d'un moment, il enfouit sa tête entre ses mains. Les grains du rosaire tombèrent sur le sol. Ces Philippins sont vraiment les damnés de la terre, pensa Hoffman. Les paillassons sur lesquels les riches et les puissants essuient la boue collée à leurs semelles.

— Essayez de vous ressaisir, dit-il en poussant vers Pinta la boîte de Kleenex. (En désespoir de cause, il se leva, s'approcha du petit homme et posa la main sur son épaule.) Allons. Je suis navré pour votre épouse. Qu'attendez-vous de moi ?

— Je vous en prie, M. Hoffman, implora Pinta en joignant les mains comme pour une prière, je veux faire appel à vos services.

— Je vous demande pardon ?

— Je veux que vous trouviez l'homme qui l'a tuée.

Hoffman secoua la tête. C'était un homme à l'esprit rationnel. Il vivait dans un univers de livres et de rapports. La rédemption ne faisait pas partie de ses compétences.

— Je suis désolé, dit-il, mais je ne travaille pas de

cette façon. L'homme de l'ambassade qui vous a envoyé ici a commis une erreur. Je suis un enquêteur financier. J'entreprends des recherches sur des compagnies. Des projets financiers. Des investisseurs. Je travaille dans le monde des affaires. Vous comprenez ? (Il désigna d'un geste les étagères remplies de livres de droit, de codes commerciaux, de guides d'investissement.) Je ne m'occupe pas de meurtres.

— Mais ce sera facile pour vous, monsieur, plaida Pinta tandis qu'un éclair de vengeance passait dans ses yeux tristes. Parce que je sais qui l'a tuée.

— Vous le savez ?

— Oui, je le sais. C'est un homme d'affaires arabe. Ma femme et moi travaillions pour lui. Elle était sa domestique et moi son cuisinier.

Hoffman haussa les sourcils.

— Vous avez une preuve ?

— Mon témoignage seulement, monsieur. J'étais là lorsqu'ils ont trouvé le corps. J'étais dans un champ près de sa maison de campagne. Il a dit qu'il était absent pendant le week-end, et ses amis ont menti pour lui. Mais je sais qu'il était là, parce que je l'ai vu. Il voulait une femme... (Il s'arrêta soudain de parler, avant de se rendre compte qu'il oubliait le détail le plus important.) Le nom de cet homme est Nasir Hammoud.

— Je vois, dit Hoffman.

C'était un nom qui ne lui était pas inconnu, mais où l'avait-il déjà entendu ? Il vérifia une fois de plus sa montre. Encore quelques minutes et il se débarrasserait de ce pauvre homme.

— Il regardait toujours ma femme, monsieur, poursuivit le Philippin, mais elle ne prêtait pas attention à lui. Je pense qu'il a dû se mettre en colère.

Hoffman hocha la tête.

— Que fait ce Nasir Hammoud ?

— C'est un homme d'affaires très important, monsieur. Il est irakien. Il est plus riche que tout le monde, et il se moque de ce qu'il peut faire aux gens. Il possède une société à Londres, qui achète d'autres sociétés. Peut-être la connaissez-vous ?

— Quel est le nom de cette société ?

— Coyote Investment, monsieur. (Ses yeux brillèrent d'un nouvel éclat lorsqu'il s'aperçut que Hoffman, malgré lui, tendait l'oreille.)

— Vraiment ?

Hoffman se rappelait maintenant quand il avait entendu parler de cet homme. Une transaction avait eu lieu quelques mois plus tôt, concernant une fabrique de pneus au Portugal. L'entreprise s'était vendue quatre-vingts millions de dollars, et l'acquéreur était un homme d'affaires irakien jusque-là inconnu, nommé Hammoud. A l'époque, Hoffman s'était promis de se renseigner sur ce nouveau venu dans le monde financier arabe, mais l'idée lui était ensuite sortie de la tête.

— Oui, monsieur, Coyote Investment. Et il possède beaucoup d'autres entreprises, partout. C'est pourquoi il se moque de ce qui peut arriver aux gens. Il est trop riche.

Le rugissement d'une moto qui remontait North Audley Street et le klaxon d'un automobiliste mécontent interrompirent soudain le récit du jeune homme. Le vacarme fit éclater la bulle qui, pendant un moment, semblait les avoir enfermés. Hoffman regarda par la fenêtre. De l'autre côté de la rue, deux hommes en costumes sombres discutaient. L'un d'eux leva les yeux vers l'immeuble. Ils paraissaient s'ennuyer. Hoffman se retourna vers son visiteur.

— Tout cela est fort intéressant, M. Pinta, mais comme je vous le disais, je ne m'occupe pas d'affaires de meurtres. Allez voir la police. Ils enquêteront, c'est leur métier.

— J'ai déjà parlé à la police, monsieur, et ils n'ont rien fait. Je leur ai tout raconté il y a deux semaines, et ils ne veulent même plus me recevoir. Ils disent que M. Hammoud n'est pas suspect dans l'affaire du meurtre de ma femme. Ils cherchent des indices mais, jusqu'à présent, ils n'ont rien trouvé. Ils sont désolés, mais qu'y peuvent-ils ? Ils s'en fichent. Hammoud est un riche Arabe et je suis un pauvre Philippin. Vous comprenez ? C'est pour cela que je suis venu vous voir.

— Ne soyez pas ridicule. La police mène son enquête. Nous sommes en Angleterre, ce pays est régi par des lois.

— Pas pour des gens comme Hammoud. Comme je vous l'ai expliqué, monsieur, la police ne veut pas entendre parler de lui. Ils me répètent qu'il s'agit d'une personnalité très importante, d'un ami de celui-ci et de celui-là, et que si j'ai d'autres questions, je dois m'adresser à l'ambassade des Philippines. Je vous assure, monsieur, ils ont peur de lui. Vous devez m'aider à trouver des renseignements pour la police. Sinon, il n'y a plus d'espoir. (Il hocha la tête vers la photographie de sa femme morte, encore posée face contre le bureau.) Aucun espoir.

Hoffman leva les yeux vers le Philippin, qui essayait de se faire le plus petit possible sur son fauteuil. Comment ne pas éprouver de la compassion pour ce jeune veuf ? Comment refuser de lui venir en aide ?

— Écoutez. Je vais voir si je peux trouver quelque chose sur les affaires de Hammoud dans l'un de mes répertoires. Cela ne prendra guère plus de quelques minutes. Mais c'est tout ce que je pourrai faire pour vous, je le crains. Il faudra alors que je me remette au travail. Cela vous convient-il ?

— Oh, oui, monsieur, approuva le jeune homme.

Cela me rendra certainement service. Si vous trouvez quelque chose de louche dans ses affaires, alors peut-être que la police voudra bien m'écouter. Peut-être.

Hoffman se dirigea vers ses étagères et en sortit un épais volume où étaient répertoriées toutes les sociétés enregistrées en Grande-Bretagne. Il l'ouvrit à la lettre *C* et se mit à la recherche de « Coyote », tournant les pages, puis revenant en arrière, sans succès.

— C'est étrange, dit-il. Sa société n'est pas mentionnée.

Il prit un autre livre sur l'étagère, encore plus volumineux que le précédent ; celui-ci recensait toutes les compagnies qui disposaient d'un bureau dans le Royaume-Uni, sans tenir compte de la localisation de leur siège social.

— Voilà ! annonça-t-il au bout d'un moment. Coyote Investment, société anonyme. Enregistrée à Genève. Président-directeur général, N. H. Hammoud. Quatre autres directeurs, tous avec des noms français. Chiffre d'affaires non disponible. Bénéfices non disponibles. Siège londonien à Knightsbridge. Ce n'est pas un mauvais coin pour une société dont personne n'a jamais entendu parler. Mais c'est un peu court tout de même, j'en ai peur.

— Ah ?

Le jeune homme avait toujours les yeux écarquillés, comme s'il s'attendait à ce que Hoffman découvre parmi ses guides d'investissement et ses ouvrages légaux quelque inestimable pépite de savoir qui permette de faire aboutir une enquête.

— Oui, un peu court. Ce Hammoud s'efforce de toute évidence de garder le secret sur ses affaires. J'ai entendu dire qu'il avait acheté une usine au Portugal il y a quelques mois, mais je n'en suis même pas sûr. Désolé. J'aimerais pouvoir vous en dire plus.

— Il n'y a rien d'autre dans ces livres ?

Hoffman secoua la tête. Il était déçu, lui aussi. Hammoud était le genre de personnage qui l'intéressait, un homme d'affaires arabe avec beaucoup d'argent et une obsession pour la discrétion. Hoffman avait bâti sa petite affaire en fouillant les secrets de cette sorte de gens.

— Désolé, répéta-t-il.

— Peut-être pourriez-vous trouver autre chose, si vous meniez une enquête ?

— Peut-être. Mais vous ne pouvez pas vous permettre de vous offrir mes services, M. Pinta. Honnêtement. Je travaille pour de grosses sociétés, pas pour des cuisiniers. Mes services coûtent cher.

Ramon Pinta se redressa sur son fauteuil, vexé par cette allusion à sa profession.

— Monsieur, quoi qu'il en coûte, je paierai. A l'ambassade, ils m'ont dit que vous étiez le meilleur à Londres pour ce genre de travail, alors je suis venu et je vous paierai. Je vous en prie.

Hoffman se mit à rire. Il ne pouvait se retenir d'admirer la ténacité du petit homme.

— Ils n'auraient pas dû vous donner ce conseil à l'ambassade, M. Pinta. Ainsi que vous pouvez le constater, je ne vous serai d'aucune utilité. Essayez encore avec la police.

— Je vous en prie !

Pinta venait encore de joindre les mains. Hoffman craignait qu'il ne s'agenouille devant lui s'il n'intervenait pas. Il avait déjà perdu assez de temps avec ce domestique philippin. La seule façon de s'en débarrasser était d'accepter sa requête.

— Écoutez-moi. Je vais poser quelques questions au sujet de ce Hammoud et je vais voir ce que je peux découvrir. D'accord ?

La bouche de Ramon s'ouvrit comme s'il allait chanter de joie.

— Oh, oui, monsieur ! D'accord. Combien d'argent, je vous prie ?

— Rien. C'est gratuit. Ce que je trouverai me sera utile à moi aussi, alors ne parlons pas d'argent. C'est le moins que je puisse faire pour votre épouse.

— Je tiens à payer, monsieur, comme tout le monde, protesta Ramon, dont la dignité blessée était encore à vif.

— Alors, nous en parlerons plus tard, voulez-vous ? Vous devez partir, maintenant, car j'ai beaucoup de travail.

Hoffman se leva de son fauteuil. Ramon leva les yeux vers son nouveau protecteur et ami avec un regard d'adoration.

— Nous nous serrons la main, alors. Pas d'argent maintenant. Une poignée de main suffit, puisque nous sommes en Angleterre.

Hoffman hocha la tête. Il tendit la main et se dit qu'il aurait peut-être dû se faire payer. Ainsi, Ramon Pinta n'aurait été qu'un client parmi d'autres. Le jeune homme lui serra la main d'un air solennel. Désormais, pour lui, l'affaire était officiellement conclue.

— Autre chose, intervint Hoffman. Connaissez-vous quelqu'un qui travaille avec M. Hammoud et qui puisse me parler de la manière dont il mène ses affaires ? Cela m'aiderait. Si je dois poser des questions, il me faut un point de départ.

— Pas vraiment, monsieur. Les gens qui travaillent pour lui sont eux aussi des Arabes. Cela ne serait d'aucune utilité, remarqua-t-il avant de s'arrêter pour réfléchir un instant. Sauf une personne, peut-être...

— Et qui donc ?

— Une femme qui travaille à Coyote Investment.

Elle a été la seule à m'écrire après la mort de ma femme. J'ai encore la lettre. Voulez-vous la voir ?

— S'il vous plaît, répondit Hoffman.

Ramon tira une feuille froissée de son portefeuille et la tendit à Hoffman. C'était une simple lettre de condoléances, en deux phrases, et qui exprimait la peine ressentie par cette femme à l'occasion de la mort de l'épouse de Ramon. Elle disait éprouver de la compassion à son égard, ayant elle-même perdu ses deux parents. Le message était signé « Lina Alwan ». Il n'y avait pas d'adresse de retour. Hoffman inscrivit le nom sur un carnet et rendit la lettre à Ramon.

— Merci, monsieur, murmura le jeune homme.

— Attendez une minute. Comment puis-je vous joindre si je découvre quelque chose ?

— Je n'ai pas le téléphone. Ni d'adresse fixe. Je suis navré.

— Comment pourrons-nous communiquer ?

— Je vous appellerai, monsieur.

Hoffman se contenta de hocher la tête, sans se douter que c'était peut-être la dernière fois qu'il voyait le petit homme aux dents gâtées.

— Donnez-moi quelques jours, voulez-vous ? Et je ne vous promets rien. Compris ?

— Je vous remercie, monsieur, répondit Ramon, qui paraissait toujours voguer sur un nuage.

Assez ! Hoffman lui posa la main sur l'épaule et le conduisit vers la porte. Tandis qu'ils passaient devant la fenêtre, Hoffman aperçut les deux hommes en costume qui discutaient toujours sur le trottoir d'en face. Ils observaient l'immeuble.

— Qui diable peuvent-ils être ? murmura-t-il.

Les yeux de Ramon Pinta suivirent le regard de Hoffman.

— Oh, monsieur, dit-il brusquement. Je les connais.

Il désignait maintenant les deux hommes d'une main tremblante.

— Qui sont-ils ? répéta Hoffman en les observant à travers les vitres teintées.

— Ils travaillent pour M. Hammoud.

— Que viennent-ils faire ici ? interrogea Hoffman, tout en connaissant déjà la réponse.

— Je crois qu'ils me suivent, monsieur.

— Merde, grommela Hoffman.

Il secoua la tête. Désormais, il n'allait plus pouvoir rester en dehors de cette affaire, c'était certain.

— J'ai peur, chuchota Ramon.

La peau de son visage brun et rond était tendue comme celle d'un tambour.

— Écoutez-moi, dit Hoffman d'une voix soudain changée, comme s'il venait de passer à une vitesse supérieure. Il est inutile de vous inquiéter. Ils ne peuvent rien voir à travers ces fenêtres, et ils ne savent donc pas que vous êtes venu me voir. Il y a beaucoup d'autres bureaux dans cet immeuble, un dentiste au dernier étage, par exemple, et un avocat à l'étage inférieur. Si quelqu'un vous le demande, vous leur direz que vous êtes venu voir l'un d'entre eux, d'accord ?

— D'accord, je vous remercie.

— Très bien, dit Hoffman en posant sa main sur l'épaule de Pinta. Maintenant, faites exactement ce que je vais vous dire. Prenez l'escalier jusqu'au rez-de-chaussée. L'escalier, pas l'ascenseur. Lorsque vous arriverez en bas, vous verrez un pressing, à cheval sur ce bâtiment et le suivant. Traversez le pressing et montez l'escalier jusqu'au vestibule du bâtiment suivant. Compris ? La porte principale donne sur Brook Street. Ils ne vous verront même pas sortir. Vous avez compris ?

— Très bien, monsieur, répondit Pinta, qui demeurait immobile, terrifié.

— Allez-y, maintenant, dit Hoffman en le poussant dehors. Faites ce que je viens de vous dire et tout se passera bien. Appelez-moi dans quelques jours. Je vais procéder à quelques vérifications au sujet de Hammoud. Je vous le promets. Si je trouve quelque chose, j'irai voir la police.

Pinta hocha la tête. Ses yeux étaient remplis de larmes. Il avança de quelques pas, puis s'arrêta dans le couloir.

— Allez-y, répéta Hoffman, vite !

Il ferma la porte, puis l'entrouvrit afin de s'assurer que Pinta se conformait à ses instructions. Le petit homme disparut dans la cage d'escalier.

Hoffman revint vers la fenêtre et observa les deux hommes, qui contemplaient toujours le bâtiment de brique rouge d'un air morne. Ils avaient l'allure effacée et musclée de gardes du corps. Qui était donc ce Nasir Hammoud ? S'il s'interrogeait, ce n'était pas seulement à cause de la promesse faite au Philippin ; il *voulait* savoir. Ce fut seulement lorsqu'il revint s'asseoir qu'il remarqua la photographie de la femme de Pinta posée dans la même position sur son bureau. De toute évidence, elle lui appartenait désormais.

2

Le lendemain matin, Sam Hoffman faisait le pied de grue sur le trottoir, juste en face du quartier général de Nasir Hammoud. Les mains enfoncées dans les poches, les cheveux plaqués contre le crâne, il ressemblait à un flic en congé. Il pleuvait. Il chaussa une paire de lunettes de soleil et s'approcha de l'immeuble de béton gris. Il dut patienter un moment pour laisser le passage à une noria de taxis noirs qui filaient vers Mayfair ; on eût dit des vaisseaux spatiaux miniatures avec des téléphones portables, des compteurs électroniques et des publicités pour des cigarettes peintes sur leurs flancs. Hoffman atteignit enfin le bâtiment et en poussa la porte étroite. Un homme en uniforme, avec des cheveux blonds permanentés et de gros biceps, était assis à l'intérieur, surveillant l'accès des ascenseurs.

— Une minute, s'il vous plaît, dit le gardien. Vous avez rendez-vous ?

Il ressemblait à un voyou londonien à la retraite, du genre à traîner sur les terrasses de Highbury et à pisser dans la rue plutôt que de se fatiguer à marcher jusqu'aux toilettes. Hoffman l'ignora et étudia le panneau de renseignements fixé au mur, jusqu'à ce qu'il découvre ce qu'il cherchait. En bas de la liste des bureaux et des sociétés installés dans l'immeuble se trouvait, inscrite en petits caractères, la mention « Coyote Investment Ltd – 5e étage ».

Le gardien s'approcha et lui demanda une pièce d'identité, mais Hoffman fit semblant de ne pas entendre. Il s'engouffra dans l'ascenseur, appuya sur le bouton « 5 » et attendit que les portes se ferment. Mais elles restèrent obstinément ouvertes et, en l'espace d'une seconde, le gardien était près de lui, l'ombre d'un sourire narquois flottant sur ses lèvres.

— Désolé, chef. Il vous faut une clef. Ou un rendez-vous.

Hoffman réfléchit un instant avant de prendre sa décision. Et puis quelle importance, après tout ?

— Je suis venu voir Mlle Alwan. Est-elle là ?

— Qui êtes-vous ?

— M. White. J'ai un message pour elle de la part d'un ami.

Le gardien regagna sa cabine et téléphona à l'étage. Lorsqu'il revint vers Hoffman, le sourire s'était changé en ricanement.

— Elle n'a jamais entendu parler de toi, mon pote. Ta combine n'a pas marché.

Hoffman marmonna une vague excuse – il s'était trompé d'adresse – et opéra une retraite rapide vers la porte afin d'éviter les questions gênantes du gardien. Ainsi, Hammoud disposait effectivement de bureaux à Knightsbridge et une femme du nom de Lina Alwan travaillait bel et bien pour lui. Il avait au moins appris cela.

Hoffman regagna son point d'observation sur le trottoir et se demanda ce qu'il allait faire à présent. Il pleuvait de plus en plus. Il enleva ses lunettes et les remit dans sa poche. Son père lui avait un jour appris que l'on devait toujours porter des lunettes de soleil lors des opérations de filature ou de surveillance, et cela quel que soit le temps. Mais Sam avait fini par conclure que, dans ce domaine comme dans bien d'autres, son père n'était pas un mentor très fiable. Il se détourna de l'immeuble gris et se mit à marcher le long de Knightsbridge, à la recherche d'une ruelle toute proche. Il lui restait encore une carte à jouer.

Hoffman trouva rapidement ce qu'il cherchait : une petite ruelle, juste assez large pour le passage d'un camion-benne, et qui donnait sur la porte de derrière de l'immeuble. Sur une plate-forme de chargement trônait un grand container à ordures. Il se dirigea droit vers lui. Tout en s'approchant, il se sentit submergé d'une délicieuse vague de peur. Il escalada le cadre métallique et se laissa glisser à l'intérieur, tirant le couvercle derrière lui, en le laissant à peine entrouvert afin de disposer d'un peu de clarté.

Les détritus étaient rassemblés dans des sacs de plastique vert fermés par un fil de fer. Hoffman ouvrit le sac le plus proche et en fouilla le contenu. Il trouva des mégots de cigarettes, de vieux journaux et des magazines, des notes griffonnées indéchiffrables et des feuilles de papier brouillon roulées en boules. Il examina chacune de ses découvertes sans rien trouver qui puisse évoquer un lien quelconque avec Coyote Investment. Le second sac contenait à peu près la même chose, avec quelques sachets de thé et des filtres à café en prime. Le troisième était rempli de feuilles qui provenaient visiblement de l'imprimante d'un ordinateur ; cela semblait prometteur, mais il ne s'agissait en définitive que de comptes de créance d'une firme finnoise dont les bureaux se situaient au neuvième étage de l'immeuble. Le quatrième sac dégageait une odeur de melons pourris, et le cinquième ne contenait que des serviettes en papier mouillées. Mais, au sixième sac, Hoffman comprit qu'il venait de toucher le jackpot.

En défroissant les premières feuilles contenues dans le sac de plastique, il aperçut le mot « Coyote » au-dessus de la mention « Bureau de M. Hammoud ». Il s'agissait d'un mémo destiné au service des voyages, et demandant au responsable de prendre des dispositions pour le cousin de M. Hammoud, qui devait arriver prochainement de Bagdad. Le mémo portait la signature de Hammoud suivie de son titre dactylographié : « Président du Conseil d'Administration ». Hoffman sourit. Ainsi, le patron de Coyote Investment était bien un Irakien. C'était déjà quelque chose.

Le reste du sac n'était constitué que de rebuts mais, au fond, dans un sac plus petit, Hoffman découvrit un trésor. Il faillit ne pas l'ouvrir, tant il était léger. Mais lorsqu'il le souleva à la lumière, il s'aperçut qu'il contenait de fines bandes de papier. Elles provenaient d'une déchiqueteuse de documents ! Ses lèvres formèrent un baiser sur le plastique. C'était suffisant pour un après-midi. Il empoigna le mémo et le sac, puis s'extirpa du container et reprit son chemin dans la ruelle, soucieux de s'éloigner au plus vite avant que le concierge n'arrive avec le prochain chargement.

Hoffman traversa Hyde Park pour apporter ses découvertes à son bureau de North Audley Street. Son enthousiasme s'accrut lorsqu'il se mit à rassembler les bandes de papier sur le sol – en les posant à plat, une par une, et en les disposant comme les pièces d'un puzzle. Il s'avéra plus facile que prévu de regrouper les morceaux correspondants, et le jeune homme réalisa soudain que c'était *trop* facile. A l'exception de quelques lignes, les bandes de papier étaient vierges. Ce n'étaient que des morceaux de papier dénués de signification.

L'en-tête de chaque feuille reconstituée était identique : « Oscar Trading Co, S.A. », puis un numéro de boîte postale à Panama City, au Panama. Plus bas, deux numéros de téléphone, l'un à Tunis, l'autre à Genève. Et puis plus rien. Hoffman colla les morceaux d'une feuille complète avec du ruban adhésif, puis la rangea dans un tiroir de son bureau. Il était si déçu qu'il ne lui vint pas à l'idée de se demander – il y songea bien plus tard – quel pouvait être l'intérêt de passer des pages blanches à la déchiqueteuse.

3

Lina Alwan faisait partie des « silencieux ». Son bureau était une petite pièce appartenant au service comptable et située au bout du couloir qui donnait sur la salle des ordinateurs. Une lampe était posée sur le bureau métallique gris, près de photographies de ses parents disposées dans des cadres argentés qu'elle dépoussiérait chaque semaine. Mis à part ces quelques éléments de décoration, la pièce était aussi spartiate et fatiguée que celles allouées aux autres « employés de confiance » de Coyote Investment. Lina attendit en silence jusqu'à dix-huit heures trente, se demandant si ce M. White renouvellerait sa visite. Elle ignorait totalement de qui il pouvait s'agir et quelle était la raison de sa démarche, mais l'idée même d'un visiteur l'intriguait. C'était la première fois qu'une telle chose arrivait. Personne ne rendait jamais visite aux Irakiens qui travaillaient pour Coyote Investment.

La tête du professeur Sarkis, le directeur du service comptable, apparut dans l'encadrement de la porte à dix-huit heures quinze. Il lui demanda pourquoi elle était encore au travail. Tout le monde l'appelait « professeur », mais sa seule expérience connue de l'enseignement remontait à la brève époque où il donnait des cours de comptabilité, le soir, dans une école de Bagdad. Il portait un appareil auditif qui semblait ne jamais fonctionner de façon satisfaisante, car il ne cessait de le tapoter de la paume de la main.

Lina lui expliqua dans un murmure qu'elle souhaitait prendre un peu d'avance pour la vérification mensuelle des comptes de l'entreprise. Elle devinait, d'après le regard de Sarkis, qu'il était au courant de la visite inattendue de M. White. Tandis qu'il se penchait vers elle, son énorme nez frémissant comme à l'affût de possibles ennuis, Lina se disait qu'elle aurait préféré qu'il lui pose directement la question : « Connaissez-vous quelqu'un du nom de M. White ? » Elle aurait alors pu lui répondre qu'elle n'en avait jamais entendu parler et qu'elle ignorait les motifs de sa visite. Mais le professeur ne posa aucune question. Il se contenta de regarder Lina d'un air de doute en secouant la tête, ce qui était mauvais signe, car cela signifiait qu'elle était suspecte à ses yeux.

N'y pense plus, se dit Lina. C'était sa manière de traiter avec les aspects inhabituels de son travail chez Coyote Investment, et c'est également ainsi que réagissaient la plupart de ses amis arabes : garder la tête baissée, encaisser son chèque, dépenser son argent. C'est ainsi que vivaient les « silencieux ». Lina avait rejoint le service comptable trois ans plus tôt, d'abord comme comptable, puis comme responsable du traitement des données informatiques, et elle avait appris à ne pas poser de questions. Elle n'avait pas la moindre idée de l'origine de la fortune de Nasir Hammoud et ne désirait nullement en savoir plus. Comme la plupart des « employés de confiance » de Hammoud, elle le craignait. Si elle conservait son poste à Coyote Investment, c'était pour la même raison que les autres employés irakiens : la paye était bonne, et elle était trop effrayée pour quitter son emploi.

Youssef, un jeune Irakien, passa la voir dans son bureau après le départ de Sarkis. Il venait d'être embauché dans la société et, en l'espace de quelques semaines, il s'était découvert un amour débordant pour Lina. Il lui envoyait des fleurs, des dattes, des poèmes d'amour orientaux, et il restait souvent tard au bureau dans l'espoir de lui faire accepter une invitation à dîner. Une véritable calamité. Ce soir-là, il portait une eau de Cologne particulièrement agressive, ce qui n'annonçait rien de bon. Il se propulsa sur le bureau de Lina et, assis là avec une expression de mâle confiance aussi totale qu'injustifiée, il l'informa qu'il venait de réserver une table pour deux chez Blake, le plus cher, selon lui, de tous les restaurants londoniens.

— Je suis occupée, répondit Lina, sans daigner lui adresser un regard.

Youssef parut accuser le coup.

— Tu es occupée tous les soirs ?

— Oui, tous les soirs.

Mon Dieu, quel raseur ! Il suffisait de le regarder pour comprendre qu'il était l'un de ces jeunes Arabes qui se prétendent modernes, mais sont prêts à tout pour transformer l'objet de leur amour en esclave enceinte dès qu'ils en entrevoient la possibilité. Ils étaient tous plus ou moins comme lui. C'était la raison pour laquelle Lina ne voulait pas se marier. Elle ferma son armoire à clef, ignorant le soupirant défait qui campait toujours sur son bureau.

Lina savait depuis longtemps comment réagir face à ces mielleuses tentatives de séduction orientale. Elle était attirante, et l'on remarquait son visage comme sa silhouette, même lorsqu'elle essayait de passer inaperçue. Ses cheveux noirs brillants coupés court, qui évoquaient une fourrure animale, s'assortissaient à des sourcils noirs qui semblaient avoir été soulignés par un crayon bien affûté ; des pommettes hautes et un nez proéminent complétaient l'ensemble. C'était le visage d'une princesse arabe et, bien sûr, Lina compensait cet aspect de son physique en portant les jupes les plus courtes et les pulls les plus moulants que l'Occident pouvait lui offrir. Cela aussi était une forme de *taqqiyya*, bien entendu, mais Lina ne pouvait échapper à la réalité : elle vivait dans deux mondes à la fois. Elle était en même temps orientale et occidentale, une créature du destin et du libre arbitre. C'était une autre caractéristique des « silencieux » : ils ignoraient qui ils étaient.

Lina Alwan était elle aussi une exilée d'Irak. Elle venait de la haute aristocratie, de ceux qui autrefois considéraient avec dédain les nouveaux riches tels que Hammoud, mais avaient appris récemment, à contrecœur, à composer avec eux.

En 1968, lorsque le Chef suprême était arrivé au pouvoir, la famille de Lina avait quitté Bagdad, d'abord pour Amman, puis pour Londres. Son père était alors devenu une sorte d'aimable patricien qui s'efforçait de s'adapter au mieux aux circonstances changeantes, sans jamais y parvenir pleinement. Son épouse était morte peu de temps après leur départ d'Irak, et il avait élevé sa fille unique afin qu'elle devienne forte et indépendante, parfaitement intégrée dans son nouveau milieu – tout ce qu'il n'avait jamais réussi à être lui-même. Lina était la fille chérie de son père, et toute l'intensité de la vie familiale arabe se concentrait dans cette seule relation.

En grandissant, elle avait acquis toutes les caractéristiques d'une enfant unique : pétulante, manipulatrice, mal assurée – une jeune fille entêtée, gâtée par un père trop gentil et dépassé par les événements. Dès son plus jeune âge, pourtant, elle faisait preuve de beaucoup de sérieux. Son père, après leur départ d'Irak, avait admis le fait qu'elle allait sans doute suivre des études universitaires et trouver ensuite un emploi. C'était ainsi que les choses se passaient en Occident, et il était déterminé à assumer son rôle d'Arabe moderne et éclairé, même si cela devait le tuer. Par bonheur, il ne devait pas vivre assez longtemps pour connaître Nasir Hammoud.

Lina était âgée de cinq ans lorsque la famille avait quitté Bagdad, et ce dont elle se souvenait le mieux, c'étaient des odeurs de la ville, beaucoup plus variées que celles de Londres : l'odeur de moisi de la vaste demeure de son grand-père, dans le district de Waziriyah ; le doux parfum qui restait sur ses doigts lorsqu'elle jouait avec les sacs de muscade et de cardamome dans le bazar aux épices de l'ancien souk ; l'arôme du *masgouf*, le poisson grillé du restaurant de la rue Abu Nawas, le long du Tigre, où son père emmenait la famille le jeudi soir.

Lina se souvenait aussi de l'odeur de la peur. Elle était omniprésente dans la ville cet été-là, après que les chars du Chef suprême eurent donné l'assaut au palais présidentiel, tandis que les vieilles familles distinguées de Bagdad, en proie à la panique, prenaient la fuite pour sauver leurs vies. La jeune femme se souvenait des valises alignées dans le hall, de la voiture qui fonçait vers la Jordanie sur la route du désert pour arriver avant la fermeture de la frontière, et du regard plein de chagrin de sa mère au moment de leur départ. Le Chef suprême avait déjà établi dans une banlieue de Bagdad son centre d'interrogatoires, dont le nom était Qasr al-Nihayya, le « Palais de la Fin ». En l'espace de quelques mois, un nouveau code de communication s'était créé parmi les exilés. Lorsqu'un parent ou ami venait d'être arrêté, ils disaient *« nayem jawah »* (« Il est endormi, à l'intérieur »). Lorsque Lina atteignit ses dix ans, presque tous les Irakiens adultes qu'elle connaissait au pays avaient été « endormis », ou tués.

Depuis, les Irakiens s'étaient accoutumés à l'odeur de la peur, tout comme les gens qui vivent près d'une décharge s'habituent à l'odeur des détritus. C'était une odeur humide et âcre, comme si une chose piégée au plus profond de votre être vous emplissait de sa pourriture. On le ressentait physiquement : la gorge soudain serrée, un tremblement involontaire dans le cou, les paumes toujours moites. C'était le regard creux, un regard de honte et de défaite, parmi les hommes arrêtés et torturés au cours de ce premier été, et de tous les étés suivants. Pour eux, et pour leurs mères, leurs sœurs et leurs nièces, la peur n'était jamais loin.

Lina avait été présentée à Nasir Hammoud d'une façon assez sinistre et typiquement irakienne ; elle n'en parlait jamais. Peu de temps après la mort de son père, à l'époque où elle finissait de préparer son diplôme en sciences informatiques à l'université de Londres, elle avait reçu la visite d'un agent du ministère du Commerce extérieur à Bagdad. Il prétendait être un ami de sa tante Soha, qui était employée au même ministère, et il lui donna une lettre écrite par celle-ci afin de prouver ses dires. Lina la lut avec appréhension. Son père, de son vivant, évoquait Soha comme une sorte d'otage familial, à qui l'on avait offert – ou plutôt imposé – un travail au gouvernement, après la fuite du reste de la famille.

A la fin de la lettre, après plusieurs paragraphes d'un enthousiasme suspect sur la vie à Bagdad, Soha suggérait que Lina entre en contact avec un homme d'affaires du nom de Nasir Hammoud, qui pourrait lui offrir un emploi lorsqu'elle aurait obtenu son diplôme universitaire. Il recherchait des gens qui possédaient des talents de technicien, écrivait-elle, et ce serait faire preuve de patriotisme que d'accepter une offre éventuelle de sa part. Lina était jeune, alors, mais elle avait très bien compris la nature de ce message. Sa tante était terrorisée. Si Lina ne se conformait pas à ce qu'elle lui demandait, Soha en subirait les conséquences. Ainsi, comme toute une génération d'Irakiens, la jeune femme accomplit son devoir, encaissa ses chèques et se voila les yeux.

Ce fut précisément à cause de cette peur que Nasir Hammoud décida rapidement de l'inclure parmi les « employés de confiance ». Il supposait que quiconque avait ses racines à Bagdad ne pouvait que le craindre et lui obéir, sans poser de questions. Il ne proférait jamais de menaces explicites ; ce n'était pas nécessaire. Tout le monde comprenait. C'était la toile cachée qui maintenait l'unité de Coyote Investment et rendait l'entreprise presque impénétrable aux yeux des étrangers. Les exilés irakiens de Londres étaient liés à un endroit qui se trouvait à plus de mille cinq cents kilomètres de là, éloigné dans le temps et dans l'espace, mais tellement proche dans leur imagination, un endroit où un homme maintenait un marteau et des clous en suspens au-dessus de la tête d'un être cher. Il était impossible d'échapper à cette terreur. Elle tenait une nation tout entière en otage. Tous ses membres étaient « endormis » ensemble.

4

Le téléphone de Sam Hoffman se mit à sonner tôt le matin, le lendemain de son raid dans le container à ordures. C'était son père, qui l'appelait d'Athènes. La voix forte et peu ajustée suggérait une certaine ébriété, ce qui n'était pas rare ces derniers temps.

— Sammy ! hurla-t-il dans le combiné. Comment tu vas ?

Sam prit son courage à deux mains. C'était un aspect de la vie d'un jeune adulte auquel il n'avait pas pensé auparavant : s'occuper d'un père qui n'était pas tout à fait en possession de ses moyens.

— Très bien, papa. Et toi ?

— La super forme, je ne te dis que ça ! Je viens de me faire cinq millions de dollars.

Il criait si fort que Sam dut éloigner le combiné de son oreille. Hoffman Senior avait pris sa retraite quelques années plus tôt, et il s'amusait maintenant à gagner de l'argent, comme d'autres apprennent à jouer au golf. Le vieil homme se mit à raconter son dernier triomphe, qui consistait à acheter à vil prix des lettres de crédit libyennes à Malte et à les revendre avec un énorme bénéfice à Rome. Ou quelque chose de ce genre. Sam tenta de suivre les méandres de l'affaire, mais lorsque son père aborda le couplet de « l'océan d'argent », il comprit qu'il était temps de couper court.

— Le monde entier vogue sur un océan d'argent, fiston, éructa Frank Hoffman. Si tu n'es pas trop con et si tu n'as pas les jetons, il suffit d'aspirer avec une paille !

— Tu m'en parleras une autre fois, papa. Je suis justement sur une nouvelle affaire ; tu as peut-être entendu parler de cette société, elle est tenue par des Irakiens.

— Ne te mêle pas des affaires des Irakiens, fiston. Ils sont cinglés. Ils passent leur temps à s'entre-tuer... complètement cinglés ! Occupe-toi plutôt de cet océan de fric qui n'attend que toi ! Fais confiance à ton vieux père, pour une fois. Trouve une paille, penche-toi, et aspire tout ce que tu pourras. Compris ?

— Bien sûr, papa. Je vais me procurer une paille, c'est promis. Mais maintenant, il faut que je me mette au travail.

— Tu t'imagines que je ne suis qu'un vieil ivrogne, c'est ça ? Avoue. Ce n'est pas la peine de mentir, mon garçon.

Il commençait à larmoyer, et n'allait pas tarder à entonner son prochain refrain et dire à son fils combien on l'appréciait à l'époque où il travaillait pour la CIA.

— Il faut que je m'y mette, papa. Vraiment.

— Va au diable, fils, espèce de, de...

Il cherchait ses mots tout en reniflant. Sam se demanda s'il pleurait.

— Je dois y aller, papa. Je suis désolé.

Sam entendit une sorte d'aboiement bruyant à l'autre bout du fil. Il raccrocha. Il savait par expérience que son père était capable de continuer à parler indéfiniment sans tenir compte de ses interruptions. Lorsqu'il reposa le combiné, il s'aperçut que sa main tremblait. Il n'était pas aussi détaché du monde de son père qu'il aimait se l'imaginer. Le vieil homme était encore capable de mettre à mal ses défenses par un simple coup de fil.

Comme beaucoup de fils, Sam avait en partie défini sa vie en réaction à celle de son père. Si celui-ci était un ivrogne, il se devait d'être sobre. Frank Hoffman avait passé sa carrière à la CIA, aussi Sam s'efforça-t-il de se tenir autant que possible à l'écart de l'Agence. Pour finir, ce processus ne réussit qu'à le lier encore plus à lui.

Sam avait grandi à Beyrouth, au moment où Frank Hoffman dirigeait l'importante et active antenne libanaise à la fin des années 60. Il était fils unique, ce qui signifiait qu'il devait endurer la tumultueuse personnalité de son père. Les choses empirèrent lorsque celui-ci quitta la CIA après un différend avec la direction de l'Agence, au début des années soixante-dix ; il lança alors en Arabie Saoudite une compagnie spécialisée dans les problèmes de sécurité. Puis il finit par divorcer de sa femme, Gladys, et entama alors un long déclin marqué par une croissante irritabilité et par la dipsomanie. Sam s'efforça de se protéger des excès paternels.

Au début, la dérive émotionnelle de son père procurait à Sam une sorte de plaisir pervers. Il s'efforçait pourtant de lui venir en aide, mais sans succès. La boisson faisait partie du mode de vie des vieux briscards de l'Agence, et Sam décida qu'il se désintéresserait du problème. La guerre froide était terminée.

Personne ne buvait rien de plus fort que du thé glacé, et Frank Hoffman allait devoir se débrouiller comme il l'entendait. Mais bien sûr, il n'était pas si facile de couper les ponts. Père et fils étaient si marqués l'un par l'autre que plus ils se débattaient pour se libérer, plus les nœuds qui les unissaient se resserraient.

Il était clair pour à peu près tout le monde, mis à part le principal intéressé, que la carrière que Sam avait fini par choisir – enquêteur financier – était ce qu'il existait de plus proche de celle d'un agent de la CIA. Son cabinet fonctionnait comme une agence de renseignements privée. Il était au courant des détails qui ne figurent jamais dans les répertoires des chambres de commerce. Il savait quels princes saoudiens étaient corrects en affaires et lesquels étaient pourris. Parmi les banques arabes, il n'ignorait pas lesquelles étaient de véritables institutions financières et lesquelles n'étaient que des façades. En bref, il était informé de la meilleure façon de faire des affaires dans un monde de menteurs.

Ce qui rendait Sam particulièrement précieux pour ses clients, c'était le fait que, malgré toutes les suspicions qu'il pouvait nourrir à l'égard de certains de ses représentants, il éprouvait une profonde affection pour le peuple arabe et sa culture. Il aimait les manières raffinées des Arabes, le caractère intime de leur amitié, l'humour et le sens de l'autodérision dont ils faisaient preuve dans leurs conversations, et même la virulence de leurs querelles. Il se tenait au courant des derniers ragots du monde politique arabe, il savait, sans avoir à se renseigner, quels étaient les candidats maronites les mieux placés pour l'élection présidentielle libanaise, et ce qu'en pensaient les dirigeants druzes. Il savait aussi quel journal londonien lisait tel prince saoudien, et pourquoi. Il aimait les Arabes, et c'était une partie de son problème. Sans cette passion, il ne se serait pas autant soucié de la cruauté et de la corruption par lesquelles les Arabes s'étaient laissé piéger. Il était devenu une sorte de mouche du coche travaillant à son compte, motivé par un cynisme et un idéalisme si étroitement mêlés qu'ils en étaient devenus inséparables.

A la fin de ses études, Sam Hoffman avait commencé une carrière plus traditionnelle dans une grande banque new-yorkaise, au service des comptes privés. Parce qu'il parlait arabe et parce que son père semblait connaître tous les princes et tous les intermédiaires financiers plus ou moins louches du monde arabe, la banque avait décidé que Sam devait tenter de cultiver la clientèle du golfe Persique. C'était un terrain fertile, surtout pour quelqu'un dont le père travaillait dans le domaine de la politique étrangère. La fille d'un ambassadeur s'était installée à Genève comme banquière privée et traitait avec de jeunes Saoudiennes et Koweïtiennes ; elle brassait des centaines de millions de dollars. Un autre banquier privé de Genève se targuait de ne gérer que cinq comptes, s'élevant chacun à plus de cinq cents millions de dollars. Qu'il se rende au cinéma, au tennis, à un dîner, il ne sortait jamais sans son téléphone portable. Son numéro n'était connu que de ses cinq clients, mais il était prêt, au moindre appel, à tout quitter pour se rendre à l'aéroport.

Hoffman s'était plié à cette discipline pendant trois ans. Il ne s'épargnait aucun effort : il portait des costumes avec des cravates, ouvrait régulièrement son courrier et se servait lui aussi d'un portable. Mais il existait un problème qu'il ne parvint jamais à surmonter : il détestait presque tous ceux dont il gérait l'argent. A quelques exceptions près, c'étaient des personnages malhonnêtes et corrompus, dont le seul but était de cacher leur fortune à ceux qui avaient de très bonnes raisons de vouloir s'en emparer. La situation atteignit un point de rupture lorsque l'un de ses clients, un jeune prince saoudien, tenta de l'impliquer dans une transaction si honteusement corrompue que Sam tressaillait encore au seul souvenir de l'affaire. Le pire, c'est que le prince saoudien était convaincu, comme s'il s'agissait d'une évidence, que la réponse de Sam ne pouvait qu'être positive.

Sam avait dit non. Il avait quitté la banque et lancé sa propre firme de consultant financier, qui s'était rapidement spécialisée dans les enquêtes sur les personnes dont il sollicitait l'argent à l'époque où il travaillait encore à la banque. C'était une situation plus confortable, mais Sam n'échappait pourtant pas à ceux qui lui répétaient, tout en lui adressant des clins d'œil, qu'ils avaient bien connu son père à Beyrouth. Ils semblaient tous convaincus que Sam, en dépit de ses belles idées, savait comment tournait le monde, et qu'il finirait par faire ce qui devait être fait.

5

Un aphorisme d'Oscar Wilde était encadré au mur, derrière le bureau de Sam Hoffman : « C'est dans le visible que réside le mystère du monde, et non dans l'invisible. » C'était une règle de vie – savoir ce qui pouvait être su, et ne pas se soucier du reste. Pour Hoffman, c'était aussi une façon intelligente de travailler : commencer par enquêter à partir des éléments d'information disponibles, c'est-à-dire ceux que l'électronique mettait à sa disposition. Pourtant, malgré sa foi en la surface des choses, quelque chose en lui le tirait toujours vers les profondeurs, vers les zones troubles où il devenait difficile de distinguer le visible de l'invisible, la vérité du mensonge. Cette semaine-là, le bloc de béton qui le tirait vers le fond était un cuistot philippin du nom de Ramon Pinta.

Hoffman s'installa à son bureau et jeta un regard renfrogné vers son ordinateur. Il mit en route le réseau dont il se servait pour rechercher des bases de données. Il commença par les États-Unis, et lança une recherche sur les noms « Coyote Investment », « Hammoud »,

« Nasir Hammoud », et « N. H. » dans les fichiers officiels des entreprises et les listes de sociétés en nom collectif. L'ordinateur finit par lui fournir deux données intéressantes : N. H. Hammoud était répertorié en tant que président d'une société nommée NH Holdings, basée dans le Nevada, et dont l'activité était résumée par la seule mention : « investissements ». Il était également cité comme associé dans une compagnie immobilière, « 442 Madison Avenue Partnership », qui possédait un immeuble de bureaux à la même adresse et d'autres propriétés, non précisées. Il lança une autre recherche sur NH Holdings et la société immobilière dans d'autres bases de données, sans succès. C'était une impasse.

— Ce salaud est fuyant comme une anguille ! grogna Sam.

Il se prépara une tasse de café et se replia sur une base spécialisée dans l'immobilier, qui répertoriait données fiscales et actes de cession provenant de la plupart des pays étrangers. Il rechercha « Coyote Investment » et « Hammoud » – en tant que propriétaire, vendeur ou acheteur des biens immobiliers – et obtint quelques résultats. Un Nasir Hammoud possédait une maison à Aspen et une ferme de quatre-vingt-deux hectares à Middleburg, en Virginie. Deux ans plus tôt, un certain N. Hammoud avait cédé une propriété d'un peu moins d'un hectare à Santa Barbara à une société du nom de Jigga Holdings. Cela ne signifiait pas grand-chose. N'importe quel riche Arabe possédait ce type de propriétés aux États-Unis. Une maison ici, une ferme ailleurs. Un endroit pour une maîtresse, une vieille mère ou un frère turbulent. L'immobilier américain fournissait ainsi des refuges aux riches Orientaux – des sanctuaires pour le cas où les compatriotes, au pays, se montreraient un peu trop nerveux.

Hoffman s'adressa ensuite à une base de données lui permettant d'avoir accès au Code commercial unifié, qui résumait les dossiers des débiteurs et des créanciers pour les transactions d'affaires importantes. Rien. Il essaya un autre service *on line* qui proposait une liste des jugements civils et des créances sur les taxes fédérales ou les taxes d'État, sans plus de résultats. En désespoir de cause, il s'attaqua aux cours de justice de district et fédérales, aux jugements de faillite et, pour faire bonne mesure, aux jugements de la Cour suprême de New York et à ceux du tribunal municipal du comté de Los Angeles. Rien. Hammoud n'avait pas laissé la moindre trace.

Hoffman se sentait gagné par l'exaspération. La recherche sur les États-Unis était censée représenter la partie la plus facile du travail. Les bases de données qui concernaient les autres pays en étaient encore à un stade assez primitif. Sam consulta un service *on line* britannique qui donnait la liste des contribuables des différentes circonscriptions londoniennes et glana de maigres informations concernant Coyote Investment, dont le fait que la société disposait d'un bail emphytéotique sur l'immeuble de Knightsbridge tout entier, et non pas sur le seul cinquième étage. Il opéra alors une recherche dans un registre informatique des sociétés européennes, compilé à Bruxelles. Il n'en obtint que peu de renseignements sur le conseil d'administration de Coyote et sur son enregistrement à Genève – les mêmes qu'il avait découverts la veille dans l'un de ses épais répertoires. La colère commençait à bouillonner en lui. La seule satisfaction que l'on pouvait généralement retirer de la contemplation d'un écran d'ordinateur, c'était cette soudaine étincelle lorsque l'on parvenait à relier un nom et une transaction mais, dans le cas présent, aucune étincelle n'était venue récompenser ses efforts. Nasir Hammoud avait pris soin de couper tous les fils qui reliaient ses affaires à sa personne. Comme s'il s'était rendu compte depuis longtemps déjà qu'un personnage du genre de Sam Hoffman allait un jour flairer sa piste.

Les yeux de Sam le faisaient terriblement souffrir. Il enfila la veste de son costume et partit à pied jusqu'à son restaurant chinois préféré, à Soho. C'était un endroit sombre et anonyme où la cuisine était bonne et où les serveurs mettaient un point d'honneur à ignorer les clients. Ces deux caractéristiques satisfaisaient pleinement Hoffman. Il commanda du fromage de soja épicé à la szu-ch'uanaise ; au lieu de son soja, le serveur lui apporta un plat de poulet, qui était délicieux, et une bière que Sam n'avait pas commandée, mais qu'il décida de boire tout de même. Une confiserie porte-bonheur apparut avec le dessert. Sam défit le papier et lut le message : « Le secret de la vie, c'est... Je ne peux pas vous le dire, c'est un secret. »

C'était ainsi... L'ineffable mystère des choses, fermé à toute découverte...

Après son déjeuner, Sam rendit visite à la police. Il y avait un agent, en particulier, qu'il connaissait à Kensington et qui, à l'occasion, acceptait de lui fournir des renseignements sur des affaires en cours. Cet agent était un supporter passionné de l'Arsenal Football Club et Hoffman lui avait un jour apporté des billets pour tous les matchs de la saison. Ils étaient amis, et se rendaient de petits services mutuels. Sam n'éprouva donc aucun scrupule à lui demander s'il pouvait lui procurer des informations sur un meurtre récent dans le Berkshire impliquant une femme philippine du nom de Pinta. Hoffman insista sur le fait qu'il tenait surtout à savoir si un Arabe nommé Hammoud était considéré comme suspect dans l'affaire. L'agent passa un coup de fil à un ami qui travaillait au service central et revint aussitôt avec la réponse : l'affaire était officiellement considérée comme « non résolue » et l'enquête close. La femme Pinta avait été violée. Selon le médecin légiste, elle était morte des blessures reçues en se défendant contre son agresseur. Une enquête concernant un N. H. Hammoud avait été ouverte, puis abandonnée le lendemain faute de preuves. Non seulement M. Hammoud disposait d'un alibi, mais il avait offert une somme importante comme récompense, afin d'aider à trouver le coupable.

Hoffman vérifia son répondeur en rentrant à son bureau, s'attendant à ce que le petit Philippin ait appelé pour s'enquérir des progrès de ses investigations. Mais ce n'était pas le cas. Sam se dit alors que Ramon Pinta travaillait peut-être toujours pour Hammoud, qui lui avait sans doute pris son passeport lors de son arrivée en Grande-Bretagne pour s'assurer de sa docilité. C'était ennuyeux, mais Sam ne savait que faire à ce sujet, et il ne fit donc rien. Le Philippin finirait bien par appeler, et Hoffman devrait alors lui annoncer son échec.

Sam Hoffman était têtu – c'était une forme de vanité morale qui lui faisait toujours terminer la tâche entreprise, quelle qu'en eût été l'importance initiale ou intrinsèque. Un cuisinier philippin était venu dans son bureau et, en voulant s'en débarrasser, il lui avait promis son aide. Une chose en amenant une autre, il se retrouvait maintenant à passer des heures à la poursuite de ce qui, au départ, ne signifiait rien pour lui. Aux yeux de Sam, sa promesse tenait encore, en dépit de l'absurdité de sa mission. A cet égard, il y avait chez lui quelque chose d'oriental. Il considérait la vie comme une suite de rencontres dues au hasard, dans laquelle chacun se trouve confronté à des responsabilités et à des obligations, comme les maillons d'une chaîne. Si un seul maillon manquait, la chaîne se défaisait.

Ce fut cet entêtement, combiné à une curiosité persistante envers Coyote Investment, qui conduisit Sam sur une nouvelle piste. Comme la plupart des enquêteurs, il connaissait un certain nombre de portes cachées qui donnaient accès à des informations confidentielles. La plus précieuse d'entre elles était un organisme appelé le Bureau des entreprises, qui détenait de volumineuses archives dans un dépôt situé dans la cité galloise de Cardiff. Si vous aviez la chance d'y connaître quelqu'un, vous pouviez à l'occasion obtenir des renseignements contenus dans les dossiers rassemblés par l'administration du fisc.

Hoffman prenait toujours sa voiture pour se rendre à Cardiff, même s'il lui fallait une journée entière pour effectuer l'aller-retour par l'autoroute M4. Il cultivait depuis longtemps l'amitié d'une personne travaillant au Bureau des entreprises : Sally, une jeune archiviste galloise, à qui il offrait de temps à autre une montre en or, des boucles d'oreilles en perles et autres témoignages de son estime. En retour, la jeune femme faisait preuve d'une prodigieuse capacité à soutirer des documents à la bureaucratie britannique. Hoffman lui expliquait ce dont il avait besoin et elle s'occupait du reste. Il l'avait appelée la veille au soir pour lui annoncer son arrivée et lui demander de l'attendre à dix heures et demie à l'extérieur du parking.

Sally était ponctuelle au rendez-vous, comme Hoffman s'y attendait ; elle portait une jupe moulante et son corsage paraissait proche de l'explosion. Il l'embrassa sur la joue et lui tendit une feuille de papier sur laquelle étaient inscrits le nom et l'adresse de Coyote Investment.

— Tu restes à Cardiff ? demanda-t-elle.

Sa question eût été plus sincère si elle avait demandé : « Tu restes passer la nuit ? » A son grand regret, Sam dut lui annoncer qu'il repartait pour Londres l'après-midi même.

Sally vint le retrouver à treize heures trente dans un restaurant français, tenu par des Chypriotes grecs. Elle portait une épaisse liasse de documents qu'elle déposa royalement sur la table, comme une lionne offrant une proie fraîchement tuée à son mâle. Hoffman l'embrassa sur les lèvres. Une fois les cocktails commandés, il lui tendit un petit paquet enveloppé de papier brillant et qui contenait une bague en zirconium qu'il venait d'acheter dans une bijouterie locale. La jeune Galloise s'éclipsa pour s'admirer devant le miroir des toilettes et en revint après s'être remaquillée et parfumée. Elle choisit le plat le plus cher de la carte avant de se mettre à discourir avec flamme sur la vie des pop stars et des acteurs de cinéma. Hoffman la contemplait d'un regard vague et approuvait tout ce qu'elle disait, tout en lui caressant la cuisse de son genou sous la table. Il attendit d'être de retour dans sa voiture avant de consulter la liasse de documents.

Après avoir feuilleté quelques pages, il regretta de ne pas avoir offert à Sally une bague plus luxueuse. Il y avait là le dossier fiscal complet de Coyote Investment, visiblement faxé à Cardiff une heure avant le déjeuner. Les documents indiquaient que Coyote Investment payait des impôts depuis huit ans, en sommes croissantes, sur des revenus provenant du Royaume-Uni.

Le rapport de l'administration britannique était assez long et paraissait plutôt intéressant, mais ce qui attira l'attention de Sam, ce fut un document à l'allure inhabituelle, tout en bas de la pile. Il s'agissait du rapport annuel d'activité de la société, classé par le registre du commerce de Genève et envoyé à l'administration fiscale britannique. Cette délicieuse et un peu vulgaire Sally avait touché le jackpot.

Le rapport était rédigé en français. La première page dressait la liste des cinq directeurs de l'entreprise, dont les adresses étaient toutes en Suisse, sauf celle de Hammoud lui-même. Suivait une lettre d'une page, écrite par le président du conseil d'administration, qui rendait compte des résultats de l'année écoulée, ainsi que des perspectives d'avenir. Ce n'était que charabia et discours convenu : de grands espoirs, de vastes dispositifs stratégiques, des plans d'ensemble parfaits, et aucun détail. Plus loin, des chiffres : le compte de résultats consolidé de Coyote Investment pour l'année et le bilan consolidé, exprimés tous deux en francs suisses. Lorsqu'il rentra à son bureau de North Audley Street, Hoffman vérifia les taux de change sur le *Financial Times* et convertit les chiffres en dollars. Il crut d'abord s'être trompé, et refit les calculs une nouvelle fois.

Le résultat était étonnant. Cette compagnie inconnue au nom plus ou moins ridicule avait réalisé l'année précédente un bénéfice de presque 160 millions de dollars, sur un chiffre d'affaires de 1,7 milliard. Encore plus surprenant, la société se targuait de posséder des avoirs se montant à 5,1 milliards de dollars, composés principalement de sommes investies dans d'autres compagnies. Cela paraissait impossible mais, si les chiffres étaient exacts, cela signifiait que le propriétaire de Coyote Investment était l'un des hommes les plus riches du monde.

Hoffman continua à feuilleter les pages du rapport annuel. Parmi les annexes au document, il découvrit une liste de filiales qui s'étendait sur deux pages. Coyote semblait posséder des compagnies dans tous les coins du monde. Des sociétés financières, immobilières, des usines. Une fonderie d'aluminium en Belgique, la nouvelle usine de pneus au Portugal, une société de crédit-bail aéronautique au Canada, un laboratoire pharmaceutique en Thaïlande. Il n'existait apparemment rien que Hammoud ne soit désireux d'acquérir. Une note à l'annexe indiquait que, dans certains cas, les parts de Coyote dans les filiales étaient détenues par d'autres compagnies associées dont les noms n'étaient pas cités. C'était admettre en langage comptable que les avoirs de Coyote Investment étaient masqués par des sociétés-écrans. Il n'était guère surprenant que les bases de données américaines aient trouvé si peu de renseignements à lui fournir.

Hoffman découvrit, intrigué, un nouvel élément dans le bilan financier consolidé. Le texte indiquait, sous d'autres indications de ressources, que le revenu provenant d'opérations commerciales se montait seulement à un tiers du total. Le reste venait « d'autres sources », non précisées. Ce système paraissait étrange pour une société de cette importance, mais il est vrai que tout ce qui touchait à Coyote de près ou de loin était étrange.

Hoffman s'intéressa enfin à la lettre du cabinet comptable, à la fin du rapport. C'était une firme suisse, apparemment sans aucun lien avec les géants de l'expertise comptable internationale. C'était déjà un signal inquiétant, mais la lettre elle-même faisait l'effet d'un brûlot. Hoffman la lut à plusieurs reprises, afin de s'assurer que sa traduction du français était correcte, mais aucun doute n'était permis :

Au cours de l'année, des responsables de la société ont malencontreusement égaré certaines pièces comptables lors d'une réorganisation de la localisation de certains services. Il nous a donc été impossible de garantir la nature de certains reçus et de certains paiements. Nous sommes en l'état incapables de formuler une opinion sur le fait de savoir si les documents financiers présentés donnent ou non une vision exacte et honnête de la situation de l'entreprise à la fin de la période la plus récente, de ses bénéfices, de ses sources de revenus et de l'utilisation des fonds pour l'année écoulée. Les éléments de comptabilité de l'entreprise encore à notre disposition par ailleurs sont en tous points conformes aux critères comptables internationaux.

Cette lettre semblait absurde. Comment une société aussi importante, disposant de ressources énormes et de milliards de dollars en avoirs financiers dans le monde entier, pouvait-elle purement et simplement perdre sa comptabilité ? Pourquoi le cabinet comptable n'avait-il pas clos le compte ? Si, comme le suggérait la lettre, Coyote Investment trafiquait ses livres de comptes, pourquoi les autorités suisses – ainsi que l'administration fiscale britannique, d'ailleurs – ne réagissaient-elles pas ? Une autre chose surprenait Hoffman : il était évident que la société était contrôlée par son président, Nasir Hammoud, mais rien, dans le rapport annuel, n'indiquait qui en était propriétaire.

Un dernier feuillet attira l'attention de Sam Hoffman tandis qu'il compulsait les documents fournis par Sally. C'était un bref document comptable qui décrivait les termes du bail emphytéotique de Coyote, concernant l'immeuble de Knightsbridge. Il était signé par le comptable londonien de Hammoud, un certain Marwan, dont les bureaux se trouvaient à South Kensington. Lorsque Hoffman aperçut le nom, il laissa échapper un soupir de plaisir et de soulagement. Il connaissait Marwan Darwish ! Ils s'étaient rencontrés alors qu'ils représentaient des sociétés rivales, lors d'une longue guerre de surenchère pour un contrat d'installation d'un nouveau système téléphonique à Dubaï. On aurait presque pu dire qu'ils étaient amis.

Hoffman appela le comptable irakien chez lui le soir même, lui demanda des nouvelles de son épouse et de sa famille, regretta de ne pas l'avoir vu récemment et exprima l'espoir qu'ils se rencontreraient bientôt et plus régulièrement. Darwish répondit, comme s'y attendait Sam, en l'invitant à se rendre chez lui. Il se trouvait qu'il organisait une petite réception le week-end suivant avec des amis irakiens, afin de célébrer l'acquisition d'une nouvelle maison. Sam serait le bienvenu, bien entendu. Hoffman mentionna l'existence d'une jeune femme rencontrée peu de temps auparavant lors d'une fête, et qu'il espérait tout particulièrement voir à nouveau. Elle s'appelait Lina Alwan.

— *Ya habibi !* s'exclama le comptable irakien. Elle sera là !

Tandis que la date de la réception chez Darwish approchait, Hoffman attendait des nouvelles de son client philippin. Mais Sam ne reçut aucun message, aucun appel, et il commença à se dire qu'il n'entendrait peut-être plus jamais parler de M. Pinta.

6

La réception chez les Darwish eut lieu au début du mois d'avril dans leur nouvelle maison de Hampstead, une large bâtisse de brique réaménagée par un décorateur particulièrement cher. Chaque pièce évoquait l'argent neuf : les murs d'un blanc crémeux ; les meubles couverts de soie écrue ; les peintures orientalistes aux encadrements sophistiqués, chacune mise en valeur par une applique de cuivre ; les fleurs exotiques disposées sur des tables aux plateaux de verre ; les tapis raffinés de Qom et d'Ispahan. Des serveurs naviguaient à pas feutrés à travers les pièces somptueuses en portant des plateaux chargés de mets fournis par les plus coûteux traiteurs libanais de Londres.

Salwa, l'épouse de Marwan Darwish, accueillait les invités à la porte. On aurait pu croire qu'elle était elle-même l'œuvre d'un décorateur en vogue. Elle portait une longue jupe ourlée d'un vert profond et un collier de diamants venait se nicher dans le « V » de son décolleté. Elle ressemblait tout à fait à une version géante et parée de bijoux d'un plat arabe traditionnel appelé *koussa mahshi* – une courge farcie. C'était une attitude typique de nouveau riche irakien – habiller sa femme comme une fille de cabaret, en un geste de défi à l'égard des conventions islamiques du vieux monde, et en une parodie tapageuse du nouveau.

Les « silencieux » étaient tous présents – les jeunes hommes d'affaires irakiens, les artistes, les créateurs de mode, les avocats, les journalistes. Tous brillaient d'une même patine – celle de l'argent. Ils faisaient la queue pour admirer la maison et commenter entre eux la richesse nouvellement acquise des Darwish. Après des années de labeur ingrat, Marwan était soudain devenu riche ! Nul besoin de demander d'où lui venait cet manne. Dans le monde des exilés irakiens, une soudaine opulence ne pouvait provenir que d'une seule source. Darwish était en bons termes avec « certains cercles à Bagdad », remarqua l'un des invités. Il avait des « relations bien placées », approuva un autre. Mais ils profitaient tout de même sans pudeur excessive de son vin et de son buffet, même ceux qui haïssaient en secret le régime de Bagdad. Comme disait le proverbe arabe : « Lorsque l'argent est roi, danse à ses pieds. »

Hoffman arriva tôt, déterminé à ne pas manquer l'occasion qui s'offrait à lui de rencontrer les amis irakiens de Marwan Darwish. Il portait son habituel costume gris, sans cravate, mais afin de se montrer à la hauteur de l'occasion, il avait boutonné sa chemise jusqu'au col. Ses cheveux étaient simplement tirés en arrière, comme ceux des acteurs de cinéma des années trente. Il paraissait presque fringant. Il se choisit un poste d'observation dans le salon, face à la porte, afin de voir chacun des nouveaux arrivants. Si Nasir Hammoud apparaissait soudain, il prévoyait de se présenter comme un consultant financier, de lui offrir un speech aguichant sur de nouvelles acquisitions potentielles et de lui proposer un déjeuner discret. Quant à ce qu'il allait pouvoir raconter à Lina Alwan, il n'en était pas encore très sûr.

Hoffman venait de passer presque une heure en bavardages mondains lorsqu'une jeune femme d'une petite trentaine d'années entra par la porte principale. Elle était vêtue avec simplicité d'une courte robe noire, avec des chaussures à talons hauts et une rangée de perles autour du cou. Elle alla se présenter à l'hôtesse et donna deux baisers dans le vide tout près des joues de Salwa Darwish. Hoffman se dirigeait déjà vers elle lorsqu'une autre femme arabe, plus petite et plus vigoureuse, s'écria « Lina ! » en passant devant Sam.

— *Ya Randa !* s'exclama Lina Alwan. Quelle robe !

Elle embrassa son amie et fit un pas en arrière pour admirer le vêtement, une sorte de fourreau court au dos nu, avec un décolleté vertigineux.

— Je sais, dit Randa Aziz avec un sourire de prédateur.

C'était une chrétienne irakienne qui travaillait comme secrétaire au service comptable. Elle était une « employée de confiance », grâce à son oncle Elias, un trafiquant d'armes qui, depuis des années, se livrait à un mystérieux commerce avec le Chef suprême à Bagdad. Randa adorait les fêtes. Elle était jolie, audacieuse, et aimait par-dessus tout s'amuser avec les plus riches et les plus corrompus des play-boys arabes qui traînaient à Londres. Elle voyageait sans cesse avec eux dans des endroits comme Marbella ou Cannes, et en revenait avec d'étonnantes histoires d'argent et de débauche. Lina l'aimait beaucoup. Parmi les employés de Coyote Investment, elle était l'une des seules à ne pas trembler de peur à chaque instant.

— Tu l'as vue ? murmura Randa en désignant d'un mouvement de tête Salwa Darwish. Je suis sûre qu'elle se les est maquillés.

— Quoi ? demanda Lina en jetant un regard circulaire dans la pièce. (Ses yeux se posèrent un instant sur Hoffman.)

— Ses seins ! Tu n'as pas vu ? Ils étaient tout roses sur les côtés ! Elle doit craindre qu'ils passent inaperçus.

— Ne sois pas ridicule ! Même Salwa ne ferait pas une chose pareille.

— Et comment Marwan est-il devenu subitement aussi riche ? interrogea Randa en prenant un *kibbe* sur un plateau tendu par un serveur. Je croyais qu'il n'était qu'un simple comptable.

— Des amis à Bagdad, répondit Lina.

Un autre serveur passa en proposant des coupes de champagne. La bouteille était posée en évidence sur le plateau, afin que chacun puisse voir l'étiquette.

Hoffman s'approcha des deux jeunes femmes pour se présenter. N'essaie pas de jouer au malin, se dit-il. Elle connaît probablement tous les trucs des séducteurs d'ici à Basra.

— Bonsoir ! dit-il en s'adressant à Lina. Je m'appelle Sam Hoffman. Je ne crois pas que nous nous soyons rencontrés.

Il tendit la main, décontracté et amical, à l'américaine. Lina se montra polie et réservée.

— Je m'appelle Lina, et voici mon amie Randa, dit-elle en serrant la main de Sam.

Hoffman salua l'autre jeune femme et se retourna vers Lina, qui paraissait presque royale avec ses cheveux noirs coupés court, sa robe noire et ses perles blanches. Elle était plus jolie qu'il ne l'avait imaginé, ce qui le mit un peu mal à l'aise.

— Vous ressemblez un peu à la comédienne Anouk Aimée, dit-il. Vous l'a-t-on jamais dit ?

Il ne voulait pas paraître obnubilé par elle, mais il ne pouvait s'en empêcher.

— Non, répliqua-t-elle en riant. Et quelle lamentable tactique ! Vous avez déjà essayé ce coup-là avant ?

— Jamais.

Il se sentait un peu embarrassé, mais il avait déjà connu pire. D'ailleurs, c'était vrai, elle ressemblait à Anouk Aimée...

— Eh bien, intervint Randa, je crois que je vais vous laisser faire connaissance.

— Ne pars pas, lui demanda Lina.

Mais son amie était déjà allée rejoindre un groupe de jeunes banquiers libanais dans le salon ; ils riaient et s'amusaient sans discrétion de l'un de leurs anciens camarades de classe, devenu depuis fondamentaliste musulman.

Hoffman tenta une approche plus douce.

— Comment avez-vous connu Marwan ? Est-il un ami de votre famille ?

— Je suis irakienne, répondit-elle. Nous nous connaissons tous.

— Et que faites-vous ? Comme travail, je veux dire.

Sam bafouillait un peu ; elle était si belle qu'il se sentait nerveux en sa présence.

— Je m'occupe d'informatique dans un service de comptabilité.

— Voilà qui est impressionnant...

— Seulement pour les hommes qui manquent d'assurance.

— Ce n'est pas mon cas. Où travaillez-vous ?

— Dans une société financière, répondit Lina après une courte hésitation.

— A qui appartient-elle ? s'enquit-il en souriant. A des Américains ?

— Non.

La jeune femme parut soudain mal à l'aise et se mit à jouer nerveusement avec son collier de perles.

— Des Saoudiens, alors ?

— Non. La société appartient à des Irakiens, puisque vous voulez tout savoir.

— Je vois. (Hoffman hocha la tête. De toute évidence, elle ne lui apprendrait pas grand-chose de son plein gré.) Laissez-moi deviner. Vous travaillez pour Coyote Investment. Gagné ?

Le regard de Lina se figea.

— Comment le savez-vous ?

— Je sais que Nasir Hammoud fait partie de la clientèle de Marwan. A propos, doit-il venir ce soir ?

— J'en doute, répondit-elle d'un ton froid. Il est en voyage.

Lina freinait maintenant des quatre fers. Un silence s'installa entre eux. Hoffman se demandait s'il devait ou non insister. Il décida qu'il n'avait guère le choix.

— Quel genre d'homme est-ce donc ? Hammoud, je veux dire. J'ai entendu tellement d'histoires à son sujet.

— Vous posez trop de questions, M. Hoffman. Vous m'embarrassez.

Elle se détourna et commença à s'éloigner. Hoffman lui saisit la main.

— Allons, je suis désolé. Je ne voulais pas être indiscret. Revenez. Je vous offre un verre.

Sam prit un verre sur le plateau d'un serveur qui passait par là et le tendit à la jeune femme. Il paraissait vraiment confus. Lina hésita un instant, puis elle prit le verre. En dépit de son attitude, Samuel Hoffman semblait plus intéressant que la plupart des autres invités.

— Il faut que je vous dise quelque chose au sujet des Irakiens, dit-elle. Nous n'aimons pas que l'on nous questionne.

— Compris. Je ne commettrai plus la même erreur.

Ils prirent leur tour dans la file d'attente pour se servir au buffet, tout en discutant de livres, de films, puis de musique. Il lui demanda si elle avait un petit ami. Sa réponse négative laissait entendre qu'elle était libre, mais peut-être pas depuis très longtemps. Ils allèrent ensuite s'installer ensemble dans la bibliothèque. Hoffman remarqua à peine les deux Irakiens qui fumaient des cigarettes, installés sur un canapé.

— Et vous ? Quel est donc votre métier ? demanda Lina au bout d'un moment.

— Je suis consultant financier. Je travaille avec des sociétés qui souhaitent faire des affaires dans le monde arabe. Je leur explique un certain nombre de choses.

— Lesquelles ?

— Je leur dis avec qui ils peuvent traiter, et qui ils doivent éviter.

— C'est pour cette raison que vous vous intéressez à M. Hammoud ?

— Plus ou moins. Mais ce n'est pas la raison pour laquelle je m'intéresse à vous.

— Travaillez-vous pour la CIA ? demanda-t-elle en baissant la voix.

Hoffman éclata de rire.

— Bien sûr que non. Je déteste la CIA. Je ne suis qu'un enquêteur financier. Je découvre des choses, et j'en fais part à mes clients. C'est inoffensif.

— Je devrais pourtant vous éviter. Mon employeur n'aime pas les détectives, même ceux qui se font appeler « consultants ».

Hoffman lui adressa un clin d'œil. Sur ce plan-là, elle ne mentait pas, c'était plus que certain.

Pendant qu'ils discutaient, un homme qui portait des lunettes noires entra par la porte principale et se mit à déambuler lentement dans le salon. Il était accompagné d'une jeune femme qui marchait un pas devant lui, en tendant le bras droit. L'homme était âgé d'une petite cinquantaine d'années, mais ses jambes paraissaient peiner à le porter. Il avançait avec lenteur, comme s'il traînait une chaîne invisible derrière lui. Quelques personnes l'accueillirent par des murmures de bienvenue, mal à l'aise, comme si sa présence parmi eux constituait un reproche. Les autres invités, plongés dans les derniers ragots, se turent soudain. Salwa Darwish semblait mortifiée. Hoffman s'aperçut enfin que l'homme était aveugle. Il se tourna vers Lina et vit qu'un voile de tristesse venait de recouvrir son visage.

— Qui est-ce ? demanda-t-il en désignant l'aveugle.

— Son nom est Nabil Jawad. C'est un poète, très connu chez nous. Il écrit sur notre pays. Ou plutôt, il écrivait. Il s'occupe d'une fondation.

Hoffman observait la jeune femme, toute vêtue de noir, qui guidait Nabil Jawad à travers le salon surpeuplé. Les invités ne pouvaient masquer un mouvement de recul à son approche. Était-ce de la crainte ou de la pitié, Hoffman n'aurait su le dire.

— Qui est la femme qui l'accompagne ? demanda-t-il.

— Sa fille. Ne posez pas tant de questions. Cela me gêne.

— D'accord, consentit-il, tout en gardant les yeux fixés sur le poète qui semblait exercer un si puissant ascendant sur chacun des convives.

— Il est très courageux, murmura Lina, mais il ne devrait pas être ici.

— Pourquoi ?

— Parce que c'est dangereux.

Hoffman hocha la tête.

— Allons lui parler, puisque personne d'autre ne veut le faire.

Lina secoua la tête négativement. Ils demeurèrent

silencieux dix secondes, puis quinze, puis vingt. Hoffman observait l'homme qui continuait sa ronde dans le salon. Pourtant, personne ne lui parlait, comme si tous les convives étaient trop effrayés, ou en colère. Le remue-ménage et l'animation de la fête avaient cédé la place à un silence gêné. Hoffman se tourna, implorant, vers Lina, mais elle secoua à nouveau la tête.

Au bout d'un long moment, Marwan Darwish, le visage gris comme de la cendre, finit par s'approcher du visiteur. Toute expression d'autosatisfaction avait maintenant disparu de son visage. Il se pencha vers Jawad et lui murmura quelque chose à l'oreille. Le poète le fixa de son regard vide, se retourna et se dirigea lentement vers la porte avec sa fille. Il était parti. La plupart des invités s'étaient détournés pendant cet épisode, mais Hoffman n'avait rien perdu de la scène.

— C'était affreux, commenta-t-il après le départ de Jawad, alors que les conversations reprenaient peu à peu. Les gens se comportaient comme s'il avait la peste.

— Chut... souffla Lina, encore plus nerveuse que quelques instants plus tôt.

— Mais personne ne lui a adressé le moindre mot ! Pourquoi ont-ils si peur ? Nous sommes en Angleterre, pour l'amour du Ciel !

Lina posa un doigt sur ses lèvres. Un Irakien trapu s'approchait de la table où ils s'étaient installés.

— Pas maintenant. (Ses yeux étaient humides, mais Hoffman n'y prêta pas attention.)

— Très bien, lui chuchota-t-il à l'oreille. Mais je veux que vous m'expliquiez pourquoi tout le monde était si effrayé.

Lina ferma les yeux. Une larme roula le long de sa joue.

— Je dois partir, annonça-t-elle soudain en se levant.

Hoffman finit par comprendre qu'elle pleurait.

— Oh, mon Dieu, je suis navré. (Il lui tendit un mouchoir. Elle s'essuya les yeux et se moucha.) Me laisserez-vous une autre chance ?

— Je dois partir, répéta-t-elle en secouant la tête.

— Je vais vous ramener chez vous, si vous êtes prête.

— Non.

Hoffman parut blessé de sa réponse. Lina se pencha vers lui.

— Il ne faut pas que l'on me voie quitter la réception avec vous. Cela pourrait m'attirer des ennuis. Je suis désolée.

— Je vous guetterai dehors, dans une BMW blanche, à cinquante mètres en bas de la rue. Je vous attendrai une demi-heure.

— Je dois partir, répéta-t-elle.

Elle lui serra la main d'un geste raide, se retourna et partit à la recherche de son amie Randa.

Vingt-cinq minutes plus tard, Lina sortit de la maison en adressant un baiser de pure forme à Salwa Darwish. Elle trouva Sam Hoffman installé dans sa voiture à l'endroit convenu, fumant une cigarette.

— Donnez-m'en une, dit-elle. Maintenant, je peux vous parler de Jawad.

Elle paraissait moins effrayée et encore plus belle qu'avant son départ de la fête.

— Je vous en prie ; vous n'êtes pas obligée. Je suis confus de m'être montré si curieux.

— Non, cela ne me dérange pas. Vous comprendrez peut-être pourquoi tout le monde avait si peur. Nabil Jawad était notre poète national. Il écrivait des poèmes sur les marins de Basra, sur les *ma'aden*, les gens des marais, et sur les tribus kurdes des montagnes, près de Mossoul. Le pays tout entier l'adorait, mais il a fini par se faire prendre dans la spirale de la terreur.

Hoffman hocha la tête, sans toutefois bien comprendre.

— Que lui est-il arrivé ?

— Il a été arrêté à Bagdad il y a une dizaine d'années de cela, après avoir écrit des poèmes qui critiquaient le régime. Les poèmes étaient très subtils, mais ils se moquaient du Chef suprême, ce qui était impardonnable à ses yeux.

— Comment se moquait-il de lui ?

— Des calembours, des jeux de mots, ce genre de choses. Par exemple, sur le mot *jayyed*, qui signifie « bon ». C'est l'expression favorite du Chef suprême. Il l'utilise à tout propos, comme vous diriez « très bien » dans votre langue. Dans l'un de ses poèmes, Jawad parle d'un nigaud de la campagne qui répète sans cesse le mot *jayyed*. Ils n'ont pas apprécié.

— Et quoi d'autre ? Vous souvenez-vous d'un autre poème ?

— Dans un autre texte, Jawad s'est amusé à détourner le sens d'un des slogans préférés du régime. Ils proclament toujours *Umma Arabiya Wahida That Risalatin Khalida*, ce qui veut dire « la Nation Arabe Unie au Message Éternel ». Jawad a remplacé *Umma* par *Rajiya*, et le slogan est devenu « l'Arriération Arabe Unie au Message de Légende ». C'était un peu bête, mais cela faisait rire les gens.

— Ils l'ont arrêté pour ça ?

— Oui.

— Que lui ont-ils fait subir ?

— Ils l'ont torturé. C'est toujours ainsi qu'ils s'y prennent pour faire avouer les gens.

— Les faire avouer quoi ?

— Le fait qu'ils sont des agents d'Israël, des États-Unis ou de la Grande-Bretagne. Mais pour Jawad, c'était plus délicat : il n'avait rien à avouer. Ils l'ont tout de même torturé, sans raison.

Hoffman n'était pas sûr d'avoir très envie de poser la question suivante, mais il s'était senti comme entraîné malgré lui dans cette histoire depuis le moment où le poète était entré dans la maison de Darwan Marwish.

— Je me demandais comment Jawad était devenu aveugle.

Lina détourna le regard.

— Êtes-vous sûr de vouloir l'entendre ?

— Oui. Pas de problème.

Un long silence s'installa entre eux. Elle contempla sa cigarette, la lança par la vitre de la voiture et secoua la tête d'un air attristé.

— Le chef de la police secrète s'est chargé en personne de l'interroger, parce qu'il avait osé se moquer du Chef suprême et de son parti. Il n'a pas cessé de fumer tout au long de l'interrogatoire, une cigarette après l'autre. Chaque fois qu'il en finissait une, il l'éteignait sur une partie différente du corps de Jawad. Les bras, les pieds, les fesses, les parties génitales. Partout.

Hoffman prit sa respiration. Il savait ce qui allait suivre. Lina poursuivit d'une voix égale, en regardant dehors par la vitre.

— Après des heures d'interrogatoire, Jawad se refusait toujours à avouer. Alors, le chef de la police secrète a pris sa cigarette et l'a éteinte dans l'un des yeux de Jawad pendant qu'un garde le maintenait immobile. Puis il a allumé une autre cigarette et l'a écrasée dans l'autre œil.

— Seigneur Dieu ! s'exclama Hoffman en secouant la tête. Quel pays !

— Maintenant, vous savez. C'est ainsi que se comportent les hommes du Chef suprême. C'est pour cette raison que tout le monde se taisait, à la réception. C'est aussi pourquoi vous ne devriez pas poser autant de questions.

— Je suis navré.

— Cela ne fait rien. Vous êtes américain. Vous ne pensez pas comme nous.

Il demeura un moment silencieux avant de mettre le contact.

— Où allons-nous ?

— Ramenez-moi chez moi, s'il vous plaît.

Elle lui donna une adresse à Notting Hill Gate. Sam songeait toujours au poète irakien. Il se tourna vers elle.

— Pourquoi l'ont-ils laissé en vie, après toutes ces tortures ?

— C'était une forme de publicité.

— Comment cela ?

— La police secrète irakienne aime montrer à quel point elle est cruelle. C'est pourquoi ils l'ont laissé partir pour l'Angleterre, pour terroriser tous les exilés qui vivent ici. Ils croyaient qu'il allait se terrer dans un appartement, quelque part. Ils ne se rendaient pas compte de son courage.

— Pourquoi est-il venu ce soir à la réception ? Ce n'est sûrement pas un ami des Darwish.

— Pour leur montrer qu'il n'a pas peur.

— Que vont-ils lui faire ?

— Ils vont finir par le tuer. Ils n'auront plus le choix.

Hoffman attendit quelques secondes, puis il enclencha une vitesse et commença à descendre doucement la colline. Le silence paraissait emplir l'habitacle de la BMW. Il venait de commettre assez d'erreurs pour la soirée. Plus ils s'éloignaient de la réception, plus il se sentait mal à l'aise. Lorsqu'ils arrivèrent non loin de l'appartement de Lina, il se tourna vers elle.

— Je n'ai pas été tout à fait franc avec vous ce soir, lui dit-il. Il faut que je vous dise quelque chose.

— N'en faites rien, répliqua-t-elle en détournant les yeux.

Elle savait de quoi il s'agissait ou, tout au moins, elle s'en doutait et ne tenait pas à en entendre plus.

— Je le dois, pour que vous compreniez. Avez-vous entendu parler d'un Philippin nommé Ramon Pinta ? Il travaille comme cuisinier pour Hammoud. Il m'a dit qu'il vous connaissait.

Lina hocha la tête. Une expression de pure terreur venait d'envahir son visage. Elle ne pouvait rien imaginer de pire que ce qui lui arrivait maintenant.

— Il est venu me voir la semaine dernière au sujet de sa femme, poursuivit Sam. Il pense que Hammoud est impliqué dans l'affaire ; je lui ai dit que je m'efforcerais de l'aider. Il a disparu depuis et cela m'inquiète. Il m'a dit que vous étiez la seule personne dans l'entourage de Hammoud à lui avoir envoyé un mot de condoléances. Il pensait que vous pourriez peut-être lui venir en aide. C'est pourquoi je suis venu vous voir à votre travail, en me servant d'un faux nom. Accepteriez-vous de m'aider ?

Il y eut un terrible silence, interminable, et lorsque Lina parvint à parler, sa voix n'était plus qu'un croassement. Ses mots, déformés par la peur, étaient à peine audibles.

— Je ne peux pas.

Hoffman lui posa la main sur l'épaule, mais elle eut un geste de recul.

— Vous en êtes sûre ? insista-t-il.

— Oui.

Son regard passait toute la rue en revue pour s'assurer que personne ne les observait.

— Où est Pinta ? demanda Sam. Travaille-t-il toujours pour Hammoud ?

Lina approuva d'un imperceptible mouvement de tête.

— Puis-je vous revoir ?

— Non. Ce ne serait pas une bonne idée.

Il réfléchit un moment, puis plongea la main dans sa poche intérieure et en tira une carte de visite.

— Voici mes coordonnées. Si vous avez besoin de quelque chose, appelez-moi. Je pourrai peut-être vous aider.

Il leva les yeux vers son visage parfait, figé par la détresse. Sa vulnérabilité la rendait plus belle encore. Sans savoir vraiment ce qu'il faisait, il se pencha vers elle et tenta de l'embrasser. Elle se recula avec vivacité et posa la main sur la poignée de la portière.

— Non, dit-elle.

Elle ouvrit la portière et se dirigea vers son immeuble. Hoffman attendit un instant en espérant la voir se retourner, en vain.

7

Lina Alwan se leva tôt le lundi matin pour se rendre au travail, comme si son zèle allait pouvoir effacer l'erreur commise à la réception des Darwish. Elle avait passé le dimanche à faire le ménage chez elle, à défaut de pouvoir ôter toute trace des désordres de la vie réelle. Des animaux en peluche, réminiscences de son enfance, étaient rangés sur le lit, des photographies de sa famille étaient disposées sur la coiffeuse et la cheminée était surmontée d'une affiche représentant la porte d'Ishtar, à Babylone, avec ses tuiles jaunes et vertes reconstituées non sans peine par les Allemands. Lina conservait même un portrait du Chef suprême enfermé dans une armoire, pour le cas où elle recevrait la visite de l'un des hommes de Hammoud.

Elle s'habilla en hâte et prit le métro jusqu'à Lancaster Gate, deux stations plus loin, qui n'était qu'à une courte distance de son bureau, en traversant Hyde Park. C'était une matinée fraîche et lumineuse et le soleil avait un effet purificateur sur Lina, comme s'il était capable de la nettoyer de ses souvenirs déplaisants. La carte de visite de Samuel Hoffman était toujours dans son portefeuille, au fond de son sac, et elle songea à s'en débarrasser dans une corbeille à papiers, à l'extérieur du parc. Elle y renonça toutefois, craignant que quelqu'un puisse l'observer et vienne ensuite la repêcher, et reprit son chemin.

La traversée de Hyde Park lui rappelait son père, qui aimait y passer des journées entières à lire des journaux arabes et à méditer ses divers revers de fortune. Son incapacité à gagner de l'argent avait constitué l'échec de sa vie et n'était pas étranger, pensait Lina, à ses propres problèmes. M. Alwan était un homme sage et cultivé, un Arabe éclairé, qui envoyait sa fille étudier dans les écoles américaines de Bagdad et d'Amman, puis à l'université à Londres, et se réjouissait de chacun de ses succès académiques. Mais il ne s'était pas rendu compte assez vite que l'époque des esprits éclairés, qu'il chérissait tant, se délitait autour de lui. Les Arabes les plus humbles et les plus arriérés – les Bédouins du désert – achetaient et vendaient les Arabes cultivés tels que lui comme s'il s'agissait de chameaux. Les Irakiens, qui comptaient autrefois parmi les plus instruits, étaient dirigés par une clique de gangsters et de tortionnaires. Les Anglais et les Américains, les missionnaires du progrès qui avaient ouvert la voie à la lumière, se prosternaient devant les Bédouins et les bandits.

Avant sa mort, le père de Lina surnommait l'époque *Asr al-Jahiliyya*, une nouvelle ère de l'ignorance comparable à celle qui existait dans la péninsule arabique avant la venue du prophète Mahomet. Dans un tel monde, Lina n'était sûre que d'une chose : elle avait besoin d'argent. L'argent et le silence étaient les clefs de la survie dans cette ère de l'ignorance. L'argent était synonyme d'indépendance et d'un minimum de sécurité, même s'il venait de Nasir Hammoud. Le silence signifiait la survie. Tandis qu'elle approchait de l'immeuble de béton gris de Knightsbridge, elle ne put s'empêcher de penser à une superbe Porsche qu'elle avait admirée un peu plus tôt en sortant de chez elle. Si elle devait s'en offrir une un jour, de quelle couleur la choisirait-elle ? Blanche ou noire ?

Lina prit l'ascenseur pour le cinquième étage et composa le code de la serrure électronique ; la porte épaisse du service comptable s'ouvrit devant elle. Il n'était qu'un peu plus de huit heures, et les locaux étaient presque vides. Elle se mit à la recherche du garçon de bureau égyptien ; comme il était introuvable, elle se prépara elle-même une tasse de café. Elle s'installa ensuite à son bureau gris, mit en route l'ordinateur et commença à procéder aux vérifications de routine.

Le système informatique de Coyote Investment traduisait fort bien l'obsession sécuritaire de M. Hammoud. Il en avait fait l'acquisition avec l'instinct d'un homme d'affaires qui sait qu'il a besoin des outils les plus modernes pour accomplir son travail, mais qui tient aussi à en limiter l'accès. En cela, il était typique des Irakiens, les seuls parmi les Arabes à éprouver assez de respect envers la technologie pour vouloir s'en assurer le contrôle. Les douaniers du régime de Bagdad, par exemple, confisquaient toutes les machines à écrire saisies à la frontière. Pour eux, ces simples machines représentaient de puissants outils d'information, et devaient être contrôlées par le régime plutôt que par ses ennemis. Hammoud appliquait les mêmes règles à Coyote Investment.

La tâche de Lina, en tant que responsable du traitement des données informatiques, consistait à espionner ses collègues. Ce n'est pas ainsi que Hammoud en parlait, bien entendu, mais c'était bien de cela qu'il s'agissait. Lui et le professeur Sarkis avaient fait installer un système qui fonctionnait comme une vaste machine à espionner. Chaque fois que l'un des employés ouvrait un fichier, il laissait une trace, une « marque », qui pouvait être contrôlée et suivie ; Lina devait relever ces « empreintes » tous les jours afin de vérifier les activités de chacun.

Elle commença par passer en revue les dernières activités de chacun des vingt-cinq membres du personnel qui disposaient d'un mot de passe pour se connecter au réseau. Elle disposait de fiches correspondant à leur profil d'utilisateur. Elle savait à quels dossiers ils avaient régulièrement accès, et à quel moment de la journée ou de la semaine ils étaient censés y travailler. Si elle découvrait une irrégularité – quelqu'un demandant accès à un fichier sans rapport direct avec son travail, par exemple, ou consultant un dossier après les heures de travail –, elle devait en avertir aussitôt le professeur Sarkis.

Celui-ci l'avait d'ailleurs avertie lorsqu'elle était devenue responsable de l'informatique : si elle tentait de lire les fichiers personnels de M. Hammoud, elle laisserait elle aussi une trace – il serait facile de remonter jusqu'à elle.

C'était là l'autre excentricité de ce système doté de deux cerveaux. Lina était supposée agir en tant que cerveau inférieur, et s'occuper des tâches ordinaires – ajouter ou supprimer des comptes, surveiller l'activité de la société –, les équivalents comptables de la nourriture et de la respiration. Comme un détenu bénéficiant d'un régime de faveur, elle jouissait de ces prérogatives à la condition expresse qu'elle ne chercherait pas à en obtenir plus. Hammoud et Sarkis représentaient le cerveau supérieur : ils planifiaient les transactions, s'occupaient des transferts de fonds. Tout comme Lina, ils disposaient de pouvoirs particuliers pour naviguer à travers le système – fouiller d'autres dossiers et vérifier le fonctionnement des centaines de comptes répertoriés dans le réseau. Mais leurs propres fichiers ne devaient jamais être accessibles à quiconque. C'était un équivalent électronique du miroir sans tain, qui permettait à Hammoud et au professeur d'être présents partout, tout en restant invisibles. Le professeur Sarkis pouvait très bien être installé au même moment devant son écran et espionner Lina, sans qu'elle le sache, tandis qu'elle surveillait les autres employés.

Helen Copaken n'aurait jamais supporté une telle situation, songea Lina. Helen était sa meilleure amie lorsqu'elles étudiaient toutes deux au département de sciences informatiques de l'université ; c'était une jeune femme si intelligente qu'elle intimidait les étudiants mâles de son année. Elles se téléphonaient encore de temps en temps, et leurs conversations décousues se terminaient toujours de la même manière : Helen finissait par supplier Lina de cesser de se montrer aussi « gentille ». Si Helen s'était rendu compte de la nature du système informatique de Coyote Investment, elle l'aurait aussitôt dénoncé comme barbare et monstrueux – une responsable du traitement de données à qui l'on interdisait l'accès à certains fichiers ! – et aurait conseillé à Lina de ne pas accepter cet état de fait une minute de plus. Mais Helen ne pouvait pas comprendre. Elle n'était pas irakienne. Elle ne connaissait pas la peur.

Lina travailla presque trois heures, ce matin-là, passant en revue les « marques » qui signalaient les entrées et les sorties dans les dossiers et les comparant aux profils des utilisateurs, sans rien détecter d'inhabituel. A l'heure du déjeuner, elle alla retrouver son amie

Randa Aziz afin de lui demander si elle voulait l'accompagner au nouveau café de Beauchamp Place ; mais Randa était introuvable, et Lina décida de rester à son bureau pendant la pause. Elle ne se sentait pas affamée, et le professeur Sarkis serait content de constater qu'elle consacrait tout ce temps à son travail.

L'employée fidèle – la *khosh binaya*, la « bonne fille » – se mit alors à l'ouvrage. La phase suivante de son travail consistait à vérifier la gestion de trésorerie de la société. Le système gardait une trace de toutes les sorties de fonds et de tous les versements effectués sur les comptes londoniens de la société. Lina devait s'assurer que rien ne venait fausser ces données. Cette tâche impliquait l'usage d'un numéro de code informatique. L'ordinateur rassemblait les paramètres de chaque transaction – le montant en dollars, les chiffres qui identifiaient la provenance et la destination des sommes concernées, la date et l'heure – et les résumait en un chiffre unique, un solde, qui représentait de fait l'équivalent d'un sceau cacheté. Si l'une des variables subissait la moindre altération, le sceau était brisé. L'ordinateur procédait lui-même à un contrôle régulier de ces soldes, mais la confiance de M. Hammoud en son système informatique n'était pas plus grande que celle qu'il accordait à ses employés. C'était le rôle de Lina de procéder à une contre-vérification.

Elle essayait de ne pas accorder la moindre attention aux détails des transactions. Contentez-vous d'additionner les chiffres, disait toujours le professeur Sarkis, et Lina se conformait à ses instructions. Certaines transactions paraissaient pourtant bien étranges. Les paiements étaient effectués depuis – ou vers – les endroits les plus inattendus : les Antilles néerlandaises, les îles Anglo-normandes, le Liechtenstein, Panamá. Rien n'indiquait ce que représentaient ces transactions. La société était-elle désireuse d'acquérir des biens immobiliers au Panamá, par exemple, ou une compagnie maritime néerlandaise ? Ou alors, ces paiements n'étaient-ils qu'une tromperie de plus, pour servir de paravent à d'autres transactions qui s'opéraient à Singapour ou São Paulo ? L'informatique n'était d'aucun secours à Lina dans ce domaine et, comme aimait à le répéter le professeur, elle n'avait aucun besoin d'en savoir plus. Elle se contenta donc de naviguer en surface et d'oublier les questions qu'elle se posait malgré elle.

Cela arriva presque par accident. Lina terminait sa vérification de la gestion de trésorerie et rapprochait les chiffres pour s'assurer que les dépenses correspondaient aux sommes autorisées, qui étaient inscrites sur une liste transmise chaque semaine aux comptables. Lorsqu'elle compara les deux totaux, elle découvrit une différence anormalement importante, de presque douze millions de dollars, entre ce que les éléments de trésorerie indiquaient à la rubrique des paiements et le montant autorisé. Elle s'imagina aussitôt responsable d'une erreur pour laquelle elle risquait d'être punie. Elle passa à nouveau en revue les fichiers de trésorerie et remarqua qu'un paiement qui correspondait à peu près à ce montant – 11 920 000 dollars – avait été effectué cette même semaine par une des filiales au profit d'un compte appartenant à une compagnie panaméenne, Oscar Trading. Ce nom ne lui rappelait rien.

Contente-toi d'additionner les chiffres... Mais que fallait-il faire lorsque l'addition était fausse ? Une fois de plus, ce fut la peur des ennuis qui la poussa à lancer une recherche informatique sur le système de fichiers afin de retrouver la trace de la compagnie panaméenne. Qui s'en occupait d'habitude ? se demanda-t-elle. Le comptable irakien qui supervisait les comptes des versements était si négligent. Peut-être avait-il commis une erreur ? Lina lança une recherche sur l'ensemble du système.

C'était un réflexe tellement normal qu'elle n'y accorda pas la moindre importance. Mais lorsque le fichier demandé apparut à l'écran, l'air quitta brusquement ses poumons. Le répertoire précisait : « HAMMOUD/PERSO ». Elle venait de commettre une terrible bévue. Le document concernant la compagnie panaméenne faisait partie des fichiers personnels de Nasir Hammoud. Pis, elle venait de laisser derrière elle une empreinte électronique, que quelqu'un finirait forcément par remarquer.

Son estomac noué la torturait. Elle ferma en hâte le fichier et procéda à des vérifications de routine, mais il ne lui fallut que quelques minutes pour s'apercevoir qu'elle était incapable de se concentrer. Elle était sur le point de laisser son code de sortie pour se rendre aux toilettes lorsque le téléphone sonna.

Avant même de décrocher, elle savait qu'il s'agissait du professeur Sarkis. Il désirait la voir dans son bureau immédiatement. Lina l'assura qu'elle y serait d'ici quelques minutes, mais il insista : immédiatement, et non pas dans cinq minutes. Sa voix était désagréable, cassante. Alors que la jeune femme parcourait le couloir, elle sentit une pénible moiteur envahir son front ; sa gorge se raidissait et ses jambes commençaient à flageoler.

Le bureau du professeur Sarkis était un peu plus grand qu'un placard et jouxtait celui, beaucoup plus vaste, de Nasir Hammoud. Sur son bureau, s'entassaient en piles chancelantes les rapports annuels des entreprises que Coyote Investment venait d'acquérir, cherchait à acquérir ou avait récemment cédées : une chaîne d'hôtels en Asie, une entreprise de promotion immobilière à Miami, un bureau bancaire spécialisé dans les cartes de crédit à Amman. On répétait un peu partout que M. Hammoud était un acheteur important, et de nouvelles propositions arrivaient chaque jour. Un terminal d'ordinateur trônait sur le bureau ; derrière, d'autres piles de documents étaient rangées sur des étagères, en compagnie d'une bouteille de brandy arménien et d'une boîte de comprimés d'aspirine.

Le professeur Sarkis, le plus éminent des « employés de confiance », présidait en personne ce bric-à-brac. Le Chef suprême, disait-on, considérait les Arméniens d'Irak comme une catégorie de gens particulièrement vulnérables, et donc tout à fait fiables. Ils étaient devenus les courtisans et les conseillers financiers du nouvel Irak, tout comme leurs ancêtres au service des sultans de l'Empire ottoman. Le père du professeur Sarkis, un tailleur, était selon la rumeur en si bons termes avec le Chef suprême qu'il lui avait confectionné ses uniformes au début de sa gloire. Sarkis conservait toujours sur son bureau une grande photographie du Chef suprême jeune, en uniforme, afin que personne n'oublie...

La secrétaire du professeur appuya sur un bouton lorsqu'elle vit arriver Lina.

— Entrez, lança le professeur de l'autre côté de la porte close.

Lorsque Lina entra, il se leva à demi de son fauteuil et s'inclina vers elle. Il paraissait en colère. Son visage était rouge et les veines saillaient le long de son nez imposant ; ses lèvres étaient fines et pincées, comme s'il venait de croquer un citron. L'écran de l'ordinateur, sur son bureau, était allumé. Il savait.

— Asseyez-vous, je vous prie, dit-il.

Il était toujours très sec et guindé lorsqu'il était mécontent. Lina s'assit en face de lui. Elle croisa les jambes et se répéta qu'elle n'avait rien fait que l'on puisse lui reprocher. Tout en serrant son sac à main entre ses doigts, elle se souvint que la carte de visite de Sam Hoffman s'y trouvait toujours, rangée dans son portefeuille. Elle écarta légèrement les jambes pour faire disparaître le sac de la vue de Sarkis, et s'éclaircit la gorge.

— Quelque chose ne va pas, professeur Sarkis ? demanda-t-elle, trop nerveuse pour attendre la première salve.

— En effet, confirma-t-il d'une voix douce. M. Hammoud en sera très fâché à son retour.

— Pourquoi ? Je n'ai rien fait de mal. Je ne m'occupe que de mon travail.

Cette protestation d'innocence porta la fureur de Sarkis à son comble.

— Menteuse ! cria-t-il en frappant son bureau du poing. Vous n'êtes qu'une menteuse !

Lina s'attendait à ce qu'il l'interroge sur sa manière de vérifier les comptes, mais il se contenta ensuite de l'observer en silence.

— Qu'ai-je fait de mal ? plaida-t-elle à nouveau.

Sa voix était presque devenue un gémissement.

L'Arménien agita un doigt et le pointa sur elle comme le canon d'une arme.

— Vous devenez un peu trop maligne pour nous, je le crains. Vous passez votre temps à espionner partout.

— Je n'espionne pas. Je me contente de travailler selon les ordres qui m'ont été donnés.

— Oh, mais si, ma chère, vous espionnez. Je vous ai avertie de ne jamais fourrer votre nez dans les affaires de M. Hammoud. Jamais ! Pourtant, vous désobéissez. Comment pourrions-nous vous accorder notre confiance ?

— Je suis navrée, répondit-elle d'une voix plus calme. Cela ne se reproduira plus.

— Pourquoi parliez-vous à cet étranger ? demanda-t-il en reniflant. Hein ? C'est cela que nous aimerions savoir.

Lina sentit revenir cette raideur dans sa gorge, comme si un étau lui serrait la trachée.

— Quel étranger ? réussit-elle à articuler.

— *Etchmiadzin !* rugit Sarkis, se servant du nom de la ville sainte arménienne comme d'un juron. (Il frappa à nouveau la table.) Vous savez de qui je veux parler. L'homme que vous avez rencontré à la réception, chez Darwish. Celui qui vous a raccompagnée chez vous. Cet homme, Hoffman. Ne jouez pas à ce petit jeu avec moi, ma chère.

Il cracha dans la corbeille à papiers. Lina commençait à perdre son self-control. Elle se sentait exposée, comme si ses vêtements étaient arrachés de son corps. Ce qui l'effrayait le plus, ce n'était pas sa « faute », mais le fait qu'elle ait été surveillée de si près.

— Je vous en prie, implora-t-elle tandis qu'une larme unique roulait le long de sa joue. Je ne l'avais jamais rencontré avant.

— *Tootum kalogh !* martela Sarkis. (L'expression arménienne signifiait « tête de melon ». Sarkis frappa son bureau une fois de plus, mettant en péril l'équilibre des piles de documents qui s'y trouvaient.) Vous êtes une menteuse !

— Je ne l'avais jamais rencontré avant, répéta-t-elle. C'était la première fois.

— Menteuse ! (Le professeur semblait cracher chacun de ses mots. Il regardait Lina avec une telle intensité que l'on aurait pu croire que ses yeux venaient de prendre feu.) Ce même Hoffman est venu vous voir ici en se faisant appeler M. White. Nous avons une photographie. Alors, plus de mensonges. Que lui avez-vous raconté ? Tous nos secrets, hein ?

Cet assaut brisa les dernières défenses de Lina, qui enfouit sa tête entre ses mains avant de fondre en larmes. Elle se sentait terriblement seule et vulnérable ; c'était presque un sentiment de viol. Elle avait été conquise par le charme et la curiosité de Sam Hoffman et se retrouvait maintenant abandonnée entre les griffes de Sarkis. Les larmes lui brûlaient les joues.

— *Eshek !* grogna Sarkis d'un air dédaigneux. (Le mot arménien désignait un âne. Il s'empara de la boîte de comprimés d'aspirine, s'en versa trois dans le creux de la main et les fourra dans sa bouche.) Redressez-vous ! Et répondez-moi ! Vous devez certainement savoir quelque chose. Allons.

Il tendit à Lina un mouchoir en papier, ce qui devait représenter pour lui le comble de la générosité.

— Je suis désolée, professeur Sarkis, dit-elle, encore tremblante. Je suis honnête avec vous. Je ne savais pas que M. Hoffman était M. White. Je ne l'avais jamais rencontré avant la réception. Il a tenté de me séduire, et je l'ai laissé me raccompagner, mais c'est tout.

— *Achpar !* (C'était le mot arménien pour « frère », que Sarkis utilisait aussi comme juron. Il pointa une fois de plus son doigt sur Lina.) Et vous allez le revoir, cet individu ? Ne mentez pas.

— Non, monsieur. Jamais. Je lui ai dit que je ne le reverrais plus, lorsqu'il m'a laissée devant chez moi. Honnêtement. Je vous le promets.

Sarkis roula des yeux lorsqu'il entendit prononcer le mot « honnêtement ».

— Vous a-t-il donné quelque chose, ce type ? Un numéro de téléphone ? Une carte de visite ? Autre chose ?

Lina leva les yeux, la terreur remontant soudain en elle. Cependant, elle ne tremblait plus.

— Non, mentit-elle. Rien.

Sa voix était plus ferme dans le mensonge que lorsqu'elle s'était contentée de dire la vérité. Le sac à main se balançait à ses côtés, comme une corde sur un gibet.

— Rien, vraiment ?

Le professeur observait son visage, mais il lui était difficile d'y déceler une indication, car Lina avait pleuré et ses yeux étaient rouges. Peut-être mentait-elle, peut-être pas. Cela ne présentait guère d'intérêt. Sarkis savait qu'il l'avait effrayée, et c'était suffisant. Il offrit à Lina un odieux sourire, les lèvres pincées.

— Alors, qu'allons-nous faire de vous, maintenant que vous vous promenez ainsi avec des étrangers ? Êtes-vous toujours une employée de confiance ?

Lina hocha la tête sans répondre. Elle ne savait pas ce qui la terrorisait le plus – ce qu'ils lui feraient subir si elle restait chez Coyote Investment, ou ce qu'ils lui infligeraient si elle tentait de s'en échapper.

Sarkis lui tendit un autre mouchoir et lui fit signe de se lever.

— C'est fini, maintenant. On ne pleure plus, d'accord ? Peut-être voulez-vous profiter du reste de la journée pour vous reposer un peu ? Il faut oublier tout cela, et ne pas en parler aux autres employés. Ni à personne d'autre, entendu ? Je verrai M. Hammoud lorsqu'il rentrera à Londres et je lui dirai à quel point vous êtes désolée pour cette grosse bêtise, et nous verrons alors ce qu'il conviendra de faire. D'accord ?

— Oui, murmura Lina. Je vous remercie.

— Parfait. Et plus d'espionnage, n'est-ce pas ?

Sarkis accompagna Lina jusqu'à la porte. Alors qu'elle reprenait le chemin de son bureau pour aller chercher ses affaires, elle l'entendit crier en s'adressant à sa secrétaire.

8

Dès le lundi matin, à la première heure, Sam Hoffman téléphona à son ami Asad Barakat. Celui-ci était un banquier palestinien, mais cette description réductrice ne lui rendait pas justice. Il entretenait une sorte de réseau privé à travers l'ensemble du Moyen-Orient et disposait de nombreuses informations ignorées des banquiers ordinaires. Le père de Sam le lui avait présenté quelques années plus tôt et celui-ci soupçonnait Barakat, comme beaucoup d'autres personnages bien connus du Londres arabe, d'avoir fait partie du personnel de la CIA. Il était devenu le meilleur pourvoyeur d'informations de Sam, mais aussi le plus onéreux.

Hoffman savait que pour obtenir quelque chose de Barakat, il fallait lui offrir un présent. C'était une coutume, un des rituels de l'hospitalité arabe, de même que l'on offre des fleurs ou une bouteille de whisky lorsque l'on est invité à dîner chez des amis. Il n'était pas question d'arriver les mains vides. Sam réfléchit un moment à l'offrande appropriée, puis il se souvint d'un mémo envoyé la semaine précédente à un client texan. Le Texan cherchait à céder une raffinerie qu'il possédait à Galveston, et il s'était adressé à Sam afin que celui-ci lui donne son avis sur les deux concurrents en lice. L'offre la plus intéressante provenait d'un investisseur pakistanais mais, après vérification, Hoffman s'était aperçu que ce même Pakistanais avait été propriétaire d'une banque de Karachi mise en faillite une dizaine d'années plus tôt. Mauvais signe. Il avait donc conseillé au Texan d'accepter l'offre la moins élevée, celle d'un consortium d'investisseurs saoudiens regroupés sous le nom de Golden Sands. Hoffman relut son mémo au langage légaliste et froid. Le message était clair : le Pakistanais était un *loser*, et il fallait bien se garder d'accepter son offre. Hoffman tenait son appât. Il décrocha le téléphone et composa le numéro de Barakat.

— Allô, *ustaaz* Asad, commença Hoffman, s'adressant à son ami comme un étudiant à son professeur. Quoi de neuf ?

— Je regarde la télévision. Tout en restant en contact avec Genève.

— Que pensent-ils du dollar, là-bas à Genève ?

— *Ya habibi*, qu'est-ce que j'en sais ? Ils sont nerveux. Ils ne disent pas grand-chose.

— C'est pour cela qu'ils sont si riches.

Barakat émit un petit éclat de rire, un seul. Ha ! Son langage mêlait l'humour arabe plein de douceur et la diction claire et bien découpée du banquier occidental. C'était un mélange agréable, comme du miel sur un toast croustillant.

— Comment va ton père ? s'enquit Barakat.

On en était encore à la conversation courtoise, avant de passer à des sujets plus sérieux. Avec lui, c'était une erreur de vouloir brusquer les choses.

— Il va bien. Comme d'habitude, l'action lui manque.

— Peut-être, mais il n'est pas encore hors-jeu. Il en sait plus qu'il ne veut bien le dire.

— C'est possible. (Hoffman commençait à se lasser de parler de son père.) Écoute, je suis désolé de t'importuner, pourrais-tu me consacrer une minute ?

— Bien sûr, mon cher. Toujours à ton service. Que puis-je pour toi ?

— Pas grand-chose, en fait. J'appelais surtout parce que j'ai entendu une information qui pourrait t'intéresser.

— Ah, et laquelle ?

— Une rumeur au sujet de la vente de cette raffinerie de Galveston. Je ne crois pas que le Pakistanais emportera le morceau.

— Non ?

— Non. Je pense que les Saoudiens ont de meilleures chances. Leurs finances sont saines, et ils proposent un prix attractif.

— Je sais bien que leurs finances sont saines. Mon beau-frère travaille là-bas et il m'a demandé d'acheter des parts de leur société.

— Oh, vraiment, s'exclama Sam, feignant la surprise. C'est peut-être le moment d'acheter.

— C'est possible...

Un court silence s'installa, le temps pour Barakat d'évaluer l'information.

— Ah oui, il y a autre chose...

— Vraiment ? dit Barakat, simulant à son tour la surprise.

— Je me demandais si tu savais quelque chose au sujet de Nasir Hammoud ?

— Je sais ce que tout le monde sait. Pour le reste, personne ne peut le dire. C'est un homme très secret.

— Peux-tu me donner quelques renseignements sur lui ?

— Peut-être. Pas au téléphone.

— Puis-je passer te voir ?

— Bien sûr, mais je suis assez occupé. Quand penses-tu venir ?

— Dans vingt minutes, à peu près.

— Si vite ? (La hâte de Sam n'arrangeait guère Barakat, mais il était maintenant son obligé.) Disons une demi-heure.

Les locaux de la BankArabia, la banque de Barakat, se trouvaient tout près de Park Lane, à une courte distance à pied du bureau de Sam Hoffman. Vu de l'extérieur, c'était un bâtiment modeste, bien moins imposant que les banques plus récentes, tenues par les Saoudiens, les Qataris ou les Koweïtiens qui s'étaient installés dans les endroits les plus chers de Londres. L'argent arabe relevait de la même typologie que n'importe quel autre argent. L'argent neuf voulait se faire connaître. L'argent plus ancien tenait à démontrer sa force et sa pérennité. L'argent sale préférait se cacher. Coyote Investment appartenait à cette dernière catégorie. BankArabia se situait quelque part entre les trois.

Barakat était un homme solidement bâti, avec un visage rond de la taille d'une balle de bowling. Il aimait les costumes italiens les plus modernes, coupés sur mesure, mais trop grands de plusieurs tailles, et qui lui donnaient l'air d'être enveloppé dans un parachute de soie. Lorsque Sam entra, il regarda sa montre, ce qui signifiait que l'entretien ne durerait pas, quelle que soit la dette contractée envers son ami.

— Alors, que sais-tu de Nasir Hammoud ? lança Sam aussitôt la porte fermée.

Si Barakat ne disposait que de peu de temps, mieux valait ne pas le gaspiller en plaisanteries inutiles.

— Ton père sait-il que tu es venu me voir à ce sujet ?

— Oui, mentit Sam.

Quelle différence cela pouvait-il bien faire ?

Barakat arqua un sourcil tout en hochant la tête, comme pour dire que, s'il croyait Sam, il ne manquerait cependant pas de vérifier sa réponse.

— Très bien. Que veux-tu savoir ?

— Tout ce que tu peux m'apprendre.

— Parfait. Eh bien, je peux déjà t'annoncer que Hammoud était récemment en voyage.

— Vraiment ? Et où cela ?

— Selon les rumeurs, à Bagdad.

Hoffman ne put s'empêcher de sourire. Barakat savait toujours tout.

— Ce qui signifie... ?

— Qu'il a besoin de parler à quelqu'un. Ou que quelqu'un veut lui parler. Ou peut-être sa mère est-elle malade et tient-il à lui rendre visite. Mon cher Sam, comment pourrais-je le deviner ? Nous parlons de l'Irak, le pays où personne ne sait rien.

— Je comprends. Personne ne sait rien. Mais toi, qu'en penses-tu ?

— Je pense qu'il se passe des choses étranges en Irak. C'est ce que disent tous ceux qui connaissent le pays. Quelque chose se passe à Bagdad. Je ne peux pas t'en dire plus. Pourquoi ne poses-tu pas la question à ton père ?

— J'ai essayé. Oublions mon père, et ce qui se passe à Bagdad. Parle-moi de Coyote Investment.

— Pourquoi pas ? répondit le Palestinien. Je vais te dire l'essentiel de ce que je sais. Parce que je t'aime bien, et ton père aussi.

Hoffman hocha la tête et posa la main sur son cœur. Mon Dieu, songea-t-il, tout ça va me coûter une fortune.

— Coyote Investment est une holding domiciliée ici à Londres. La société possède de nombreuses entreprises à travers le monde. Dans l'acier, l'aluminium, l'informatique, l'industrie chimique. Je pourrais te donner une liste de ses filiales, mais là n'est pas l'important. L'important, ce n'est pas de savoir ce que possède Coyote, mais de savoir *qui* possède Coyote...

— C'est facile : Nasir Hammoud.

— Ce n'est pas aussi simple, mon cher Sam.

— Qui, alors ?

Barakat leva l'index et en tapota son nez.

— C'est là toute la question : qui ?

— Dis-le-moi. Il faut que je le sache.

— Peut-être. En échange, tu dois m'expliquer pourquoi cette affaire t'intéresse tant.

— Je dois aider quelqu'un. Un homme qui a très peur de Hammoud et qui a besoin de renseignements à son sujet.

— De quoi a-t-il peur ? Hammoud essaye-t-il de s'emparer de sa société ?

— Non, pas du tout. Cet homme ne représente rien. Tout à fait entre nous, c'est un cuisinier philippin qui est persuadé que Hammoud a tué sa femme. J'ai promis de l'aider.

— Ah, Sam, quel Robin des Bois ! s'exclama Barakat. Très bien, aucun problème, *habibi*. On ne vous changera jamais, vous autres Américains. Toujours à défendre la veuve et l'orphelin, à combattre pour des causes perdues. C'est ce qui vous rend si sympathiques. Pardonne mon indiscrétion.

— Tu allais me dire qui possède Coyote...

— Non, ce n'était pas mon intention, mais maintenant que je sais qu'il s'agit de charité, je vais te confier ce que j'ai entendu dire. Ce ne sont que des ragots, tu me comprends bien ?

— Parfaitement bien. Allons, dis-moi.

— L'identité des actionnaires est un secret bien gardé, et il est difficile d'y voir clair. Mais on peut raisonnablement penser que Hammoud lui-même ne détient qu'une partie relativement faible du total. Peut-être dix pour cent.

— Alors, à qui appartient le reste ?

— Précisément, c'est ce que nous aimerions tous savoir.

— Allons, Asad. Qui ?

— Tu veux mon avis ?

— Mais oui, pour l'amour du Ciel !

— Le Chef suprême de Bagdad.

— Non ! Vraiment ?

— Tout ce qu'il y a de vrai. On m'a dit que les parts de Coyote étaient en réalité détenues par des compagnies offshore appartenant en grande partie à la famille du Chef suprême. Mais cela reste impossible à prouver. Certaines personnes sont convaincues qu'il s'agit du pécule secret du Chef suprême.

— Quelle somme cela représente-t-il ?

— Cinq milliards de dollars au minimum. Peut-être le double. Peut-être cinq fois cette somme. Qui peut le savoir ? Quel que soit le montant, il est investi dans les meilleures conditions en Europe et en Amérique... et rapporte assez d'argent pour tenir chaud au Chef suprême indéfiniment, malgré tous les efforts du reste du monde pour le pousser à vider les lieux.

— Le Chef suprême encaisse les bénéfices ?

— Sans doute. Si mes renseignements sont bons, les profits sont répartis tous les trimestres : Hammoud garde dix pour cent, à peu près, et le reste revient aux sociétés-écrans du Chef suprême.

— Où sont-elles domiciliées ?

— Je n'en sais rien. Peut-être au Liechtenstein, ou au Luxembourg, ou à Panama. Probablement à Genève. Les Suisses sont aussi discrets que les Panaméens, mais il est plus commode de traiter avec eux. Et puis à Genève, on parle français, plutôt que cette absurde langue espagnole.

Hoffman tenta de récapituler ce qu'il venait d'apprendre.

— Si j'ai bien compris, Coyote est en quelque sorte la banque privée du Chef suprême, et Hammoud son banquier. Et tout cela marche comme sur des roulettes.

— Oui, à moins que quelqu'un ne devienne trop vorace. Tu sais, parmi les Arabes, il existe toujours des rumeurs selon lesquelles un tel ou un tel devient trop gourmand.

— Désolé, Asad, je ne te suis plus.

— Si je possède dix pour cent de quelque chose, je vais assez vite me dire que je mérite vingt pour cent, c'est presque une loi de la nature. Ou mieux encore, cinquante pour cent. Et si je pense que personne ne regarde de mon côté, je risque d'être tenté de mettre la main dans la tirelire.

— Et si l'un des employés de Hammoud le prenait la main dans le sac ? Qu'arriverait-il à cette personne ?

— *Haram*, dit Barakat. Quel dommage !

— Que veux-tu dire ?

— Cette personne, je le crains, devrait mourir.

— Mourir ?

— Oui. Malheureusement. Quel dommage. *Haram*.

Sam Hoffman resta sous le choc en entendant Barakat prononcer une sentence de mort contre quiconque se mêlerait des affaires de Coyote Investment. Il songea à la soirée du samedi précédent, à Lina et aux brûlures de cigarettes. Barakat consultait sa montre.

— Je t'en prie, Asad-bey. Je voudrais savoir autre chose. D'où vient tout cet argent, au départ ? Il s'agit de milliards de dollars. Comment le Chef suprême a-t-il pu les faire sortir du pays sans que personne le sache ?

— Dernière question, mon ami. (Il agita l'index, comme pour reprocher à Sam de profiter de son hospitalité.) Selon une théorie à laquelle certains veulent croire, l'argent proviendrait de commissions touchées par le Chef suprême sur les ventes de pétrole. Cinq pour cent de tous les revenus pétroliers auraient été envoyés sur un compte secret, quelque part. C'est ce que pensent beaucoup de gens, mais je n'en suis pas sûr.

— Et pourquoi donc ?

— Parce que trop de gens ont entendu cette histoire. Elle ne peut pas être vraie. On ne peut pas posséder un pécule secret si tout le monde est au courant de sa provenance. Ce n'est pas ainsi que le monde fonctionne. Je vais te dire ce que je pense, mais seulement à cause de mon admiration pour ton père. Il y a dix ans de cela, le gouvernement irakien a passé un marché avec la France pour l'achat d'avions de chasse. C'était une transaction de deux milliards de dollars. Un contrat a été signé mais, à l'époque, l'Irak était en guerre avec l'Iran. Il y avait un embargo, et les chasseurs n'ont pas été livrés.

— C'est exact. Je me souviens de cette affaire.

— Mais l'Irak avait payé ses avions comptant lors de la signature du contrat. Tu me suis ? Il est possible que cet argent ait été versé sur un compte numéroté en Suisse, où il était censé rester jusqu'à la livraison effective de la commande.

— Que s'est-il passé à la fin de la guerre entre l'Iran et l'Irak ?

— Pouf ! L'argent a disparu ! C'est en tout cas ce que certains pensent. Disparus, deux milliards de dollars ! A ton avis, qui était l'agent qui s'occupait du marché des avions de chasse français ?

— Nasir Hammoud ?

— Lui-même.

Barakat jeta un coup d'œil ostensible à sa montre. La conversation l'avait épuisé.

— Qui d'autre pourrait me fournir des renseignements sur Coyote ? Peux-tu me conseiller quelqu'un ?

— Assez de questions, mon trop curieux ami. Il est temps que tu partes.

— Je t'en prie. Donne-moi un indice, un point de départ.

— Il y a un homme, à Londres, qui traite beaucoup d'affaires avec Hammoud. Ils sont associés dans une société pétrochimique, je crois. C'est un Saoudien, mais il ne voudra jamais te parler.

Barakat poussa un soupir, se leva et commença à diriger Sam vers la porte.

— Quel est son nom ?

— Cela suffit. Tu commences à gémir, c'est déplaisant.

Hoffman était déjà dans le couloir, hors du bureau. Il savait qu'il dépassait honteusement les limites de l'hospitalité arabe la plus généreuse, mais il n'avait pas le choix.

— Quel est son nom ? répéta-t-il.

— Le prince Jalal bin Abdel-Rahman, répondit Barakat.

Il secoua la tête, soupira comme un maître d'école résigné, puis ferma la porte.

Seul dans le couloir, Hoffman était en proie à une sorte de vertige, comme dans une chute libre qui le ferait dégringoler vers le passé. Le nom mentionné par

Barakat lui était très familier. Cet homme avait été dans le passé l'un de ses clients – et presque un ami – jusqu'au jour où il avait présenté à Sam une requête tellement scandaleuse, et pourtant si ordinaire, que celui-ci en avait conclu qu'il lui était impossible de continuer à exercer son métier dans une banque. Si un homme pouvait se sentir responsable de la tournure prise par la carrière de Sam Hoffman, c'était bien le prince Jalal. C'était sans doute la personne au monde qu'il désirait le moins rencontrer.

Pourtant, le pire dans cette affaire, c'était que Barakat se trompait sur un point. Jalal se montrerait tout à fait enthousiaste à l'idée de lui parler. Ne serait-ce que pour le convaincre de ses torts.

9

Un paquet envoyé de Londres par messagerie spéciale arriva cette semaine-là à Washington, dans les bureaux du cabinet Hatton, Marola & Dubin, avoués. Il en arrivait une douzaine du même genre chaque jour, mais celui-ci fut reçu avec un soin tout particulier. Le destinataire supposé, Arthur T. Peabody, bien que répertorié comme associé du cabinet, n'existait pas. Ce nom était un pseudonyme utilisé par l'associé principal, Robert Z. Hatton, pour les communications sensibles. Chaque envoi adressé à M. Peabody était aussitôt retiré du courrier par le premier clerc, employé par le cabinet depuis sa création, et remis à M. Hatton dans son bureau, au dernier étage de l'immeuble.

Le bureau de Hatton dominait la maigre étendue d'herbe située au centre du quartier des affaires de Washington, et connue sous le nom de Farragut Square. La firme avait choisi de demeurer dans ce lieu vénérable – bien que la plupart des géants des métiers de loi eussent décidé de partir plus à l'est, vers la « nouvelle » Pennsylvania Avenue, ou plus à l'ouest, vers le « nouveau » West End – afin que Hatton puisse continuer à travailler près de son club favori, l'Athenian, où il aimait jouer au squash. La seule particularité du bureau de M. Hatton était l'absence totale de tout élément personnel de décoration. Aucune plaque, aucun certificat sur les murs. Pas de diplômes encadrés ni de photographies de Hatton serrant des mains. Pas même un cliché de sa famille. On n'y trouvait que l'homme lui-même, assis derrière son vaste bureau, contemplant la comédie humaine par la fenêtre.

Hatton était au téléphone lorsque le paquet arriva. Il l'examina, remarqua l'adresse londonienne de l'expéditeur, et le mit de côté en attendant de pouvoir terminer la communication. A l'autre bout du fil se trouvait un sénateur qui s'attendait, non sans motif, à une mise en examen imminente. Hatton allait devoir attendre quelques minutes avant de délivrer son oracle, toujours le même : « Ne faites rien. » Hatton donnait invariablement ce conseil et, dans la plupart des cas, il avait raison.

Hatton avait contribué à faire de son cabinet juridique l'un des piliers de l'establishment de Washington. Comme tout ce qui durait dans la capitale, la firme trouvait ses racines dans l'histoire récente du parti démocrate. Elle avait été créée dans les années soixante par un groupe de jeunes juristes de la nébuleuse Kennedy, persuadés que, l'époque de la vie facile étant désormais révolue, il était grand temps de gagner sérieusement de l'argent. C'est ce qui arriva. Pendant une trentaine d'années, la société prospéra sous des administrations aussi bien républicaines que démocrates, pour parvenir enfin à un stade de prospérité permanente. Il était difficile pour la plupart des clients de se souvenir du passé des principaux associés avant la création du cabinet, mais une chose était sûre : ils étaient tous venus d'ailleurs. Seymour « Sy » Dubin avait été conseiller de la Commission des finances de la Chambre des représentants, et John Marola, chef de la section des délits financiers à la division criminelle du ministère de la Justice. Quant à Hatton, même ses plus vieux amis restaient assez vagues sur les occupations – diverses activités outre-mer, disait-on – qui étaient les siennes avant qu'il ne se décide à travailler dans le privé, ce qui était déjà un indice. Lorsque d'importants clients le pressaient d'en dire plus, Hatton répondait qu'il avait travaillé bien des années plus tôt pour le Consortium international d'aéronautique, et leur adressait un clin d'œil. Ils comprenaient ou non mais, dans les deux cas, il était inutile de se lancer dans des explications.

Dès les années 90, le cabinet employait plus d'une centaine de juristes. Comme la plupart des firmes juridiques de la ville, il se targuait de présenter un ensemble complet de services capables de gérer tous les types de problèmes que pouvaient rencontrer ses clients les plus importants, sans qu'ils aient besoin de consulter d'autres spécialistes. Il disposait d'un département fiscal, toujours supervisé par Dubin, d'un département des affaires criminelles, chapeauté par Marola, d'un service du contentieux, d'un service immobilier et d'un département du droit des affaires et de la concurrence. Les revenus de la société augmentaient d'année en année, et l'on mettait en général ce succès sur le compte de l'habileté de ses juristes et de l'importance de sa clientèle. Cette explication satisfaisait tout le monde, sauf le comité de direction, qui savait qu'il s'agissait d'un mensonge. La vérité, c'était que la majeure partie des activités de Hatton, Marola & Dubin – tout aussi honorables qu'elles puissent être – constituait une couverture pour des occupations plus sérieuses : pourvoir aux besoins d'une poignée d'Arabes riches et influents.

Ces clients ne traitaient qu'avec Hatton et, dans beaucoup de cas, il était le seul à connaître le vrai nom des gens qu'il représentait avec tant de diligence. Il répartissait le travail et en rassemblait les éléments une fois celui-ci terminé. Il avait développé un système un peu comparable à celui utilisé par la CIA, dans lequel ses clients personnels n'étaient connus du reste de la firme que sous des pseudonymes. Il choisissait des noms anglais simples, tels que Jones ou Smith, ajoutant de temps à autre un patronyme latin ou japonais pour entretenir la confusion. Le système donnait en général satisfaction.

Le sénateur à l'autre bout de la ligne finit par accepter le conseil de Hatton, le laissant libre de raccrocher et de s'intéresser à d'autres affaires. Celui-ci décacheta la pochette destinée à Arthur T. Peabody et en retira le contenu. C'était un mémorandum de neuf pages, sans aucune précision quant à son auteur ou quant au motif de l'envoi. La page de garde était vierge, excepté un bref résumé du texte, dactylographié en majuscules : « ACTIVITÉS RÉCENTES DE SAMUEL HOFFMAN ». Hatton parcourut rapidement le document, puis le relut avec soin. Il se leva ensuite et se dirigea vers une porte, à l'autre extrémité de son bureau, en emportant le mémorandum avec lui. La porte, presque invisible, était peinte du même beige apaisant que le reste de la pièce, mais elle était construite en acier renforcé, et munie de deux serrures. Hatton composa un code sur l'une des serrures, puis il prit une grosse clef dans sa poche et la fit tourner dans l'autre. La porte s'ouvrit sur une petite pièce dépourvue de fenêtre, de la taille d'un grand débarras. C'était la salle des archives privées de Hatton, là où il classait tous les documents sensibles liés à ses pratiques professionnelles les plus secrètes. Il ouvrit l'un des coffres-forts et y déposa le mémorandum.

Une fois la porte refermée derrière lui, Hatton passa voir sa secrétaire afin de prendre connaissance des messages téléphoniques du matin. Celui qui se trouvait au sommet de la pile était marqué « Urgent » et provenait d'un vieil ami qui vivait à Londres, un homme qui avait travaillé pendant des années au service de l'État avant de prendre une semi-retraite. Hatton le rappela aussitôt et s'entretint avec lui pendant plus de vingt minutes – un record – avant de regagner la porte d'acier de son bureau et de répéter la même fastidieuse procédure. Une fois à l'intérieur, il ouvrit un autre coffre et en retira l'adresse et le numéro de téléphone d'un avoué de Manille. L'avoué philippin était un autre vieil ami de Hatton qui, à l'époque de Marcos, travaillait pour les services spéciaux de son pays. Il était l'un des nombreux contacts – une centaine ou plus – entretenus par Hatton tout au long d'une vie consacrée à des affaires sensibles, et celui-ci prenait toujours soin de s'assurer que cet homme, comme beaucoup d'autres, reçoive toujours l'aide légale et profite des opportunités d'affaires que Hatton, Marola & Dubin étaient en mesure de lui fournir. Tous les efforts du monde pouvaient se résumer en trois activités, selon Hatton, qui en faisait un article de foi : gagner de l'argent, cacher de l'argent et, si ces deux premières activités étaient menées à bien, dépenser de l'argent.

Hatton appela lui-même Manille, sans passer par sa secrétaire. Il s'excusa de réveiller son ami au milieu de ce qui était encore la nuit dans cette partie du monde, puis il passa directement au vif du sujet et formula sa demande. C'était simple et direct, et cinq minutes s'étaient à peine écoulées lorsque Hatton remercia son ami et l'invita à séjourner dans sa maison de campagne lors de sa prochaine visite à Washington.

Ce bref coup de téléphone déclencha une réaction

en chaîne dont les conséquences se firent sentir d'un bout à l'autre du monde. Le lendemain matin à Manille, l'avoué philippin téléphona à l'un de ses contacts au ministère des Affaires étrangères et lui présenta une requête particulière. Le diplomate, à son tour, s'arrangea pour transmettre un câble urgent du ministère à l'ambassade des Philippines à Londres. Le chargé des affaires politiques de l'ambassade qui reçut le câble fit ce qui lui était ordonné et passa un coup de téléphone au bureau d'un consultant financier londonien.

— Hoffman Associates, répondit Sam, à l'autre bout de la chaîne, en décrochant le combiné. Que puis-je faire pour vous ?

Sam répondait lui-même au téléphone depuis que la secrétaire antillaise qu'il employait à mi-temps l'avait quitté pour devenir chanteuse de cabaret à plein temps.

— Allô, bonjour, je suis le conseiller Costanza, de l'ambassade des Philippines, répondit la voix. Je suis désolé de vous déranger, mais on m'a demandé de vous transmettre un message.

Sam se sentit soudain mal à l'aise à l'évocation des Philippines. Depuis la semaine précédente, il s'inquiétait de plus en plus du sort de son « client » philippin, et son incapacité à entrer en contact avec lui le remplissait de frustration.

— De la part de qui ? demanda-t-il.

— De la part de M. Ramon Pinta.

— Très bien ! s'exclama Sam. J'espérais justement recevoir de ses nouvelles. Comment va-t-il ?

Le diplomate continuait à réciter sa leçon.

— Vous avez travaillé pour lui, je crois ?

— C'est exact. J'ai essayé de l'aider. Sa femme est décédée, et il n'avait personne à qui s'adresser. Comment va-t-il ? Tout va bien ?

— Oui. Je suis heureux de vous apprendre que M. Pinta est rentré hier aux Philippines pour retrouver sa famille.

— Oh, dit Hoffman avec prudence. Très bien.

— Avant son départ, M. Pinta a appelé l'ambassade et demandé que l'on vous transmette un message. C'est la raison de mon appel.

— Parfait. Quel est la teneur de ce message ?

— Il nous a demandé de vous dire qu'en raison de son retour au pays, il ne souhaite pas que vous poursuiviez vos recherches. Il vous demande instamment de cesser votre enquête. Il nous a affirmé que vous sauriez de quoi il s'agit.

— Je vois, répondit Hoffman d'une voix calme. Merci de votre appel.

Lorsqu'il eut raccroché le combiné, Sam frappa si fort son bureau qu'une douleur lancinante lui traversa la main. Il savait exactement ce que cet appel signifiait : Ramon Pinta, le petit homme aux dents gâtées, était mort.

DEUXIÈME PARTIE

LE MAUVAIS ŒIL

10

Le pub aux armes de l'Enclume commença à se remplir vers dix-sept heures trente, alors que les immeubles de bureaux le long de Knightsbridge libéraient leur lot quotidien de prisonniers salariés. Sam Hoffman choisit un siège près de la baie vitrée et son regard s'éleva vers les locaux de Hammoud, de l'autre côté de la rue. Il compta cinq étages et scruta du regard les fenêtres. La plupart des bureaux paraissaient encore occupés, mais les stores étaient baissés, aussi était-il impossible de distinguer ce qui se passait à l'intérieur. Le plus vaste, celui qui occupait le coin de l'étage, était plongé dans l'obscurité. L'ensemble évoquait une lugubre tirelire, bourrée d'argent, inaccessible au monde extérieur. Lina Alwan se trouvait enfermée dans ces lieux. Sam Hoffman aurait aimé l'en faire sortir.

Quelques minutes après dix-huit heures, les lumières des bureaux du cinquième étage de l'immeuble de Coyote Investment s'éteignirent les unes après les autres, et un flot d'employés commença à s'écouler de la porte d'entrée. Hoffman craignait de manquer Lina, aussi se dirigea-t-il vers la porte du pub. Un coursier était là, à l'extérieur, berçant son casque de moto entre ses mains et profitant du soleil de la fin d'après-midi. Ses cheveux étaient aussi blonds que de la paille, et il ressemblait à un Viking moderne. Lorsque Hoffman croisa son regard, il se détourna, marcha jusqu'à son énorme Honda, puis démarra dans un rugissement.

Lina sortit et se faufila dans la foule avec tant de vivacité que Sam faillit de ne pas la voir. Seule sa chevelure noire et son profil marqué permettaient de la repérer parmi les passants aux vêtements ternes et au teint blafard. Sam Hoffman la perdit un instant de vue, puis il la retrouva au coin de la rue, où elle attendait pour traverser. Il jugea imprudent de se montrer trop tôt – ils étaient encore proches des locaux de Coyote Investment – aussi la suivit-il à trente mètres de distance jusqu'au moment où elle pénétra dans le parc et franchit le Dell, un pont dont l'arche surplombait un bosquet de fleurs et de fougères. Alors que Lina commençait à grimper la colline qui menait à Marble Arch, Hoffman pressa l'allure ; il était juste derrière elle lorsqu'elle se retourna. Elle le reconnut et ses yeux trahirent des sentiments mêlés de crainte et de soulagement.

— Bonjour, lança Hoffman. Quelle coïncidence, de se rencontrer par ici !

— Allez-vous-en, répondit-elle. (Son regard traversa la pelouse, comme pour y repérer un éventuel suiveur. Ils étaient seuls, mis à part une femme assise sur un banc qui écoutait une cassette sur son baladeur Sony, et un collégien d'origine pakistanaise qui tapait dans un ballon. Les yeux de Lina lançaient maintenant des éclairs, et elle paraissait plus en colère qu'effrayée.) Vous ne devez pas me suivre. Je ne peux pas vous parler.

Elle se détourna soudain et continua son chemin vers Park Lane.

— Hé ! Attendez une minute ! s'écria Hoffman en se lançant à sa poursuite. J'ai quelque chose à vous dire.

Il avança la main pour la retenir, mais la jeune femme eut un mouvement de recul.

— C'est impossible, dit-elle d'une voix coléreuse. Cet endroit n'est pas sûr. Ils nous surveillent peut-être.

Hoffman balaya la colline du regard. Il désigna d'un geste de la main la crête, où se trouvait un endroit sombre et isolé, près du *cottage* du gardien du parc.

— Nous y serons tranquilles. Quelques minutes seulement. Nous devons parler. Vraiment.

Lina jeta un coup d'œil autour d'elle. Ils semblaient seuls, mais il était impossible de s'en assurer. Hoffman lui prit le bras et, cette fois, elle accepta de le suivre. Ils marchèrent en silence, regardant de temps en temps par-dessus leur épaule afin de vérifier que personne ne les suivait, tandis que la végétation s'épaississait autour d'eux. Hoffman s'arrêta soudain et se tourna vers Lina.

— Il fallait que je vous parle, dit-il. Pour vous mettre en garde contre votre patron, Hammoud. Il est dangereux.

Elle le fixa, incrédule, et secoua la tête.

— Et c'est cela que vous aviez à me dire ? Que M. Hammoud est dangereux ? C'est vraiment gentil de votre part !

— Je suis très sérieux. Vous souvenez-vous du Philippin qui est venu me voir au sujet de sa femme ? Il a disparu. L'ambassade m'a raconté une histoire à dormir debout. Il serait reparti dans son pays et n'aurait plus besoin d'aide de ma part ; c'est un mensonge. Je pense que Hammoud l'a fait tuer, simplement parce qu'il est venu me parler. Et maintenant, je crains qu'ils ne s'en prennent à vous.

— C'est déjà fait, répliqua Lina d'un ton glacé. C'est ce que vous refusez de comprendre.

Elle se remit en marche vers un groupe d'arbres et d'arbustes qui formaient une sorte de clôture naturelle. Hoffman la suivit.

— Quand ?

— Après la réception chez les Darwish. Le responsable de la sécurité m'a mise en garde contre les contacts avec des étrangers. Il paraissait savoir qui vous étiez.

— Que lui avez-vous dit ?

— La vérité. Je lui ai expliqué que je ne vous connaissais pas avant la réception et que je n'avais aucune intention de vous revoir. Maintenant, voudriez-vous me laisser seule ?

— Je suis navré. Je ne savais pas. Nous sommes ici en sécurité. Je suis certain que personne ne nous a suivis. Et c'est un plaisir de vous revoir, ajouta-t-il en amorçant un sourire.

Lina ne répondit pas. La voûte des arbres se faisait plus dense au fur et à mesure qu'ils avançaient, et un parfum boisé montait de la mousse humide sous leurs pas. C'était pour la jeune femme une sensation familière. Elle se souvint brusquement que c'était dans une forêt comme celle-ci qu'elle avait pour la première fois laissé un garçon poser la main sur sa poitrine. Il avait ensuite glissé l'autre main sous son slip, et elle s'était enfuie.

— Je dois m'en aller, annonça-t-elle.

Hoffman savait qu'il devait la laisser partir. Chaque minute supplémentaire en sa compagnie pouvait lui attirer des ennuis. Mais il voulait autre chose. Il se pencha vers elle, et ses lèvres touchaient presque l'oreille de Lina.

— J'ai besoin d'aide, dit-il.

— A quel propos ?

— Afin d'obtenir assez d'informations pour aller voir la police au sujet de Hammoud. Cet homme est dangereux. Si nous n'agissons pas, il continuera à terroriser tout le monde.

— Ce n'est pas mon affaire, répondit lentement Lina. J'ai seulement écrit un petit mot à M. Pinta à l'occasion du décès de sa femme. C'était une réaction de pure politesse.

Hoffman leva les yeux vers elle, l'implorant du regard comme il l'avait fait le soir de la réception. Ils arrivaient près du bord de l'enclos boisé. Sur le sentier, cinquante mètres plus loin, un homme promenait son chien. Il ne leur restait guère de temps, et Hoffman savait qu'il n'accomplissait pas seulement un devoir de charité. Il travaillait, même si son client était mort, et il lui fallait des renseignements.

— Qui possède vraiment Coyote Investment ? demanda-t-il dans un murmure. Vous le savez ?

— Cela suffit.

— Je vous en prie. J'ai besoin d'aide. J'ai promis à Pinta de m'occuper de son affaire, mais je ne peux pas aller voir la police si je ne dispose d'aucun élément. Qu'est allé faire Hammoud en Irak ?

— Assez ! s'écria Lina.

Elle accélérait le pas et courait presque. Hoffman joua une dernière carte. C'était tout ce qu'il lui restait.

— Connaissez-vous Oscar Trading ?

Lina se retourna et le regarda droit dans les yeux. Son visage était soudain devenu livide.

— Je ne sais pas, répondit-elle d'un ton brusque. Laissez-moi tranquille.

Ils quittaient maintenant leur retraite boisée et rejoignaient le sentier qui coupait la pelouse en diagonale vers Speaker's Corner. Il y avait des bancs tous les dix mètres, et quelques promeneurs courageux restaient assis, solitaires, dans la lumière déclinante du soir. Hoffman les passa rapidement en revue et ses yeux s'arrêtèrent soudain sur un visage, à moins de trente mètres, qui fixait un journal d'un air stupide. Il l'avait déjà vu. L'homme ne portait plus de casque, et un trench-coat gris couvrait ses autres vêtements. Mais les cheveux blonds comme de la paille étaient les mêmes. Le coursier à moto qui prenait un bain de soleil une demi-heure plus tôt devant la porte de l'Enclume venait de faire surface de l'autre côté du parc, avec de nouveaux vêtements. Hoffman regarda autour de lui, se demandant que faire. Lina perçut la tension qu'exprimait son visage.

— Que se passe-t-il ? interrogea-t-elle.

— Rien. (Ce n'était même pas un mensonge crédible. Il réfléchit un instant, puis lui répondit à voix basse). Écoutez-moi, Lina. Faites exactement ce que je vais vous dire, et tout se passera bien. Compris ? D'abord, je veux que vous me donniez une gifle, et une bonne. Ensuite, vous m'ordonnerez, aussi fort que possible, de cesser de vous suivre. Et vous partirez en courant. D'accord ?

Les yeux de Lina montraient qu'elle avait compris, mais elle semblait paralysée à l'idée d'avoir été suivie.

— Allez-y, bon Dieu ! lança-t-il. Maintenant !

Surprise par le ton de Hoffman, elle frappa aussitôt. Sa paume atterrit sur la joue de Sam comme un coup de tonnerre.

— Cessez de me suivre, cria-t-elle. (Ses yeux étincelaient ; sa rage n'était pas feinte.) Espèce de salaud ! Je vous ai dit après la réception que je ne voulais plus vous voir, et c'était vrai ! Allez vous faire foutre !

Elle frappa Sam une fois de plus, encore plus fort,

et partit en courant, coupant à travers la pelouse vers Park Lane.

Plusieurs personnes assises sur les bancs levèrent la tête, y compris le coursier motocycliste. Hoffman regarda courir Lina, la joue endolorie, se maudissant tout bas pour sa stupidité. Au moins, elle disposait maintenant d'un alibi.

11

Lina erra comme dans un rêve après avoir quitté Hoffman. Elle traversa Park Lane et marcha vers le sud, puis l'est, par Mayfair, puis à nouveau vers le sud, en direction de Piccadilly. Elle dérivait sans but, presque au hasard, comme si elle cherchait à échapper, non à une personne ou à un lieu, mais à quelque chose qui habitait son propre corps. Elle tenta de réfléchir à ce qu'elle dirait au professeur Sarkis. La panique s'emparait de son esprit, et elle se sentait incapable de la moindre pensée cohérente. C'était un peu comme si on lui avait annoncé qu'elle était malade. Quelques heures plus tôt, elle était en pleine forme ; et maintenant, soudainement, elle était malade. La seule thérapie consistait à continuer à se déplacer. Elle prit le métro à Green Park et le quitta à Victoria Station, où elle se plongea quelques minutes dans la marée descendante des banlieusards. Elle savait que les hommes de Hammoud la surveillaient sans doute, même dans le métro. Ils lui faisaient songer à une lumière que l'on ne peut éteindre, car on en ignore l'origine. Elle reprit la Circle Line jusqu'à Sloane Square. Elle ne se sentait pas prête à rentrer chez elle, aussi descendit-elle pour attendre le train suivant.

Lina était assise sur l'un des bancs de bois de la station crasseuse, et elle observait les affiches montrant des femmes qui se déshabillaient, enthousiasmées par les mérites d'un soda ou d'une marque de friandises. Un musicien de rue, installé vers la sortie, écorchait une chanson de Bob Dylan. Une bohémienne en haillons avançait le long des bancs, mendiant de l'argent dans un dialecte impossible à situer. C'était une scène de naufrage spirituel qui ne correspondait que trop bien au désarroi intérieur de Lina. Elle ressentit soudain le besoin de prier, mais elle n'était pas sûre de savoir s'y prendre. C'était là un autre de ses problèmes : elle s'était aliéné sa propre religion. Elle cuisait encore des gâteaux pour l'Aïd al Fittir, et demandait poliment à Dieu de bien vouloir accorder une bonne santé à quiconque passait le pas de sa porte, mais elle ne pouvait prier. L'Islam, pour elle, ne représentait guère plus qu'un vague unitarisme arabe – la conscience du fait qu'Allah était caché quelque part, visible dans les couchers de soleil, dans les fleurs, dans la naissance des enfants, mais hors de portée en cas de crise.

Un autre train pénétra dans la station. Ses portes s'ouvrirent, comme une invite à monter. Lina s'installa sur un siège et ferma les yeux pour se protéger de la poussière et du vacarme de la Circle Line. Ballottée par les mouvements de la rame, elle se répétait en arabe une prière qu'elle avait souvent entendu son père réciter : « Dieu est la Lumière du Paradis et de la Terre. Cette Lumière prend la forme de... » Elle tenta de se rappeler le reste, mais la seule prière dont elle se souvenait était la plus simple de toutes : *La ilaha illa-Llah. Mohammed rasul allah* – « Dieu est le seul Dieu », et Mahomet est Son Prophète. Elle éprouvait une sensation étrange à prier ainsi. Ses jeunes amis arabes se seraient sentis gênés pour elle. La prière était bonne pour les Iraniens et pour de vieux fous aux barbes laineuses. *La ilaha illa-Llah. Mohammed rasul allah*. Elle répéta la prière plusieurs fois, et les mots étaient apaisants comme le son de l'eau qui ruisselle sur des pierres. Le train atteignit Notting Hill Gate, l'arrêt le plus proche de chez elle. Lina resta jusqu'à Bayswater, la station suivante, puis rentra à pied chez elle.

Haram. C'était comme un jeu, prier, changer de train, manquer des arrêts. Ce n'était pas pour donner le change aux hommes de Hammoud, qui avaient d'ailleurs sans doute déjà découvert ce qu'il y avait à découvrir. Lina tentait plutôt de tromper la cause plus profonde de son malheur, la force invisible, mais universelle, que les Arabes appellent *Al Ain*, le Mauvais Œil.

Malgré ses idées confuses quant à la nature divine, Lina croyait au Mauvais Œil. C'était une force de la nature, omniprésente et totalement imprévisible. Les gens évoquaient le Mauvais Œil en termes vagues, comme s'il s'agissait de la personnification de la malchance, ou du destin, mais la réalité était encore plus spécifique, et plus menaçante. Le Mauvais Œil incarnait cette partie de la nature humaine qui souhaite le mal à son prochain. C'était la jalousie ; c'était la jouissance à la vue de la souffrance des autres ; c'était la soif de vengeance. Le Mauvais Œil ressemblait à votre pire ennemi : il vous prenait ce à quoi vous teniez le plus. Si vous aviez de belles jambes, et si le Mauvais Œil s'apercevait de l'admiration qu'elles suscitaient, alors un terrible accident vous arrivait et vos jambes étaient brisées, déformées à jamais. Si vous aimiez lire, le Mauvais Œil conspirait à vous rendre aveugle, ou sourd si vous étiez musicien. Pour tenir cette force insidieuse à l'écart, il fallait avec elle user de tromperie.

C'était le seul espoir. Lorsqu'un enfant naissait chez un voisin, quelqu'un disait : « Que cet enfant est laid », et ce stratagème était censé éloigner le Mauvais Œil, lui faire croire qu'il n'y avait rien là qui puisse exciter son envie, et donc rien à détruire ; le Mauvais Œil laissait l'enfant en paix.

Mais que pouvait-il se passer si le Mauvais Œil était déterminé à vous détruire au point d'ignorer toutes vos ruses ? Il fallait alors prendre des mesures radicales. Lorsque Lina arriva enfin à son appartement de Lansdowne Walk, elle se précipita aussitôt dans sa chambre et ouvrit son coffret à bijoux. Comme toutes les femmes orientales, elle savait depuis son enfance qu'il existait un moyen de se protéger du Mauvais Œil : il fallait porter une turquoise, qui était à *Al Ain* ce que la croix est au vampire. En arabe, le nom de la turquoise était *feyrouz*, et ce n'était pas par hasard si c'était aussi le nom pris par le plus aimé des chanteurs du monde arabe, qui chantait les villages ancestraux, l'innocence perdue et l'amour maudit. Lina s'était souvent moquée de cette superstition. Elle prit pourtant une broche de turquoises dans le coffret et l'accrocha à son corsage de soie. Elle se sentit aussitôt plus en sécurité.

Lina alluma la télévision, en quête d'une distraction, mais elle ne parvint qu'à se sentir encore plus seule. Les programmes ne proposaient que des comédies bon marché, avec des rires creux préenregistrés qui retentissaient chaque fois que les acteurs échangeaient leurs pauvres répliques. Elle ouvrit une boîte de soupe, puis elle réalisa qu'elle n'avait pas faim et la versa dans l'évier. Elle composa le numéro de sa vieille amie d'université, Helen Copaken, qui vivait à Blackheath, mais elle n'obtint pas de réponse, et se mit à faire les cent pas dans son petit salon. Sur le mur, l'affiche de la porte d'Ishtar évoquait l'entrée d'une prison.

Elle passa dans sa chambre et sortit de l'armoire une photographie du seul véritable petit ami qu'elle avait jamais eu ; elle la regardait de temps à autre lorsqu'elle se sentait malheureuse. C'était un jeune homme que son père aurait aimé la voir épouser, un exilé irakien d'une famille encore plus aristocratique que la sienne ; il avait perdu le contact avec ses racines à un point tel qu'il ne savait ni lire ni écrire l'arabe. Il affichait des airs rebelles, et emmenait Lina dans des bars et à des fêtes où l'on sniffait de la cocaïne. Pendant un an, il l'avait suppliée de coucher avec lui. Lorsque Lina avait fini par céder et se donner à lui avec passion, dans l'espoir que cette victoire réchaufferait la tiédeur de ses sentiments, il s'était vite désintéressé d'elle. Il n'était guère différent des autres jeunes Arabes. Il voulait épouser une vierge. Lina rangea la photographie dans l'armoire et s'étendit un instant sur son lit. Après s'être déshabillée, puis rhabillée, elle décida enfin de passer un coup de téléphone à son amie Randa Aziz.

— *Shaku maku*, dit-elle d'une voix qui se voulait enthousiaste, lorsque Randa décrocha. (C'était une expression argotique irakienne qui signifiait « Quoi de neuf ? »)

— Où es-tu passée après le travail, *habibti* ? Je croyais que nous devions nous retrouver pour faire un peu de shopping dans New Bond Street ?

Lina soupira. Elle avait complètement oublié le rendez-vous.

— Je suis désolée. J'étais occupée ; je perds toute notion du temps.

— Occupée ? Avec qui ?

— Personne. Je ne veux pas en parler.

— Ho-ho ! Qui est-ce ?

— Personne. Il n'amène que des ennuis. Moi aussi, d'ailleurs.

— Hé, tu es sûre que tout va bien ? Tu as l'air bizarre.

— Non, ça va. Je suis seulement fatiguée.

— Il ne faut pas te laisser aller !

— Écoute, Randa, je me demandais... Tu fais quelque chose, ce soir ? Je peux passer te voir ?

— Pourquoi pas ? Tony est ici avec moi. Nous allions dîner.

— Oh, c'est vrai, j'oubliais Tony. Ce sera pour une autre fois.

Tony était le nouveau et riche petit ami de Randa. Lina essayait de paraître joyeuse, mais la déception se décelait dans sa voix.

— Attends, Lina. Pourquoi ne passerais-tu pas d'ici une heure ? Je vais prédire l'avenir de Tony après le dîner. Et le tien aussi, par la même occasion. Nous improviserons une petite fête.

— Non, vous êtes occupés. Toi et Tony préférez sans doute rester seuls ensemble. Une autre fois...

— Non, viens ! J'insiste. Il me faut un public. Et j'ai l'impression que tu as besoin de compagnie.

— C'est vrai, tu as raison. Je me sens un peu bizarre.

— Je t'attends à dix heures. Si tu viens avec une bouteille de vin, je serai ton amie pour la vie !

Lina gagna rapidement l'appartement de Randa, à Chelsea, et sonna à l'interphone, une bouteille de vin à la main. Le temps était froid et brumeux, et elle frissonna dehors trente secondes avant que Randa n'ouvre enfin la porte en gloussant. Tony souriait derrière elle, avec l'air de satisfaction du chat qui vient de dévorer un canari. Il était grand et brun, et sans doute trop beau pour son propre bien. Il paraissait avoir remonté sa braguette fort peu de temps auparavant.

— Je reviendrai un autre soir, commença Lina.

— Non, non, répondit Randa en ajustant sa robe. Entre ! Nous lavions la vaisselle. Tu connais Tony, n'est-ce pas ?

Lina hocha la tête. Tony Hashem était le fils aîné d'un homme d'affaires irakien exilé dont la fortune – comme celle de Marwan Darwish – s'était développée avec une étonnante rapidité. Les Irakiens honnêtes roulaient de gros yeux en parlant de cette sorte de gens. Si Tony n'était pas un brigand comme les autres, c'était simplement dû au fait qu'il n'éprouvait aucun intérêt pour la politique. Son idéologie se résumait à la recherche du plaisir. Cet état d'esprit s'accordait à la perfection avec celui de Randa.

Randa déboucha la bouteille de vin et servit un verre à chacun. Alors qu'elle tendait le sien à Lina, elle remarqua la broche de turquoise.

— *Feyrouz !* s'exclama-t-elle. Tu as des ennuis ?

— Non, répondit avec vivacité Lina. Pas que je sache. Je la trouve seulement jolie.

— Oh, oui, très jolie, dit Randa en hochant la tête, peu convaincue.

— C'est pour moi un jour à célébrer entre tous, intervint Tony, qui se souciait rarement des préoccupations d'autrui.

— Pourquoi cela ? demanda Lina.

— Je fête demain mon trentième anniversaire, et je pourrai enfin échapper au service militaire.

— Cela signifie-t-il que tu pourras rentrer au pays ? interrogea Lina.

Comme la plupart des jeunes Irakiens en exil, Tony évitait depuis des années de rentrer à Bagdad, pour ne pas avoir à servir dans l'armée.

— Pourquoi pas ? Ils ne devront pas compter sur Tony Hashem pour la prochaine guerre. Comme pour la précédente, d'ailleurs, et la suivante...

La guerre était une constante de la vie irakienne depuis plus d'une décennie, aussi naturelle et présente que la pluie ou le vent. Le fardeau était en général supporté par les plus pauvres, qui ne disposaient d'aucun moyen d'y échapper. Pour les Irakiens ordinaires, cette décennie avait été une décennie de misère, nourrie par la misère. Mais pour les gens comme les Hashem, les Darwish ou les Hammoud, c'était une époque faste. Le Chef suprême avait survécu à tous les conflits. Les sanctions elles-mêmes étaient une occasion de gagner de l'argent, si l'on cultivait de bons contacts et si l'on réussissait à faire passer des produits lucratifs en fraude.

— Il n'y aura peut-être pas d'autre guerre, dit Lina. Il a sans doute fini par tirer les leçons du passé.

— Qui ? Le Chef suprême ?

Lina hocha la tête.

— Jamais ! clama le jeune Hashem, enhardi par le verre de vin qu'il tenait à la main. La guerre est aussi nécessaire au Chef suprême que le lait à un nouveau-né.

— Tony ! s'écria Randa en levant les mains.

Les Irakiens ne proféraient jamais de tels propos, même à l'abri de leurs appartements londoniens.

— Je suis désolé, dit-il en l'embrassant sur la joue. Enfin, le Chef suprême n'a plus autant d'importance, maintenant. Pas autant qu'avant, en tout cas.

— Comme tu es courageux, ce soir ! dit Randa. Mais de quoi parles-tu ?

— Le Chef suprême est malade, dit-il à voix basse. C'est ce que disait un ami de mon père l'autre soir. Il disait aussi que quelque chose allait de travers à Bagdad, et mon père l'a approuvé. Je les ai entendus en parler.

— Que disaient-ils d'autre ?

— Qu'il doit y avoir un problème à Bagdad, car les membres de la famille du Chef suprême se battent entre eux. Les frères sont en colère les uns contre les autres, et surtout contre leur cousin Osman. C'est ce que disait mon père. Je sais qu'il est inquiet, parce qu'il a transféré de l'argent en Suisse, et il n'agirait pas ainsi sans motif.

— C'est ridicule, dit Randa. Qu'en penses-tu, Lina ?

— Je n'en pense rien.

Elle fronça les sourcils. Les conversations au sujet du Chef suprême lui rappelaient son bureau.

Randa changea de sujet.

— Je vais faire du café. Comment le voulez-vous ?

— Moyennement sucré, répondirent en chœur Tony et Lina.

Randa passa à la cuisine et posa une cafetière de cuivre sur le feu. Elle la laissa bouillir une fois, puis deux, puis trois, et versa alors le café épais dans trois petites tasses. Elle les disposa sur un plateau avec quelques confiseries arabes et apporta le tout dans le salon.

— Buvez votre café, mes chéris, dit-elle. Ensuite, je prédirai votre avenir.

Ils attaquèrent le breuvage, aspirant la mousse noire et dense qui garnissait le haut des tasses et la laissant couler dans leur gorge, en prenant soin de laisser le dépôt épais au fond.

Tony fut le premier à finir. Il versa le surplus de

dépôt noir et épais dans sa soucoupe, et attendit que le motif dessiné par le café demeuré à l'intérieur de la tasse soit sec et révèle enfin les secrets de son avenir.

— Toi aussi, dit Randa en hochant la tête en direction de Lina.

— Pas ce soir. Je n'en ai pas envie.

— Allons. Tu as besoin de bonnes nouvelles. Je le sais. Il n'y aura que de bonnes prévisions ce soir. Le Mauvais Œil est loin.

Pressée par son amie, Lina finit par vider sa tasse dans sa soucoupe.

Randa prit la tasse de Tony et la leva pour la tenir à la lumière. Elle la tourna avec soin dans sa main, puis adressa un sourire à son ami. N'importe qui n'aurait rien vu d'autre dans le récipient qu'un motif aléatoire déposé par les restes de café séché. Mais, entre les mains expertes de Randa, la tasse contenait l'univers tout entier.

— Je vois un paon, dit-elle en désignant une traînée indistincte de café. Un gros paon. C'est excellent. Cela signifie que tu es un homme fier, fier de toi. Fier de ton corps. (Elle lui adressa un clin d'œil avant de poursuivre.) Et je vois aussi un poisson. C'est très bien aussi. C'est un signe de chance. Tu vois ce petit gribouillis ? Voilà le poisson. Tu as de la chance, et il ne t'arrivera que des bonnes choses. Et tu peux te sentir fier, mais pas trop tout de même. Et maintenant, je vois une tour, une tour de gloire, poursuivit-elle en montrant une traînée de café qui remontait jusqu'au bord de la tasse. C'est très important. Cela veut dire que tu vas bientôt réussir quelque chose de très important. Peut-être vas-tu gagner beaucoup d'argent. Oui, c'est certainement cela. Beaucoup d'argent.

— *Ya salaam !* s'écria Tony en souriant. Pourquoi pas ?

— Et maintenant, continua Randa, rayonnante, tu ne vas pas me croire, mais c'est pourtant bien ce que je vois, là, dans la tasse. Je vois une fiancée. Ce ne peut être que ça. Regarde le visage, et le voile. Voici le nez et le menton. Tu vois ? Tu vas bientôt te marier.

— Avec qui ? Est-elle belle ?

— Oh oui. Très belle. Et très sexy !

Tony lui donna un baiser mouillé sur les lèvres. Lina se demanda s'ils n'allaient pas l'oublier dans leur ardeur, mais Randa repoussa l'étreinte de Tony et se tourna vers son amie.

— A ton tour, maintenant, annonça-t-elle en prenant la tasse de Lina.

Elle l'éleva à la lumière et fronça les sourcils. Elle la tourna ensuite à cent quatre-vingts degrés, l'examina avec un soin plus attentif et fronça à nouveau les sourcils.

— Ce doit être ma tasse, dit-elle.

— Non, non, répondit Lina. C'est bien la mienne. Quelque chose ne va pas ?

— Non, rien, c'est juste un peu étrange, voilà tout.

— Dis-moi ce que tu as vu !

— Plus tard, peut-être. Prenons un verre de vin.

— Dis-le-moi !

— Très bien, consentit Randa en poussant un profond soupir. Tout d'abord, vois-tu ces petites taches ?

Elle désigna à Lina la partie de la tasse constellée de petites gouttes de café séché. Lina hocha la tête.

— Ce sont des yeux. Cela veut dire que beaucoup de gens t'observent. Il y a beaucoup de jalousie. Le gens sont jaloux de ce que tu possèdes, et ils le veulent pour eux.

Lina porta instinctivement la main à sa broche. *Al Ain* se trouvait de toute évidence lui aussi au fond de la tasse.

— Bien. Donc, ces gens t'observent. J'ignore pourquoi. Il y a aussi beaucoup de désordre, de confusion. Regarde. (Randa lui montra une bordure irrégulière et tortueuse de marc de café, qui avait séché en formant une sorte d'écume d'un blanc grisâtre.) Cela signifie la confusion. Les choses tourbillonnent autour de toi, et tu ne sais comment réagir.

— Qu'y a-t-il d'autre ?

— Une drôle de forme. Hé, regarde ! Tu vois ? Je pense que c'est un chameau. Oui, c'est cela. Tu vois les quatre pattes ?

— Qu'est-ce que cela veut dire ?

— C'est bon signe. Tu vas partir en voyage, quitter l'Angleterre. C'est un bon présage.

Le sang de Lina se figea.

— Pourrait-il s'agir de l'Irak ?

— Pourquoi pas ? Je ne sais pas, mais je ne le pense pas. Qu'irais-tu faire en Irak ? Non, il s'agit sans doute d'un endroit très agréable. La France. Tahiti...

— Et ensuite ?

— Il est difficile de déchiffrer la suite. Il y a beaucoup de noir. Tout est noir, vraiment. Il est impossible de distinguer un motif.

— Montre-la-moi, plaida Lina. (Elle examina la tasse, à l'endroit que lui désignait Randa, et ne vit qu'une large coulée, profonde et impénétrable, de café séché. Elle secoua la tête.) Je sais ce que cela veut dire. Le noir représente le malheur.

— Parfois. Le malheur et la tristesse. Cela peut aussi vouloir dire que le véritable motif reste caché. Alors ne t'inquiète pas. C'est peut-être bon signe.

— N'essaie pas de me rassurer. Qu'est-ce qui vient ensuite, après le noir ?

— C'est bien ce qui est étrange... Après, tout est blanc. Je crois que je n'ai jamais vu une tasse comme celle-ci. Tant de noir, et puis plus rien... (Elle leva la tasse pour la montrer à Lina. Après la traînée noire, la tasse était d'un blanc éclatant sur près de la moitié de sa surface intérieure, comme si le café n'y était jamais passé.)

— Oh, mon Dieu ! Qu'est-ce que cela signifie ?

— Je ne sais pas, mais je pense que c'est un bon signe. Une longue, longue période sans problèmes après tout ce noir. Tu vois ? Comme si tu apparaissais à la sortie d'un nuage !

— Allons, Randa, dis-moi la vérité. Cela peut vouloir dire autre chose, n'est-ce pas ?

— Je ne suis pas sûre. Il existe plusieurs façons d'interpréter les signes.

— Qu'est-ce que cela veut dire ? cria presque Lina.

— Il y a un autre sens, mais je n'y crois pas. Tu tiens à ce que je te le dise tout de même ?

— Oui.

— Très bien. Parfois, un grand espace blanc après tant de noir signifie que la personne est au ciel. Au paradis. Dans un blanc pur.

— Morte.

— Oui, morte.

— Et qui est cette personne ? C'est moi ?

— Peut-être toi, ou quelqu'un que tu aimes. Mais je te le répète, Lina, ce n'est pas forcément ce que dit la tasse. A mon avis, après toute cette période où les gens te surveillent, après tout ce désordre, tu seras heureuse pendant très longtemps. Un pur bonheur.

— Pas de soucis, soyons heureux ! lança Tony d'un ton enjoué.

Il commençait à s'ennuyer, et aurait aimé reprendre des activités plus excitantes avec Randa, sur le divan.

— Oui, il faut que tu sois heureuse, approuva Randa.

— Très bien, dit Lina. Je dois partir, maintenant.

— Je t'accompagne à la porte, proposa son amie en lui prenant la main.

Lina marchait d'un pas hésitant et mal assuré. Randa la conduisit dehors, près de l'entrée, et referma la porte pour que Tony ne puisse pas l'entendre.

— Maintenant, Lina, écoute-moi, dit-elle d'une voix douce. Oublie cette histoire de café. Ce n'est qu'une superstition. J'ignore ce qui te tracasse, mais je peux t'assurer que tu t'inquiètes trop de ton travail. Tu as une mine affreuse depuis quelques jours. Affreuse. On raconte que le professeur Sarkis t'a passé un savon l'autre jour. C'est vrai ?

Lina hocha la tête.

— Eh bien, le professeur peut aller au diable. Qu'en penses-tu ? Au diable !

Lina tenta de rire, mais ne parvint à émettre qu'un soupir bruyant.

— Je te parle sérieusement, Lina, poursuivit Randa. Il ne faut pas te laisser faire par Hammoud et les autres, ou sinon tu deviendras folle. Ne les prends pas trop au sérieux. Que peut-il t'arriver de si terrible ? Ils peuvent te mettre à la porte, rien de plus ! Nous ne sommes pas à Bagdad, ils n'ont pas d'armée, ici, et la seule chose qu'ils puissent faire, c'est de terroriser les gens. Tu n'as plus de famille en Irak, n'est-ce pas ?

— Si. Une seule personne. Ma tante.

— Oh, je suis désolée. Mais crois-moi, ils ne s'en prendront pas à elle. Ils ont d'autres chats à fouetter. Alors qu'ils aillent au diable ! Il faut les laisser jouer à leurs petits jeux, et se contenter d'empocher leur argent. D'accord ?

— J'ai prié aujourd'hui, avoua Lina.

— Quoi ! ?

Ainsi que la plupart de leurs jeunes amis arabes,

Randa refusait de s'intéresser le moins du monde à la religion, synonyme d'ennui et de contrainte. Il n'y avait que les fanatiques pour chanter *Maku wali illa Ali* – « Il n'est d'autre dirigeant qu'Ali » – et faire couper les mains des voleurs.

— J'ai prié, répéta Lina.

Randa secoua la tête. Son amie se trouvait en effet dans un état alarmant.

— Tu veux un Valium ? Il m'en reste.

— Non merci, ça ira.

— Ne les laisse pas te démolir le moral. Souviens-toi, ils ne disposent que de la peur. Allons, va dormir, maintenant.

Lina hocha la tête. Randa avait raison. Mais le Mauvais Œil se laisserait-il tromper par des paroles rassurantes ?

12

Ce soir-là, Sam Hoffman téléphona au prince Jalal bin Abdel-Rahman. C'était un peu comme une pénitence après l'erreur commise avec Lina l'après-midi, son manque de jugement quant au cuisinier philippin, et toutes les fautes accumulées au fil des années pour prouver qu'il n'était pas l'homme égoïste et irresponsable que s'imaginait le prince saoudien. Par chance, Jalal restait à Londres pour le week-end ; bien sûr, il serait ravi de voir Sam après tant d'années, et pourquoi pas ce soir ? Si les Arabes s'entendent à lancer une querelle, ils sont aussi très doués pour y mettre un terme – on s'embrasse, on pardonne et on oublie. En raccrochant le combiné, Sam imaginait déjà le picotement de la barbe de Jalal sur ses deux joues lorsque celui-ci le féliciterait de son retour dans la tribu des hommes raisonnables.

Le prince Jalal vivait dans un superbe hôtel particulier de style Régence, situé à Hyde Park. L'architecte du prince n'avait laissé intacte que la façade blanc crème du bâtiment, avec ses colonnes doriques de proportions parfaites et ses encadrements de fenêtres dans le style néoclassique de Robert Adam ; tout le reste avait disparu pour ne laisser qu'une coquille vide. A l'intérieur de cet écrin élégant et austère, Jalal s'était fait construire un moderne palais des plaisirs, pur produit d'une imagination rassasiée de la lecture de trop nombreux numéros de *Playboy* alors qu'il était étudiant à l'université de l'État du Colorado. Au second sous-sol se trouvait une piscine protégée par une muraille de verre épais, de telle sorte que le prince puisse contempler les évolutions de ses invités. Le niveau supérieur était équipé d'un court de squash et d'une salle de gymnastique, ainsi que d'une salle de jeux remplie de flippers et de jeux vidéo, et disposant d'un distributeur de monnaie qui fournissait des pièces d'un *quarter* américain sans qu'il soit nécessaire de la nourrir en dollars. Les deux étages supérieurs étaient conformes à l'idée que l'on peut se faire de l'intérieur d'un homme riche : salons et salles à manger à l'agencement soigné, chambres à coucher, bureaux, office, bar... Au-dessus, la partie la plus caractéristique de l'ensemble était une sorte de dôme à deux niveaux, qui semblait avoir été créé uniquement pour satisfaire les fantaisies sexuelles du prince. On y trouvait des lits entourés de miroirs, une salle de projection dans le style d'Hollywood, avec des fauteuils et un canapé-lit. Le prince avait même installé les restes d'une automobile dans une petite pièce, afin de pouvoir faire l'amour à ses invitées les plus jeunes sur la banquette arrière, comme au temps de ses études dans le Colorado.

Hoffman arriva juste après vingt-deux heures, l'heure à laquelle – il s'en souvenait – la maison de Jalal commençait à vivre. Un garde du corps britannique lui ouvrit la porte et le fit passer au détecteur de métaux. C'était une version moderne du Jeeves de P.G. Woodehouse, poli et respectueux, mais capable d'atteindre son homme entre les deux yeux à quinze mètres. La dernière mode, parmi les princes saoudiens, consistait à engager comme valets des anciens sous-officiers des unités d'élite, tels ceux des Special Air Services. La paye était bonne, et les hommes des SAS profitaient des restes de leurs employeurs – sous forme de femmes et de victuailles.

Jalal attendait Hoffman dans son repaire du troisième étage. Il correspondait parfaitement au souvenir de Sam : très soigné, et d'un aspect horripilant. Sa peau était d'un brun crémeux, sans une imperfection, sans une ride. Sa barbe évoquait une toile de Seurat, comme si chaque poil avait été peint séparément, avec sa nuance de couleur particulière. Les années de plaisirs et d'abus de drogues donnaient un air rêveur à ses grands yeux mais, grâce aux exercices sportifs quotidiens, son corps était encore svelte et harmonieux. Il était vêtu d'un pantalon de beau lin, d'une chemise de soie et d'une veste de cachemire si bien coupée qu'elle lui allait comme une seconde peau. Hoffman tendit la main, mais Jalal l'accueillit en le prenant dans ses bras.

— Mon cher, mon cher, mon cher, dit Jalal en l'embrassant à trois reprises.

Ses façons douces, soyeuses avec les hommes n'étaient pas le signe d'un quelconque désir homosexuel mais la preuve de sa bonne éducation. C'était, tout comme une poignée de main molle, une marque de noblesse.

— Tu as l'air en forme, Jack, dit Hoffman en se servant du nom choisi par Jalal lorsqu'il était étudiant à Boulder.

— Viens avec moi, le pria Jalal avec l'ombre d'un sourire. Nous regardions des films.

Il introduisit Hoffman dans la salle de projection. Deux filles d'à peine vingt ans étaient étendues sur le lit. L'une était blonde, l'autre brune, et elles ne portaient que leur slip et leur soutien-gorge. Elles paraissaient toutes deux très nerveuses.

— Elles viennent de Roumanie, je crois, annonça Jalal en hochant la tête dans leur direction. Ou d'Albanie, je ne sais plus. D'où venez-vous, les filles ?

Elles lui sourirent en retour avec une expression d'incompréhension. Elles ne parlaient sans doute pas anglais. Sam était resté debout, mal à l'aise, sur le seuil. Jalal le prit par la main et le fit entrer.

— Viens, mon cher Sam, j'aimerais que tu voies mon nouveau film. Alors, nous pourrons manger un morceau, et ensuite nous enseignerons les merveilles du sexe à ces jolies jeunes Roumaines. Qu'en dis-tu ?

— Je suis venu te parler, Jack.

— Bien sûr, bien sûr. Nous parlerons. Mais il est encore trop tôt. Que sont devenues tes bonnes manières ? Qu'est-ce que tu prends ? Arak ? Whisky ? J'ai aussi de l'excellente cocaïne. La meilleure ! Que choisis-tu, mon cher ? Quant à moi, je bois de la vodka polonaise.

— Une bière, répondit Sam.

Le prince sonna l'un de ses domestiques, qui apporta les verres et fit sortir les filles. Jalal s'installa dans un fauteuil. Il appuya sur un bouton et les lumières s'estompèrent tandis qu'un film commençait. Depuis des années, la passion de Jalal consistait à réaliser des films qui rendaient compte des aspects les plus extrêmes de la débauche et de la perversité humaines, et des siennes en particulier.

— Tu vas adorer celui-ci, annonça le prince. C'est un film sur les parachutes.

Le film s'ouvrait sur une séquence montrant Jalal en personne en train d'effectuer un saut en parachute. Il portait une tenue de saut rouge vif et son visage rayonnait d'une expression démoniaque, visible même sous son casque. Il adressait d'une main un signe à la caméra. Le générique défilait, répétant sans cesse le nom de Jalal – produit par Jalal, dirigé par Jalal, réalisé par Jalal –, tandis que la caméra accompagnait sa descente vers le sol.

— Laisse-moi t'expliquer ce que tu vas voir, dit Jalal. J'ai inventé un jeu quelque peu inhabituel. Comme une sorte de roulette russe au parachute. J'offre cent mille dollars à tous ceux qui acceptent de sauter avec moi. Mais chacun doit choisir entre six parachutes, en sachant que l'un des six ne s'ouvrira pas. C'est justement cela qui est drôle, tu comprends ? Ils choisissent et je saute avec eux pour observer ce qui se va se passer.

Hoffman ferma les yeux. C'était du Jalal tout craché. Quelques années plus tôt, en Arabie Saoudite, il avait organisé une partie de chasse dont le gibier était un Somalien, et l'avait enregistrée en vidéo. Sam s'était senti obligé de la regarder jusqu'à la fin lors de l'une de ses dernières visites à Jalal, avant leur rupture. Il était difficile de décrire ce que l'on pouvait ressentir en présence d'un homme qui pouvait tout acheter. Les princes du désert profitaient tous les jours de ce qui faisait rêver le commun des mortels : les femmes les plus belles, les drogues les plus pures, les mets les plus raffinés. Que leur restait-il pour exciter leurs sens blasés ? La pornographie de la souffrance. Toutes les sociétés décadentes ont un jour créé quelque chose de similaire, mais l'époque moderne a tout de même apporté une innovation : il est maintenant possible de capturer ces plaisirs sur une bande vidéo pour en jouir plus tard, aussi souvent que l'on peut le désirer.

— Allons-y, dit Jalal. Regarde !

L'écran montrait un homme à l'air effrayé, debout dans la carlingue ouverte d'un petit avion, et qui examinait six paquets disposés à ses pieds.

— Regarde cet homme, il s'appelle Bill, je crois. Regarde-le choisir son parachute. Il paraît si nerveux ! Il en essaye un... mais non, celui-là ne lui convient pas. Un autre. Celui-ci semble parfait. Très bien. Je lui dis qu'il est temps de sauter. Il s'approche du bord. Regarde son visage ! Il est terrorisé ! Il va sauter. Il ferme les yeux. Voilà, il saute ! Je le suis avec la caméra. Je le rattrape maintenant, nous sommes au même niveau, et on peut voir son visage. Je lui donne le signal. Regarde, maintenant ! Il tire le cordon. Il attend. Rien. Il tire encore le cordon. Toujours rien. Il est terrifié ! Tu vois ses petites jambes qui remuent dans le vide, comme les pattes d'un insecte ? Son visage ! Tu vois, il a la bouche grande ouverte. Il hurle, mais personne ne peut l'entendre ! Et maintenant, il essaye de m'attraper ! Il n'arrive pas à regarder vers le bas, le sol se rapproche beaucoup trop vite ! Tu vois ? Il est absolument terrorisé ! La meilleure partie est déjà terminée, je le crains. Voilà, son parachute s'ouvre enfin. Il ne peut pas à y croire ! C'est cela qui est merveilleux ! Tous les parachutes sont bons ! Tous ! Mais ils sont réglés pour s'ouvrir avec un certain retard ! Alors tous les gens qui acceptent de jouer à mon jeu croient à un moment donné qu'ils ont choisi le mauvais parachute ! C'est une bonne idée, n'est-ce pas ? Qu'en penses-tu ?

— Moi ? répondit Hoffman après un instant de silence, alors que l'écran devenait noir et que les lumières de la pièce se rallumaient. Je pense que tu es cinglé.

— Vraiment ? demanda le prince, qui semblait prendre la réponse de Sam pour un compliment bien mérité. Mon cher Sam, c'est un vrai plaisir de te revoir. Tu es si franc.

Sam en était encore à tenter de réaliser la portée du spectacle auquel il venait d'assister.

— As-tu payé son dû à ce Bill ?

— Bien entendu, dit Jalal. Que représente l'argent, pour un tel spectacle ?

Sam Hoffman poussa un long soupir. Ce qui l'effrayait le plus avec Jalal, c'était la facilité avec laquelle, il le savait, il aurait pu renouer les liens de camaraderie qu'ils avaient connus des années plus tôt. Jalal n'avait jamais pu comprendre pourquoi Sam, après avoir regardé ses films, reluqué ses femmes et partagé ses drogues, s'était soudain découvert des scrupules au sujet d'une petite affaire sans importance, et ce n'était après tout guère surprenant. Sam avait dû lui paraître d'une rare impolitesse. Mais le passé est vite oublié lorsque vous êtes invités sous la tente d'un prince. Se montrer toujours intrépide et prêt à tout pardonner, c'était la marque d'un tempérament princier. Jalal observait Sam, une lueur joyeuse dans le regard.

— Veux-tu que j'appelle les filles ? Ou préfères-tu manger ? J'ai des faisans, je crois. Ou des cailles.

— Ni l'un ni l'autre. Je veux te parler. C'est la raison de ma présence ici.

— Très bien, consentit Jalal d'un air blasé, bien que très curieux de savoir ce qui lui valait la visite de Sam après une si longue absence. Veux-tu boire quelque chose d'autre ?

Un domestique entra, comme s'il avait été convoqué par quelque invisible sonnerie, avec une nouvelle bouteille de bière pour Sam et un plateau garni de canapés au caviar. Un autre homme, un Soudanais à en juger par sa peau d'un noir d'encre, fit son entrée avec une bouteille de vodka pour Jalal. Il en versa quelques centilitres dans le verre du prince pour le remettre à niveau – ni trop, ni trop peu – avant de se retirer.

— De quoi désires-tu me parler ? demanda Jalal après avoir avalé une minuscule gorgée de vodka.

— J'aimerais que tu me rendes un service.

— Oh, très bien. De quoi s'agit-il ?

— Il me faut des informations sur un homme d'affaires irakien du nom de Nasir Hammoud.

— Tss, tss... Il ne s'agit donc que d'affaires ! J'espérais quelque chose d'un peu plus délicat. Un désir inavouable que j'aurais pu t'aider à satisfaire, ou un crime ignoble que tu aurais commis et pour lequel tu m'aurais demandé de l'aide...

— Non. Juste des affaires. Quelqu'un m'a dit que tu investissais des fonds avec cet homme, aussi me suis-je dit que tu devais le connaître un peu.

— C'est vrai, nous sommes partenaires dans un certain nombre d'affaires. Nous construisons des usines dans le désert, par exemple. Et nous avons les mêmes avocats, les mêmes conseillers juridiques.

— J'ai entendu dire que vous étiez associés dans une entreprise pétrochimique.

— On ne peut rien te cacher. Cette affaire était pourtant censée rester secrète. Tu es si intelligent, mon cher Sam. Mais pourquoi t'intéresses-tu à ce Hammoud ? Qu'a-t-il fait pour te nuire ?

Hoffman savait qu'il était inutile de mentir à Jalal, qui ne tarderait guère à découvrir seul la vérité.

— Il a causé du tort à l'un de mes clients, un homme qui travaillait pour lui comme cuisinier. Je pense qu'il l'a fait assassiner. Et je crains qu'il ne s'en prenne à d'autres gens qui sont à son service. Cet homme est dangereux.

Jalal renifla d'un air majestueux, comme un taureau de concours.

— Mais bien sûr, il est dangereux ! C'est le type même de l'homme d'affaires irakien. Ces gens n'ont aucun savoir-vivre, je suis navré de le dire. Ni toi ni moi n'y pouvons rien.

— J'aimerais pourtant faire quelque chose. Hammoud est une brute. Il intimide ses employés, et peut aller jusqu'au meurtre. Nous sommes à Londres ! Personne ne peut agir ainsi ! Personne ne le devrait, en tout cas.

— Mon cher Sam, tu n'as pas changé ! Tu es tellement naïf. Bien sûr, ces pratiques ne devraient pas être permises, même si elles le sont. Qu'y pouvons-nous ?

— Écoute, Jack. Je suis navré de te paraître aussi bête, mais si j'obtenais des renseignements sur cet homme, je pourrais contacter les autorités, qui mettraient la pression sur lui.

Jalal renifla une fois de plus et avala une énorme gorgée de vodka d'un geste si peu princier que le malheureux domestique soudanais dut se précipiter pour éviter à son maître la honte d'un verre vide.

— Sam, Sam, Sam, dit le prince. Il faut que tu comprennes certaines choses.

— Je t'écoute.

— Le véritable problème, ce n'est pas cet homme, ce Hammoud. Crois-moi.

— Où est le problème, dans ce cas ?

— D'autres gens. Des amis. Ne comprends-tu pas qui est impliqué dans cette affaire ?

— Non. Dis-le-moi. Le grand dirigeant irakien ?

L'innocence de Sam Hoffman provoqua chez Jalal un éclat de rire.

— Oui, bien sûr. Mais pas seulement, mon cher Sam. Tu as ferré un gros poisson, cette fois-ci, crois-moi. Je pense que tu t'apercevrais vite qu'un certain nombre d'autres princes de la Maison de Saoud ont investi des fonds avec ce gentleman. Un bon nombre. Et d'autres aussi, ailleurs.

— Qui ?

— Tu pourrais demander à certains amis du roi de Jordanie.

— Non ! Vraiment ?

— Et à certains amis du roi du Maroc..., poursuivit Jalal en souriant.

— Comment réagiraient-ils si je le leur demandais ?

— Ils ne diraient rien, bien entendu, s'exclama Jalal avec un rire qui évoquait un rugissement. Ils s'empareraient de toi et te feraient abattre pour avoir osé poser une telle question. Mon cher Sam, tu es un idiot tellement adorable que tu ne comprends même pas ce que je suis en train de t'expliquer. Car tous ces gens que je viens de mentionner – les rois et les princes, sans parler de ce vermisseau de Hammoud – ne seraient rien sans l'aide de leurs amis et protecteurs occidentaux. C'est la raison pour laquelle, mon cher Sam, tu perds ton temps en partant en guerre contre ce type. Rien de bon n'en sortira. Cet homme a des amis. Laisse tomber.

— Il est dangereux.

— Laisse tomber, répéta Jalal. Détends-toi. Profite de la vie. C'est ce que j'ai essayé de t'expliquer il y a de cela quelques années, mais tu n'as pas voulu m'écouter.

Sam tressaillit en évoquant ce souvenir. Cinq ans plus tôt, dans ce qui lui paraissait être une autre vie, Jalal lui avait proposé un arrangement d'affaires. Simple routine, selon Jalal. Un arrangement bancaire d'ordre privé.

Il proposait de payer à Sam cinq cent mille dollars par an si celui-ci acceptait de devenir le propriétaire nominal d'avoirs financiers valant plusieurs fois cette somme. L'arrangement était simple. Sam devait ouvrir à son nom les comptes domiciliés aux îles Caïman sur lesquels seraient déposés les fonds, puis transmettre à Jalal les livres de comptes et autres documents bancaires, avec une procuration lui donnant le contrôle absolu de l'argent déposé. C'était un système d'une telle simplicité ! Sam devait seulement accepter de mentir, de prétendre posséder des sommes qui ne lui appartenaient en aucune façon. Mais Sam, à l'époque, exigea plus d'informations. Il demanda à Jalal pourquoi il cherchait à dissimuler tant d'argent et quelle était sa provenance ; quelqu'un avait-il commis un crime pour l'obtenir ? Il voulait savoir si ces sommes provenaient des trafics de drogues, ou d'armes, auxquels Jalal se livrait volontiers pour faire fructifier son patrimoine. Le prince lui répondit en portant l'index à ses lèvres, comme pour dire : « Un véritable ami ne pose pas de questions. » Sam bafouilla alors quelques instants avant de finir par refuser – à la profonde stupéfaction de Jalal. C'était impossible. Dans ce cas, lui rétorqua alors le prince, il allait devoir s'offrir les services d'un autre banquier. Sam l'accusa alors de chercher à le corrompre, ce qui était vrai mais apparut aux yeux de Jalal comme le comble de la grossièreté. C'est ainsi que leur amitié prit fin. Sam quitta le bureau du prince, convaincu qu'il ne se retrouverait jamais dans une situation de dépendance par rapport à ce type d'homme. Il était pourtant là, de retour, pour quémander un service.

Jalal observait le visage de Sam, comme s'il lisait ses pensées.

— Mon offre tient toujours, à propos, si tu cesses de monter sur tes grands chevaux pour des broutilles. J'ai toujours besoin d'aide pour ouvrir de nouveaux comptes.

— Non merci, dit Sam. Je ne travaille plus dans cette branche.

— Quel dommage. Tu étais un si bon banquier avant de te lancer dans cette absurde histoire d'investigations financières.

— Désolé, Jack, il faut que je m'en aille. Il est tard.

— Mais non. La nuit n'est pas très avancée. Nous allons juste commencer à nous amuser. Je vais appeler les Roumaines. On m'a dit qu'elles étaient les dernières vierges de Bucarest.

Il frappa dans ses mains et appela en arabe le domestique soudanais. Celui-ci entra dans la pièce quelques instants plus tard en tenant les deux filles par une cordelette de velours attachée à leur cou. Elles étaient toutes deux vêtues comme des écolières, avec un chemisier blanc, une jupe bleu marine et des chaussettes qui leur montaient jusqu'aux genoux. Sur un ordre du domestique, elles relevèrent leur jupe pour dévoiler leur nudité.

— Es-tu sûr de ne pas vouloir rester, mon cher Sam ?

Sam ne répondit pas. Son regard se détourna des deux malheureuses filles et il remercia le prince dans un murmure. Il n'était pas en position de jouer au censeur. Il avait demandé une faveur à Jalal, qui la lui avait accordée en lui fournissant les renseignements dont il disposait. C'était une raison suffisante pour prendre congé tranquillement. Le prince abandonna provisoirement ses deux beautés roumaines en accrochant le bout de la cordelette à la poignée de la porte, et reconduisit Sam jusqu'à l'entrée, au rez-de-chaussée.

13

Lorsque Lina arriva au travail le lendemain matin, on la convoqua chez M. Hammoud. C'était un événement exceptionnel. Depuis trois ans qu'elle était employée à Coyote Investment, la jeune femme n'avait jamais franchi la porte de son bureau. La secrétaire britannique de Nasir Hammoud, qui semblait consciente de la nervosité de Lina, l'accompagna le long du couloir tout en tentant de meubler le silence. Le patron, l'informa-t-elle, était revenu de Bagdad la veille, et avait passé la soirée chez lui à discuter jusqu'à une heure avancée avec le professeur Sarkis. Dès son arrivée ce matin, il avait demandé à voir Miss Alwan. Dès son arrivée !

Elles approchaient du bureau. La secrétaire encouragea Lina d'un sourire et composa le code de la serrure électronique. Lorsque la porte s'ouvrit, la première chose qu'aperçut Lina fut un grand portrait du Chef suprême qui la contemplait avec ce sourire vide et cruel qu'affectionnaient tant ses photographes officiels. Sous le portrait, assis derrière un immense bureau de chêne, le président de Coyote Investment l'attendait.

M. Hammoud se leva d'un mouvement raide à l'arrivée de Lina, puis il se rassit. Son corps trapu, compact, évoquait celui d'un chien de combat, un boxer ou un rottweiler, mais les soins de son masseur personnel, de son coiffeur et de sa manucure contribuaient à gommer ses traits les plus agressifs. Ses cheveux gris argentés étaient parfaitement coiffés, ses vêtements impeccables : un costume bleu sombre, une chemise d'une nuance à peine plus claire, des boutons de manchettes en or massif, une cravate aux motifs cachemire et une pochette rouge assortie. La précision de l'ensemble comportait un aspect intimidant, mais il paraissait lui-même curieusement mal à l'aise dans ses atours, comme s'il eût souhaité les arracher et les mettre en pièces.

— *Mabruk !* annonça-t-il d'un ton bourru. Vous venez d'obtenir une promotion.

— Je vous demande pardon ? demanda Lina, croyant à une erreur.

— Vous êtes mutée à un nouveau poste. Responsable du service publicitaire. Je vous accorde une augmentation de cent livres sterling par semaine. Afin de vous montrer que nous savons récompenser nos employés de confiance lorsqu'ils se montrent loyaux envers nous.

Il débita ce monologue comme s'il s'était agi d'un éloge funèbre plutôt que de l'annonce d'une promotion, mais Lina fit de son mieux pour paraître reconnaissante.

— Je vous remercie, monsieur. Quand dois-je commencer ?

— Immédiatement. Aujourd'hui. Quelqu'un s'occupe de déménager les affaires personnelles qui se trouvent dans votre bureau.

— Merci beaucoup, dit Lina, qui commençait à ressentir une certaine gêne.

Ils la transféraient du côté privé de l'entreprise vers le côté public. Pourquoi cette subite mutation ? Elle tenta de se souvenir du conseil de Randa, lorsqu'elle lui disait de ne pas se laisser intimider, mais tout cela paraissait déjà si vague, si lointain...

— Êtes-vous satisfaite ?

Hammoud semblait vouloir s'assurer qu'elle resterait bien à l'écart, cloîtrée dans son nouveau bureau.

— Bien entendu, monsieur. En quoi consistera mon nouveau travail ?

— La publicité, répondit-il en amorçant une esquisse de sourire.

— Nous ne faisons pas beaucoup de publicité. En fait, pas du tout, je crois.

— C'est la raison pour laquelle il nous faut une employée de confiance.

— Je vois.

Lina ne demanda pas d'explications supplémentaires. L'absurdité des propos de Hammoud était patente.

— Je suis sûr que vous aimerez ce travail.

C'était plus un ordre qu'un encouragement. La jeune femme hocha la tête. Un silence se fit. Elle se demanda s'il était envisageable d'interroger Hammoud sur les raisons de son transfert. Il ne souriait plus, à présent, il paraissait même légèrement plus détendu ; Lina, enhardie, s'éclaircit la voix.

— Pourquoi changer mon affectation ? Ai-je commis une faute ?

— Non. Aucune, répondit-il, de nouveau mal à l'aise.

— Le professeur Sarkis paraissait mécontent parce que j'ai parlé à un Américain lors d'une réception, mais je lui ai expliqué que je ne le connaissais pas, et lorsque cet Américain a essayé de m'aborder hier dans le parc, je l'ai frappé. J'espère que vous n'êtes pas fâché contre moi pour cette raison.

Hammoud leva la main, comme pour mettre un point final à la conversation. Il détestait évoquer les problèmes de sécurité, même avec les employés concernés.

— Si j'ai mal agi, j'en suis désolée, insista Lina.

Hammoud leva plus haut la main et ferma le poing ; il ne l'abaissa que lorsqu'elle termina sa phrase. Son visage était cramoisi. La cicatrice de sa joue, à peine visible d'habitude, s'était transformée en une vilaine zébrure rouge vif. Ses yeux noirs fixaient Lina d'un regard intense.

— Ne quittez pas la compagnie, énonça-t-il lentement, dardant chaque mot comme une pointe d'acier. Ce serait une erreur...

Le corps de la jeune femme se contracta. C'était une menace, aucun doute n'était permis. Son visage se ferma et elle adopta aussitôt un profil bas, selon une technique que toute une génération d'Irakiens avait apprise pour survivre.

— J'aime travailler ici, répondit-elle. Vous avez toujours été très bon avec moi.

Hammoud hocha la tête. Un moment passa, et il se relaxa quelque peu, maintenant que la menace était proférée. Mais il n'en avait pas encore terminé avec Lina.

— *Habibti*, commença-t-il. Ma chère fille.

— Oui, *sidi* ?

— Vous êtes-vous jamais demandé d'où venait mon argent ?

Elle se raidit soudain.

— Non, monsieur.

— Allons, il est bien naturel de se poser la question. Beaucoup de gens doivent s'interroger à ce sujet. Lorsque je traite avec des Occidentaux, c'est la première chose qu'ils me demandent. Comment ai-je réussi à amasser tant d'argent ? D'où vient-il ? Vous avez dû vous le demander, vous aussi.

— Non, vraiment.

Lina changea de position sur son siège de cuir, qui émit un curieux son grinçant.

— Je dis la vérité aux gens. Je leur explique que je suis un homme avisé, et que j'ai beaucoup de chance. Je leur raconte comment j'ai débuté à Bagdad sans autre bagage que mon intelligence, et comment j'ai recherché des opportunités. Lorsque je voyais quelque chose qui me plaisait, je l'achetais. Vous comprenez ?

— Oui, bien sûr.

— C'est ainsi que j'ai acquis ma première entreprise en Belgique. Je disposais d'argent, après une transaction, et cette entreprise était bon marché, aussi ai-je sauté sur l'occasion. Le cours du franc belge a grimpé, et je suis soudain devenu riche. J'ai alors acheté une nouvelle entreprise, et comme elle a bien fonctionné, j'ai investi dans l'immobilier. Et les prix de l'immobilier ont doublé, puis encore doublé. Je suis devenu très riche. Il n'y a aucun mystère.

— Non. Rien de mystérieux.

— Pourtant, il arrive que des gens répandent des mensonges à mon sujet. Peut-être les avez-vous entendus. Ils prétendent que je cache de l'argent pour le Chef suprême. Que je suis son banquier occulte. D'autres disent que je lui vole de l'argent. Imaginez donc ! Ce sont de terribles mensonges colportés par des ignorants. Et par les juifs.

— Par les juifs ?

Lina se contorsionna sur son fauteuil.

— Oui, par les juifs. Et vous savez quel traitement je réserve à ces menteurs ?

Elle secoua la tête.

— Je leur coupe la langue !

Lina déglutit avec peine. Était-ce une plaisanterie ? Sa propre langue, sèche comme une pierre, semblait collée à son palais.

— Avez-vous entendu parler du journaliste Salim Hourani ? Non ? Je vais vous raconter son histoire. Dans son magazine, il a écrit des choses affreuses sur le Chef suprême. Un jour, ils l'ont découvert sur le bord de la route à Beyrouth, dans la direction de l'aéroport. Je crois me souvenir qu'il lui manquait certains doigts, ceux dont il se servait pour écrire ses articles. Et sa langue était sectionnée. C'est en tout cas ce que l'on m'a dit. Comment pourrais-je le savoir ?

Hammoud agita la main, comme pour évoquer une chose inutile et malfaisante dont on vient de se débarrasser.

Les doigts de Lina s'étaient raidis tandis qu'elle écoutait, et un tremblement continu remontait de sa colonne vertébrale à sa nuque. Hammoud décela la peur en elle et sourit. Tout allait pour le mieux.

— Mais nous sommes en Angleterre, poursuivit-il d'un ton patelin. Si des hommes d'affaires répandent des rumeurs sur mon compte, je leur envoie mes hommes de loi. S'ils tentent de se servir de leurs politiciens, je me sers des miens, qui sont plus puissants. Cela fait partie des affaires. Vous me comprenez bien ?

— Oui, monsieur.

— Ici, à l'intérieur de ces murs, il ne s'agit pas d'affaires. Nous formons une famille. Et je ne tolérerai jamais la déloyauté chez un membre de ma famille. Ce serait comme la trahison d'un frère ou d'un fils, comprenez-vous ?

— Oui, balbutia Lina. (Des gouttelettes de sueur se formaient sur son front et à l'intérieur de ses paumes.)

— Je ne le tolérerai jamais. Jamais.

— Non, monsieur.

Lina luttait pour garder bonne contenance, mais elle restait déterminée à ne pas donner libre cours à sa peur, à ne pas laisser Hammoud renforcer encore son emprise sur elle.

— Autre chose, annonça-t-il d'une voix encore plus glaciale. J'ai des nouvelles de Bagdad pour vous.

— Des nouvelles ? De qui ? demanda Lina.

Quelque chose dans le ton de Hammoud lui soufflait déjà la réponse. Dans son esprit se forma l'image d'une femme arabe célibataire d'une petite soixantaine d'années, avec des cheveux gris, un regard fatigué par les soucis et qui, pendant toutes ces années d'horreur, s'était accrochée à ses livres de Paris et ses lettres de Londres – et à l'idéal de civilisation qu'ils représentaient pour elle.

— Ce sont de mauvaises nouvelles, je le crains, poursuivit Hammoud. Il s'agit de votre tante Soha. J'ai le regret de vous informer de son décès.

Il attendait que Lina se mette à pleurer, mais elle encaissa le choc en silence. Ses pupilles s'étaient réduites à deux points minuscules, qui fixaient Hammoud comme pour le transpercer.

— Quelle est la cause de la mort ?

Un calme étrange, qui n'était pas seulement dû au chagrin, ressortait de sa voix.

— La cause du décès est inconnue, répondit-il en masquant à peine un sourire narquois.

— Y a-t-il eu des obsèques ?

— Non. Le corps était au ministère de l'Intérieur, je crois.

— Pour quelle raison ?

— Votre tante était sous le coup d'une enquête. Il semblerait qu'il y ait eu un problème de sécurité...

Hammoud laissa la phrase en suspens, laissant

entendre la vérité sans la formuler. Il attendit une fois de plus les larmes de Lina, dont les yeux restèrent secs.

— Comment cela ?

— Votre tante a enfreint les règles. Elle a tenté d'envoyer sans autorisation des messages hors du pays. (Hammoud retira un petit paquet de lettres de la poche de sa veste et les agita devant le visage de Lina.) Ils vous sont adressés, je crois.

Lina reconnut l'écriture appliquée de sa tante sur une enveloppe.

— Puis-je les emporter, s'il vous plaît ?

— Non, répondit Hammoud d'un ton froid.

Il sortit un briquet en or de sa poche, l'alluma et en caressa le bord du paquet. Tandis que les lettres s'enflammaient, une expression de plaisir pervers envahit son visage, comme si la cruauté lui était aussi douce qu'une suave confiserie. Il laissa tomber le paquet incandescent dans un cendrier qui se trouvait sur son bureau. Au bout de quelques instants, il ne resta plus que des cendres.

Lina baissa la tête ; Hammoud interpréta ce geste comme une marque de soumission.

— Eh bien, je vois que nous nous comprenons, dit-il.

Il se leva et se dirigea vers la porte. Le bourreau en avait terminé. L'entretien était clos. La sentence pour trahison venait d'être prononcée. Il appela pour que la secrétaire britannique raccompagne sa visiteuse. Alors qu'il serrait la main de Lina, son visage était empreint d'une expression de totale confiance en soi, comme s'il était certain que l'annonce de la mort de sa tante Soha allait sonner le glas des dernières velléités d'indépendance de la jeune femme et lui garantir une loyauté aveugle de sa part.

Hammoud s'était pourtant trompé de stratégie. Il

n'avait réussi qu'à provoquer la colère de Lina. Soha était son dernier parent vivant à Bagdad, et elle était utilisée par les autorités pour se livrer contre son gré à une sorte de chantage affectif envers Lina. Celle-ci savait depuis longtemps que, si elle se montrait déloyale, sa tante en subirait les conséquences. Maintenant que le pire était arrivé, elle ne pouvait s'empêcher de constater que la pression se relâchait sur ses épaules. La chaîne de peur et de contrainte qui la liait à Hammoud était brisée. Un autre sentiment l'animait, le plus simple et peut-être le plus pur que puisse ressentir un être humain confronté à la souffrance d'un être aimé : Lina éprouvait un profond désir de vengeance.

La secrétaire de Hammoud fit sortir Lina par la porte ouverte au public, puis emprunta le couloir sur lequel donnaient les bureaux des employés britanniques de Coyote Investment. Elle fit entrer Lina dans une petite pièce pourvue d'une fenêtre de dimensions réduites. Quelqu'un avait déjà posé sur le bureau son sac à main, ses affaires personnelles, un annuaire de Londres ainsi qu'une nouvelle agrafeuse et un distributeur de ruban adhésif. Plusieurs de ses nouveaux collègues britanniques s'arrêtèrent pour se présenter. Ils ne paraissaient pas se douter le moins du monde du véritable fonctionnement de l'entreprise. L'ambiance était beaucoup plus sombre de l'autre côté de l'immeuble. C'était le même silence pesant qu'à Bagdad, lorsque les *moukhabarat* venaient enlever quelqu'un au beau milieu de la nuit. Personne ne posait de questions ; on n'entendait pas un murmure. Pourtant, les Arabes qui étaient au fait de l'organisation interne de la compagnie savaient qu'il s'était passé quelque chose d'important. Nasir Hammoud ne procédait à des changements que lorsqu'il se trouvait confronté à un réel problème.

Vers la fin de la matinée, Randa se risqua à rendre visite à Lina dans ses nouveaux locaux.

— C'est joli, commenta-t-elle en procédant à l'inventaire de la pièce. Il y a même une fenêtre. Tu pourras crier pour appeler au secours.

— Chut... souffla Lina. J'ai déjà assez d'ennuis comme cela.

— Que s'est-il passé ? Pourquoi t'ont-ils mutée ? C'était pour cela que tu t'inquiétais, hier soir ? interrogea Randa, qui n'avait pas pour habitude de tourner autour du pot.

— Je sentais arriver quelque chose, j'ignorais quoi. M. Hammoud m'a présenté mon transfert comme une promotion, mais cela n'y ressemble guère.

— Il t'a accordé une augmentation ?

— Oui.

— Alors, c'est une promotion. N'oublie jamais que c'est pour l'argent que tu travailles ici. De combien t'a-t-il augmentée ?

— Cent livres par semaine.

— *Ma'aqoula ?* Est-ce possible ? Tu as dû faire quelque chose de terrible pour qu'il te paye autant !

— Chut ! Je ne suis coupable d'aucun crime. Et je t'en supplie, parle moins fort !

— Allons déjeuner. Maintenant que tu es riche, nous pouvons aller au salon de thé du Carlton Tower Hotel – La Chinoiserie – et regarder les filles arabes faire la chasse aux maris. C'est hors de prix. Toutes ces filles grasses avec des jupes moulantes ! Il faut absolument que tu voies ça !

— Pas aujourd'hui. Je ne me sens pas d'humeur. Il faut que je réfléchisse.

— A quoi ?

— Je ne sais pas encore. C'est à cela qu'il faut que je réfléchisse.

Randa paraissait perplexe. La réflexion n'était pas son point fort.

— Très bien, comme tu veux. Dans ce cas, j'irai seule à la Chinoiserie, dit-elle en adressant un clin d'œil à son amie après avoir consulté sa montre. Il faut que je me sauve.

Au cours de l'après-midi, Lina tenta de se connecter au réseau informatique. Elle ne disposait pas d'ordinateur, mais elle en dénicha un dans un bureau vide, au fond du couloir. Lina s'installa et tapa son nom de code d'utilisatrice et son mot de passe, sans succès. Elle avait dû être rayée de la liste des utilisateurs. Elle essaya d'entrer dans le réseau en se servant de son ancien titre de responsable du système informatique, sans obtenir de résultats plus probants. Son ancien mot de passe avait été changé. Cela l'inquiétait plus que son changement d'affectation. C'était un changement de statut d'une tout autre portée. Elle se rassura en se disant qu'elle parviendrait tout de même à se connecter si la nécessité s'en faisait sentir, mais les raisons de son mystérieux exil électronique lui échappaient. De quoi Hammoud avait-il donc si peur ? Craignait-il ce qu'elle pourrait éventuellement découvrir ? Ou ce qu'elle savait déjà ?

Lina décida de passer voir Youssef, le jeune Irakien amoureux qui la remplaçait depuis ce matin-là dans ses anciennes fonctions. Lorsqu'elle entra dans les bureaux du service comptable, ses anciens collègues firent semblant d'être surchargés de travail ou se contentèrent de garder les yeux rivés au sol. Elle n'était pas la bienvenue. Elle passa la tête dans l'encadrement de la porte de Youssef et le salua amicalement. Au lieu de se montrer débordant d'enthousiasme comme à l'accoutumée, le jeune Irakien eut un mouvement de recul lorsqu'il l'aperçut.

— Je ne parviens pas à me connecter sur le réseau, expliqua Lina. J'ai pensé que tu pourrais me donner un coup de main.

Youssef secoua la tête. Il paraissait effrayé.

— Je suis navré, répondit-il. Ce sont les ordres du professeur Sarkis.

— A-t-il dit pourquoi ?

— Non.

Youssef consulta sa montre. Il tenait à ce que Lina parte au plus vite.

— J'ai encore quelques fichiers personnels dans le système. Des adresses, des numéros de téléphone, ce genre de choses. J'ai pensé que tu pourrais peut-être m'aider.

— Il faut voir le professeur, dit-il en secouant à nouveau la tête avec énergie. Je ne peux pas prendre cette responsabilité.

— Je n'en aurai que pour quelques minutes. Tu peux rester assis à côté de moi pendant ce temps-là.

— Il faut d'abord en parler au professeur Sarkis. Je suis désolé.

Lina hocha la tête.

— Très bien, je vais aller lui parler. Est-il dans son bureau ?

— Non, répliqua Youssef qui paraissait de plus en plus gêné de se trouver en tête à tête avec Lina.

— Où est-il ?

— Il a quitté Londres aujourd'hui. Il sera de retour dans quelques jours.

— Où est-il allé ? demanda Lina.

Elle connaissait déjà la réponse avant que Youssef n'ait eu le temps de dire un mot.

— Bagdad.

Bagdad. C'était là qu'ils emmenaient les gens qu'ils voulaient interroger. Peut-être soupçonnaient-ils le professeur de comploter avec elle. Elle observa Youssef, si effrayé qu'il peinait à se tenir droit derrière son bureau, et se dit qu'elle avait dû souvent adopter une attitude similaire lorsqu'elle occupait le même poste. Jusqu'à quel point Youssef était-il paralysé par la peur ? Elle se pencha vers le bureau.

— Écoute, Youssef, tu te souviens de ce dîner dont tu me parlais ?

Youssef hocha la tête.

— Eh bien, je n'ai rien de prévu ce soir, et je pensais que, peut-être, c'était l'occasion de sortir un peu tous les deux... Je peux aussi te montrer comment fonctionne le système, t'apprendre deux ou trois choses que tu ignores encore. Qu'en dis-tu ?

Youssef parut frappé par la foudre.

— Je suis désolé. Ce n'est pas possible. Je suis trop occupé.

— Très bien. Demain soir, peut-être ?

— Non. Je serai occupé aussi demain soir. J'ai beaucoup de travail.

Son fauteuil reculait de plus en plus derrière son bureau, comme s'il risquait d'être contaminé par Lina. Le comportement du pauvre Youssef était décidément pathétique. Dégoûtée, Lina se retourna et se dirigea vers la porte. Elle s'arrêta soudain.

— Tu sais, Youssef, tu es vraiment un salopard.

Lina se sentit aussitôt soulagée. Elle se répéta ce mot pour elle-même : « Salopard. »

En passant devant les ascenseurs qui marquaient la limite entre le côté public et le côté privé de Coyote Investment, elle se demanda comment agir ensuite. Il lui fallait parler à quelqu'un. Trouver un allié. Par peur, elle s'était débarrassée de la carte de visite de Sam Hoffman, mais elle consulta un annuaire et découvrit l'adresse de North Audley Street, en dessous d'Oxford Street, en bordure de Mayfair. Elle songea à appeler aussitôt pour lui demander si elle pouvait passer le voir lorsqu'elle quitterait son bureau, mais elle décida de ne pas se fier au téléphone. Elle observa son reflet dans la glace. Elle portait sa jupe courte et son sweater moulant habituels. Elle regrettait de ne pas avoir mis quelque chose d'un peu plus habillé.

14

La plaque sur la porte indiquait : « HOFFMAN ASSOCIATES ». Lina frappa d'abord doucement puis, en l'absence de réponse, elle sonna. A travers la porte, elle entendit une voix de femme qui chantait une rengaine à la mode. Elle écouta avec soin afin de s'assurer qu'il s'agissait d'un disque ou de la radio, puis frappa à nouveau, plus fort. Elle se sentait mal à l'aise et peu sûre d'elle, comme un oiseau qui quitte pour la première fois sa cage.

— Il n'y a personne, fit une voix à l'intérieur.

Je devrais peut-être revenir demain, se dit Lina. Il n'est sans doute pas seul. Pourtant, à la pensée de retourner au travail le lendemain sans avoir vu Hoffman, elle sentit son estomac se nouer.

— Ouvrez, s'il vous plaît, lança-t-elle dans la fente de la boîte aux lettres. C'est urgent.

— Attendez une seconde, grogna la voix.

La porte s'entrouvrit et Sam apparut. Il portait un pantalon de jogging, un T-shirt, et une casquette ornée de l'inscription « HABANA ». Ses yeux paraissaient lourds de sommeil et quelque peu égarés, comme s'il venait d'être réveillé d'une sieste. Ses cheveux, habituellement plaqués en arrière sur son crâne, étaient ébouriffés. Lorsqu'il reconnut Lina, une expression de surprise et de gêne envahit son visage.

— Qu'est-ce que vous faites ici ? Je croyais que c'était la femme de ménage.

— Puis-je entrer ?

Lina rayonnait – elle venait de remettre du rouge à lèvres, ses joues étaient en feu et son sourire nerveux. Sa visite à Sam Hoffman représentait sa première sortie dans un monde tout nouveau.

Celui-ci ouvrit plus grande la porte pour la laisser passer. Il était tout à fait réveillé désormais, quoique toujours embarrassé par la présence de la jeune femme. Il ôta sa casquette et se gratta la tête.

— Sérieusement, Lina, dit-il, que faites-vous ici ? N'est-ce pas dangereux pour vous ?

— J'ai été prudente. J'ai changé deux fois de rame de métro, et j'ai pris ensuite un taxi.

— C'est parfait, alors, dit Hoffman. (Il se demanda ce qui avait pu se passer au cours des dernières vingt-quatre heures qui puisse expliquer la disparition des craintes de Lina. Allait-elle s'en expliquer ? Il la conduisit vers un des deux canapés qui bordaient le mur opposé.) Asseyez-vous, je vous en prie.

Ils prirent place tous deux, puis Sam se releva pour éteindre la chaîne. Un lourd silence s'installa.

— Puis-je vous offrir quelque chose ? demanda-t-il en se rasseyant. Je suis confus de vous recevoir dans un tel désordre. Ma secrétaire est absente. Elle a démissionné, d'ailleurs, il y a quelques semaines.

Embarrassé, Hoffman bredouillait presque.

— Je crois que j'ai mal choisi le moment de ma visite, s'excusa Lina. Pourtant il fallait que je vous voie. J'aurais dû vous passer un coup de fil.

— Oh, mais non ! Je suis seulement surpris. Après ce qui s'est passé dans le parc hier, je ne m'attendais pas à vous voir. Que vous est-il arrivé ?

Lina ne répondit pas tout de suite. Elle ajusta sa jupe, regrettant une fois de plus qu'elle ne soit pas un peu plus longue.

— Je dois en effet vous expliquer la raison de ma présence, annonça-t-elle enfin. Ceci n'est pas une simple visite amicale, M. Hoffman.

Le ton était si guindé que Sam Hoffman se crut obligé de gommer son sourire.

— Vraiment ? Quel dommage. De quoi s'agit-il donc ?

— Je suis venu parler affaires.

— Parfait. Quel genre d'affaires ?

Il tira sur les extrémités de son pantalon de jogging, remontées jusqu'à mi-mollet, et qui dévoilaient deux jambes poilues.

— J'ai beaucoup réfléchi à ce que vous disiez au sujet de M. Hammoud, sur le fait qu'il représentait une menace, et je me suis dit que vous aviez raison. Je veux vous aider à agir, si c'est en mon pouvoir.

Les mots se précipitaient dans la bouche de Lina, et l'excitation colorait son visage. Tandis qu'elle parlait, Hoffman regardait ses lèvres former les mots. Peut-être était-ce à cause de son réveil brutal, mais il ne pouvait détacher ses yeux d'elle. Lina venait de terminer sa tirade, et attendait maintenant que Sam intervienne.

— Vous voulez donc m'aider ? demanda-t-il, sans la quitter des yeux.

— Oui. J'aimerais vous aider à rassembler suffisamment d'informations pour la police, afin qu'ils puissent intervenir.

— C'est un jeu dangereux, vous me l'avez dit vous-même.

— Bien sûr. Tout le problème est là, n'est-ce pas ? Nous ne pouvons laisser Hammoud continuer à se comporter ainsi.

— Très bien, mais ce n'est pas forcément à vous d'agir. Pour être tout à fait franc, votre présence ici me rend nerveux. Nous sommes peut-être surveillés.

— Mais je tiens à vous aider, M. Hoffman. Ce n'est pas vous qui me forcez. C'est *ma* décision.

— C'est hors de question, à moins que vous ne cessiez de m'appeler « M. Hoffman ». Mon nom est Sam. Maintenant, voudriez-vous m'expliquer ce qui, dans les dernières vingt-quatre heures, a pu vous décider à me rendre visite ?

— Comme vous voudrez. (Lina prit une profonde inspiration.) M. Hammoud a essayé de m'effrayer, ce matin, et il est arrivé au résultat inverse. Il m'a mise en colère. Et je me suis rendu compte que j'en avais assez de courber l'échine. C'est pourquoi je suis venue vous voir.

Hoffman ferma un instant les yeux, tout en réfléchissant aux propos de Lina, et il réalisa qu'il ne se faisait pas encore une idée très claire de la situation.

— Attendez. Que vous a dit Hammoud, exactement, pour vous effrayer ?

— C'est un peu compliqué à expliquer. D'abord, il m'a annoncé que j'étais promue à un autre poste, mais en réalité, il m'écartait du service comptable afin de m'interdire l'accès aux informations sensibles. Ensuite, il m'a avertie que je ne devais en aucun cas quitter la société et m'a raconté toute une histoire sur un journaliste qui écrivait des choses terribles sur l'Irak, et qui avait été tué de façon horrible, et il a décrit la manière dont il se débarrasserait de ses ennemis ici, à Londres. Il a ajouté que la déloyauté de la part d'un Irakien était une chose impardonnable. Il m'a ensuite annoncé que ma tante qui vivait à Bagdad était morte, tuée par les services de sécurité pour avoir cherché à m'envoyer des lettres.

— Et c'est alors que vous vous êtes révoltée ?

— Oui, mais c'était l'aboutissement d'un processus qui durait depuis un moment. Je ne peux pas continuer à fuir en avant. Il faut que j'agisse.

— Pourquoi ne pas donner votre démission ?

Cette solution paraissait évidente à Sam. Si Lina voulait partir, rien ne pouvait l'en empêcher...

— Parce que ce serait trop dangereux pour l'instant. Vous savez ce qu'ils ont fait à M. Pinta. Si vous disposez d'assez d'éléments pour aller voir la police, alors je quitterai la société. Sinon, je pense qu'ils s'en prendront à moi.

— Pourquoi ? Je veux dire, si un responsable de l'informatique démissionne, ils peuvent embaucher quelqu'un d'autre.

— Parce que... (Lina dut s'arrêter, les mots refusaient de franchir ses lèvres. Sa voix était faible et aussi sèche que le vent du désert.) Parce que j'en sais trop.

— Que savez-vous exactement ? Vous ne m'avez pas expliqué très précisément quel était votre rôle à Coyote Investment.

Lina leva les yeux vers le plafond, comme si elle redoutait d'y trouver des micros cachés.

— Pouvons-nous parler en toute sécurité ?

— Oui.

— Très bien. J'étais responsable du système informatique. Jusqu'à aujourd'hui. Je contrôlais tous les fichiers du département comptable.

— Vous aviez accès à tous les documents ?

— Oui et non. J'avais accès à l'ensemble du système, mais j'avais l'ordre de ne consulter en aucun cas les dossiers personnels de M. Hammoud. Ils pensent que j'ai désobéi et que je les ai espionnés.

— Est-ce vrai ?

— Non. Je suis tombée un jour sur l'un des dossiers de Hammoud, et c'était par accident. Mais j'en ai vu assez depuis trois ans pour comprendre la nature des affaires qu'ils traitent.

— C'est-à-dire ?

— Le but de la société est de cacher de l'argent. L'argent arrive d'un côté – d'où, je l'ignore. Il est ensuite investi dans diverses activités et sociétés associées, qui paraissent tout à fait légales. L'argent repart ensuite de l'autre côté par des filières dont je ne connais rien, mais je n'ai pas pu m'empêcher de remarquer certains noms.

— Lesquels ?

— Oscar Trading, par exemple. La compagnie au sujet de laquelle vous m'avez questionnée hier. J'ai vu ce nom dans les dossiers de comptabilité. C'est une société basée au Panama, je crois. Coyote a versé douze millions de dollars sur le compte d'Oscar Trading il y a quelques jours. J'ai trouvé la trace du transfert en vérifiant la comptabilité. Mais c'est un dossier que Hammoud contrôle en personne. Le professeur Sarkis s'est aperçu que j'y avais eu accès.

Hoffman hocha la tête. Il n'était guère surpris de la frayeur éprouvée par Lina.

Il se leva du canapé et se dirigea vers son bureau. Il sortit du tiroir une feuille de papier composée de petits morceaux attachés avec du ruban adhésif.

— J'ai trouvé ceci dans la benne à ordures derrière l'immeuble de Coyote. C'est une feuille qui est passée à la déchiqueteuse de documents. Est-ce bien le nom que vous avez vu dans le dossier de Hammoud ?

Lina étudia un moment l'en-tête de la feuille.

— Oui, c'est bien le même nom. Pourquoi fouilliez-vous les ordures de M. Hammoud ?

— Pour la même raison que vous, lorsque vous fouilliez ses fichiers. Je n'aime pas cet homme.

— Nous sommes bien d'accord. Nous devons le mettre hors d'état de nuire. Que voulez-vous que je fasse ?

— Attendez, attendez, dit Hoffman en levant la main.

Lina se montrait maintenant impétueuse jusqu'à l'imprudence. Sam réalisa soudain que s'il lui parlait en ce moment même, s'il l'encourageait presque à prendre des risques qui pouvaient mettre sa vie en danger, c'était moins à cause de Hammoud que parce qu'il mourait d'envie de faire l'amour avec elle. Tandis qu'il méditait ce dilemme, le téléphone se mit à sonner.

— Qui diable cela peut-il être ? se demanda-t-il à voix haute.

Le téléphone continua à sonner, mais il resta assis sur le canapé et attendit que le répondeur se mette en marche. Le correspondant laissa un message, comme l'y invitait l'annonce enregistrée. C'était un homme à la voix douce, et dont on pouvait penser qu'il passait une bonne partie de sa vie au téléphone.

— *Bonjour, je suis Martin Hilton. J'aimerais dans la mesure du possible passer voir M. Samuel Hoffman demain matin, afin de m'assurer éventuellement ses services. J'appelle sur les conseils d'un ami de son père. Je suggère que nous nous rencontrions à onze heures. Dans le cas où l'heure ne conviendrait pas, M. Hoffman peut me rappeler au 71-966-4037. Je vous remercie.*

Lina parut troublée par le son de la voix de Martin Hilton.

— Qui est-ce ? demanda-t-elle.

Hoffman haussa les épaules. Il ne connaissait personne de ce nom.

— Que disait-il au sujet de votre père ? insista Lina. Quelle est sa profession ?

— Il est en retraite... répondit-il. Eh bien, où en étions-nous ?

— Je vous proposais de l'aide, et vous sembliez manquer d'enthousiasme...

Sam contemplait la jeune femme assise avec lui sur le canapé. Il jeta un coup d'œil à ses jambes, qui prolongeaient avec grâce sa jupe minuscule, puis il détourna le regard. Il commençait à se sentir coupable.

— Je ne manquais pas d'enthousiasme, répliqua-t-il. Je tiens seulement à rester prudent. J'ai aussi d'autres clients dont je dois m'occuper, comme ce Hilton, par exemple, qui vient de m'appeler. Mon cabinet n'est pas une institution de charité.

— Dans ce cas, je louerai vos services, rétorqua aussitôt Lina, dont les yeux flamboyaient.

Jamais elle n'aurait pu imaginer que Hoffman allait dédaigner son aide.

— Mes services coûtent cher.

Les joues de Lina s'empourprèrent ; ses sourcils bien dessinés pointaient vers le bas comme de petits sabres.

— Vous devriez avoir honte, s'exclama-t-elle, de faire machine arrière après avoir tout fait pour gagner ma confiance ! Franchement, j'attendais mieux de vous !

— Écoutez-moi. Je vais vous donner un bon conseil, et gratuit de surcroît : reposez-vous et nous en reparlerons. Les gens trop excités commettent toujours des erreurs. D'ici quelques jours, nous verrons si vous êtes encore d'accord pour traquer Hammoud.

— Vous ne m'aidez pas beaucoup, murmura Lina. Ne me dites pas que vous avez peur de lui, vous aussi.

— Mais je n'ai pas peur, bon sang ! s'écria Sam. (Il avait oublié ce talent particulier qu'ont les femmes arabes d'user de la raillerie pour arriver à leurs fins avec les hommes. C'était une ruse qui réussissait bien à Lina, surtout avec les hommes qui cherchaient à coucher avec elle.) Excusez-moi une minute.

Il passa dans sa chambre, ouvrit un paquet de cigarettes et en alluma une, qu'il éteignit aussitôt après en avoir aspiré une longue bouffée. Lorsqu'il revint dans l'autre pièce, Lina l'attendait, assise au bord du canapé.

— Sam, plaida-t-elle, allons voir la police. Maintenant.

— Et qu'allons-nous leur dire ?

— Vous pouvez leur donner la lettre d'Oscar Trading. Et leur parler des douze millions de dollars.

— Mais cela ne prouve rien. Ce n'est pas un délit de verser des fonds à une société-écran. Les gens font cela tous les jours. Que pourrions-nous dire d'autre à la police ?

Lina lui jeta un regard chargé de reproche. En pleine détresse, elle venait le voir, prenait des risques, et tout ce qu'il trouvait à faire, c'était d'ergoter sur des détails.

— Vous êtes un homme, lança-t-elle d'un ton condescendant. Vous devriez savoir quoi faire.

Hoffman sourit et secoua la tête.

— Écoutez-moi, Lina. Pour aller voir la police, il nous faut la preuve que Hammoud a commis un crime, ou la preuve qu'il cache de l'argent, ou triche avec le fisc, par exemple. Sinon, ils nous riront au nez. Et la seule personne qui puisse obtenir ces preuves, je suis navré de vous le dire, c'est vous et personne d'autre.

Lina réfléchit un long moment. Elle n'avait pas encore songé au moyen pratique d'accéder aux informations nécessaires.

— Mais comment pourrais-je faire pour obtenir ces preuves ?

— Par le système informatique de la compagnie.

— Je n'y ai plus accès. Je ne suis plus sur la liste des utilisateurs. Ou alors, il me faudrait une « entrée ».

— Qu'est-ce que cela signifie ?

— C'est un moyen de contourner le verrouillage du système. En général, les techniciens parviennent à avoir accès à tous les dossiers, lorsque le système tombe en panne ou lorsque les employés oublient leur mot de passe. J'avais trop peur pour essayer lorsque je travaillais au service comptable.

Lina s'animait et ponctuait ses explications de mouvements des mains. Sam ne pouvait détacher les yeux de ses doigts fins et déliés. Le seul moyen de la revoir, il le savait, c'était d'accepter de coopérer avec elle.

— Qu'en pensez-vous ? Trouverez-vous le moyen de vous infiltrer dans le système ?

— Je le crois, si j'arrive à mettre au point une méthode qui me permette d'y travailler sans me faire prendre.

Hoffman hocha la tête. Il s'approcha de la fenêtre. Une file de taxis noirs remontait lentement North Audley Street. Il les observa tout en se demandant ce qu'il convenait d'ajouter. Lina se leva du canapé, le rejoignit, et lui posa la main sur le bras. Il n'y avait là ni équivoque ni arrière-pensée d'ordre sexuel, mais la douceur de son geste modifia subtilement la qualité de leurs rapports.

— M'aiderez-vous, Sam, si j'essaye ?

Hoffman hocha la tête.

— Oui, dit-il doucement. Bien sûr, je vous aiderai.

Toute trace de tension et d'énervement disparut du visage de Lina. Elle se sentait seulement soulagée, comme si elle venait de se décharger d'un lourd fardeau. Elle effleura la joue de Sam.

— Merci, dit-elle.

Au contact de la main de Lina sur son visage, Sam fut pris d'une envie irrésistible de la prendre dans ses bras et de franchir la courte distance qui les séparait de sa chambre. Mais Lina était presque une cliente, désormais.

— Soyez prudente, se contenta-t-il de murmurer.

Elle répondit par un sourire. Ce n'était pas un jour à se soucier de prudence et de précautions.

— Je dois partir, maintenant, dit-elle.

En ouvrant la porte, elle envoya un baiser à Sam. Pendant un court instant, il se sentit confiant en l'avenir, sûr de la justesse et de l'issue heureuse du combat qu'il allait mener avec Lina.

15

Lorsque Martin Hilton arriva, ponctuel, à son rendez-vous chez Hoffman Associates, Sam avait déjà oublié son existence. Au moment où la sonnette retentit, il regardait la retransmission différée d'un tournoi de fléchettes à la télévision, les pieds posés sur son bureau. Les tournois de fléchettes avaient sur lui un effet apaisant ; l'action se réduisait au minimum : deux hommes gras lançaient de petits objets sur une cible, à quelques dizaines de centimètres d'eux. La voix du présentateur annonçant les scores en paraissait presque chargée d'intensité dramatique. Hoffman éteignit le poste de mauvaise grâce et alla ouvrir la porte.

Hilton était un homme au teint sombre, aux cheveux ondulés peignés avec soin. Il serra la main de Sam comme s'il tenait à faire étalage de sa force. Hoffman éprouva quelque difficulté à le cerner. Il était vêtu d'un coûteux costume et parlait l'anglais des États-Unis sans le moindre accent. Ses manières étaient plutôt celles d'un Européen – plus réservées, plus discrètes que celles des Américains expatriés. Il avait une curieuse façon de marcher, comme quelqu'un qui pratique le body-building, en faisant jouer ses muscles. Avant qu'il n'ait prononcé le moindre mot, Hoffman comprit que sa visite concernait Nasir Hammoud.

— Je souhaite faire appel à vos services, M. Hoffman, annonça-t-il en tendant une carte de visite qui n'apprit rien de bien nouveau à Sam. L'homme se présentait comme un courtier en import-export.

— Je suis cher, prévint Sam, fidèle à sa ligne de défense habituelle.

— Ce n'est pas un problème. Je suis riche. Combien exigez-vous pour acompte, M. Hoffman ?

— Attendez une minute. Nous parlerons d'argent plus tard. Vous feriez mieux de m'expliquer d'abord ce que vous cherchez.

— C'est une affaire qui concerne un financier arabe.

Hoffman ne put s'empêcher de sourire.

— Laissez-moi deviner... Ne s'agirait-il pas d'un gentleman irakien ?

— C'est exact.

— Du nom de Hammoud...

— Oui.

Hilton leva légèrement les sourcils, comme s'il était choqué d'entendre Hoffman prononcer ce nom à voix haute.

— Qu'est-ce qui vous fait croire que je sais quelque chose de lui ?

— L'intuition. Et mon expérience professionnelle.

— De quelle profession parlez-vous ? D'après votre carte, vous êtes courtier.

— Disons que je travaille avec des amis de votre père...

— Cela pourrait vouloir dire que vous travaillez avec la CIA. Ou avec n'importe qui d'autre, d'ailleurs. Désolé, mais il me faut quelques précisions.

— Vous voudrez bien m'excuser, mais je ne peux pas vous en donner.

Hilton semblait choqué de voir sa bonne foi mise en doute.

— Très bien. Considérons donc, pour faciliter la conversation, que vous travaillez pour la CIA, sans vouloir l'admettre.

— Considérez ce que vous voulez, M. Hoffman. Je suis ici pour affaires. Je suis convaincu que vous disposez d'informations concernant M. Hammoud et son argent. Je suis prêt à payer pour cela.

— Attendez. Vous voulez l'argent de Hammoud, ou seulement des informations ?

— Des informations. L'information est mon travail. Pas l'argent.

— Votre métier doit être bien ennuyeux.

— L'argent se dépense. L'information dure.

— Oui, oui, mon père m'infligeait lui aussi ce genre de foutaises. Épargnez-moi ce cinéma, je vous en prie. Qu'est-ce qui vous fait croire que je sais tant de choses sur Hammoud ? Je suis consultant financier. Je ne travaille pas pour tout le monde, et je ne sais pas tout.

— Vous avez des amis qui savent beaucoup de choses.

Hoffman plissa soudain les yeux.

— Rien d'extraordinaire à cela. C'est le cas de tous les consultants financiers de Londres. Pourquoi ne pas vous adresser à l'un d'entre eux ?

— On m'a dit que vous aviez des amis à Coyote Investment.

Sam garda un visage impassible. Il était surtout désireux de protéger Lina.

— N'en croyez rien.

— Peu m'importe d'où vous obtenez vos informations, M. Hoffman. Je suis disposé à vous les acheter.

— Il me faut un million de dollars en acompte.

— C'est totalement ridicule !

— Peut-être, mais pas plus que le fait de débarquer chez moi avec votre carte de visite bidon et votre baratin, ou de tenter de m'utiliser pour voler des renseignements et violer les lois financières britanniques. Ce n'est pas ainsi que je travaille. Et je n'aime pas les espions.

— Ne vous fâchez pas, M. Hoffman. Je voulais seulement vous faire comprendre qu'il s'agissait d'une somme importante. Il est possible que nous soyons en mesure de vous la verser pour les renseignements dont vous disposez. Il faut simplement que j'y réfléchisse.

— Réfléchissez aussi longtemps que vous le souhaitez. Au cas où vous auriez caché un magnétophone sous votre jolie veste d'espion, je tiens à préciser que je refuse de m'occuper de cette affaire illégale. Je m'en expliquerai dans un rapport sur cette conversation que je transmettrai à mon avocat.

— Les avocats n'ont rien à voir avec ceci, M. Hoffman. Je suis ici pour affaires, pas pour intenter des procès.

— Mon numéro est sur ma carte, M. Hilton. Appelez-moi lorsque vous aurez un vrai travail à me proposer.

Hoffman reconduisit Hilton à la porte. Lorsqu'il l'ouvrit, il constata qu'un deuxième homme surveillait le couloir, en attendant la sortie du trop curieux M. Hilton. L'homme avait lui aussi le teint mat ; ses cheveux étaient bouclés et il avait la démarche chaloupée d'un lutteur de cirque.

— Vous devriez emmener votre copain boire un verre, lui conseilla Hoffman. Il est un peu tendu.

Après le départ de son visiteur, Hoffman prit une initiative inhabituelle. Il téléphona à son père à Athènes pour lui demander conseil. C'était le début de l'après-midi en Grèce, et Frank Hoffman paraissait souffrir d'une féroce gueule de bois. Sam craignit un instant de devoir subir une fois de plus la rengaine sur « l'océan d'argent », mais son père ne se souvenait apparemment pas de leur précédente conversation. L'ouragan avait eu le temps de perdre de sa force.

— Salut, papa ! lança Sam. Comment vas-tu ?

— Affreux ! J'ai bu trop d'ouzo hier soir avec un gynécologue du Qatar. Il m'a raconté des histoires étonnantes sur la vie privée des gardiens des deux mosquées saintes. Et toi ?

— Ça va, papa. Je ne me plains pas. Les affaires marchent bien.

— Ne parle pas si fort, j'ai mal au crâne.

— Désolé, papa, murmura Sam.

— Voilà, c'est mieux. Alors, qu'est-ce qui me vaut cet appel impromptu ? Sans doute pas la dévotion filiale. Tu as besoin de quelque chose.

— J'ai besoin d'un conseil, papa.

— Comme c'est touchant. Les pères sont là pour cela. Payer les factures et donner des conseils. Que puis-je faire pour toi ?

— Le nom de Hilton te rappelle-t-il quelque chose ?

— Bien sûr. C'est le propriétaire d'une chaîne d'hôtels. J'y suis souvent descendu. Question suivante.

— Non, papa, pas celui-là. Martin Hilton. As-tu déjà eu l'occasion d'en entendre parler, ou de travailler avec lui ?

— Non, je ne vois pas. A quoi ressemble-t-il ?

— Taille moyenne, costaud. Trente-cinq ans. Le teint basané. Poli et correct, mais son costume ne lui va pas tout à fait bien, si tu vois ce que je veux dire.

Il m'a rappelé certains de tes anciens collègues, en plus calme.

— Que voulait-il ?

— Des renseignements. Il y tenait beaucoup. Il n'arrêtait pas d'insinuer qu'il travaillait pour tu sais qui, sans le dire franchement. Il semblait disposer de beaucoup d'argent.

— Autre chose ?

— Rien que je puisse te raconter au téléphone.

— Le grand secret ! Tu m'impressionnes ! Nos amis arabes sont-ils dans le coup ?

— Oui. Qu'en penses-tu ? Hilton travaille-t-il pour le Consortium international d'aéronautique ?

— Non. Si les gars du Consortium voulaient obtenir quelque chose de toi, ils iraient te voir et te le demanderaient. Ou ils s'adresseraient à moi, même s'ils doivent savoir que je vais les envoyer au diable.

— Pour qui peut-il travailler, alors, si ce n'est pas le Consortium ?

— Comment pourrais-je le deviner ?

— Allons, papa. Tu sais toujours tout.

— C'est vrai, mais pourquoi devrais-je te le dire ?

— Parce que tu m'aimes, et que je suis ton fils.

— D'accord, si tu laisses tomber ton mélo. A mon avis, ton Hilton bosse pour la Compagnie du Sud.

— Il vient de Dixie ?

C'était un code dont se servaient les vétérans américains de Beyrouth pour désigner les Israéliens, les gens du Sud dont il ne fallait pas prononcer le nom. A l'époque où il était encore un enfant, Sam entendait souvent son père marmonner des propos sibyllins au sujet de Dixie et de la Compagnie du Sud.

— Probablement. Je reconnais bien là leur *modus operandi*. Servir un baratin d'enfer, essayer de se faire passer pour ce qu'ils ne sont pas pour te rouler dans la farine... Je suis sûr que c'est eux. Que t'a-t-il demandé, d'ailleurs, ce Hilton ?

— Cela concerne un certain pays arabe dont le nom commence par « I ». Il y a beaucoup d'argent en jeu.

— Oh, merde.

Un long silence s'installa.

— Que se passe-t-il, papa ?

— Rien, junior. Je vais tout de même te donner un conseil. C'est toi qui me l'as demandé, alors ferme-la.

— Bien, chef.

— Sois prudent. Le monde arabe est en pleine pagaille pour le moment, même selon leurs propres critères. Fais surtout attention à ces fichus Irakiens. C'est la foire d'empoigne à Bagdad. Ne me demande pas ce qui s'y passe exactement, je l'ignore, mais il se passe quelque chose.

— Quoi ?

— Je viens de te dire que je n'en savais rien, bon Dieu ! Personne ne m'écoute ! Suis mon conseil, fiston : ce n'est pas le moment d'aller jouer avec les Irakiens. Ni avec des gens qui s'appellent Hilton.

— Je ne comprends pas. De quoi parles-tu ?

— Contente-toi de faire ce que je te dis, et ne me raconte pas de salades. D'accord ?

Sam se rendit compte qu'il était temps de mettre un terme à la conversation. Son père lui faisait penser à un volcan qui se prépare à entrer en éruption.

— Il faut que je te laisse, maintenant, papa. Est-ce que je peux faire quelque chose pour toi ? Un service en mérite un autre.

— Dis à ta mère de cesser de me harceler pour que je lui donne de l'argent. Je me suis déjà montré bien trop généreux.

— Ton avocat s'en chargera. Du nouveau, sinon ?

— Un gros paquet d'emmerdements.

— Comment cela ?

— Tu tiens à le savoir ?

— Pas vraiment. Mais je suis heureux que tu ailles mieux. Tu me paraissais un peu fatigué l'autre jour, avec tes histoires d'océan d'argent.

— Mon fils, tu es un ingrat. Et un imbécile. Si tu m'avais écouté, tu serais déjà riche.

— Mais je t'écoute. Je t'aime, papa.

— Arrête ton cinéma. D'abord, tu ne sais même pas de quoi je parle. Ensuite, si tu m'aimais vraiment, tu viendrais me voir plus souvent, nous boirions quelques verres ensemble, et tu écouterais mes conseils. Tu devrais être plus gentil avec moi. Un de ces jours, tu auras peut-être besoin de mon aide.

— J'en doute, papa. Enfin, j'y penserai.

— A ton service, galopin.

— Allez, salut papa. Et merci !

Sam Hoffman raccrocha et se massa les tempes. La gueule de bois de son père paraissait contagieuse.

16

Le lendemain de la convocation de Lina dans son bureau, Nasir Hammoud quitta à nouveau Londres brusquement. Personne ne semblait se douter de son départ. Les employés vaquaient à leurs occupations dans l'immeuble gris de Knightsbridge, sans oser poser de questions. Ce matin-là, Lina était assise, seule, dans son bureau, et se livrait – comme les autres employés de la partie publique de l'entreprise – à un simulacre de travail acharné, lorsque son amie Randa apparut à la porte. Un regard espiègle illuminait son visage, signe d'un secret qu'elle se sentait incapable de garder plus longtemps pour elle. Elle entra et ferma très doucement la porte derrière elle.

— Devine ce que vient de me dire Yasmine Dalloul, la fille palestinienne qui travaille à l'agence de voyages de l'autre côté de la rue ?

— Je n'en ai pas la moindre idée, répondit Lina.

— Notre patron intrépide et bien-aimé a acheté il y a peu de temps un billet d'avion pour une destination étrangère.

— M. Hammoud ?

— C'est bien cela. Et devine aussi où est parti notre sage et noble maître ?

— Je ne sais pas... Paris ?

— Bravo. Mais c'était facile. Paris, et ensuite ?

— Je ne sais pas.

— Tunis. Et où est-il allé après Tunis ? Où est-il en ce moment même ?

— Dis-le-moi. Je ne peux pas le deviner !

— Bagdad. Incroyable, non ? Il est retourné à Bagdad ! Qu'en penses-tu ? Il doit y avoir de l'eau dans le gaz avec tu sais qui. (Elle baissa soudain la voix.) Bien fait pour lui.

— Bagdad ? murmura Lina.

Elle porta la main à son front et se massa les tempes. Son cœur battait très vite. Elle se sentait soulagée du départ de Hammoud, qui lui laisserait peut-être le temps de s'infiltrer dans le réseau informatique de Coyote, mais la tournure des événements l'inquiétait : tout allait trop vite.

— Oui, Bagdad. N'est-ce pas merveilleux ? D'après Yasmine, il n'est pas le seul à repartir là-bas. Depuis deux jours, toutes sortes de gens ont réservé des vols pour l'Irak, tandis que d'autres essayent d'en sortir. Les avions sont pleins dans les deux sens. Il se passe quelque chose, crois-moi.

— Oui, mais quoi ? Qu'en pense ton ami Tony Hashem ?

— Il dit seulement que l'ambiance du bal est plutôt chaude. Je ne sais pas exactement ce qu'il veut dire par là. Il ne doit pas être très au courant. Il m'a dit qu'il demanderait à son père.

— Alors tiens-moi au courant, plaida Lina. Je n'ai pas beaucoup l'occasion de papoter, dans mon nouveau bureau.

— Compte sur moi. Le problème, c'est que personne ne semble savoir grand-chose. C'est un peu effrayant, de ne pas être informé de ce qui se passe. Tout le monde attend.

Tout le monde attendait, en effet. Un calme soudain s'était abattu sur Coyote Investment, comme lorsque les oiseaux et les insectes se taisent brusquement avant un orage. Les employés arabes de la société savaient que des événements importants avaient lieu, mais personne n'en connaissait la nature. Le travail s'effectuait au ralenti. Les employés attendaient que leurs téléphones sonnent, et se demandaient à voix basse des nouvelles. Personne ne semblait pressé de quitter les bureaux à l'heure du déjeuner ou à la fin de la journée. Ils tournaient en rond comme des prisonniers avant le retour de leur gardien.

Sam Hoffman ne tenait plus en place. Il attendait des nouvelles de Lina et tenait surtout à savoir si elle voulait toujours lui offrir son aide pour contrer Nasir Hammoud ; il passait son temps à faire les cent pas. Il l'appela chez elle, lui laissa un message sur son répondeur, puis il sortit manger dans son restaurant chinois préféré de Soho. Lorsqu'il revint chez lui, Lina était encore absente, et il se dispensa cette fois de laisser un message. Hoffman s'ennuyait et il commençait à s'apitoyer sur son propre sort. D'où lui venait cette pénible nervosité ? La plupart des ses anciens amis de l'université étaient maintenant bien lancés dans leurs carrières, leurs femmes attendaient des bébés. Pendant ce temps, Sam flottait toujours au gré du courant, sans savoir très bien à quoi se raccrocher.

Un peu après minuit, il voulut appeler une jeune comédienne au chômage qu'il connaissait bien, pour lui proposer une sortie nocturne dans l'un des nouveaux clubs du sud de la Tamise. Il allait composer le numéro lorsque, pris d'un soudain remords, il décida de tenter d'appeler Lina une fois de plus. Elle décrocha au bout de quelques sonneries.

— Bonsoir, c'est Sam, annonça-t-il. Je suis navré de vous réveiller.

— Oh, mais je ne dors pas ! s'écria Lina.

Sa voix trahissait une excitation que Sam Hoffman prit pour de la peur.

— Tout va bien ? Je m'inquiétais pour vous.

— Oui, bien sûr ! Je suis au sommet du palmier !

— Au sommet de quoi ?

— Du palmier. C'est une expression irakienne. *Fawq al nakhal*. Cela veut dire « incroyablement heureuse ». Vous connaissez la nouvelle ? Nous sommes sorties pour célébrer cela, avec mon amie Randa.

— Célébrer quoi ?

— Mais alors, vous n'êtes pas au courant !

— De quoi parlez-vous ?

— Le Chef suprême ! Il est mort ! Ils l'ont annoncé à la radio de Bagdad il y a à peine trois heures !

— Mort ! Mon Dieu ! Je ne m'étonne plus que vous soyez au « sommet du palmier » ! C'est incroyable !

— C'est merveilleux, n'est-ce pas ?

Lina paraissait presque étourdie de bonheur et de soulagement.

— Fabuleux ! Écoutez, Lina, nous devrions fêter cela. Vous et moi.

— Quand ?

— Tout de suite ! Je peux passer chez vous ?

— Bien sûr, pourquoi pas ? Quelle importance maintenant, si on nous voit ensemble ! Randa est ici avec moi. Nous téléphonons à tous les Irakiens que nous connaissons. J'ai même appelé le poète Nabil

Jawad pour lui demander de passer. Nous ne parlons que de cela ! Nous allons faire la fête pendant un mois !

— J'arrive dès que possible, Lina. Moi aussi, je suis au « sommet du palmier » !

— C'est enfin fini, Sam, s'écria Lina, dont la voix semblait pétiller comme du champagne. C'est fini.

TROISIÈME PARTIE

RES NULLIUS

17

Ainsi, le Chef suprême était mort. La nouvelle fut annoncée juste après dix heures, heure de Bagdad. Le silence envahit les ondes de la radio pendant quinze minutes, puis un mollah donna lecture d'un texte du Coran. Un nouveau silence se fit, interrompu peu après par une musique martiale précédant l'annonce du décès. Personne n'expliqua les causes de la mort, ni ne fournit d'explication d'aucune sorte, mais chacun fut aussitôt convaincu que le Chef suprême était parti pour toujours. Des combats à l'arme légère éclataient à Mossoul et à Bassora ; dans les villes kurdes d'Erbil et Sulaymãniyya ; dans les cités saintes chi'ites de Karabalã et de Nedjef – et même en plein centre de Bagdad. Les gens se précipitaient dans les rues dès qu'ils entendaient les détonations et, au même instant, ils apprenaient la nouvelle. C'était l'un de ces moments où les portes de l'Histoire s'ouvrent en grand, et personne n'imaginait qu'elles puissent se refermer un jour.

Le Tigre était baigné par la pleine lune, qui illuminait la ville comme une lanterne de papier lors d'une fête d'été. Les ponts, tant de fois bombardés et reconstruits pendant les années de guerre, évoquaient de fantomatiques squelettes dans la lumière irréelle. Les minarets de la grande mosquée Musã al-Khadim, ornés de feuilles d'or, étincelaient comme un coffre au trésor. Même les statues de mauvais goût érigées par le Chef suprême au fil des années pour célébrer ses victoires et faire oublier ses défaites apparaissaient soudain comme des symboles non dénués de noblesse d'une période de malheur qui appartenait maintenant à l'Histoire.

Les lumières des immeubles de béton qui abritaient les ministères étaient encore allumées, mais leurs occupants s'étaient évanouis au moment où les gens avaient commencé à envahir les rues. Moins d'une heure après le premier bulletin d'informations, la rumeur allait déjà bon train : le Chef suprême avait été abattu par un inconnu qui s'était arrangé pour pénétrer dans ses quartiers privés, habituellement accessibles aux seuls membres de la famille et aux gardes du corps. On entendait une version différente de l'histoire à chaque coin de rue : l'assassin était un fanatique religieux ; c'était le demi-frère du Chef suprême ; un agent israélien ; ou un agent jordanien.

Beaucoup d'Irakiens pleurèrent lorsqu'ils apprirent la nouvelle, même parmi ceux qui méprisaient et craignaient le Chef suprême de son vivant. C'était comme si le piquet qui maintenait la tente debout venait de s'effondrer ; les gens ne savaient plus où ils se trouvaient, une fois perdu le monde d'illusions créé par le dictateur. Le Chef suprême, aussi omniprésent et inéluctable que le soleil et la lune, venait de disparaître.

La seconde réaction fut la rage. L'immense portrait du Chef suprême en uniforme militaire qui dominait la place principale de Bagdad fut le premier brûlé. Cette désacralisation sauvage de l'image du Chef suprême ne fit que décupler la fureur de la foule, qui s'engouffra bientôt sur une autre place où trônait un autre portrait géant du dictateur, représenté cette fois-ci sous les traits d'un cavalier arabe. Les cocktails Molotov fusèrent, le portrait s'embrasa et un camion apparut pour écraser les montants sur lesquels était installée l'effigie, jusqu'à ce qu'il ne reste que des débris fumants. A l'aube, plus un seul des portraits, nombreux aux carrefours de la capitale, n'était encore debout.

Personne ne songea à se demander, au cours de cette folle nuit de rage, d'où venaient les cocktails Molotov, ni qui avait tiré des coups de feu dans la nuit au moment de l'annonce de la mort du Chef suprême. Ni comment et pourquoi ces camions apparaissaient toujours à un moment précis pour mettre une touche finale aux destructions. En cette nuit d'incendie, peu de gens se souciaient de poser des questions. Où se trouvaient les cadres de la police secrète, qui maintenait d'habitude un poignard invisible et menaçant sur la gorge de la nation tout entière ? Et les légions d'indicateurs et de provocateurs ? L'Irak disposait de quatre services secrets différents, tous dirigés par des membres rivaux de la famille du Chef suprême, chacun espionnant les autres en même temps qu'il espionnait le peuple d'Irak. Où étaient-ils, cette nuit-là ? Quelles ficelles tiraient-ils dans l'ombre ? Qui ordonnait aux troupes de rester cantonnées dans les casernes ou au contraire de descendre dans les rues ? Dans l'atmosphère de délire qui régnait à Bagdad, plus rien ne semblait important. Le Chef suprême était mort.

Le lendemain matin, un Arabe entre deux âges, au

visage grêlé était assis sur un banc délabré du parc Zawra. Il portait des lunettes de soleil qui protégeaient ses yeux comme un bouclier et une casquette de cuir qui lui tombait sur le front. Seul un fin connaisseur des cercles du pouvoir irakien aurait pu reconnaître Osman Bazzaz, le cousin de feu le Chef suprême. Il levait les yeux de temps à autre vers le restaurant connu sous le nom de la Tour de Bagdad, un endroit entouré d'une pelouse, qui dominait le parc comme une décoration criarde de sapin de Noël. Il attendait quelqu'un, tout en faisant semblant de lire un journal. Le parc était presque désert. Bagdad se remettait de ses excès de la nuit.

Environ dix minutes plus tard, un individu aux cheveux gris s'approcha du banc, une mallette de cuir à la main. Il ressemblait, vu de loin, à un homme d'affaires européen – ses vêtements semblaient sortir du pressing et ses chaussures brillaient, même après avoir marché dans les rues poussiéreuses de Bagdad. Il possédait pourtant les yeux perçants et le teint sombre des Irakiens. Un bandage récent, qui lui entourait une main, jetait une note discordante dans l'agencement parfait de ses vêtements. Lorsqu'il arriva près du banc, au lieu de serrer la main de l'homme assis ou de l'embrasser, il s'installa à côté de lui en posant sa mallette entre eux. Ils se mirent aussitôt à échanger des propos en arabe, comme peuvent le faire deux étrangers. *As-salaam alaykum. Alaykum as-salaam !* – l'échange des vœux de paix.

On aurait pu croire qu'ils ne se connaissaient pas, mais la conversation devint vite plus animée. Ils utilisaient une sorte de code, comme s'ils évoquaient un projet de construction.

— *Al-mashroa al-mushtarak khalas*, dit l'homme d'affaires aux cheveux gris. Le partenariat touche à sa fin.

— *Al-hamdu lillah*, répondit Osman Bazzaz. Dieu merci.

— Es-tu en sécurité ?

L'homme soutenait sa main bandée, comme si la blessure était récente, et encore douloureuse.

— *Al-hamdu lillah*, répéta Osman Bazzaz. Et que dit *al-zaboon* (le client) ?

— Rien. J'en parlerai plus tard à *al-shirkah* (la compagnie). Tout se passera comme convenu.

Osman baissa les yeux vers la mallette de cuir. Un cadeau, peut-être ?

— *Al-hadeeya ?*

— *Ya akhee !* Oui, mon frère !

Le businessman aux chaussures brillantes tapota la mallette.

— Et le reste de l'argent ? Que va-t-il se passer ?

— *Moo mushkilah !* Aucun problème ! On s'occupe des détails à Londres. On pourra en parler plus tard à Genève, *ala infiraad*. En privé.

— *Ya habibi*. Oui, mon cher.

Ils s'embrassèrent sur les deux joues. L'homme d'affaires se leva du banc, lissa son pantalon pour parfaire le pli, et s'éloigna, laissant sur le banc le cousin de feu le Chef suprême, qui entourait de ses mains la mallette de cuir contenant son présent. Au bout d'un moment, Osman se leva aussi et disparut dans la ville de béton et de poussière.

18

Les amis de Lina commencèrent à arriver à son appartement de Notting Hill peu après sa conversation avec Sam Hoffman. Randa Aziz était déjà là et l'aidait à passer ses nombreux coups de téléphone. Farida Hamdoon, qui étudiait le cinéma à l'université de Londres, arriva bientôt, puis Kenize Tuaima, qui dirigeait une boutique de vêtements à Camden Town, accompagnée de son riche petit ami saoudien. Ce soir, ils étaient tous là : Burham Saadi et son épouse Majd, Nadhmi Makloul et Antissar, Nemir, Inam, Wahdat et Saad... On prépara du thé irakien que l'on servit avec un gâteau aux amandes que quelqu'un venait d'acheter à la pâtisserie libanaise de Brompton Road. Un autre avait apporté une caisse de champagne qui provenait des réserves de Marwan Darwish, que ses « amis » ne pourraient désormais plus guère aider. Personne, cette nuit-là, ne songeait à dormir. Lina s'assit en leur compagnie à même le sol, avec son téléphone, pour annoncer d'une voix éclatante la bonne nouvelle à tous les amis qu'elle parvenait à joindre.

Ils firent ainsi le tour du monde. Farida appela la résidence pour étudiants de l'université de l'Indiana, où deux amies irakiennes poursuivaient leurs études de médecine ; Lina appela une banque de New York où l'un de ses anciens petits amis travaillait au service des prêts ; Kenize téléphona à sa sœur, employée d'un magasin de Rodeo Drive. Des sonneries retentirent dans des appartements de Hong Kong, Tokyo et Bangkok. Toutes les conversations se résumaient aux mêmes phrases : « Tu as entendu la nouvelle ? C'est fabuleux, non ? Je n'arrive pas à y croire ! *Fawq al nakhal.* » Tous étaient heureux, au « sommet du palmier ».

Sam Hoffman arriva peu après une heure et se noya dans la foule qui encombrait le salon. Il portait un blouson de cuir et un T-shirt. Lina l'embrassa et lui tendit une flûte de champagne. Il s'installa sur le sol et proposa un toast au « Nouvel Irak ». Les verres s'entrechoquèrent. Quelqu'un passa une pipe de cuivre remplie de haschisch libanais ; Sam en aspira une longue bouffée.

— *Mish battal*, dit Randa en hochant la tête dans la direction de Hoffman. (Elle était avec Lina dans la cuisine pour préparer un plateau de feuilles de vigne farcies.) Il n'est pas mal du tout. Mais que fait-il ici ? Tu es sûre que ce n'est pas un flic ?

— Bien sûr que non, répondit Lina d'un air rêveur. Il est mon *amir ala faras abayad* (mon prince sur un cheval blanc). Il est accouru à mon aide. Sauf que je n'ai plus besoin d'aide, à présent.

— Comment est-il, au lit ? murmura Randa à l'oreille de son amie. Est-ce qu'il est, je veux dire..., insista-t-elle avec un geste assez explicite.

— Randa ! Mais je n'ai pas couché avec lui !

— Il est homosexuel, alors ?

— Randa, tu es folle, vraiment ! C'est juste un jeune homme américain très gentil, très poli, et c'est cela qui me plaît. J'en ai assez des hommes arabes.

— Tu dois être soûle, commenta Randa en donnant à Lina une petite tape sur le derrière. C'est sûrement cela.

Plus tard, alors que la soirée s'animait de plus en plus, Lina sortit d'un tiroir les cassettes, enregistrées par son père, d'un chanteur irakien, Nazem al-Ghazali. Mort en 1960, avant que le Chef suprême n'ait eu le temps de s'en prendre à la mémoire nationale irakienne, il représentait un lien entre chaque Irakien et son passé. Il chantait de simples ballades, dont certaines dataient de plus de deux siècles, avec un accompagnement de flûte *(nay)*, d'*oud*, un instrument dont la forme évoquait une guitare, et de *darbaki* (percussions). Sa musique était un genre de « blues » irakien. Il commençait ses récitals en déclamant des poèmes avant d'entamer ses chansons qui évoquaient les vicissitudes de la vie et de l'amour. La chanson préférée de Lina était intitulée *« Samara min Qawmi Aissa »* (« La Femme sombre de la tribu de Jésus ») et racontait l'amour d'un musulman pour une chrétienne.

La voix de Lina accompagnait celle du chanteur, tandis qu'elle regardait vers Sam sans timidité excessive. Les paroles prenaient la forme de questions et de réponses tour à tour faussement effarouchées et empreintes de désir de séduction. « Laisse-moi voir la beauté de tes yeux. Mes yeux sont les yeux d'un daim. Es-tu grande ? Je suis grande et souple comme la plante du basilic. » Sam se joignit au chœur et chanta dans un arabe haché et rocailleux ; les exilés irakiens rassemblés sur le sol entonnèrent eux aussi la chanson, qui évoquait pour la plupart d'entre eux des souvenirs d'enfance. Ils se levèrent ensuite, applaudirent, et burent encore du champagne lorsque Al-Ghazali chanta les premières paroles de la chanson « Au-dessus des palmiers ».

A deux heures du matin, Nabil Jawad frappa à la porte. Le poète était comme toujours vêtu de noir, silhouette funèbre au milieu des fêtards. Il refusa la flûte de champagne que lui tendait Lina et demanda un verre d'eau. Son regard était doublement impénétrable – en raison de la cécité et de ses lunettes noires – et il était impossible de deviner ses pensées. Il s'excusa de son retard auprès de Lina. Il avait proposé à la BBC et à *Voice of America* de diffuser cette même nuit, dans leurs émissions en langue arabe, un texte sur lequel il venait de travailler et qui traitait de la démocratie dans le monde arabe, mais il s'était dans les deux cas heurté à un refus. Lina s'assit à ses côtés sur le divan, prit la main du poète dans la sienne et lui dit à quel point elle se sentait honorée de sa présence.

— N'est-ce pas merveilleux ? Vous devez être très heureux cette nuit, lui dit-elle.

— Pas encore, répondit Jawad en secouant la tête. Qui sait ce qui peut maintenant arriver ?

Lina tenta de retirer sa main, mais Jawad la maintint fermement serrée et la remercia une fois de plus pour son invitation. Il avait connu sa famille dans le passé, à Bagdad, et il avait assisté aux funérailles de son père à Londres. Que devenait-elle à présent ? Lina lui expliqua, non sans une certaine gêne, qu'elle travaillait pour Nasir Hammoud, mais qu'elle songeait à quitter son emploi. Jawad entoura les mains de Lina des siennes, comme pour la protéger.

— Vous êtes très courageuse de m'avoir invité chez vous, lui dit-il.

— Non, pas du tout. J'aurais dû le faire depuis longtemps, mais j'étais trop effrayée. C'est plus facile maintenant. C'est terminé.

— Non, ce n'est pas terminé, *habibti*, et vous êtes très courageuse, insista-t-il en caressant sa main, puis en la serrant plus fort. Vous savez, Lina, ce sont les femmes qui sauveront l'Irak. Il ne faut plus compter sur les hommes. Ils ont tous été corrompus. Seules les femmes sont fortes.

Lina allait lui demander de s'expliquer lorsque Sam apparut et vint s'installer de l'autre côté du divan, impatient de rencontrer le poète qui avait tellement ensorcelé la réception des Darwish. Il lui posa des questions sur sa vie, ses œuvres, et Jawad lui donna des réponses parfois hésitantes, mais toujours honnêtes. Tandis qu'ils s'entretenaient, Lina réfléchissait aux propos du poète. Les hommes étaient faibles, c'était vrai. Il suffisait d'observer le Londres arabe, où les plus riches et les plus brillants n'avaient guère plus de sens moral que de vulgaires maquereaux. Peut-être était-il vrai aussi que les femmes se montraient souvent plus fortes. Mais que les femmes puissent sauver l'Irak, c'était tout simplement idiot ! L'Irak était déjà sauvé ! Le Chef suprême était mort !

Les autres Irakiens se rassemblaient maintenant autour de Jawad en lui demandant de réciter certains de ses poèmes. Il s'excusa, la main sur le cœur : il était lié par un vœu et ne réciterait aucun de ses poèmes avant son retour en Irak, et ce retour était aujourd'hui encore impossible. Un murmure de déception parcourut la pièce et on le supplia de bien vouloir déclamer ne serait-ce que quelques vers. Jawad accepta finalement de réciter non pas l'une de ses œuvres, mais un texte écrit presque un millier d'années plus tôt par le poète Ibn Zaydun, qui avait grandi à Cordoue, mais avait passé la plus grande partie de sa vie loin de la ville de son enfance. C'était un poème sur l'exil, expliqua-t-il. Il le déclama dans un arabe harmonieux, qui jaillissait de son corps frêle comme de l'eau d'une source du désert.

Dieu a envoyé des averses là où vivaient ceux que nous aimions. Il a tissé sur eux une fleur semblable à une étoile... Comme ils étaient heureux, ces jours passés, ces jours de plaisir, lorsque nous vivions avec ceux dont les cheveux étaient noirs et les épaules blanches... Maintenant, va dire au Destin dont les faveurs se sont évanouies – faveurs sur lesquelles je me suis lamenté tandis que passaient les nuits –, va lui dire combien était ténu sur moi le souffle de sa brise, le soir. Mais pour celui qui marche dans la nuit, les étoiles brillent encore : je te salue, Cordoue, avec amour et regret.

Les Irakiens étaient proches des larmes lorsque Jawad prononça les derniers mots. Ils le supplièrent de réciter encore quelques poèmes, mais Jawad refusa : il devait travailler tôt le lendemain à sa fondation. Ils le laissèrent enfin partir en lui promettant de lui envoyer de l'argent – promesses qu'ils allaient sans doute vite oublier. Lina l'accompagna à la porte. Tandis qu'elle lui souhaitait un bon retour chez lui, des larmes brillaient encore dans ses yeux mais le poète ne pouvait les voir.

Après son départ, les Irakiens se remirent à chanter, ouvrirent de nouvelles bouteilles de champagne et évoquèrent l'avenir. Quelqu'un porta un toast au « jeune roi » Faysal, tué au cours de la révolution de 1958, avant l'accession au pouvoir du Chef suprême. Un autre toast fut porté en l'honneur du nouveau parlement, sans que l'on sache quand ni comment il allait se réunir ; un autre encore à la nouvelle constitution, quel qu'en puisse être le contenu. Tout le monde savait, personne ne savait ; quelle importance ? Toute la diversité de la mosaïque irakienne se trouvait encore rassemblée là bien après l'aube.

19

Il ne fallut que quelques heures au Washington officiel et officieux pour digérer la nouvelle de la mort du Chef suprême. Les chaînes de télévision réussirent à rassembler pour les derniers journaux de vingt-trois heures trente des plateaux peuplés de spécialistes et d'experts qui s'accordaient tous sur un point : cet assassinat était prévisible, et il était seulement surprenant qu'il ne soit pas survenu plus tôt. Les coupables les plus crédibles étaient sans doute les extrémistes musulmans, qui s'étaient arrangés pour infiltrer la garde présidentielle. Un groupe d'exilés irakiens, basé à Paris, revendiquait l'attentat, et le gouvernement iranien avait publié une déclaration qui, tout en niant la moindre responsabilité dans les événements d'Irak, laissait entendre le contraire. Les responsables israéliens, quant à eux, se contentaient d'un laconique « sans commentaires » lorsqu'on les interrogeait sur leur éventuelle implication dans la mort du Chef suprême. En bref, c'était le Moyen-Orient. Lorsque l'on vous croit capable de tuer un chef d'État, c'est toujours une bonne chose, même si vous n'y êtes mêlé en rien. Mieux vaut être craint qu'ignoré.

Personne ne se serait attendu à voir briller aussi tard le soir les lumières du cabinet juridique Hatton, Marola & Dubin. Lorsque Robert Hatton entendit la nouvelle vers dix-sept heures, il présenta ses excuses, quitta la réunion de travail qui se déroulait en présence de ses associés et gagna son bureau du dernier étage, où il resta jusqu'à minuit. Il s'installa dans la petite salle blindée qui contenait ses dossiers les plus sensibles. Il y emporta une chaise, une petite table, et ferma la porte afin de pouvoir travailler sans être dérangé. Il lui fallut des heures pour passer en revue les actes et les dossiers de cinq compagnies qu'il avait contribué à mettre sur pied quelques années plus tôt. C'étaient des compagnies-écrans, et aucune enquête sur leurs propriétaires nominaux n'aurait permis de savoir qui les contrôlait en réalité. Deux d'entre elles étaient enregistrées aux Bahamas et les trois autres au Panama. Hatton étudia avec soin les éléments juridiques constitutifs de chacune, ainsi que les avis autorisés de ses conseils financiers et juridiques à Nassau et Panama City sur les procédures à appliquer pour la redistribution des avoirs en cas de changement de statut. Il passa ensuite à d'autres documents qui dressaient une liste d'associés, de comptes financiers servant de façades et de sociétés d'investissement, qui formaient ensemble une partie du réseau invisible dont il était l'un des administrateurs.

C'était une règle d'or du métier : tout le monde méritait d'être représenté par un homme de loi. Hatton s'en était fait un article de foi. Si vous grattez le vernis de n'importe quel travail d'ordre juridique, vous en arrivez toujours au même résultat : il s'agit de régler des problèmes pour des gens qui possèdent de l'argent. Si tout le monde traitait ses affaires de manière légale et transparente, personne n'aurait jamais besoin de services juridiques. Un avocat, un conseil juridique, ne sont rien d'autre que des réparateurs. Si une société était enregistrée dans les îles Caïman, il était essentiel de déterminer avec précision quelles étaient les obligations légales imposées par les autorités locales. Si des fonds devaient être répartis entre plusieurs comptes, il fallait que chaque étape de la transaction se fasse en conformité avec les règles. Comme pour les réparations automobiles, le soin apporté aux détails constituait l'âme du métier. Une fois le travail terminé, la machine devait fonctionner sans à-coups, sans bruit, avec une précision d'horloge.

Hatton se permit le luxe d'une pause vers neuf heures. Il partit dîner à l'Athenian Club, quelques immeubles plus loin. Hatton était un homme de grande taille, à la silhouette anguleuse, et il marchait dans les rues de Washington avec une sorte de dédain aristocratique, sans accorder un regard aux sans-abri rassemblés en bordure du parc, qui lui quémandaient quelques pièces de monnaie au passage. Lorsqu'il atteignit le sanctuaire de son club, le maître d'hôtel – un vieux gentleman palestinien distingué qui portait toujours un smoking, même pour servir le petit déjeuner – l'accueillit à l'entrée et le conduisit à sa table habituelle, au fond de la salle, près d'une fenêtre. Hatton croyait aux vertus de l'habitude. Il commanda son cocktail, une vodka-Martini, et interrogea, comme toujours, le maître d'hôtel sur le menu du jour.

— Le poisson grillé est très bien, aujourd'hui, monsieur.

La réponse était toujours la même, car le maître d'hôtel connaissait le goût de Hatton pour le poisson grillé.

— Et le melon ?

C'était l'un des rares éléments imprévisibles de la vie de Hatton. Les melons lui posaient un véritable problème.

— Les melons d'Espagne ne sont pas trop sucrés, monsieur, mais les cantaloups sont parfaits.

Comment se débrouillaient-ils pour le savoir ? Ils devaient sans doute en couper une tranche de chaque...

— Je prendrai le cantaloup, dans ce cas.

Après avoir terminé son repas, Hatton regagna sa salle secrète et vérifia une dernière fois que tous les documents étaient en ordre. Il prépara ensuite trois câbles pour le lendemain matin. Le destinataire du premier était un homme qui, bien des années plus tôt, avait été désigné comme mandataire de certains comptes gérés par une banque privée de Genève. Hatton lui confirma que les pouvoirs reçus à l'époque de l'ouverture des comptes étaient toujours valables, et qu'il exerçait donc le contrôle légal de ceux-ci. Le second câble était adressé à la banque suisse qui gérait ces comptes, et l'informait d'une prochaine visite du mandataire, tout en confirmant les dispositions existantes. Le troisième et dernier câble informait les bureaux londoniens de Nasir Hammoud que tous les arrangements nécessaires avaient été mis en place, comme convenu.

Hatton enferma les trois câbles, sous enveloppe, dans le tiroir du bureau de son secrétaire. Il laissa en vue une note demandant que les câbles soient envoyés par courrier électronique crypté dès le matin. Il quitta les bureaux du cabinet peu avant minuit.

20

Le professeur Sarkis revint de Bagdad le lendemain de la mort du Chef suprême. Les bureaux de Coyote Investment devaient être fermés pour cause de deuil, sur décision de l'un des vice-présidents britanniques, qui considérait qu'il s'agissait de l'attitude la plus adaptée aux circonstances. Cet ordre fut aussitôt annulé par Sarkis, qui fit téléphoner à tous les employés par sa secrétaire, tôt ce matin-là. C'était un jour comme les autres, leur annonça-t-elle sans ménagement. Tous les employés irakiens étaient attendus à leur bureau à l'heure habituelle. Le professeur Sarkis s'adresserait au personnel irakien à dix heures et demie dans le bureau de M. Hammoud. A sa grande surprise, Lina figurait sur la liste.

A l'heure dite, les « employés de confiance » se rassemblèrent en silence dans le bureau. L'humeur de fête de la veille s'était dissipée. Le portrait du Chef suprême était toujours accroché au mur, barré d'un bandeau noir. Sarkis fit son entrée par la porte de son bureau, qui jouxtait celui de Nasir Hammoud, et se planta devant les employés réunis. Il paraissait avoir vécu un mois en enfer depuis son départ de Londres. Son visage habituellement émacié était maintenant bouffi, et il boitait. Des lunettes noires voilaient son regard.

Il était flanqué de deux Irakiens que Lina voyait pour la première fois. Ils avaient les yeux froids et la peau maladive de jeunes gens élevés dans des camps militaires. Tout en eux évoquait l'idée de police secrète : leurs costumes trop neufs ; leurs visages barrés de cicatrices, peu habitués à un rasage quotidien ; la raideur presque menaçante de leurs mains et de leurs jambes, tandis qu'ils se balançaient doucement sur leurs pieds, de chaque côté de Sarkis. En les observant, Lina n'aurait su dire si ces deux brutes étaient les protégés du professeur ou ses gardiens.

— Nous sommes réunis en un triste jour, commença le professeur en indiquant d'un mouvement de tête le portrait drapé de noir. Notre Chef suprême bien-aimé nous a quittés, et je sais que le cœur de tous les patriotes arabes saigne. Mais nous ferons notre devoir, en tant qu'Irakiens et en tant qu'employés de la compagnie. Nous accomplirons notre tâche. Tout le monde a compris ?

Des hochements de têtes parcoururent la pièce. Le pitoyable Youssef, fidèle à son rôle de laquais, fut le premier à prononcer tout haut « *Nam, sidi* » – « Oui, monsieur » –, suivi par plusieurs de ses collègues mâles.

— M. Hammoud est dans l'impossibilité de se joindre à nous, continua Sarkis en levant les yeux vers les deux brutes pour s'assurer de leur approbation. Il risque de devoir rester absent un certain temps. Mais certaines autorités compétentes à Bagdad m'ont demandé de vous informer que rien ne doit changer à Coyote Investment. Les affaires doivent suivre leur cours. Nos ennemis nous surveillent et attendent, mais l'esprit du Chef suprême vaincra. Employés loyaux, vous serez récompensés. Employés félons, vous serez punis. Des questions ?

Lina ne fut guère surprise de constater que personne ne souhaitait poser de question. Elle regagna son bureau, peu désireuse de parler à qui. que ce soit. C'était le genre de journée où il valait mieux adopter un profil bas, en attendant de se faire une idée plus claire de la signification de la scène à laquelle elle venait d'assister. C'était sans compter avec Randa, qui mourait d'impatience d'échanger ses impressions avec son amie. Elle apparut dans le bureau de Lina à onze heures quinze. Trente-six heures de réjouissances ininterrompues marquaient ses yeux de cernes d'un noir profond.

— *Shaku ?* demanda-t-elle. Qu'est-ce que tout cela signifie ?

— Je l'ignore, dit Lina.

— Où est Hammoud ? Quand doit-il revenir ?

— Aucune idée.

— Qui sont ces deux types effrayants avec Sarkis ? D'où sortent-ils ? *Tula tula al-nakhla, wa aqla aql al-sakhra !* (L'expression irakienne, pleine d'ironie, signifiait : « Aussi grands que des palmiers, mais avec la cervelle d'une chèvre. »)

— Cela suffit, Randa ! s'écria Lina. Ne me pose plus de questions et cesse de faire des remarques idiotes. Ils sont dangereux.

Son amie opéra une retraite en direction de la porte, les yeux baissés. Lorsque Lina vit sa réaction, elle se sentit honteuse. Le Chef suprême était mort depuis deux jours à peine, mais la peur et les divisions pesaient encore sur tout le monde.

— Je suis désolée, Randa, s'excusa Lina. Simplement je trouve tout cela étrange.

— Que se passe-t-il, Lina ? Est-ce une sorte de putsch ?

— Franchement, je n'en sais rien. Nous en parlerons demain. Nous en saurons peut-être plus.

Peu avant dix-sept heures, alors que Lina se préparait à quitter l'établissement, la secrétaire du professeur Sarkis l'informa que celui-ci désirait lui parler. Il la reçut dans le bureau de Nasir Hammoud. Les deux voyous se tenaient, immobiles, à ses côtés, comme les deux mâchoires d'un étau. Le portrait du Chef suprême, toujours drapé de noir, surplombait la scène. Le professeur toussait au moment où Lina entra. Il ressemblait à un infirme. Lina se demanda ce qu'il avait pu subir lors de son séjour à Bagdad.

— Asseyez-vous, dit Sarkis d'un ton brusque.

De toute évidence, ce n'était pas une conversation de salon qui s'annonçait. Lina s'assit et observa le professeur dans l'espoir de découvrir un indice de la raison de sa convocation, mais elle ne put rien déceler au-delà du reflet de ses verres teintés.

— Nous allons mettre sur pied une nouvelle équipe de direction pour Coyote Investment, annonça-t-il. (Ce jargon d'affaires paraissait aussi déplacé qu'un cours des Hautes Études Commerciales dans une salle de torture, mais Sarkis poursuivit sans se démonter.) Certains membres de la famille du Chef suprême m'ont demandé de mener à bien une restructuration de l'entreprise. Ces deux gentlemen sont mes – il marqua une pause pour trouver le mot « juste » – conseillers. Ils m'ont demandé qui, à part M. Hammoud et moi-même, était la personne la mieux familiarisée avec le fonctionnement de notre société. Je leur ai répondu que c'était vous, mademoiselle Alwan.

Il s'arrêta un instant et enleva ses lunettes. Son œil droit avait été frappé si sauvagement qu'il était presque clos. La peau autour de l'orbite avait la couleur du pus, avec des nuances jaunes et bleues.

— J'ai songé à vous intégrer dans notre nouvelle structure de direction, mais je suis confronté à un problème. Ces gentlemen pensent qu'il serait injuste de vous confier de nouvelles responsabilités sans passer par une période de formation – de rééducation, pourrait-on dire.

— Et où cela, professeur Sarkis ?

— A Bagdad.

Lina le vit sourire pour la première fois de la journée, et elle s'aperçut qu'il lui manquait plusieurs dents. Elle sentit la peur contracter et tordre son estomac. Elle leva les yeux vers les deux Irakiens et les imagina installés de chaque côté de son siège dans un jet d'Iraqi Airways.

— Je vous en prie, professeur Sarkis, plaida-t-elle. J'ai toujours été une employée loyale. Vous n'avez aucune raison de douter de moi.

L'Arménien ignora sa supplique.

— Cessons de jouer au plus fin, s'il vous plaît. Vous savez qui sont ces deux hommes ? Je vous présente M. Hammadi à ma droite, et M. Alani à ma gauche. Ils font partie du Amn Al Khass, les forces spéciales de sécurité, à Bagdad. Vous connaissez ?

— Non, monsieur.

— Le Chef suprême a créé le Amn Al Khass, qui est une branche spéciale de la police secrète, afin de le protéger, ainsi que sa famille. J'étais l'hôte de ces gentlemen lors de mon séjour à Bagdad.

La voix de Sarkis vacilla en prononçant le mot « hôte ». Ce qualificatif pourtant anodin était plus que ne pouvait en supporter un menteur aussi accompli que lui.

— Ils se souciaient des problèmes de sécurité de notre société, voyez-vous. Aussi, lorsque j'étais à Bagdad, m'ont-ils posé beaucoup de questions, auxquelles j'ai essayé de répondre honnêtement. Ils m'ont demandé comment nous traitions nos affaires et où allait notre argent. Ils m'ont aussi demandé pourquoi une partie de cet argent manquait. Ils m'ont même questionné au sujet de M. Hammoud. Et je leur ai répondu. Je peux vous dire que je me suis montré douloureusement honnête. (Sarkis se pencha vers Lina.) Certaines de ces questions vous concernaient.

Le regard de Lina se porta vers les deux hommes avant de revenir vers le professeur.

— Que voulaient-ils savoir, professeur ?

— Si vous étiez au courant des secrets de notre entreprise.

Lina déglutit. Son estomac se tendit à nouveau.

— Que leur avez-vous répondu ?

— Je leur ai dit : « Lina Alwan en sait sans doute plus que quiconque sur la société, à part M. Hammoud et moi-même. » Ils m'ont demandé si vous connaissiez les activités *réelles* de la compagnie et je leur ai répondu que je n'en savais rien. Ils voulaient savoir si vous aviez vu les dossiers personnels de M. Hammoud, et je leur ai dit « peut-être, oui, probablement ». Ils se demandaient si vous étiez loyale, et j'ai admis que j'avais des doutes. Mais nous savons maintenant, ma petite *eshek*, que Hammoud était le véritable traître, aussi suis-je prêt à vous pardonner. Toutefois, ces gentlemen sont encore soucieux. Ils se demandent ce que vous savez. Et ils sont persuadés que vous en savez beaucoup. Trop.

Lina évita de regarder les deux sbires.

— Ce n'est pas vrai, professeur Sarkis. Je ne sais rien d'autre que ce que vous m'avez dit. Je n'ai jamais vu de dossiers secrets. Je ne sais rien. (Elle leva un regard implorant vers les deux brutes, immobiles et droits comme des canons de fusils.) Je vous supplie de me croire.

— Croire ? Cela ne signifie rien. Croire ou ne pas croire, ce n'est pas cela qui intéresse ces deux gentlemen. Ils veulent *savoir*.

— Comment puis-je les convaincre ?

— En étant loyale. C'est le seul moyen.

— J'ai toujours été loyale envers la compagnie.

Sarkis redressa la tête. Ses narines frémirent, comme celles d'un animal prêt à bondir.

— Pourquoi avoir invité Nabil Jawad chez vous il y a deux jours, si vous êtes tellement loyale ? Hein ? *Achpar !* Cet homme est un ennemi de l'Irak.

Lina vacilla sur son siège. Comment pouvaient-ils savoir que Jawad était passé chez elle ? Surveillaient-ils son appartement ? Son téléphone était-il sous écoute ? L'un de ses amis, parmi tous ceux qui portaient des toasts, assis sur le sol, les avait-il informés ?

M. Alani sortit un canif de sa poche et se mit en devoir de se curer les ongles. Ses mains étaient massives, les jointures étaient noueuses comme l'écorce d'un arbre. Conscient de la peur de Lina, il jouait avec son couteau ; il lui adressa un imperceptible sourire, une simple ride qui se forma à la lisière de ses yeux.

— Je ne savais pas que Jawad était un ennemi de l'Irak, mentit Lina. Quelqu'un d'autre tenait à l'inviter.

— Faites attention, mademoiselle Alwan, l'avertit Sarkis. Ces hommes ne plaisantent pas.

Lina hocha la tête.

— Nous allons voir si nous pouvons continuer à vous faire confiance. Je les laisserais vous emmener à Bagdad si je n'avais pas besoin de votre aide pour les ordinateurs. Cet imbécile de Youssef ne comprend rien au système, et vous allez devoir l'aider. Vous allez donc revenir au service comptable, je vous prie, là où je pourrai vous surveiller un peu.

— Cela signifie-t-il que je vais reprendre mon poste au traitement des données informatiques ?

— Non. Il s'agit d'une mesure temporaire. La question reste en suspens. Jusqu'à ce que nous sachions s'il faut – comment dirais-je – améliorer votre formation.

Lina hésita un instant. Elle songeait aux conseils de Sam Hoffman au sujet d'une éventuelle démission. L'occasion était unique.

— Professeur, je vous en prie. Si vous ne pouvez me garder votre confiance, il serait peut-être préférable que je quitte la société.

Le professeur brandit un doigt maigre devant le visage de Lina.

— C'est hors de question ! Vous allez rester et vous montrer loyale ! Je vous préviens en toute amitié : si vous ne m'écoutez pas, vous aurez affaire à ces deux gentlemen et à leurs collègues à Bagdad. Je n'ai rien à ajouter.

Il congédia Lina d'un petit geste de la main, comme pour chasser une mouche.

Lina sortit ébranlée de la pièce. Elle était effrayée à l'idée de rendre visite à Sam Hoffman et la perspective de rentrer seule faisait naître chez elle de sourdes craintes. Elle se mit à la recherche de Randa, mais son amie venait de quitter son travail. Elle parvint à la joindre un peu plus tard à son appartement de Chelsea, et lui proposa de dîner avec elle dans un restaurant indien. A son grand soulagement, Randa accepta son invitation.

— Je ne devrais pas te le dire, confessa Randa alors qu'elles entamaient leur repas, mais ils m'ont demandé de t'espionner.

La fourchette de Lina s'arrêta à la hauteur de son visage.

— Qui t'a demandé ça ?

— Le professeur Sarkis et ses deux petits copains, cet après-midi. C'est la raison pour laquelle je suis partie si tôt : cette histoire me tracassait.

— Que leur as-tu répondu ?

— Je leur ai dit que je le ferais, bien entendu. Je ne suis pas folle ! Alors, ne fais rien qui puisse leur déplaire ou, si tu le fais quand même, arrange-toi pour que je ne voie rien !

— Randa ! Je ne peux pas croire une chose pareille. C'est affreux !

Randa arbora une mine contrite.

— Je sais. J'avais peur. Ils m'ont aussi proposé une augmentation. Cela ne durera pas, d'ailleurs.

— Et pourquoi ?

— Je ne pense pas que Sarkis tienne le coup très longtemps.

— Comment le sais-tu ? Il paraissait pourtant bien remonté, cet après-midi. D'ailleurs, certains membres de la famille du Chef suprême le soutiennent.

— C'est un pauvre type. Quant à ses deux guignols boutonneux, ils sont tout simplement lamentables, même selon les critères de Bagdad.

Sans bien savoir pourquoi, Lina trouvait les propos de Randa rassurants. Le professeur Sarkis échouerait, parce qu'il était un pauvre type et que ses hommes de main avaient une vilaine peau. Randa acceptait de l'espionner, mais prenait soin de l'en avertir. Ainsi allait le monde... Plus tard, alors qu'elle rentrait chez elle en taxi, Lina sentit qu'elle recouvrait peu à peu son équilibre intérieur. Le Chef suprême était mort, et aucun sadique au petit pied n'endosserait jamais son sinistre manteau.

Le règne de Sarkis fut effectivement de courte durée. Cette nuit-là, sur ordre du ministère de l'Intérieur, la police boucla les locaux de Coyote Investment. Lorsque Lina arriva le matin, deux policiers britanniques en uniforme étaient en faction devant la cage d'ascenseur. Ils hochèrent poliment la tête à son passage, et l'un des deux porta même la main à sa casquette. Les deux sbires irakiens, Ammadi et Alani, brillaient par leur absence. Lina hésita : devait-elle se rendre à son ancien bureau, du côté privé, ou au nouveau, du côté public ? Elle finit par se décider pour la deuxième solution.

Juste avant dix heures, la secrétaire de M. Hammoud convoqua Lina à une réunion des employés irakiens qui devait débuter immédiatement dans le bureau directorial. Dans l'entrée, Lina aperçut une file d'employés qui se dirigeaient comme des zombies vers le coin de l'immeuble ; elle les rejoignit et constata au passage que les deux policiers britanniques avaient plié bagage.

Près de la porte du bureau, Lina dut s'arrêter devant un jeune agent de sécurité aux manières polies, vêtu d'un costume Armani, qui vérifiait l'identité de chacun. Lorsqu'il lut le badge de Lina, il appela un collègue et discuta quelques minutes avec lui en arabe. Lina n'entendait pas grand-chose de leur conversation mais, d'après leur accent, elle conclut qu'il s'agissait de deux Palestiniens. Ils la laissèrent enfin passer ; comme elle était parmi les dernières à entrer, il lui fallut un bon moment avant de voir ce qui se passait au-delà du groupe d'employés qui se tenait devant elle.

Nasir Hammoud était debout derrière son bureau, dans une pose impériale. La texture de sa peau évoquait toujours une sorte de matière plastique, mais ses yeux brillaient de rage et de triomphe, comme ceux d'un boxeur qui vient d'envoyer son adversaire au tapis. Lina chercha du regard le professeur Sarkis ; il n'était pas là, pas plus que les deux Irakiens de la police secrète. Un groupe de jeunes hommes, parmi lesquels se trouvaient les deux Palestiniens de l'entrée, entourait par contre Nasir Hammoud. Plusieurs d'entre eux semblaient tenir une arme automatique sous leur manteau, et l'un d'eux parlait près d'un micro dissimulé dans sa manche. Lina remarqua un autre détail : le portrait du Chef suprême, encore accroché au mur la veille, avait disparu.

La porte se ferma enfin et Nasir Hammoud prit la parole.

— Alors, mes amis ! Vous ai-je manqué ?

— Oui ! répondirent en chœur tous les employés, dont Lina.

Ce fut un grand cri, et la pièce parut presque vibrer d'un enthousiasme de commande. Quelqu'un commença même à entonner en arabe le chant habituellement réservé au Chef suprême : « Avec notre sang, avec nos larmes, nous te saluons, Ô Nasir ! » Hammoud l'arrêta d'un geste. Il paraissait avoir perdu son goût pour les spectacles vulgaires de cette sorte.

— J'en suis très content, car vous aussi, vous m'avez manqué !

Il leva la main droite dans une parodie involontaire de salut nazi. Lina s'aperçut, malgré la distance, que quelque chose manquait à sa main. L'index. Un gros bandage blanc en couvrait le moignon.

— Maintenant, mes amis, nous sommes prêts à reprendre le travail. Le traître est parti. Le menteur.

L'incroyant ! L'Arménien ! Il n'est plus des nôtres. Les autorités britanniques – oui, britanniques ! – l'ont mis sous les verrous pour avoir tenté de s'emparer de ce qui ne lui appartenait pas. J'ai moi-même déposé sous serment la nuit dernière afin de rendre son arrestation possible. Que se passe-t-il dans notre chère patrie ? Vous vous posez des questions, je le sais, aussi vais-je essayer d'y répondre. Le calme règne. Le Chef suprême nous a quittés, que Dieu lui accorde la paix. Le gouvernement est sous le contrôle des forces populaires. Certains membres renégats de sa famille ont voulu faire main basse sur le pouvoir après sa mort, ceux-là mêmes qui ont chargé le chien Sarkis de voler les actifs de Coyote Investment. Mais le complot a été déjoué. Les Américains eux-mêmes reconnaissent le gouvernement de Bagdad. Que Dieu soit loué.

Ses paroles furent accueillies par un nouveau murmure d'approbation, qu'un regard noir des hommes de main palestiniens suffit à faire cesser.

— Et maintenant, poursuivit Hammoud, j'ai de bonnes nouvelles à vous annoncer. Tous les employés loyaux recevront une prime à la fin du mois, d'un montant au moins égal à cinq cents livres sterling ! (Une exclamation de gratitude jaillit de la bouche des employés.) Non, ne me remerciez pas ! Nous avons tous souffert pendant ces jours de tristesse et de désordre. (Il adressa à l'assistance un geste de la main, comme la bénédiction d'un pape.) Mes chers amis, nous allons reprendre notre tâche. Nous devons travailler dur afin de veiller à ce que personne ne puisse voler les biens de l'entreprise que nous avons créée et qui nous appartient à tous. Si certains songent à pactiser avec les chiens et les traîtres qui prétendent parler au nom de la famille de notre dirigeant disparu, qu'ils prennent garde : la colère de feu notre Chef suprême n'était rien comparée à ce qui les attend...

Une fois cette harangue terminée, quelques-uns des flagorneurs les plus assidus se rassemblèrent autour du bureau pour baiser la main de Hammoud et lui assener des serments d'indéfectible loyauté. Plusieurs d'entre eux, remarqua Lina, avaient applaudi Sarkis avec tout autant d'enthousiasme la veille. Lina se sentit soudain attristée par le sort du professeur. Il n'était qu'une marionnette dont on avait coupé les ficelles.

Elle repéra Randa parmi un groupe d'employés qui se dirigeait vers la porte, et l'accompagna.

— Où est donc passé Youssef ? demanda-t-elle à son amie. Je ne l'ai pas vu dans le bureau de M. Hammoud.

Randa passa un doigt en travers de sa gorge.

— Chassé de son poste. *Khatiya athwal*. Le pauvre idiot.

— *Haram*, dit Lina. Dommage pour lui.

Alors que Lina allait s'éloigner pour rejoindre son nouveau bureau, Randa la prit un instant à l'écart. Elle portait un nouveau vernis à ongles rouge vif et une jupe encore plus courte que d'habitude.

— Hammoud veut que tu reviennes du côté privé, lui annonça-t-elle. A partir de demain.

— Comment le sais-tu ?

— Hassan, l'un de ses gardes, celui qui est si mignon, me l'a dit il y a juste quelques minutes. D'après lui, M. Hammoud veut s'assurer que tu fais à nouveau partie de la « famille ».

— Il t'a aussi demandé de m'espionner ?

— Oui, répondit Randa en hochant la tête.

— Et tu as accepté ?

— Bien entendu ! Après tout, c'est presque devenu une habitude ! Reviens vite ! Salut !

Randa envoya un baiser à Lina en s'enfuyant le long du couloir.

21

Sam Hoffman prenait un déjeuner tardif dans son restaurant chinois favori, servi par un personnel renfrogné, lorsqu'il se posa une question dont il dut admettre que la réponse lui échappait. Maintenant que le Chef suprême de l'Irak était mort, qui possédait Coyote Investment ? Après la mort du tyran, il s'était efforcé d'oublier Nasir Hammoud, mais le problème ne cessait de lui trotter dans la tête, même lorsqu'il eut englouti sa soupe aux raviolis, son fromage de soja épicé et ses travers de porc caramélisés. Il se promena un peu dans Soho, erra devant les pubs fréquentés par les punks, les clubs de strip-tease et les librairies porno à l'éclairage blafard. En général, cet environnement urbain le rendait d'humeur poétique, mais aujourd'hui les rabatteurs des peep-shows et les ivrognes qui vomissaient dans les ruelles ne lui semblaient plus si pittoresques, et la même question sans réponse le tenaillait toujours. Hoffman se demanda si c'était un signe de vieillissement. Il décida de rentrer chez lui lorsqu'il aperçut un homme courtaud et trapu qui sortait d'un pub en titubant. Pendant quelques secondes, il crut reconnaître son père.

Lorsqu'il rentra à son bureau, Sam appela la seule personne de sa connaissance, en dehors du prince Jalal, à pouvoir lui fournir une réponse : Asad Barakat. Sa secrétaire lui annonça qu'il était très occupé et qu'elle ne pouvait le déranger, aussi prit-il la décision de passer à l'improviste. L'après-midi était sombre et pluvieux, mais Hoffman parcourut à pied les quelques rues qui le séparaient des locaux de la BankArabia.

Barakat était occupé, en effet, à recevoir des visiteurs de Amman, et Sam dut s'installer dans la salle d'attente. Il consulta le catalogue immobilier de chez Sotheby qui se trouvait sur la table basse, tout en se demandant qui pouvait bien acheter ces maisons à trois ou quatre millions de dollars. Barakat finit par apparaître ; il raccompagnait à la porte ses amis jordaniens et prit même la peine de les emmener jusqu'à l'ascenseur, hospitalité arabe oblige.

— Ce sont des idiots, commenta-t-il pourtant à l'intention de Sam à son retour. Je ne comprends pas comment ils peuvent devenir aussi riches.

Barakat secoua la tête et se prépara à regagner son bureau. Hoffman le suivit sans y être invité. Barakat serra les lèvres.

— Je ne veux pas me montrer impoli, Sam, mais j'ai du travail. Que puis-je pour toi ?

— Coyote Investment, répondit Sam. J'ai une question à te poser.

— Laquelle ? demanda Barakat, dont les yeux se plissèrent soudain.

— Maintenant que le Chef suprême est mort et Hammoud parti, qui possède Coyote Investment ?

Barakat croisa les mains sur sa vaste panse et prit un air satisfait.

— Hammoud est revenu de Bagdad la nuit dernière. On m'a dit qu'il était en excellente forme, mais qu'il lui manquait un doigt.

— Que lui est-il arrivé ?

— Le frère du Chef suprême le lui a coupé avec l'une de ces petites scies électriques dont se servent les menuisiers. C'est la touche irakienne.

Hoffman cligna des yeux. Il songea un instant à ce que ces gens pourraient faire subir à Lina s'ils mettaient la main sur elle. Il chassa vite cette idée.

— Pourquoi lui ont-ils coupé un doigt ? Que voulaient-ils ?

— L'argent, bien sûr, mais les amis de Hammoud sont arrivés à temps, avant qu'ils ne lui coupent autre chose. Il semblerait qu'il y ait une guerre de succession et que les amis de Hammoud en soient les vainqueurs.

— Quel est l'objet de cette guerre ?

— L'argent, mon cher, l'argent, répliqua Barakat comme s'il dispensait son enseignement à un élève peu doué. (Il était tard, et il ne souhaitait pas prolonger la discussion.) Le contrôle de Coyote Investment est l'un des enjeux de cette guerre, si cela répond à ta question.

— En partie, oui. Alors qui possède la compagnie, en ce moment même ? Voilà ce que je voudrais savoir.

— C'est un problème complexe. Plusieurs personnes m'ont appelé cet après-midi pour me demander la même chose, se contenta de répondre Barakat en fronçant les sourcils.

— Que leur as-tu répondu ?

— Que c'était un problème complexe.

Il fronça à nouveau les sourcils, se détourna de Hoffman et prétendit consulter des documents qui se trouvaient sur le bureau. Il souhaitait le départ de Sam et ne s'en cachait guère. C'était la première fois qu'il se montrait aussi froid avec lui. Oublieux des règles de la politesse arabe, Hoffman voulut en avoir le cœur net.

— Que se passe-t-il, Asad ? Tu parais contrarié.

Barakat se tourna vers lui, une expression de reproche sur son large visage.

— Je ne suis pas contrarié, je suis fâché. Tu n'as pas été honnête avec moi l'autre jour lorsque tu m'as dit que ton père était au courant de ta visite concernant Hammoud. C'était un mensonge, je m'en suis aperçu en lui posant la question par la suite.

— Je suis navré, Asad, je ne voulais pas te tromper.

Barakat arborait l'air vertueux de celui qui vient de subir un préjudice, et qui dispose de ce fait d'une supériorité morale sur son adversaire.

— La confiance est la base des rapports humains en Orient, mon cher Sam. Lorsqu'elle disparaît, il ne reste plus rien.

— Cela signifie-t-il que tu refuses de me renseigner ?

— Cela signifie que je dois me montrer prudent. Mais je vais essayer de répondre à ta question, car il est important que tu ne commettes plus d'erreurs. La vérité, c'est que, depuis la mort du Chef suprême, cet argent n'a plus vraiment de propriétaire.

Sam hocha la tête. Joue à l'idiot, se dit-il, et fais-le parler.

— Qui peut le réclamer, dans ce cas ?

— Cela aussi, c'est un problème complexe, d'un point de vue légal. L'argent appartient à celui qui est en mesure de fournir un titre de propriété. Si le propriétaire originel est décédé, ses héritiers ou d'autres prétendants peuvent produire le titre, à condition de savoir où il se trouve. Dans le cas contraire, la banque qui détient les sommes en question – une banque suisse, si mes renseignements sont exacts – garde tout simplement l'argent.

— Mais c'est certainement illégal, Asad. Même en Suisse !

— Pas du tout, mon cher ami. Il existe un terme légal pour ce type de situation : *res nullius* – une chose qui n'appartient à personne. Selon mes amis avocats, c'est un principe admis et tout à fait légal. Si je trouve sur mes terres un trésor qui n'appartient pas à la Couronne, je peux le garder. C'est un usage légal établi.

— L'argent reste acquis à la banque ?

— Évidemment. Pourquoi, à ton avis, les Suisses sont-ils devenus aussi riches ? *Res nullius*. Depuis des générations, des rois et des présidents corrompus amassent d'énormes quantités d'argent sur des comptes des banques suisses – des comptes secrets, dont l'existence n'est connue que d'eux-mêmes et des responsables des banques. Comme ces dirigeants ne sont pas éternels, ils ont la fâcheuse habitude de mourir, et la banque engrange le butin.

— Les banquiers n'en parlent jamais ?

— Bien sûr que non. Mon cher Sam, tu ne sembles pas très bien comprendre ce qu'est une banque. Il ne s'agit pas de coffres, de murs, de portes blindées. La banque est une affaire de confiance. Une banque qui n'est pas digne de confiance ne saura pas protéger ton argent, quelle que soit l'épaisseur de ses murs. Une bonne banque veillera sur ton argent, même si elle ne dispose d'aucun mur.

Hoffman secoua la tête, comme un étudiant qui n'a pas compris le cours du grand professeur.

— Je ne te suis plus, Asad. Tu parles par devinettes.

— Bon, dit gravement Barakat. Je veux bien t'expliquer, mais tu dois m'écouter soigneusement. Le moyen le plus sûr de détenir de l'argent, c'est de ne pas le détenir du tout. Si je le place dans une banque, on peut remonter sa trace jusqu'à moi. Mais si quelqu'un d'autre le place pour moi, toi, par exemple, c'est une autre affaire. L'argent ne m'appartient plus légalement. Personne ne peut plus remonter jusqu'à moi. Mais si j'ai confiance en toi, je sais que l'argent m'appartient pour toujours.

Les yeux de Sam étaient clos tandis que Barakat parlait. Ce qu'il décrivait, au fond, c'était la transaction que lui avait proposée le prince Jalal quelques années plus tôt. Il se demanda pendant un pénible instant si l'argent de Jalal, à l'époque, aurait pu appartenir au Chef suprême.

— C'est donc ce genre de système que le Chef suprême employait avec Hammoud ?

— Précisément. Il accordait sa confiance à Hammoud, il en a fait son banquier et lui a laissé le contrôle de son argent.

— Qu'en est-il de la famille du Chef suprême ? Ce sont ses héritiers. Ne peuvent-ils pas se rendre à Genève et exiger que l'argent des comptes leur soit remis ?

— Ils essayeront, je n'ai aucun doute à ce sujet, mais ils ne trouveront jamais l'argent. Il s'agissait de comptes secrets. Tout le problème est là. La famille ne saurait pas où chercher, sauf si Hammoud lui fournissait les informations nécessaires, et je ne crois pas qu'il y soit disposé. Si c'était le cas, il aurait encore tous ses doigts.

— La famille pourrait rechercher les chéquiers du Chef suprême.

— Tu ne saisis pas la nature des banques suisses. Il n'y a pas de chéquiers. Pas de papiers, de documents. La plupart des comptes suisses numérotés ne donnent jamais lieu à l'envoi de courrier. La banque conserve tous les documents, et si le titulaire du compte désire les consulter, il doit se rendre sur place, en personne.

— Les Suisses sont paranoïaques, commenta Hoffman en souriant.

— Peut-être, mais ils ont raison. Un secret n'est plus un secret s'il est partagé par plus de deux personnes, aussi les banquiers suisses s'assurent-ils qu'il n'existe aucun courrier, et aucun document en dehors de chez eux. Aucune trace. L'existence d'un tel compte n'est connue que du déposant et de son banquier. Il peut y avoir, dans certains cas, une tierce personne, un intermédiaire qui agit au nom du déposant. C'était sans doute le cas avec le Chef suprême qui n'a, à ma connaissance, jamais mis les pieds en Suisse. Je suis convaincu qu'il a choisi une personne tout à fait inattendue pour représenter ses intérêts. Ce n'est pas que je sois convaincu, d'ailleurs : je le *sais*. Et je suis à peu près sûr que cette personne est en train de discuter avec Hammoud en ce moment même.

Barakat adressa à Sam un sourire qui ressemblait presque à un clin d'œil.

— Ce qu'il est important de comprendre, mon cher Sam, c'est que ce serait une erreur pour quiconque d'intervenir dans un processus aussi délicat. Une erreur très dangereuse. Des gens qui ont travaillé aussi dur pour protéger leur secret ne toléreront aucune intrusion. Tu me comprends bien ?

Hoffman se sentait pris de vertige. La morale de l'affaire, selon Barakat, c'est que lui, Sam, devait se tenir à l'écart de Nasir Hammoud ; il se demanda pourquoi son ami palestinien prenait des chemins aussi tortueux pour le lui faire comprendre. Il décida de poser une dernière question stupide.

— Que va devenir cet argent, Asad-bey ?

— Hammoud va le prendre, bien entendu ! Il sait où il se trouve, et je suis certain que cet argent va très bientôt voyager.

— Pourquoi ne pas le laisser en sécurité là où il est ?

— Parce qu'il s'agit de l'Irak. La confiance y est devenue une denrée rare. Lorsque l'on parle d'argent, aucun Irakien ne croit personne très longtemps. Pourquoi penses-tu que le Chef suprême est mort ?

— L'argent.

— Oui, l'argent. Peu importe ce que l'on peut te raconter ; dans le monde arabe, tout tourne autour de l'argent. Si un homme d'affaires obtient un contrat, c'est parce qu'il a acheté un dirigeant. Si un terroriste s'installe quelque part, c'est qu'il a payé le dirigeant, à moins que ce ne soit l'inverse. Si un chef d'État est assassiné, c'est parce qu'une grosse somme d'argent a changé de main. Tu vois où je veux en venir, Sam ?

Barakat marqua une pause. Hoffman demeura immobile en attendant qu'il poursuive.

— Ce que j'essaie de te dire, mon cher Sam, c'est qu'il serait fort imprudent de déclencher une bagarre avec Nasir Hammoud, à moins d'être puissamment armé. Et ce serait encore plus imprudent pour une jeune Irakienne de chercher à lui nuire : elle ne peut pas gagner. Tu comprends ? Cet homme, Hammoud, a une mémoire d'éléphant.

Le rythme cardiaque de Sam s'était brusquement accéléré. Barakat se curait les dents derrière son bureau. Il paraissait connaître l'existence de Lina, mais Sam tenait à s'en assurer.

— Quel est le problème avec cette jeune Irakienne, Asad-bey ? Pourquoi Hammoud a-t-il peur d'elle ?

— Parce qu'elle sait où se trouve l'argent. C'est du moins ce qu'il croit. Je te l'ai dit, ce n'est qu'un problème d'argent.

— Et si elle en savait beaucoup moins qu'il ne se l'imagine ?

— Alors, elle est absolument sans défense. *Haram*. Quel dommage.

Sam ferma les yeux et l'image de Lina étendue sans vie s'imposa à son esprit. Maintenant qu'il venait de délivrer son message, Barakat ne semblait plus guère intéressé par sa présence. Il prit un dossier sur son bureau et se mit en devoir de le lire. Un froid tomba brusquement. L'entretien était terminé.

— Asad, je t'en prie. Tu m'as fait peur. J'ai besoin d'aide.

— Je t'ai déjà trop aidé, répliqua Barakat en consultant sa montre. Il est trop tard.

— S'il te plaît. La vie de quelqu'un est en danger.

Barakat secoua la tête d'un air consterné.

— Mon cher Sam, tu es un idiot. Bien sûr, la vie de quelqu'un est en danger ! Des centaines de vies ! Des milliers ! Tu ne comprends pas à quel point ce sont des sujets sensibles. Tu es venu me voir il y a quelques jours. Tu m'as posé les questions les plus extravagantes qui soient, et j'ai voulu t'aider, par respect pour ton père. Mais tu m'as induit en erreur. J'ai essayé aujourd'hui de te mettre en garde : tu t'es engagé sur un pente glissante et dangereuse. Enfin, tu ne comprends toujours pas, et j'en ai assez dit. Maintenant, s'il te plaît, pars. Tu me donnes mal à la tête.

22

Hoffman était assis dans sa BMW, phares éteints, en face de l'appartement de Lina à Lansdowne Walk. La pluie de l'après-midi s'était transformée en un voile de crachin. Sam observait les allées et venues entre les maisons, mais personne ne semblait surveiller les alentours. Il attendait depuis bientôt deux heures lorsqu'une femme tourna au coin de la rue. Elle portait un parapluie qui cachait son visage, mais la démarche était celle de Lina. Hoffman sortit de la voiture et traversa la rue en courant. Il agrippa la jeune femme par le bras.

— Venez avec moi dans la voiture. Il faut que je vous parle.

Lina le suivit en silence et s'assit sur le siège du passager, puis elle ôta son imperméable. La pluie l'avait trempée jusqu'aux os. Hoffman démarra, dépassa quelques pâtés de maisons en direction de l'ouest, puis il emprunta les allées étroites de Holland Park pour s'assurer que personne ne le suivait, avant de revenir sur l'axe principal. De fines gouttelettes brillaient dans la lumière des phares comme des éclats argentés.

— Nous avons un problème, dit Hoffman. Hammoud est revenu.

— Je suis au courant. Il a réuni le personnel aujourd'hui pour célébrer son retour. Il avait l'air tout heureux, comme s'il venait de gagner à la loterie.

— Il ne va pas vous lâcher, Lina.

— Que voulez-vous dire ?

— Il est inquiet à votre sujet. Il s'imagine que vous savez où se trouve son argent. Il croit que vous connaissez tous ses secrets.

— Comment avez-vous appris cela ? Qui vous en a parlé ?

— Un ami banquier qui est bien informé des affaires de Hammoud. Il m'a averti que vous deviez vous montrer très prudente, car Hammoud est persuadé que vous en savez trop, et il risque de s'en prendre à vous.

— Merde...

Hoffman ne put cacher sa surprise ; c'était la première fois qu'il entendait Lina employer ce genre de terme.

— Nom de Dieu... commenta-t-il à son tour.

Lina éclata de rire. Elle non plus ne l'avait jamais entendu jurer. Mais les rires laissèrent vite la place au silence.

— Que devrais-je faire ? demanda-t-elle enfin.

Sam réfléchit un instant. Si la situation n'était ni meilleure ni pire que quelques jours plus tôt, le jeu était plus risqué.

— Il vous faudrait peut-être une police d'assurance sur la vie.

— Je vous remercie. Vous souhaitez sans doute en être le bénéficiaire ?

— Ce n'est pas ce que je voulais dire. Il vous faudrait obtenir ce que Hammoud croit que vous avez déjà, et vous pourrez aller voir la police ou même traiter directement avec lui. La seule autre solution est la fuite.

— Je n'irais pas bien loin. (Lina ne savait pas où s'enfuir et, surtout, elle s'y refusait.) J'en ai assez. Et s'il pense que je connais ses secrets, il me poursuivra jusqu'au bout du monde.

Hoffman approuva en silence. C'était vrai. La BMW ralentit alors qu'ils approchaient du rond-point de Shepherd's Bush. Ils se dirigeaient au nord vers la prison de Wormwood Scrubs, une destination que Sam aurait aimé voir Nasir Hammoud emprunter.

— Comment pourrais-je me procurer cette « assurance » ? l'interrogea Lina tout en observant la masse sombre de la centrale pénitentiaire.

— Il faut s'emparer des fichiers informatiques, ou alors...

— Ou alors ?

— Laisser tomber.

Hoffman proposa à Lina de l'inviter à dîner au restaurant ou à boire un verre chez lui, mais l'ambiance n'était pas à ce genre de soirée, aussi n'insista-t-il guère. Lina l'embrassa sur la joue, lorsqu'il la déposa à Lansdowne Walk, et monta rapidement chez elle. Elle resta assise dans un fauteuil pendant plus d'une heure à se demander comment s'infiltrer dans le système informatique de Coyote Investment. Avant, en tant que responsable du système, elle disposait d'un accès à la totalité des fichiers, même si Hammoud et Sarkis s'étaient arrangés pour surveiller ses activités afin qu'elle ne puisse pas consulter les fichiers sensibles. Maintenant, elle était désarmée. Le système était réputé inviolable.

Pourtant, selon tous les professionnels de l'informatique, un système inviolable n'existait pas ; on pouvait toujours trouver une « entrée ». Lina tenta de se rappeler qui lui en avait parlé pour la première fois ; c'était son amie Helen Copaken. La suite des opérations s'imposait d'elle-même : il fallait appeler Helen.

Helen Copaken était un véritable gourou de l'informatique. Elle était titulaire des plus hauts diplômes universitaires en informatique et, lorsque Lina s'était décidée à accepter son emploi à Coyote Investment, Helen avait continué ses études pour préparer son doctorat en engineering électronique. Elle travaillait surtout chez elle, et profitait de son isolement pour cultiver son excentricité. Pour elle, rien n'était plus amusant que d'aller pirater les publications *on line* sur Internet pour y descendre en flammes les gens qu'elle ne supportait pas. Elle et Lina se téléphonaient toutes les trois semaines à peu près, et leur conversation tournait le plus souvent autour d'un sujet qui leur tenait à cœur : les hommes. Mais si quelqu'un pouvait savoir comment se faufiler dans les méandres du système informatique de Coyote Investment, c'était bien Helen Copaken.

Lina enfila son imperméable, chaussa ses bottines de caoutchouc et sortit téléphoner depuis l'appareil à pièces qui se trouvait à l'intérieur de l'épicerie pakistanaise, au coin de la rue. Il n'y avait personne, à part le propriétaire, M. Ahmad. Lina couvrit le combiné de ses mains lorsque Helen décrocha.

— Allô, Helen ? chuchota-t-elle. C'est Lina. Je te réveille ?

— Bien sûr que non. Il est bien trop tôt ! Quoi de neuf ? Tu vas bien ?

— Cela pourrait aller mieux... Tu as une minute ? J'ai besoin d'un conseil pour un problème informatique. (Lina jeta un coup d'œil vers la caisse.

M. Ahmad lisait un magazine et paraissait avoir oublié sa présence.) C'est un peu... délicat. Je peux compter sur toi ?

— Oui, bien entendu. Que se passe-t-il ? Cela m'a l'air passionnant !

Lina lui expliqua la situation en termes très généraux. Quelque chose était arrivé, à son travail, et il lui fallait accéder aux fichiers personnels de quelqu'un. La personne était absente et elle n'avait pas son mot de passe. Elle avait besoin de l'aide de Helen.

— Je croyais que tu étais responsable du système. Tu devrais avoir accès à n'importe quel fichier.

— Oui, mais ils ont changé mon mot de passe par erreur, et il me faut ces fichiers dès que possible. Et je dois travailler discrètement.

— Qu'ils aillent au diable ! Tu es responsable du système, non ? Tu as le droit de travailler sur tous les fichiers ! Le problème, c'est d'y parvenir sans trop attirer l'attention. Tu sauvegardes souvent ?

— Comment ?

— Je veux dire, tu fais souvent des sauvegardes de dossiers ?

— Oui, bien sûr. En plus des procédures habituelles, nous avons un programme de sauvegarde tous les vendredis pour l'ensemble des fichiers, sur une de ces grosses disquettes.

— Ce sont des disquettes Exabyte, ma chérie. Qu'en fais-tu, lorsqu'elles sont enregistrées ?

— Je les range sur une étagère, tout simplement, au-dessus de l'unité centrale.

— Eh bien, c'est par là qu'il faut commencer. Il faut prendre ces disquettes.

— Pourquoi ? Personne ne s'en sert jamais.

— Justement. On peut les utiliser aussi bien que n'importe quelle autre, mais les gens les oublient, ou négligent de s'en servir. De plus, on peut les emmener ailleurs que dans son bureau pour y travailler.

— Oui, mais comment accéder aux fichiers ? Il me faut une « entrée ».

— Tout à fait, ma chère... Je suppose que tu disposes d'un système UNIX ?

— Oui.

— Alors, nous avons des chances de réussir. La machine que tu utilises pour ces disquettes doit dater de trois ou quatre ans, au moins, n'est-ce pas ? Très bien. Lorsque tu installeras ta disquette, tu dois entrer le mot *tech*. Souviens-toi : *tech*. Ensuite, tu entreras ton mot de passe : *nician*. Futé, non ? *Tech-nician* ! Ne répète ça à personne, d'accord ? C'est top-secret ! Les techniciens ont trafiqué cet accès sur les vieilles machines UNIX afin de pouvoir les réparer lorsque les utilisateurs les bousillaient. C'est un accès *s-u*, et tu peux donc consulter n'importe quel fichier.

— Qu'est-ce que cela veut dire, *s-u* ?

— « Super-utilisateur », idiote. C'est un accès « racine ». Je ne parviens pas à croire que tu ignorais tout cela. Tu as de la chance que je sois aussi maligne !

— C'est vrai. Mais comment vais-je trouver le fichier que je cherche ?

— Si tu veux une liste des fichiers, tape *tar tv* : *tar* pour *tape archive*, et *tv* pour *table of contents, verbosely*. Je sais que cela sonne parfaitement incongru, mais c'est pourtant réel. *Tar tv*. Tu obtiendras une liste complète des fichiers.

— Je n'ai pas besoin d'une liste, juste de dossiers. Comment y accéder ?

— Très simple, pour des filles intelligentes comme toi et moi. Tape *tar xv* : *xv* pour *extract, verbosely*. Ensuite : espace, barre oblique, puis *user*, barre oblique à nouveau, et le nom du guignol dont tu veux voir les fichiers, puis encore barre oblique, astérisque, ce qui signifie que tu veux tous les fichiers. Compris ? Je répète : *tar*, espace, *xv*, espace, barre oblique, *user*, barre oblique, le nom, barre oblique, astérisque. C'est facile. Tu as besoin d'autre chose ?

Lina baissa la tête vers le combiné et hocha la tête.

— Oh oui ! Je dois te paraître stupide, mais je ne peux me permettre aucune erreur. Il faudrait que tu me récapitules tout cela.

— Première étape : déniche une disquette de sauvegarde. Deuxième étape : trouve une machine équipée d'une unité capable de la lire. Troisième étape : sers-toi de l'entrée que je t'ai indiquée *(tech-nician)*, et poursuis avec *tar tv* et *tar xv*. Quatrième étape : lis ce qui t'intéresse. Cinquième étape : fais des copies des fichiers dont tu as besoin. Sixième étape : remets les disquettes là où tu les a trouvées, et personne n'en saura rien. Septième étape : si tu as commis une erreur quelque part, gare à tes fesses. C'est bien clair ?

— Presque. Où vais-je trouver une machine ?

— Tu ne peux pas utiliser celle de ton bureau, rester plus tard le soir, par exemple ?

— Ce ne serait pas très prudent.

— Grosse affaire, si je comprends bien.

— Très grosse, sinon, je ne m'adresserais pas à toi.

— Écoute, Lina. Il y a à l'université une bécane UNIX qui lira ta disquette. Elle a cinq ans, et je sais qu'il y a une entrée. Quand la veux-tu ?

— Demain, à l'heure du déjeuner.

— D'accord. C'est au département des sciences informatiques, Gower Street, salle 413. Tu t'en souviens ? Il n'y aura personne, à part Shirley, la secrétaire. Je la préviendrai pour qu'elle te laisse travailler. Elle s'en fiche, d'ailleurs.

— Tu seras là ?

— Non. Je dois assister à une conférence. Tu devras te débrouiller, mais ne t'inquiète pas. Ce sera facile. Et si tu te fais prendre, contente-toi de dire que tu es désolée. C'est un truc qui m'a toujours réussi.

Lina sortit de l'épicerie et regagna son appartement sous la pluie en se répétant mentalement les étapes de la procédure à suivre. Cela semblait facile, mais c'était toujours le cas avec des gens comme Helen. Leur intellect ne fonctionnait pas vraiment comme celui du commun des mortels.

La nuit lui parut durer une éternité. Elle tenta en vain de dormir, se retournant dans son lit toutes les demi-heures pour voir son réveil lui infliger le décompte lancinant de son insomnie. Elle finit par se lever pour prendre un somnifère et se réveilla vacillante le lendemain matin. Ce n'était peut-être pas plus mal.

23

L'agent de sécurité palestinien au costume Armani entra dans le bureau de Lina, tôt le lendemain. Il portait un nouveau costume Armani, vert olive celui-là, qui tombait impeccablement sur ses épaules comme sur celles d'un mannequin. Il paraissait anguleux, sec, taillé au rasoir.

— Vous avez une minute ? s'informa-t-il.

Il souriait, mais Lina ne se sentait pas à son aise. Elle n'était arrivée que quelques instant plus tôt, en se demandant s'il était prudent de rechercher les disquettes et quel serait le meilleur moment pour s'y mettre, et voilà qu'un homme de la sécurité lui rendait déjà visite !

— Puis-je m'asseoir ? demanda-t-il.

En plus d'être « mignon », comme le disait si bien Randa, il était poli et parlait anglais avec un accent américain. Lina lui désigna une chaise et il s'assit en croisant les jambes. Lina remarqua les chaussures de daim marron qui semblaient venir tout droit de chez Fratelli Rossetti, à New York. Ce n'étaient pas les vêtements habituels d'un agent de sécurité.

— J'ai pensé que nous pourrions bavarder un peu, dit-il. Je suis nouveau, et vous travaillez pour la compagnie depuis – combien, déjà ? Trois ans ?

— Très bien, répondit Lina. Bavardons.

— Je vais enlever ma veste, si cela ne vous dérange pas, je serai plus à l'aise ainsi.

Il accrocha le vêtement au dossier de sa chaise. C'était bien une veste de chez Armani. Cela changeait des haleines chargées d'ail et des grognements des deux sbires de Sarkis, Hammadi et Alani. Lina se demanda vers quel sujet aiguiller la conversation.

— Où avez-vous appris à parler américain ? demanda-t-elle.

— A l'université de Californie, à Santa Barbara, répondit-il, mais j'ai passé le plus clair de mon temps à Tunis, jusqu'au moment où je suis entré au service de M. Hammoud. Mon nom est Hassan ; mes amis californiens m'appelaient Haas.

— Très bien, Haas. Que puis-je pour vous ?

— J'ai cru comprendre que vous aviez rencontré quelques difficultés dans le passé avec le professeur Sarkis, répondit-il en gardant le sourire.

Lina remarqua que Haas mentionnait Sarkis plutôt que Hammoud.

— C'est exact. Mais j'espère que cela ne pose plus de problèmes. Comme je l'ai répété au professeur Sarkis et à M. Hammoud, j'ai toujours été une employée loyale.

— Non, je crois qu'il n'y a rien là de sérieux. Sarkis fait désormais partie du passé, et je pense que M. Hammoud aimerait tourner la page.

Il examina ses mains en les faisant tourner devant lui, avec les gestes contrôlés d'un homme habitué à faire sa gymnastique matinale avec des haltères de vingt-cinq kilos.

— Vraiment ?

— Oh, oui, j'en suis certain. M. Hammoud n'est pas un méchant homme, vous savez. Il travaille trop, il est stressé.

Lina hocha la tête. *Stressé*. Elle tentait de cerner ce jeune homme bien vêtu assis en face d'elle, et dont la voix évoquait la douceur et les qualités narcotiques d'un sirop pour la toux d'excellente qualité. Ce qui le rendait inquiétant, c'était justement son aspect lisse et l'imperceptible nuance de violence contenue qui se cachait sous la séduction de ses manières et de ses vêtements.

— Nous aimerions voir comment vous vous en sortez à votre ancien poste, annonça-t-il. Au service comptable. Comme avant... Qu'en dites-vous ?

— Très bien, dit Lina. Je vous remercie.

Hassan était encore plus effrayant avec son baratin que les brutes de Sarkis, tout compte fait.

— Bien. Je sais que vous avez beaucoup de travail, et je passais juste pour avoir le plaisir de faire votre connaissance. Nous sommes heureux de vous voir revenir à vos anciennes responsabilités. Si vous avez besoin de moi, n'hésitez pas.

Il souleva sa coûteuse veste du dossier de la chaise et serra la main de Lina d'une poigne de robot. En le regardant partir, elle se demanda si ses propos étaient sérieux. Puis elle décida que la question était sans intérêt. Que Hammoud souhaite ou non « tourner la page », il lui fallait tout de même cette « assurance » dont lui avait parlé Hoffman. Elle consulta sa montre. Trois heures à tuer avant la pause du déjeuner.

Il n'était pas loin de douze heures trente, et le service comptable commençait à se vider. Lina observait les « employés de confiance » qui se dirigeaient vers les ascenseurs. La salle d'informatique, de l'autre côté du couloir, était vide. Nul n'y était entré depuis le matin. Lina jeta un dernier coup d'œil : personne en vue. Elle traversa en hâte le corridor et entrouvrit la porte. Vide. Elle entra et verrouilla la serrure de l'intérieur. La pièce était calme et fraîche. Le matériel informatique était disposé contre un mur, comme une rangée de petits réfrigérateurs. Pas de lumières clignotantes, de bips ou de sonneries. Juste des boîtes de métal muettes. Vite, se dit Lina. Prends la disquette et file.

Elle eut du mal à les trouver. Les étagères, rangées dans un ordre parfait quelques jours plus tôt, étaient maintenant jonchées de petits paquets de sucre et de cuillers à café en plastique. Quelqu'un y avait aussi abandonné un magazine de charme ; ce pauvre Youssef était vraiment en dessous de tout, songea Lina. Elle finit par trouver la disquette la plus récente et la fourra dans son sac, avec une disquette vierge, pour le cas où il lui faudrait en faire une copie.

Il était temps de partir. Elle se dirigea sur la pointe des pieds vers la porte et tendit l'oreille pour détecter d'éventuels bruits de pas. Rien. Elle ouvrit la porte de quelques centimètres, regarda à l'extérieur, de chaque côté, puis se glissa dans le couloir. Ne regarde pas en arrière, se dit-elle. Encore quelques pas rapides, et elle était enfin en sécurité. Elle ferma les yeux en pénétrant dans son bureau, s'attendant presque à y trouver Nasir Hammoud, mais il était vide.

Aywa ! Avait-elle réussi à tromper le Mauvais Œil la nuit précédente, au cours de cette pénible insomnie ? Ou peut-être le Mauvais Œil était-il parti en même temps que le Chef suprême ? Elle sortit son manteau du placard et jeta un coup d'œil dans le couloir. Toujours personne. Où étaient-ils donc tous passés ? Elle se dirigea en hâte vers les ascenseurs, en espérant qu'aucun homme de la sécurité ne l'y attendait, mais elle ne vit qu'une secrétaire britannique, le nez plongé dans un livre, du côté public. Tout fonctionnait sans à-coups ! Le Mauvais Œil comprenait comme elle avait souffert au cours de semaines précédentes, et sa jalousie avait perdu sa raison d'être.

L'université se trouvait à Bloomsbury, à une demi-heure de métro. Lina prit la Picadilly Line jusqu'à Russell Square. Le temps était sombre et bruineux : le genre de journée où le froid londonien vous colle au corps comme une seconde peau humide. Lina prit le chemin du campus qui lui rappelait les trois années d'insouciance studieuse qu'elle y avait passées. Les pigeons de Russell Square semblaient ne pas avoir changé de place depuis.

Lina se rendit directement à la faculté des sciences informatiques et prit l'ascenseur jusqu'au quatrième étage. Un vieil homme en uniforme, sans doute un pensionné de guerre, était censé garder les lieux, mais lorsque Lina lui adressa un sourire, il se contenta de porter la main à sa casquette et de lui renvoyer son sourire. Shirley, la secrétaire, patientait dans son bureau, comme convenu avec Helen, en lisant le *Sun*. Lina s'excusa de la déranger un jour où tout le monde était absent. « Ne vous faites pas de soucis », lui répondit-elle avant de se replonger dans sa lecture. C'était un soulagement pour Lina de se réfugier dans l'ambiance relâchée et proche de la négligence de cette bonne vieille Angleterre.

Le temps : c'était là le plus sérieux problème. Lina devait trouver sur la disquette les fichiers convoités, les copier, et regagner son bureau. Elle s'installa devant une machine et inséra la disquette. Le gros ordinateur commença à digérer les données en vrombissant. Il lui fallut pour cela près de quarante minutes, beaucoup plus de temps que Lina ne l'avait imaginé. Elle consulta sa montre. Deux heures passées.

Un message lui demanda son nom d'utilisateur. Lina tapa *tech*, comme le lui avait indiqué Helen. L'ordinateur accepta la réponse et demanda le mot de passe. Lina tapa *nician*. La ligne suivante apparut avec un nouveau caractère, #, et Lina réalisa qu'elle venait d'entrer dans le système. Elle tapa *whoami* pour s'en assurer, et l'ordinateur lui répondit *tech*. L'entrée avait fonctionné !

Il fallait maintenant trouver les fichiers de Hammoud, en faire une copie et s'en aller au plus vite. Lina essayait de se souvenir des instructions de Helen lorsqu'elle entendit des pas dans le couloir. Elle se figea, dans la crainte que le cliquètement de son clavier ne s'entende à l'extérieur de la pièce. Les pas ralentirent en arrivant près de la porte. Étrange. Selon Helen, l'endroit devait être désert. Dans son anxiété, Lina se demanda si les hommes de main de Hammoud l'avaient suivie jusqu'à Russell Square. Quelle imprudence ! Elle aurait dû prêter plus d'attention à de possibles poursuivants. Elle quitta en hâte le programme. Les bruits de pas n'avaient pas dépassé la porte, et il lui semblait entendre quelqu'un respirer. Elle se leva et se dirigea vers l'entrée. Autant en avoir le cœur net. Elle ferma les yeux et ouvrit la porte.

— Salut, ma chérie, lança Shirley, qui ne paraissait pas le moins du monde gênée de se voir ainsi découverte. Je me demandais si tout allait bien. Voulez-vous une tasse de thé ?

— Non, merci, tout va bien.

— Ils vont bientôt rentrer de leur conférence, ajouta Shirley d'un ton de conspirateur. J'ai pensé que vous voudriez le savoir.

— J'ai bientôt fini. Je ne vais pas tarder à partir, je vous le promets.

— Merci, dit Shirley en s'éloignant.

Lina prit cette fois la précaution de fermer le verrou de l'intérieur.

Elle se remit à l'ouvrage. Elle redémarra le programme, puis tapa *tar tv/user/hammoud/**, comme le lui avait expliqué Helen, afin d'obtenir les fichiers du président de Coyote Investment. L'écran s'éteignit presque, puis se reforma en un instant, et la liste des fichiers secrets se mit à défiler devant ses yeux. *Mazbout* ! Elle avait réussi ! La liste comprenait vingt-trois fichiers qui, tous, paraissaient suspects. Elle savait où commencer. Elle tapa *more oscartrading* et, en l'espace d'une seconde, un fichier interdit rayonnait devant elle de son millier de pixels. Il s'agissait d'un document d'une seule page :

OSCAR TRADING, S.A.
EDUARDO LARSEN, PRÉSIDENT
OMAR SANCHEZ, TRÉSORIER
JULIO CASTILLO, SECRÉTAIRE
CO ARSEN Y CASTILLO, ABOGADOS
AVENIDA MEXICO Y CALLE 17 ESTE
PANAMA 1, REPUBLICA DE PANAMA
Tél. : 507-25-6088

Compte bancaire n° 38.50813, Banque des Amis
Hendriks Pl., Curaçao, Antilles Néerlandaises
Bureau tunisien : Oscar D. Fabiolo. Tél. : 216.1.718.075
En cas d'urgence uniquement : R.Z. Hatton, 1700 J Street,

N.W., Washington, DC 20036, USA. Tél. : 1.202.555.9237

Le moment était mal choisi pour tenter de percer les mystères du document. Une imprimante laser était connectée à l'ordinateur. Lina tapa *pr* et, quelques secondes plus tard, un sifflement caractéristique l'avertit que l'appareil se mettait en marche. Il était quatorze heures vingt. Ils allaient bientôt se demander où elle était passée. Elle n'aurait jamais le temps d'imprimer les vingt-deux fichiers restants. Elle décida de n'imprimer que les fichiers dont les titres lui paraissaient ressortir du lot et de garder les autres pour une autre fois. Elle revint à la liste. Le fichier intitulé « Comptes » ne devait sans doute pas manquer d'intérêt. Elle tapa *more accounts* et le document apparut aussitôt. C'était une liste de cinq compagnies, avec les adresses, suivie de ce qui ressemblait à des numéros de comptes en banque :

LINCOLN TRADING, Ltd, Rawson Square, PO Box J-3026, NASSAU, BAHAMAS, OBS # N4 808.537.0

GARFIELD INVESTMENT, Ltd, Rawson Square, PO Box J-3026, NASSAU, BAHAMAS, OBS # N4 808.537.1

WILSON TRANSPORT, Inc. APARTADO 623, PANAMA CITY, PANAMA, OBS # B2 218.411.0

ADAMS INVESTMENT, Inc. APARTADO 623, PANAMA CITY, PANAMA, OBS # B2 218.411.1

BUCHANAN TRADING, Inc. APARTADO 623, PANAMA CITY, PANAMA, OBS # B2 218.411.2

En étudiant la liste, Lina se dit soudain que ces gens ne manquaient pas d'humour ; les compagnies-écrans qui masquaient le véritable visage des propriétaires de Coyote Investment portaient toutes le nom d'un ancien président des États-Unis. Quant à « OBS », quelle était la signification de ce sigle ? Organisation de Banques Suisses, sans doute. Le professeur Sarkis lui avait dit un jour, à l'époque où il la jugeait encore digne de confiance, de ne jamais poser de questions sur l'Organisation de Banques Suisses.

Lina mit en marche l'impression et passa à la deuxième et dernière page de la liste. C'était un état de gestion de trésorerie où figuraient les cinq mêmes compagnies. Mais cette fois les traces de mouvements de fonds du trimestre précédent – entrée ou sortie – accompagnaient le nom de la société. La balance figurait en bas de paragraphe, sous la rubrique « Dépenses nettes – 1er janvier/31 mars ». Le chiffre était identique dans tous les cas : 21 128 056 dollars. Lina songea d'un air rêveur aux impensables sommes d'argent que Hammoud avait dû « écrémer » avant de pouvoir dégager un tel profit.

Lina tapa encore une fois *pr*. Il était presque quatorze heures trente. Elle se rendait compte qu'elle tentait le diable, mais elle tenait à rassembler le maximum d'informations avant de partir. Elle revint à la liste et constata la présence d'un fichier intitulé *Emergency* (« Urgence »). Elle tapa *more emergency* et, au bout de quelques instants, le document apparut sur l'écran. C'était le plus succinct de tous. Il se résumait à ces quelques indications :

M. 11, rue des Banques. Nº Z 068621

Code : 0526

Lina se demanda quelle pouvait être la signification de ces deux lignes. Quel était ce code ? Il était trop tard pour se poser des questions. Elle imprima le document et revint à la liste, où elle découvrit un fichier nommé « Banques ». Elle composa encore *pr* sur le clavier et une liste s'afficha à l'écran avec des adresses et des numéros de téléphone, ou peut-être des numéros de comptes en banque.

1) OBELISK BANK. GRAYSON HOUSE, CORNER VERNON AND CHARLOTTE STREETS, NASSAU, BAHAMAS. 34.01.98.

2) BANQUE MÉTROPOLE. 460, BOULEVARD RENÉ LEVASQUE, SUITE 180, MONTRÉAL, CANADA. 0.4877.

3) CRÉDIT OTTOMAN. 28, RUE DE PENTHIÈVRE, 75008 PARIS, FRANCE, LM5-R16.

4) ORDWAY BANK. 28 FORT STREET, GRAND CAYMAN, ANTILLES BRITANNIQUES. 6203.

5) BANQUE DES AMIS. 18, HENDRIKS PL., CURAÇAO, ANTILLES NÉERLANDAISES. 72.45813.

6) BANCO BRAGA. CALLE 51 ESTE, MARBELLA, PANAMA. 50876J.

7) NEW WORLD BANK. 79, MIGNOT PLATEAU, ST PETER PORT, GUERNESEY, ÎLES ANGLO-NORMANDES. D11870.6.

8) TARIQBANQ. KING FAYSAL ROAD, MANAMA, BARHEIN. TL 8078.

Lina tapa encore une fois *pr*. Il était maintenant quatorze heures trente passées. Il fallait partir. Tout de suite. Elle n'était parvenue à copier que quatre des vingt-trois fichiers confidentiels, mais il fallait s'arrêter, sans plus tarder. Elle retira sa maigre récolte du plateau de l'imprimante : cinq feuilles de papier. Elle les plia avec soin et les rangea dans la poche intérieure de sa veste.

La disquette ! Elle ne l'avait pas copiée ! *Khalas !* Hoffman serait bien déçu si elle ne pouvait lui fournir la moindre copie des fichiers de Hammoud. Lina aperçut une enveloppe en papier kraft sur le bureau, à côté de l'unité centrale de l'ordinateur. Se fiant à son instinct, elle la saisit et écrivit « Helen Copaken/Personnel » à l'extérieur, puis y glissa la disquette subtilisée à Coyote Investment avec une note griffonnée en hâte : « Helen. Peux-tu faire une copie de *user/hammoud/**

et l'emmener chez toi ? Ne te pose pas de questions. xxx/ooo. L. » Elle referma l'enveloppe aussi soigneusement que possible et quitta la pièce.

— Helen m'a demandé de vous confier ceci, dit-elle à Shirley avant de quitter le bâtiment. Elle a insisté en disant que c'était très important.

Shirley rayonnait. Elle adorait rendre service.

Lina prit un taxi pour regagner son bureau. Le trafic était assez fluide et elle arriva juste après quinze heures. Elle se sentait moins nerveuse qu'à son départ, car elle n'avait que la disquette vierge sur elle, puisque la disquette « volée » se trouvait entre les mains de Shirley. Lorsqu'elle atteignit le cinquième étage, elle composa le code de la serrure électronique et pénétra dans les bureaux du service comptable. L'endroit paraissait immobile, comme figé. Lina lança un « Hello ! » vers le bureau de Randa. Il n'y avait personne, nulle part. Elle se rendit en hâte à son bureau. Une surprise l'y attendait.

L'agent de sécurité aux si agréables manières était assis sur son bureau, toujours vêtu de son élégant costume. Hassan ne souriait plus. Il se leva et ferma la porte. Lina sentit sa gorge s'assécher et le sang lui quitter le visage.

— *Yumma !* murmura-t-elle malgré elle. Maman !

24

— Où est la disquette ? interrogea Hassan, menaçant.

Il avait saisi Lina par le poignet et l'écrasait comme du petit bois. La décontraction californienne qu'il arborait avait disparu de son visage, remplacée par une dureté et une violence plus méditerranéennes. La bouche de Lina s'ouvrit toute grande – émettant à la fois une plainte et un gémissement de peur – lorsque Hassan resserra son étreinte sur son poignet. Les manches de sa luxueuse chemise de coton étaient relevées, laissant apparaître des avant-bras épais et lisses comme des tuyaux d'acier.

— Où est la disquette ? répéta-t-il.

— Quelle disquette ? réussit à articuler Lina, étourdie, à bout de souffle.

Ce n'était pas la bonne réponse. Hassan l'attira vers lui de la main droite, et lui assena une gifle brutale de la gauche. Elle s'affaissa au sol avant de se retrouver hissée en l'air par le poignet comme une marionnette. Un filet de sang coulait de son nez. Hassan plaça l'un de ses avant-bras musclés en travers de la gorge de

Lina et son genou entre ses jambes ; elle était clouée au mur comme un papillon.

— Où est la disquette ? répéta Hassan. Nous savons que tu l'as prise. Où est-elle ?

— Mon sac, hoqueta Lina. Mon sac à main.

— Bonne fille...

Hassan relâcha la pression de son avant-bras et de son genou et, agrippant toujours Lina par le poignet, la conduisit vers le bureau où se trouvait le sac à main. Il le retourna et le contenu s'éparpilla sur le bureau. La disquette vierge marquée « Sony » tomba avec un bruit sec. Le Palestinien s'en empara avec vivacité et l'examina. L'excitation céda vite la place à la fureur. La disquette était neuve, encore enveloppée dans son emballage d'origine. Il la lança contre le mur où elle alla se briser.

— Ce n'est pas cette disquette que je cherche, espèce de putain ! (Hassan saisit Lina à la gorge et lui plaqua la tête contre le bureau. Il la souleva et la frappa violemment contre la surface dure.) Où est-elle ?

Lina luttait pour respirer. Le dernier coup de Hassan lui avait entaillé le front et le sang l'aveuglait. Elle entendit la voix du Palestinien, au-dessus d'elle, répéter la même question : « Où est la disquette ? » La douleur dans sa tête était si intense qu'elle ne parvenait plus à réfléchir. Si elle ne répondait pas, il allait encore frapper. Elle savait qu'elle finirait par répondre pour faire cesser la souffrance ; il trouverait les sorties d'imprimante dans sa poche, et sa vie ne vaudrait plus rien.

— Où est la disquette ? hurla Hassan.

— Je ne sais pas, gémit-elle.

Mais elle comprit que le temps allait vite lui manquer. Les doigts du Palestinien la serraient si fort que ses os paraissaient prêts à se briser.

— Où l'as-tu cachée, stupide putain ? (Hassan bredouillait de rage, et son poignet se resserrait autour du cou de Lina à chacun de ses mots.) Tu l'as donnée à ton amie Randa, c'est bien cela ?

— Quoi ? s'écria Lina, incapable de saisir le sens de ce qu'elle entendait.

— La disquette est chez Randa, c'est bien cela ? répéta Hassan en hurlant.

— Oui, s'entendit répondre Lina. (Peu importait le mensonge. Hassan s'apercevrait vite de la supercherie, mais elle gagnerait ainsi un peu de temps.) Oui, chez Randa. J'ai caché la disquette chez Randa.

Hassan souleva la tête de Lina au-dessus du bureau, les mains accrochées à ses courts cheveux noirs, puis il la poussa vers le mur. Il plaqua la paume de la main sur la bouche de la jeune Irakienne en appuyant si fort qu'elle crut entendre ses mâchoires craquer.

— Si tu mens, tu es morte, la menaça-t-il. Quelle est l'adresse de Randa ?

Hassan força Lina à quitter les locaux de Coyote Investment avec lui par l'escalier de service. Une berline Jaguar et son chauffeur attendaient dans la ruelle, près du container à ordures. Un second garde palestinien, que Hassan appela Abu Raad, vint les rejoindre. Ils prirent chacun Lina par un bras et l'entraînèrent vers la voiture.

— Ne t'avise pas de prononcer un seul mot, grommela Hassan.

Il sortit un couteau à cran d'arrêt de sa poche et pointa la longue lame acérée sur le dos de Lina. Ils la poussèrent sur la banquette arrière et s'installèrent de chaque côté d'elle avant de fermer les portières. Hassan tira sur la jupe de la malheureuse et la remonta haut sur ses cuisses puis, de l'autre main, il écarta ses genoux ; il pressa ensuite la lame de son couteau près de son sexe, afin qu'elle ne puisse effectuer le moindre mouvement sans se blesser.

— Il faut faire quelque chose, dit Hassan. Sa blessure au front saigne beaucoup trop. Quelqu'un pourrait la remarquer.

Le chauffeur lui tendit une boîte de mouchoirs en papier, et Abu Raad tamponna grossièrement la blessure et le sang qui souillait les yeux et le nez de Lina.

— Parfait. Dis au chauffeur comment se rendre chez Randa, et ne cherche pas à nous raconter d'histoires, ordonna Hassan en appuyant un peu plus sur la lame.

Lina lui donna une adresse sur Beltran Road, à Chelsea. C'était bien l'adresse de Randa, et Lina se demanda de ce qu'elle allait pouvoir faire lorsqu'ils arriveraient à l'appartement de son amie, mais elle sentait que ses chances étaient meilleures que si elle était restée au bureau avec Hassan et Abu. Ils se dirigèrent vers le sud par Sloane Street, et croisèrent un policier au passage. Lina songea à pousser un hurlement, mais la pression de la lame l'en dissuada. Ils dépassèrent Hans Place, Cadogan Square, Eaton Place. La voiture bifurqua vers l'ouest et s'élança vers Chelsea en empruntant King's Road.

— Tu es vraiment une mauvaise fille, dit Hassan en relâchant la pression de sa main sur le manche de son couteau. (Il semblait avoir retrouvé un peu de sa bonhomie californienne.) Je crois que je n'avais jamais vu M. Hammoud dans une telle rage. Il était effrayant... Comment as-tu pu croire que tu allais t'en tirer à si bon compte ? Tu ne savais pas que l'on te surveillait ?

— Non, lâcha Lina, dont la voix n'était plus qu'un murmure rauque.

— Tu es vraiment dans la merde, ma chérie. Tu t'en

rends compte ? Je préfère ne pas penser à ce qui risque de t'arriver à Bagdad. Ils vont chercher à savoir ce que tu crains le plus au monde. Tu souffres de claustrophobie ? J'ai entendu dire qu'ils enterraient les gens vivants dans des cercueils. Ils te laissent une paille pour respirer et t'abandonnent là-dedans pendant quelques jours, ou une semaine, ou pour toujours. Et les serpents ? Tu les aimes ? Ils vont bien s'amuser avec toi à Bagdad. Tu es un sujet parfait.

Il adressa à Lina son sourire californien le plus inexpressif, comme un présentateur d'émission de téléachat.

— Et ta petite futée de copine, Randa. Quelle garce ! Elle nous avait promis de te surveiller, et elle a essayé de nous doubler. M. Hammoud ne sera pas content. Pas du tout content...

— Elle n'est pas au courant, dit Lina. Je ne lui ai rien dit de la disquette.

— Tu t'imagines que je vais te croire ?

Ils arrivèrent à Chelsea, dépassant le paysage industriel de l'usine à gaz pour parvenir en bordure du quartier où habitait Randa.

— Où diable faut-il aller ? s'emporta Hassan. Dépêchons-nous !

— Tournez à gauche, expliqua Lina en indiquant la direction de Wandsworth Road. Et puis ici à droite, vers Beltran.

— De quelle maison s'agit-il ?

— Celle-ci, répondit Lina en désignant la troisième maison sur la droite. Second étage.

La voiture s'arrêta au bord du trottoir. Hassan ôta la lame de couteau d'entre les jambes de Lina.

— Sors, ordonna-t-il. Et ne tente rien d'inconsidéré, car mon ami Abu est armé et il n'aime pas plaisanter. (Le second Palestinien sortit un neuf millimètres de son holster afin de mettre en évidence le scintillement argenté du barillet.) Allons-y, lentement. Attention.

Lina sortit de la Jaguar. Elle ne savait pas encore comment agir. La petite rue était presque déserte. Hassan la prit par le poignet et la fit traverser. La lame du couteau lui piquait le creux des reins. Elle lança un regard circulaire, espérant découvrir une présence. Elle commençait à abandonner tout espoir lorsqu'elle vit une silhouette vêtue d'un manteau sombre sortir d'une entrée d'immeuble, un peu plus loin. L'homme portait un grand sac en bandoulière. Un postier. Hassan tira Lina avec brutalité sur le trottoir. Il examinait l'appartement de Randa, se demandant comment y pénétrer, sans remarquer le postier.

C'est le moment, se dit Lina. Il faut agir maintenant, ou mourir.

Le hurlement qu'elle poussa prit toute l'énergie et la force de sa volonté, mais il éclata comme un terrible coup de sifflet – haut perché et gonflé de la terreur qu'elle expulsa de ses poumons, de sa gorge, de son ventre. Le tête de Hassan se tourna brusquement vers le postier et, dans le même mouvement, le couteau se lança vers Lina, mais celle-ci se libéra d'un bond et continua à hurler en s'affaissant au sol.

— Arrêtez ! cria le postier, un homme d'apparence paisible, d'un quarantaine d'années, qui bondit vers eux en agitant les bras, avec une lenteur que Lina trouva désespérante. Hassan le regarda, puis se tourna vers Lina, qui s'était relevée et prenait son élan pour courir, sans cesser de crier. Le Palestinien se figea un instant, se demandant quelle décision prendre. Son collègue Abu leva alors son arme en direction du postier et fit feu à plusieurs reprises. L'homme s'écroula. Les coups de feu résonnèrent dans la rue étroite et des cris s'échappèrent de plusieurs fenêtres.

— Merde ! lança Hassan.

Lina courait aussi vite qu'elle le pouvait vers Wandsworth Bridge Road. Le chauffeur était descendu de la Jaguar et fit un pas vers elle pour l'attraper, mais il était trop lent et trop gras, et Lina continua à courir en hurlant, forte de la montée d'adrénaline qui l'avait saisie quelques secondes plus tôt, alors qu'elle se voyait déjà mourir. Des gens arrivaient de la rue principale, attirés par le vacarme, et plusieurs d'entre eux s'approchaient des deux Palestiniens. Abu Raad visa Lina, mais elle courait penchée en avant et il la manqua. Les curieux se plaquèrent au sol tandis que Lina continuait à courir et, avant qu'Abu n'ait eu le temps de viser à nouveau, elle dépassait déjà le coin de la rue.

— Monte en voiture, cria Hassan à Abu. Tout de suite !

Le Palestinien tira un coup de feu en l'air, puis se précipita vers la voiture avec Hassan.

— Faut-il la suivre ? demanda le chauffeur.

— Oublions la fille, répondit Hassan. Il faut partir d'ici.

Quelques minutes plus tard, un barrage routier de la police les arrêtait à Wandsworth. La dernière édition de l'*Evening Standard* titrait : DES TUEURS DE L'OLP ARRÊTÉS APRÈS UN RAID TERRORISTE. L'article ne mentionnait ni Coyote Investment ni le nom de Hammoud. On disait que la police recherchait un autre suspect, une femme arabe qui secondait les tueurs et s'était échappée à pied.

Lina sauta dans le premier autobus qu'elle trouva sur son passage dans Wandsworth Bridge Road. La blessure laissée par la lame de couteau au bas de son dos était superficielle, et le sang ne coulait déjà plus, mais elle tremblait de tous ses membres. Elle ne pouvait s'empêcher de tâter sa poche pour s'assurer de la présence des copies des documents. Une femme assise à côté d'elle dans le bus tenta de la réconforter, mais elle répondit qu'elle allait très bien et la femme finit par l'abandonner à son sort. Elle fouilla dans son sac pour vérifier que son portefeuille s'y trouvait toujours et compta son argent. C'était suffisant pour prendre un taxi. Elle voulait prendre une douche et se changer avant de réfléchir au meilleur moyen de rester en vie.

Lina sortit du bus à Fulham et héla un taxi.

— Notting Hill Gate, annonça-t-elle au chauffeur. Lansdowne Walk.

Au moment où le chauffeur quittait Holland Park avenue pour se diriger vers son appartement, elle aperçut un homme qui attendait, juché sur une moto. Il était garé juste en face de chez elle.

— Merde, lança-t-elle entre ses dents, tout en se couchant à demi sur la banquette.

— Je vous demande pardon, *miss* ?

— Continuez, s'il vous plaît. Ne vous arrêtez pas.

Le chauffeur se retourna et examina Lina d'un air soupçonneux, mais il obtempéra.

— Où allons-nous, alors ?

— North Audley Street.

L'homme revint vers l'est par Bayswater Road et prit la rue où habitait Sam Hoffman, juste après Marble Arch. Alors que le taxi approchait de l'entrée, Lina vit une autre silhouette sombre, installée dans une camionnette, et qui surveillait la porte. Lina se ramassa en boule sur la banquette et cacha son visage dans ses mains.

— Continuez, chauffeur, je vous en prie. Ne vous arrêtez pas ici. Je suis désolée, ce n'est pas la bonne adresse.

Le malheureux commençait à douter de la santé mentale de sa passagère.

— Où allons-nous, cette fois-ci ?

— N'importe où. Buckingham Palace. Je veux faire un peu de tourisme.

Le chauffeur secoua la tête, mais il prit la direction indiquée par la jeune femme, en lançant de temps à autre des regards perplexes dans le rétroviseur. Lina s'en moquait. Dans les circonstances présentes, c'était même presque rassurant.

Lina appela Sam Hoffman quelques minutes plus tard d'une cabine de Birdcage Walk, tout près de Buckingham Palace. Sa voix tremblait. Sam lui demanda aussitôt si tout allait bien.

— Non, répondit-elle. Je ne vais pas bien. Deux hommes de Hammoud viennent de tenter de me tuer. J'ai eu de la chance de m'en tirer. J'ai la preuve qu'il nous fallait. Cela m'a l'air plutôt intéressant, si je comprends bien la signification des documents.

— Seigneur ! Comment avez-vous réussi à vous échapper ?

— J'ai couru. Et ce n'est pas fini.

— Vous avez appelé la police ?

— Non. Et j'ai l'impression qu'il ne vont pas tarder à me rechercher. L'un des hommes de Hammoud a abattu un postier.

— Où êtes-vous ? Je vais venir vous rejoindre immédiatement.

Lina réfléchit un instant. Elle avait besoin de lui, mais il pouvait lui porter tort en cherchant à l'aider.

— Je ferais mieux de rester seule pour l'instant, Sam. Ils vous surveillent. Si vous venez à ma rencontre, ils vous suivront.

— De quoi parlez-vous ?

— J'ai repéré un homme près de chez vous, il y a quelques minutes. Je voulais passer vous voir mais, lorsque je l'ai aperçu quasiment sur le pas de votre porte, j'ai changé d'avis.

Hoffman regarda par la fenêtre et aperçut l'homme installé dans sa camionnette bleue.

— Vous avez raison, Lina. Qu'allez-vous faire ?

— Je vais me mettre au vert. C'est l'expression que vous employez, vous, les espions, n'est-ce pas ?

— Je ne suis pas un espion, pour l'amour du Ciel ! Je hais les espions. J'ai passé ma vie à essayer de me tenir à l'écart des espions !

— Au revoir, Sam. Je vous appellerai dès que je le pourrai.

— Attendez une minute. Ne pouvons-nous pas organiser un rendez-vous, dans un parc, ou ailleurs ? Je ne me laisserai pas filer.

— Vous voyez bien que vous êtes un espion !

— Non, je ne suis pas un espion ! Je suis votre ami. Je m'inquiète pour vous. Et vous êtes ma cliente...

Un bip retentit soudain. Le téléphone réclamait des pièces.

— Comme c'est gentil, conclut Lina, mais il faut que je parte. Je n'ai plus d'argent.

Hoffman voulut insister – l'appareil était déjà muet.

Lina savait quelle était sa destination suivante. Elle héla un des taxis qui se dirigeaient vers les berges.

— Conduisez-moi à Blackheath, ordonna-t-elle au chauffeur. N'importe où près de Greenwich Park.

— C'est un long trajet, mademoiselle, dit le chauffeur, dubitatif. Un longue course de presque vingt livres sterling, tout cela pour une adresse aussi vague !

Lina ferma les yeux et s'enfonça dans l'épaisse banquette de cuir. Lorsqu'ils arrivèrent à Blackheath trente minutes plus tard, elle paya la course et marcha quelques centaines de mètres jusqu'à une petite maison en terrasse sur Westgrove Lane. Elle s'arrêta plusieurs fois en chemin, traversa la rue, et fit même une fois demi-tour pour s'assurer que personne ne la suivait. Après un dernier coup d'œil furtif, elle sonna à la porte.

25

— Mais d'où sors-tu ? Tu es dans un état épouvantable ! s'écria Helen Copaken en ouvrant la porte. Que t'est-il donc arrivé ?

Elle portait un jean noir et un T-shirt blanc sans soutien-gorge, et ses longs cheveux crépus étaient attachés sur le sommet de sa tête par une barrette de bois. Helen vivait dans une sorte de faille temporelle, entre les derniers vestiges de l'esprit bohème et les débuts du mouvement punk. Sa manière de se comporter et de se vêtir constituait une cuirasse protectrice pour cette femme qui, depuis toujours, surclassait par son intelligence les gens avec qui elle vivait, y compris les hommes qui passaient pour les grands maîtres dans le domaine où elle s'était spécialisée. Sa propre beauté l'intimidait, mais elle s'en amusait et semblait y prendre plaisir. Des années plus tôt, à l'université, elle avait adopté Lina qui, tel un chien d'aveugle, l'aidait à appréhender la réalité du monde extérieur.

— Salut, dit Lina d'une voix faible. Je peux entrer ?

Helen ouvrit la porte en grand et embrassa son amie sur la joue, avant de faire un pas en arrière.

— Sérieusement, Lina, tu as l'air complètement à plat. Qu'est-ce qui se passe ? Tout va bien ?

— Non, tout ne va pas bien. J'ai des ennuis.

Helen prit le temps d'examiner le visage de Lina.

— Qu'est-il arrivé à ton front ? Et à ton nez ? Quelqu'un t'a frappée ?

Lina hocha la tête. Elle se sentit soudain proche des larmes, après tant d'heures de courage.

— Des gens de mon travail ont essayé de me tuer.

Helen ne comprit pas tout de suite et s'imagina que Lina plaisantait.

— Je n'en suis pas surprise, après tout ce cirque avec les disquettes. Les gens de l'université aussi veulent me supprimer. Le président du département n'est vraiment pas content.

— Tu as pu faire une copie ?

— Oui, elle est ici. Explique-moi, de quoi s'agit-il ?

— Pas maintenant. Peut-être plus tard. Mais je ne plaisante pas, tu sais, ils ont vraiment voulu me tuer.

— Te tuer, ou seulement t'estropier ?

— Helen, je suis sérieuse ! Deux types m'ont enlevée cet après-midi à mon bureau après mon retour de l'université. Ils voulaient m'envoyer à Bagdad, mais j'ai réussi à m'enfuir. Et puis ils ont abattu un postier. Ce sera sans doute dans tous les journaux demain.

Les larmes commençaient à ruisseler sur ses joues.

— Ma petite chérie ! s'écria Helen en passant le bras autour des épaules de son amie.

Ce n'était pas une plaisanterie, elle s'en rendait maintenant compte. Elle laissa Lina pleurer un moment, puis elle lui apporta une tasse de thé, une trousse de secours pour soigner ses blessures, une assiette de biscuits et un peu de crème glacée dans un bol.

— Pourquoi quelqu'un chercherait-il à te tuer ?

Lina réfléchit un instant avant de répondre.

— Tu tiens vraiment à le savoir ? Tu dois me promettre de n'en parler à personne d'autre.

— Oui, je tiens à savoir. Et je n'en parlerai à personne.

— Ils veulent me tuer, parce qu'il croient que je sais où se trouve l'argent caché du Chef suprême de l'Irak.

— Mais c'est affreux ! C'est pour cela que tu voulais fouiller dans ces fichiers ?

— Oui. Par malheur ils se sont aperçus que j'avais pris la disquette.

— Le problème, maintenant, c'est de te sortir de ce guêpier. (Helen était devenue soudain très sérieuse, ayant décidé de prendre en charge les difficultés de son amie.) Quand penses-tu que cette affaire puisse se calmer ?

— Je ne sais pas. Il faudra au moins un an ou deux. C'est difficile à dire. Il y a beaucoup d'argent en jeu.

— Combien ?

— Quelques milliards, je présume.

— De dollars ou de livres ?

— De dollars. Quelle importance, d'ailleurs ?

Lina expliqua aussi clairement que possible à Helen les détails de ce qu'elle avait découvert au cours de la semaine précédente, et de ce qu'elle venait de trouver le jour même sur la disquette de Coyote Investment. Elle mentionna les différents agents de la police secrète qui la surveillaient ou la poursuivaient depuis qu'elle détenait la preuve de l'existence de comptes secrets. Elle parla de tout et de tout le monde, sauf de Sam Hoffman ; c'était un secret qu'elle tenait à garder.

— Que vas-tu faire ? demanda Helen.

— M'enfuir quelque part, je pense. Je ne peux pas rentrer chez moi. Je ne veux pas aller à Bagdad, c'est évident. Je crois que je vais quitter le pays.

— Enfin, où vas-tu aller, ma pauvre chérie ?

— Je l'ignore. N'importe où, mais pas au Moyen-Orient. L'argent est en Suisse, c'est du moins ce que j'ai cru comprendre d'après les fichiers. Je devrais peut-être aller lui tenir compagnie. Que dois-je faire, selon toi ?

— Partir. Tu ne peux pas rester dans le coin, ils finiraient par te trouver. Et ils risqueraient de te tuer, ce qui n'est certainement pas souhaitable.

— Je pourrais peut-être rester ici quelques jours, dit Lina en parcourant du regard l'aimable désordre de l'appartement de Helen. Ce serait parfait.

— J'en serais ravie, mais ils te trouveront.

— Comment cela ? Je suis sûre qu'ils ne m'ont pas suivie.

— Ils n'ont pas besoin de te suivre pour se douter de ta présence ici. Combien de fois m'as-tu appelée de ton bureau le mois dernier ?

— Je ne sais pas. Une fois. Deux, peut-être.

— Alors, ils verront mon numéro sur les registres téléphoniques, ils retrouveront mon adresse et arriveront ici aussitôt. C'est pourquoi tu ne dois pas rester ici. Il faut bouger.

— Mon Dieu, c'est horrible !

— C'est excitant, aussi. Un peu comme Lara dans le *Docteur Jivago*.

Lina secoua la tête.

— Encore une plaisanterie comme celle-là et je vais me remettre à pleurer. Je te le promets. Comment m'en sortir ?

— Tu veux que je sois franche avec toi ?

— Bien sûr.

— Il n'existe pas de bonne solution à ton problème. Elles sont toutes mauvaises. Alors, il faut songer à en créer de nouvelles.

— Je devrais peut-être laisser tomber, aller voir la police et leur dire la vérité, en espérant que les tueurs me laisseront tranquille.

— Pas question. Rien n'est aussi incroyable que la vérité. D'ailleurs, la police ne peut pas te protéger contre ces gens. Il faut voir les choses en face. Les hommes de Hammoud finiront par t'attraper et te torturer pour découvrir ce que tu sais vraiment à son sujet. Ce sont probablement des déviants, des pervers atteints de troubles du comportement sexuel, sauf lorsqu'ils peuvent user de violence avec les femmes. Ils vont t'emmener dans une grotte au Yémen, t'attacher nue à un piquet, te tartiner de miel et te laisser dévorer par les fourmis. Et quand ils se rendront compte que tu ne sais rien, ils devront t'abattre pour couvrir leurs crimes.

— Je t'en supplie, Helen, arrête ! Il ne s'agit pas de l'un de tes sites loufoques sur Internet. Ils sont capables de ce genre d'horreurs, à Bagdad.

— Je suis sérieuse. Pas en ce qui concerne les fourmis, mais c'est vrai que tu dois trouver de nouvelles options. Tu dois peser sur la situation.

Lina se rendait compte que son amie avait raison. Les solutions envisageables étaient pour l'instant toutes plus mauvaises les unes que les autres. Il lui était impossible de rentrer chez elle, de rester chez Helen, ou de se livrer à la police. Le tunnel où elle s'était fourvoyée semblait ne pas avoir de fin. La seule possibilité était d'approfondir ce qu'elle savait déjà dans l'espoir de créer une ouverture. Il lui fallait peser sur les événements, selon les termes de Helen. Les fichiers de Hammoud lui en fourniraient peut-être l'opportunité, si elle parvenait à les décrypter.

— A propos, intervint Helen, j'ai vu quelque chose hier soir sur Internet, au sujet d'une femme en détresse. Il existe des points communs entre son histoire et la tienne. Tu veux que je te la raconte ?

— Tu crois que cela va me remonter le moral ?

— Je n'en suis pas sûre. C'était sur un site sadomaso. L'adresse, c'est *alt.sex.sadomaso*, au cas où cela t'intéresserait.

— Pas vraiment. Ils n'ont pas *alt.sex.normal*, je suppose ?

— Tu as raison, ça n'existe pas. Mais tu peux trouver tout le reste : *alt.sex.masturbation, alt.sex.bestialité*, ou même *alt.sex.sonore*. Ce sont des gens qui s'enregistrent en faisant l'amour. Ils produisent des sons incroyables ! Je t'assure !

— Tu ne parlerais pas ainsi si tu savais à quel point j'ai eu peur aujourd'hui !

— Ooooh ! Plus profond ! Ouiiii !

— Helen !

— Oh, mon Dieu ! Ouiii ! Plus vite ! Ooooh ! Oooooooh !

Lina ne put s'empêcher de sourire. Le monde de fantasmes électroniques de son amie lui permettait au moins d'échapper un moment à ses angoisses.

— Alors ? Ton histoire ?

— C'est une femme qui s'appelle Sandra. Elle s'est trouvée entraînée dans une drôle de situation avec un homme qu'elle avait rencontré sur le Net. Elle ne l'avait jamais vu avant. Ils s'étaient contentés d'échanger des messages sur un site appelé *alt.sex.magicien*.

— Magicien ? Pourquoi « magicien » ?

— Ce sont des gens qui savent tout. Dans le cas présent, ils donnent des conseils sur le sexe. Ils prétendent savoir ce dont ils parlent, mais j'ai l'impression que ce sont juste des étudiants en rut qui ont tout appris en lisant des magazines.

— Qu'est-ce qui est arrivé avec cette femme et le magicien ?

— Il lui a envoyé un message qui parlait de sexe et

de confiance. Pour lui, l'important dans le sexe, c'est de se donner à une personne, en lui accordant toute sa confiance, même si l'on sait qu'elle peut vous faire du mal. J'ignore pourquoi, mais la tonalité de ce texte a plu à Sandra, et elle s'est arrangée pour rencontrer le type.

— Que s'est-il passé ?

— Ils se sont donné rendez-vous dans un parc. Elle n'a même pas pu le voir. Il est arrivé par-derrière, et avant qu'elle n'ait eu le temps de prononcer un mot, il lui a mis un bandeau sur les yeux et l'a entraînée vers sa voiture. Il l'a ensuite conduite dans un motel. Elle n'a pas essayé de lui résister. Elle s'est totalement livrée à lui. Elle pensait que c'était cela qu'elle désirait. Mais les choses ont dérapé.

— Comment cela ?

— Il a voulu la forcer à faire des trucs absolument dégoûtants. C'était vraiment un sale type. Comme les deux gars de ton bureau qui voulaient te tartiner de miel.

— Je t'en prie, Helen ! Qu'est-il arrivé à Sandra ?

— Dieu merci, elle n'a pas été blessée. Elle a hurlé et puis elle s'est enfuie. Le gars ne comprenait pas. Il pensait que ce qu'il lui infligeait était ce qu'elle voulait. En tout cas, elle a envoyé un message au site Internet – anonyme, bien sûr – expliquant ce qui était arrivé, et mettant en garde les autres femmes contre ce « magicien »-là. Il a fini par s'attirer des ennuis. Le responsable du site a été prévenu de la présence d'un cinglé sur le réseau et il a donné son nom à la police. Le salopard est maintenant grillé pour de bon.

— Quel rapport avec moi ?

— Aucun, maintenant que tu me le fais remarquer, sauf que cette femme, qui se trouvait dans un sacré pétrin, a réussi à retourner la situation en prenant l'offensive. C'est ainsi que tu devrais réagir.

— Très bien, mais il ne s'agit pas de sadiques du week-end qui traficotent sur Internet, il s'agit de véritables tueurs. Que puis-je faire ?

— Je vais essayer de mettre un plan sur pied. J'ai d'abord besoin d'une autre tasse de thé. Quant à toi, tu dois te reposer. Monte à l'étage, prends un bain et dors un peu. Je te réveillerai dans une heure ou deux.

Lina obtempéra. Dans l'immédiat, elle était ravie de laisser Helen prendre sa vie en charge. Elle resta longtemps dans son bain et dormit jusqu'à dix heures le lendemain matin. Pendant que son amie se reposait, Helen se connecta sur le Net. Elle envoya un message à un site connu des spécialistes des systèmes de sécurité informatique pour demander des conseils sur les systèmes bancaires. En l'espace de quelques heures, elle avait reçu des dizaines de messages du monde entier. Tout un réseau de David prêts à en découdre avec Goliath...

26

Helen réveilla Lina le lendemain matin et lui montra les journaux. Le *Times* publiait le rapport le plus complet des événements. L'article présentait Lina comme la « femme mystérieuse » et en fournissait une description détaillée. Selon des « sources policières fiables », poursuivait le journaliste, la femme arabe – Lina Alwan – travaillait en collaboration avec deux terroristes arabes de Tunis en vue de voler les dossiers confidentiels de l'importante société d'investissement où elle était employée. La compagnie en question offrait une récompense substantielle à qui pourrait lui fournir des informations sur l'endroit où se trouvait Miss Alwan. Lina secoua la tête, dépitée. Hammoud était beaucoup plus malin qu'elle ne se l'était imaginé, il fallait bien l'admettre.

— Tu as un vrai problème, ma chérie, lui dit Helen en désignant d'un geste le journal. Il te faudrait une nouvelle identité.

A défaut, Helen pouvait l'aider à changer de garde-robe et de couleur de cheveux. Une heure plus tard, la belle Arabe racée s'était transformée en une blonde décolorée, chaussée de lunettes de grand-mère et portant une jupe longue, un corsage de paysanne et un sac à dos. On aurait pu la prendre pour une Scandinave.

Helen prépara le petit déjeuner, que les deux jeunes femmes dégustèrent dans le jardin, derrière la maison. Le soleil du matin parvenait de temps à autre à percer les nuages, éclairant la végétation d'une lumière mouvante, et les feuilles des plantes brillaient alors d'un vif éclat avant de reprendre une teinte d'un vert sombre. Libérée pour un temps du poids de ses ennuis, Lina interrogea Helen sur ses activités du moment.

Helen lui expliqua qu'elle travaillait à la conception d'un nouveau jeu informatique, appelé « Les Envahisseuses féministes de l'espace ». Le thème en était le suivant : une nouvelle race de femmes arrivait sur Terre, venue de l'espace. Elles étaient en tous points identiques à leurs consœurs humaines, mais le joueur pouvait établir certains paramètres comportementaux, tels que l'ambition ou la libido. Le but du jeu était de voir si les femmes de l'espace allaient prendre le pouvoir sur Terre ou subir une défaite.

— Le problème, commenta Helen, c'est que plus l'ambition est grande, plus la libido augmente, elle aussi. Les plus efficaces d'entre elles veulent passer leur temps à faire l'amour. Quand elles ne peuvent pas faire l'amour, elles deviennent moins créatives et remportent moins de victoires. Toute la difficulté consiste à trouver la combinaison la plus équilibrée possible.

Helen dissertait sur un point de stratégie lorsque le téléphone sonna. Elles demeurèrent toutes deux immobiles ; seule la sonnerie troublait le silence. Une fois, deux fois, trois fois... Les oiseaux et les insectes eux-mêmes semblaient s'être tus.

— Je pense que tu devrais répondre, dit enfin Lina.

Elle suivit Helen dans la maison. Le monde extérieur s'était introduit dans leur jardin protégé.

— Allô ? dit Helen. Oui, je suis Helen Copaken. Qui est à l'appareil ? Est-ce que je vous connais ?... Que voulez-vous ?

Helen secoua la tête d'un air accablé, puis appliqua un doigt sur son front comme si c'était un pistolet.

— Qui ? Pouvez-vous épeler ? *A-L-W-A-N*... Oui, je la connais, mais je ne l'ai pas vue depuis un moment... Non, j'ignore où elle se trouve. Non, vous ne pouvez pas passer, je m'apprête à sortir... Au revoir.

Helen raccrocha.

— Oh, mon Dieu, gémit-elle.

Lina s'était effondrée sur le divan, la tête enfouie entre ses mains, et elle se balançait doucement, comme une mère berçant son bébé.

— Qui était-ce ? demanda-t-elle sans lever les yeux. Elle connaissait déjà la réponse.

— Quelqu'un de ta société. Il avait un accent. Ils te cherchent. Il a dit que c'était important.

— Ils ne savent pas où je suis, n'est-ce pas ?

— Ils l'ont sans doute deviné. Je n'ai pas dû être très convaincante.

— Que dois-je faire ?

— Bouger. Maintenant. Ils seront peut-être là bientôt. Il faut partir, et vite. Nous allons prendre ma voiture. Viens.

— Où allons-nous ? demanda Lina, incapable de se lever du divan.

— A l'aéroport. J'ai pensé à un plan, hier soir. J'allais t'en parler dans le jardin, mais je te l'expliquerai en chemin. Allez, viens, dépêche-toi !

Lina se leva lentement et rassembla ses quelques affaires. Helen, soudain prise d'une frénésie d'activité, monta chercher un sac de voyage à l'étage et le remplit de tous les objets qu'elle estima d'une quelconque utilité pour Lina, puis elle passa ensuite dans son bureau, trouva un ordinateur portable tout neuf qu'elle mit dans un autre sac avec des disquettes vierges, des câbles pour le modem, une imprimante portable et un adaptateur. Elle dénicha une poignée de *cookies* dans la cuisine et les fourra dans un sac en plastique.

— Allons-y ! lança-t-elle.

La voiture de Helen était une berline Volvo, d'un modèle très ancien, avec des pare-chocs arrondis. Elle chargea les sacs sur la banquette arrière et installa Lina à l'avant, la harcelant jusqu'à ce qu'elle ait bouclé sa ceinture, puis elle démarra.

— Quel est ton plan ? interrogea Lina alors que la Volvo s'engageait sur Blackheath Road. Où m'envoies-tu ?

— En Suisse. C'est là qu'est l'argent, et c'est là qu'il faut aller. Tu y trouveras de quoi peser sur les événements.

— Mais tu es folle, Helen ! Certains de ces bandits y seront aussi. Ils me tueront !

— Réfléchis. Où qu'ils te trouvent, ils essaieront de te tuer. Si tu dois aller en Suisse, c'est parce que c'est le meilleur endroit pour infiltrer le système informatique de la banque et localiser l'argent.

— Je n'ai aucune raison de m'infiltrer dans le système informatique de la banque !

— Oh, mais si ! Je te l'ai dit, c'est ta meilleure chance. Ta seule chance. Les Suisses t'aideront peut-être. Ils aimeraient sans doute savoir que leurs banques ont servi à blanchir l'argent de l'un des plus grands tyrans au monde. Tu dois m'écouter, Lina. Je te parle sérieusement. J'ai échangé quelques idées avec des amis férus d'informatique, et je crois que cela va marcher.

Elles traversèrent dans un fracas métallique l'antique structure de Deptford Bridge, pour aller se jeter dans un embouteillage à l'autre extrémité. Helen abaissa la vitre et demanda à un chauffeur de taxi le chemin le plus rapide pour se rendre à l'aéroport de Heathrow. L'homme lui cria un flot d'indications que Helen, après avoir saisi un stylo et cherché en vain un morceau de papier, inscrivit en hâte sur son poignet.

— Très bien, dit Lina une fois la circulation redevenue plus fluide. Comment vais-je m'introduire dans le système informatique de la banque lorsque je serai en Suisse, à supposer que j'y arrive ?

— Il faut partir de ce que tu sais. Du nom de la banque où se trouve l'argent, par exemple. Tu le connais ?

— Oui, je crois. C'est l'Organisation de Banques Suisses, à Genève.

— Parfait. Alors, écoute-moi bien, car ce que je vais te dire vaut son pesant d'or – ou de dollars. D'accord ?

— D'accord. Je t'écoute.

— C'est facile, si tu t'appliques. La première chose à faire à ton arrivée à Genève, c'est de te procurer une brochure de cette banque. N'importe quoi, pourvu qu'il y ait des numéros de téléphone. Tu appelles ensuite tous les numéros, jusqu'à ce que tu trouves une ligne reliée à un modem. Tu la reconnaîtras grâce à un bourdonnement bizarre ; c'est le même partout, y compris en Suisse. Ensuite, tu essaies de te connecter au processeur central de la banque avec ton logiciel de communication. Cela te prendra peut-être un moment, il te faudra sans doute essayer différents réglages de parité, changer une ou deux fois la vitesse en bauds, mais tu finiras par obtenir la connexion.

— Tu oublies un détail, Helen. Je n'ai pas d'ordinateur.

— Mais si, tu en as un. Je l'ai mis dans ton sac. C'est un Pentium portable tout neuf équipé d'un modem. Il sait tout faire.

— Très bien. Et après ?

— Après ? Il te faut trouver un nom d'utilisateur. En Suisse, j'éviterais Smith ou Jones. Essaye plutôt Dupont, ou De Gaulle, pourquoi pas ? La France n'est pas loin.

— Ou Hammoud.

— Tu peux essayer. Tu finiras par en trouver un qui fonctionne. Lorsque l'ordinateur enregistrera ton nom, il va sans doute vouloir déconnecter immédiatement après, par mesure de sécurité, et te rappeler ensuite, pour vérifier que tu es bien celui ou celle que tu prétends être. Tu auras soin de régler les paramètres du modem de telle sorte qu'il ne réponde pas au signal de raccrochage en déconnectant. Tu me suis ?

— Oui, répondit Lina tout en observant les voitures qui se dirigeaient, dans l'autre sens, vers Blackheath. Laquelle d'entre elles transportait les hommes de Hammoud ?

— Te sens-tu capable de maîtriser les paramètres des logiciels ? insista Helen. Sinon, je peux m'en occuper dès que nous arriverons à l'aéroport. Aucun problème.

— Cesse de me materner, Helen. Je porte un soutien-gorge et je ne suis pas obsédée par les ordinateurs, mais cela ne signifie pas que je sois une parfaite idiote.

— Aïe ! Lina ! C'est ma fête, j'en ai peur !

— Je suis désolée.

— Ne t'en fais pas. On essaie de te tuer et tu es un peu tendue, c'est bien normal. Bref, comme je te le disais, il faut faire croire à l'ordinateur de la banque que tu as déconnecté et qu'il est en train de te rappeler ; pour cela, tu dois enregistrer une tonalité et la lui envoyer exactement au bon moment. L'ordinateur de la banque ne s'apercevra pas que tu es toujours en ligne, et il enverra des tonalités pour se connecter à

Pierre, Paul ou Jacques, quel que soit le nom que tu auras trouvé. Mais pendant ce temps, tu seras toujours restée en ligne, comprends-tu ? Aussi, la formule magique finira-t-elle par apparaître sur ton écran : « Mot de passe ».

— Et je serai coincée. Comment pourrais-je deviner le mot de passe ?

— Ce n'est pas facile, mais c'est possible. Je t'ai préparé une disquette qui contient les soixante mille mots de passe les plus courants, et tu peux toujours les essayer jusqu'à ce que tu tombes sur le bon. Mais ce serait un peu fastidieux et tu risquerais de te faire prendre. Il existe une autre méthode, assez évidente pour une personne étrange, excentrique mais extrêmement sexy telle que moi.

Lina ne put se retenir de rire.

— Peux-tu expliquer cela à une personne laide et stupide telle que moi ?

— Tu appelles le numéro que composait l'ordinateur lorsqu'il croyait qu'il rappelait monsieur X ou Y – le nom d'utilisateur que tu auras trouvé – pour vérifier la transaction. Tu tomberas sans aucun doute sur un autre ordinateur, quelque part, à son domicile ou à son bureau. Tu appelles donc ce numéro et tu te connectes au système. Tu n'auras probablement pas besoin d'autre mot de passe pour y accéder. Une fois à l'intérieur, regarde autour de toi, fouille dans les dossiers.

— Que dois-je chercher ?

— N'importe quel document qui puisse indiquer le mot de passe du système général de la banque. De vieux fichiers datacom, par exemple. Ou même les dossiers personnels du type en question. Tu peux essayer de trouver un dossier intitulé « Mot de passe ». Les gens sont tellement bêtes. Cela te prendra un moment, mais tu devrais y arriver.

— Et si le mot de passe est crypté ?

— S'il est dans le dictionnaire sur disquette, tu peux le forcer. J'ai un algorithme de décryptage du ministère de l'Éducation et un dictionnaire de cinq cent mille mots sur une disquette. Mais à mon avis, le mot de passe ne sera pas crypté. Le véritable secret des Suisses, c'est leur négligence.

— Qu'en sais-tu ?

— J'ai eu un petit ami suisse, lorsque j'étais en pension. Il était très négligent.

— Pas très significatif, au point de vue statistique...

— C'est vrai. Il n'était pas tellement significatif.

— Bien. Supposons que je trouve le mot de passe. Ensuite ?

— Tu es prête pour le grand jeu. Tu reprends contact avec la banque par le modem, tu réponds *Monsieur X* à la question « Qui êtes-vous ? », tu envoies la tonalité, tu laisses croire à l'ordinateur de la banque que tu es Monsieur X de retour devant son propre ordinateur, tu tapes le mot de passe et tu rentres dans le système. Tu n'as plus qu'à feuilleter les fichiers. Il te faudra un peu de temps pour voir comment fonctionne le logiciel de la banque, mais tu te débrouilleras une fois arrivée à Genève.

— Je n'irai pas à Genève.

— Oh, mais bien sûr que si ! Le seul moyen de t'en sortir, c'est de courir plus vite qu'eux. Tu veux que je te parle encore du miel et des fourmis ?

— Assez ! s'écria Lina. Ne plaisante plus sur la torture. Ce n'est pas drôle.

Elles roulèrent en silence pendant un moment. Helen rattrapait son retard maintenant qu'elle était sortie des encombrements et filait le long de la rive sud, sur des larges artères. Elle lança un coup d'œil à son amie, dont les poings tendus étaient durs comme des balles de tennis.

— Excuse-moi, Lina, dit Helen d'un ton calme.

— Ce n'est pas grave. Tu sais, pour moi, cette histoire n'est pas une plaisanterie, il faut que tu le comprennes.

Helen et Lina atteignirent Heathrow peu avant treize heures. Helen chercha la Swissair sur la liste des compagnies aériennes et se dirigea avec son amie vers le terminal.

— Il y a sans doute beaucoup de vols pour Genève, dit-elle. Prends le prochain. Tu as un passeport britannique, non ? Tends-le devant toi, bien en vue. L'endroit va grouiller de gens à la recherche de Lina Alwan, mais ils s'attendront à voir une Arabe trop habillée, et non une fille du genre excentrique comme toi. Alors, amuse-toi bien, et ne sois pas trop nerveuse.

Helen se gara sur le trottoir, aussi près que possible des guichets de la Swissair, et prit les sacs sur la banquette arrière de la Volvo.

— Voilà l'ordinateur portable. Le modem est intégré. Tu trouveras dans le sac une batterie de rechange et des disquettes avec des logiciels, une imprimante, des câbles et un adaptateur, s'ils ont des prises de courant un peu bizarres. J'ai mis des robes et des sweaters dans le sac de voyage.

Lina prit les deux sacs et en ajusta un sur son épaule. Helen sortit son portefeuille de son sac à main.

— Prends aussi ma carte American Express. Trouve une chambre dans un bon hôtel, dépense mon argent. Lorsque j'aurai vendu « Les Envahisseuses féministes de l'espace », je serai pleine aux as. Si tu dois te faire tuer, autant t'amuser un peu. Tu as ton passeport ?

Lina hocha la tête. Comme beaucoup d'enfants d'étrangers, elle portait toujours ses papiers sur elle.

— Tu as des espèces ?

— Un peu.

— Voici cent livres. C'est tout ce que j'ai. Voilà aussi ma carte de téléphone et ma carte de retrait d'espèces. Code 0-7-2-1. Prends un peu d'argent avant le vol. Achète une brosse à dents et des vêtements lorsque tu arriveras à Genève.

— Je te rembourserai.

— Bien sûr. Vas-y, maintenant. Appelle-moi à ton arrivée, d'une cabine publique.

— J'ai peur, Helen.

— Accroche-toi, ma fille. C'est le moment.

27

Disparue. Aucune nouvelle de Lina, aucun indice de ce qui avait pu lui arriver. Sam Hoffman aurait presque pu douter de son existence, sans les échos du remue-ménage de tous les gens lancés à sa poursuite. Sam était installé dans son bureau ce matin-là, et ruminait un sentiment de culpabilité en lisant les journaux. Il se demandait si, avec plus d'intelligence, il aurait pu prévoir ce qui allait arriver. En milieu de matinée, il reçut la visite d'un officier de Scotland Yard, vêtu selon l'idée qu'un policier peut se faire d'une tenue décontractée – une veste en tweed, une cravate au nœud lâche, la chemise ouverte au dernier bouton. Il se présenta comme étant M. Williams. Il débita les excuses habituelles pour avoir dérangé Sam et lui demanda s'il connaissait une certaine Lina Alwan. Sam, fidèle à sa ligne de conduite habituelle, répondit aussitôt par l'affirmative ; il n'aimait pas proférer de mensonges trop aisément détectables.

— Auriez-vous une idée de l'endroit où elle se trouve actuellement, *sir* ? demanda l'inspecteur.

— Non, je l'ignore. Et vous-même ?

— Ceci ne concerne que la police. Mais je peux vous dire qu'elle est en effet portée disparue. Elle a quitté son bureau plutôt brusquement, hier, et elle n'est pas chez elle. Elle semble avoir fui.

— C'est ce que j'ai cru comprendre à la lecture des journaux. Où croyez-vous qu'elle ait pu s'enfuir ? J'aimerais bien le savoir.

— Oh, vraiment, *sir* ? Et pour quelle raison, si je puis me permettre ?

Williams appliquait la technique policière britannique consistant à poser des questions courtoises, mais lourdes de sous-entendus. Rien à voir avec les fanfaronnades américaines. Les hommes tels que Williams capturaient effectivement des criminels.

— Parce que je suis convaincu que quelqu'un la poursuit.

— Cela me paraît tout à fait exact. Quelqu'un la poursuit, c'est certain.

Hoffman plissa les yeux et se pencha vers le policier.

— Qui ?

— Nous. Les Renseignements généraux. J'ai un mandat d'arrêt au nom de Mlle Alwan.

— Un mandat ? Vous plaisantez ? De quoi est-elle accusée ?

— Vol. Détournement de fonds. Meurtre d'un postier, avec préméditation. La liste est assez longue, je dois dire.

— Ces accusations sont ridicules. Qui a déposé plainte ?

— Son employeur. Un homme du nom de Hammoud, qui a porté plainte hier soir.

Sam tenta de lui expliquer que ces accusations ne reposaient sur rien et que, si Lina avait fui, c'était pour échapper au sort que ne manquerait pas de lui réserver

Hammoud. Tandis qu'il parlait, Sam Hoffman remarqua que Williams avait sorti un petit carnet recouvert de cuir de sa poche et commencé à prendre des notes.

— Pourquoi cette jeune femme devrait-elle se sentir menacée par M. Hammoud, *sir* ? demanda le policier d'une voix douce.

— Parce que c'est un tueur.

Williams omit de noter le commentaire de Sam. Il lança un regard à Sam Hoffman par-dessus ses lunettes.

— C'est une accusation plutôt sérieuse, *sir*. Je crains qu'il ne vous faille apporter les preuves de ce que vous avancez.

— Écoutez, laissez-moi vous expliquer. Hammoud recherche Mlle Alwan parce qu'il pense qu'elle sait où se trouve une importante somme d'argent.

— C'est bien là le cœur du problème, *sir*, je suis d'accord avec vous. Selon M. Hammoud, Lina Alwan aurait subtilisé des dossiers confidentiels qui, au sens strict du terme, ne lui appartenaient pas.

— Mais il se trompe. Elle ne sait rien. Elle a peur. Des gens sont lancés à sa poursuite, et elle croit qu'ils veulent la tuer. C'est la raison de sa fuite. Avez-vous la moindre idée des sommes en jeu ?

— A combien se monteraient-elles, je me le demande ? interrogea Williams, le crayon en suspens au-dessus du carnet.

Hoffman se rendit compte de son erreur. S'il persistait à commettre ce genre de bourde, il ne tarderait pas à se voir soupçonner de complicité pour les charges ridicules qui pesaient contre Lina.

— Je n'en sais rien. Beaucoup, sans doute.

Sam s'efforça de se montrer plus prudent. Le policier voulut savoir quand il avait parlé avec Lina pour la dernière fois ; la veille, vers quatorze heures, lui répondit-il. Il avait essayé d'arranger une rencontre avec la jeune femme, mais elle s'était défilée. Il ignorait où elle se trouvait actuellement, et il espérait que Scotland Yard aurait l'amabilité de le prévenir s'ils découvraient sa trace. L'inspecteur Williams tenta de le faire parler de la nature de ses relations avec Lina, mais Sam refusa de donner plus de détails avant d'avoir consulté un avocat. L'inspecteur ferma alors son petit carnet de cuir et tendit sa carte à Sam Hoffman, qui le reconduisit à la porte.

Hoffman se sentit d'humeur encore plus lugubre après le départ de Williams. De la visite du cuisinier philippin jusqu'à l'heure présente, ses démêlés avec Nasir Hammoud s'étaient soldées par un désastre complet. Il sortit du tiroir de son bureau le seul élément de preuve tangible dont il disposait – une feuille de papier qui ne comportait qu'un en-tête – et réalisa qu'il n'en comprenait même pas la signification. Il n'avait pas pris la peine d'appeler le numéro de téléphone d'Oscar Trading à Tunis. Il s'était contenté d'agir en somnambule. Comme pour faire pénitence, il décrocha son téléphone et composa le numéro inscrit sur la feuille : 216-1-718-075. Après trois sonneries, une voix américaine, avec un accent du Sud, lui répondit.

— Allô ? Que puis-je pour vous ?

— Qui est à l'appareil ? demanda Hoffman.

— Que puis-je pour vous ? répéta la voix.

C'était un homme, probablement du même âge que Hoffman. Il y avait dans le ton de sa voix une nuance d'attente, comme s'il guettait la bonne réponse de la part de Sam.

— Quel est ce numéro ? demanda Sam. A qui est-ce que je parle ?

La communication se coupa aussitôt. L'homme de Tunis venait de raccrocher. Sam rappela sans tarder, mais la ligne resta occupée pendant près d'une heure. Il réussit enfin à obtenir Tunis à nouveau, et le même scénario recommença.

— Allô ? fit la voix. Que puis-je pour vous ?

— J'appelle au sujet d'Oscar Trading.

— Un moment, s'il vous plaît. (L'homme mit la ligne en attente ; Hoffman patienta presque une minute en se demandant si son interlocuteur cherchait à l'identifier. Celui-ci finit par reprendre la ligne.) Je suis désolé, dit-il. Je ne peux rien faire pour vous. Il n'existe pas d'Oscar Trading ici.

— Quel est votre numéro ?

On raccrocha. Lorsque Hoffman tenta encore sa chance une minute plus tard, une opératrice tunisienne intervint pour lui annoncer que la ligne était coupée.

Tandis que Sam méditait cette étrange rencontre téléphonique, un lointain souvenir d'enfance lui revint en mémoire. A Beyrouth, son père laissait toujours, à côté du téléphone, un numéro à n'appeler qu'en cas d'urgence. Un jour, Sam, enfant, avait composé ce numéro. Une voix d'homme, calme et assurée, lui avait répondu de la même manière : « Allô ? Que puis-je pour vous ? » Le jeune Sam s'était bien entendu montré incapable de fournir la réponse adéquate, et le correspondant avait aussitôt raccroché.

Au cours de l'après-midi, Sam Hoffman décida de faire appel à des renforts. Il savait qu'il jouait un jeu de poker menteur avec des adversaires d'un niveau bien plus élevé que le sien et que, pour ne rien arranger, il ne comprenait pas la véritable nature du jeu. Après avoir réfléchi quelques minutes, il passa un coup de téléphone à l'une de ses connaissances à Paris, un Palestinien appelé Ali Mattar qui était, tout simplement, le menteur le plus accompli qu'il ait jamais rencontré.

Ali Mattar avait grandi dans un camp de réfugiés près de Tyr, au Sud-Liban. Tel un Oliver Twist levantin, il était parvenu, à force de charme et de cajoleries, à quitter l'univers des camps et à acquérir une modeste respectabilité en fournissant des informations à une demi-douzaine de services de renseignements impliqués dans les affaires de la région. Au début des années 80, il coopérait simultanément avec les services israéliens, syriens, l'Iran et l'OLP. S'il réussit à se sortir de cette délicate situation, c'est parce que la plupart des gens pensaient qu'il travaillait en réalité pour les États-Unis. Ce qui n'était pas tout à fait faux.

Mais Ali travaillait surtout pour lui. Son égoïsme fondamental constituait sa meilleure protection. Jeune homme, il s'était rendu à Beyrouth et avait obtenu un emploi de chauffeur à l'ambassade américaine. Quelques années plus tard, il ouvrit une agence de voyages, tout en sachant que les aimables Américains qui lui fournissaient des clients étaient des agents de renseignement (même s'il devait par la suite prétendre n'avoir jamais rien suspecté de tel). Ali savait ce qu'il faisait. Il ne comptait pas moisir au Liban. En ces jours troublés, l'Amérique était la destination idéale.

Ali fut « recruté » dans les années 90 pour infiltrer les milieux palestiniens clandestins, tâche dont il s'acquitta admirablement, ce qui explique sans doute qu'il fut à son tour enrôlé par les Palestiniens pour infiltrer la CIA. Qui d'autre que lui aurait pu dire de quel côté penchait sa véritable loyauté ? Ali menait désormais une vie confortable à Paris dans les confins brumeux du monde du renseignement, vendant ou achetant les diverses informations qui croisaient son chemin. Sam Hoffman s'était lui-même souvent porté acquéreur de renseignements sur des tractations d'affaires entre Arabes. Ce que Sam appréciait en particulier, c'était le fait qu'Ali savait beaucoup de choses. En revanche, ce qui le gênait, c'était qu'il l'avait rencontré grâce à son père – comme d'ailleurs beaucoup de ses informateurs.

— J'ai besoin de ton aide, Ali, lança Hoffman lorsqu'il réussit à le joindre à Paris dans l'après-midi. (Il détestait parler affaires sur une ligne téléphonique internationale, mais il n'avait pas le choix.) Un boulot de quelques jours. Un joli acompte. Tous frais payés.

— De quoi s'agit-il, *habibi* ?

— Irak.

— *W'Allah !* Mon Dieu, Sam. Je n'arrive pas à croire que le Chef suprême est mort après toutes ces années ! Mon Dieu ! Que veux-tu savoir ?

— Son argent...

— Une affaire sensible, mon ami ! Tout le monde se pose les mêmes questions, actuellement. Tu es la troisième personne à m'interroger à ce sujet. Très sensible ! Combien vas-tu me payer ? Ha, ha ! (L'éclat de rire signifiait que le prix serait élevé.)

— Deux mille par jour. Plus les frais. Il me faut de bons éléments, assez bons pour convaincre la police.

— Je suis navré, je ne peux pas faire cela, même pour toi, Sam. C'est de la charité. Les autres gens, tu sais qui, me payent cinq fois plus pour ce que je sais. Dix fois plus, peut-être.

— Très bien. Trois mille par jour. C'est tout ce que je peux me permettre. Ce n'est pas si mal pour quelques heures de travail.

— J'ai reçu une offre pour cinq mille il y a une heure, l'homme à la cicatrice sur le nez, tu vois qui je veux dire ? Qu'y puis-je ? Je dois bien vivre ! Tu me mets dans une situation difficile, mon ami.

Hoffman poussa un soupir. Il appréciait Ali, mais détestait marchander.

— Quatre mille, plus les frais.

— Mon cher, ne parlons plus d'argent. Si tu es content de ce que trouve Ali, tu paieras. Je te connais, Sam.

— Quatre mille, répéta Sam, afin de lever toute ambiguïté.

— Comme tu veux, mon ami. Que souhaites-tu savoir ?

— Je te l'ai dit. Je veux des renseignements sur l'argent du Chef suprême. Je veux aussi savoir qui l'a tué, et pourquoi. J'aimerais surtout que tu trouves quelque chose sur Nasir Hammoud.

— Ah ! Tu as peut-être visé juste ! Que sais-tu déjà sur lui ?

— Je sais qu'il se trouvait à Bagdad juste avant la mort du Chef suprême. Beaucoup de gens pensent qu'il a la mainmise sur l'argent.

— *Mish maouul !* C'est un sujet très délicat, Sam. Quatre mille par jour, ce n'est pas assez. Cependant, je suis d'accord. Passons un marché.

— Parfait. Mais nous avons déjà conclu un marché.

— J'espère que tu ne t'adresses pas à moi pour découvrir où se trouve l'argent, parce que je l'ignore, et si je le savais, je le prendrais moi-même.

— Ce n'est pas l'argent qui m'intéresse. Je veux savoir qui cherche à s'en emparer.

— Tout le monde, mon cher.

— Je veux dire, à Bagdad.

— Qui est ton client, *habibi* ? Si tu me le disais, cela m'aiderait peut-être à obtenir des réponses.

— Je ne peux pas. Je ne travaille pour aucun gouvernement. C'est une affaire personnelle.

— Je suis à ton service. Puis-je te demander combien te paye ton client ?

— C'est facile. Rien. Zéro. *Sifr*.

— Alors, tu dois être riche, Sam. Tu travailles pour rien.

— Cela suffit, Ali, tu vas me donner un ulcère à l'estomac si tu continues à me parler d'argent.

— Très bien. Où veux-tu que j'aille ? Pourquoi pas Tunis ?

— Tunis ?

— Oui, parce que j'ai des amis là-bas qui me parleront. Personne ne dit rien à personne, à Bagdad, crois-moi. Quand veux-tu que je parte ?

— Maintenant, cet après-midi. Prends le premier vol.

— J'ai encore des affaires à régler ici, je ne peux pas partir aussi vite. Ou alors, ça te coûtera plus cher.

— Arrête un peu, Ali ! Ne tarde pas. J'allais oublier quelque chose. J'aimerais que tu vérifies un numéro de téléphone à Tunis : le 718-075. La ligne n'est plus en service, mais je veux savoir qui en était l'abonné. Lorsque tu auras quelque chose d'intéressant, viens à Londres tout de suite. Ne me dis rien au téléphone.

— D'accord. Il faudra sans doute que je voyage en première classe. Je te le dis pour que tu le saches. *Mas salameh*.

— *Salaam aleykum*, répondit Hoffman avant de raccrocher.

Parler avec Ali au téléphone était une expérience aussi éprouvante qu'onéreuse, mais c'était le seul moyen de découvrir ce qui se tramait.

La police découvrit cette nuit-là le corps de Randa Aziz sur le bas-côté d'une route du Kent, dans la direction de Douvres. Elle était au volant d'une voiture de location. Le meurtre était maquillé en accident de la route. La voiture avait heurté un arbre, provoquant l'explosion du réservoir de carburant. Le corps de Randa était carbonisé à un point tel qu'il était impossible de savoir ce qu'ils lui avaient infligé avant de la tuer. Les journaux suggérèrent qu'elle était peut-être membre du « gang terroriste » qui s'était efforcé de voler de l'argent à une société londonienne d'investissements, et qu'elle avait dû perdre le contrôle de son véhicule en tentant de s'échapper par le ferry qui traversait la Manche. Les sources « fiables et autorisées » habituelles laissaient entendre que la police intensifiait ses recherches pour retrouver l'autre femme arabe, celle qui dirigeait sans doute le dangereux groupe terroriste.

QUATRIÈME PARTIE

LE PALAIS DE LA FIN

28

Une femme aux cheveux blonds coupés court traversait avec prudence le terminal de l'aéroport de Genève. Elle portait une robe rustique informe et un sac sur chaque épaule. Elle marchait d'un pas hésitant, en lançant souvent des regards en arrière, comme si elle n'était pas très sûre de sa destination. Lorsque l'officier préposé aux contrôles d'identité lui demanda pourquoi elle ressemblait si peu à sa photo, elle eut un rire nerveux et lui expliqua qu'elle avait ressenti le besoin d'un changement radical. L'homme leva les yeux au ciel, comme s'il connaissait l'histoire par cœur. A Genève, on pouvait s'attendre au pire de la part de chacun des nouveaux arrivants. La ville s'était enrichie en cachant l'argent de Français qui fraudaient le fisc avant d'accueillir, bras et coffres ouverts, l'argent africain, asiatique, arabe et juif. Tout ce petit monde avait quelque chose à cacher. Alors, une de plus ou de moins, une jeune femme dont le teint mat n'était guère assorti aux cheveux blonds... Quelle importance ?

Le préposé fit signe à Lina de passer. Elle avait les yeux rivés au sol pour éviter son regard, et il fallut que l'Allemand qui se trouvait derrière elle la pousse pour qu'elle réalise enfin qu'elle était libre de pénétrer en Suisse. Elle dut subir une nouvelle frayeur à la douane, lorsqu'un officier demanda à voir son ordinateur portable, mais ils voulaient seulement qu'elle le mette en marche ; les ordinateurs ne constituaient pas un problème pour eux, tant qu'ils n'explosaient pas. Un sentiment d'allégresse monta en elle et, lorsqu'elle se trouva dans le hall principal, il lui vint aussitôt à l'esprit de célébrer l'événement. Elle remarqua une boutique de mode et décida de s'offrir une nouvelle robe, aussi moulante qu'une feuille de film alimentaire. Le vêtement était hors de prix, mais il lui plaisait. Elle paya avec la carte de crédit de Helen Copaken.

Lina se rendit ensuite au Beau Rivage, un vieil hôtel luxueux situé Quai du Mont-Blanc. C'était le seul hôtel genevois dont elle connaissait le nom. C'était là que son père résidait à l'époque où il disposait d'encore assez d'argent pour voyager en Suisse. Le réceptionniste lui alloua une chambre d'une taille ridiculement grande au quatrième étage, et dont le balcon donnait sur le Jet d'Eau. La salle de bains, dont les dimensions évoquaient une piste de bowling, était un immense couloir bordé de serviettes d'un blanc étincelant, d'un lavabo monumental, d'une douche et d'un bidet, et qui menait à une pièce séparée où se trouvaient les toilettes. Lina ressentait une agréable sensation de dépaysement. La direction de l'hôtel devait croire que seule une femme très fortunée pouvait se permettre de voyager ainsi seule.

C'était la fin de l'après-midi. Lina resta assise sur le balcon pendant près d'une heure à contempler le Jet d'Eau et à savourer sa chance d'être encore en vie. Elle était fascinée par le panache d'eau qui jaillissait à des dizaines de mètres au-dessus de la surface placide du lac et retombait en une brume vaporeuse. Elle s'identifiait en même temps au jet puissant et à la pluie de gouttelettes minuscules qui retombait au sol. Elle avait crevé la surface de son ancienne vie et était parvenue à l'air libre. Que lui réservait l'avenir ? Les encouragements de Helen paraissaient pleins de bon sens à Londres, mais Lina était en Suisse et, si elle possédait encore les documents extraits des dossiers confidentiels de Nasir Hammoud, avec les noms et les numéros de comptes, elle se demandait ce qu'elle allait bien pouvoir en faire. Elle aurait voulu appeler Sam Hoffman pour qu'il lui donne des conseils, et surtout Randa, car elle se sentait mal à l'aise en pensant à elle. Mais c'eût été une folie, aussi demeura-t-elle sur le balcon encore un moment, tandis que le panache d'eau jouait avec les derniers rayons du soleil de l'après-midi.

Lina finit par prendre une douche, puis elle enfila sa nouvelle robe et descendit au bar. C'était l'heure des cocktails, et les hommes d'affaires internationaux s'y bousculaient. On indiqua à Lina une table dans un coin, loin du tumulte. Elle demanda un quotidien suisse et un verre d'eau minérale. La fenêtre donnait sur les eaux sombres du lac Léman et les contours indistincts des Alpes, à peine visibles au clair de lune. Elle parcourut la salle du regard. Les clients, parmi lesquels un certain nombre d'Arabes, étaient soignés, courtois et discrets. La Suisse agissait comme un sédatif sur ses visiteurs.

Après avoir passé quelques minutes à parcourir le journal et à boire son eau minérale, Lina s'aperçut qu'un homme l'observait. Il était grand et mince, portait un coûteux costume Hermès avec des boutons de manchettes en or. Agé d'une cinquantaine d'années, il paraissait légèrement ivre et désireux de trouver un peu de compagnie. Lina évita son regard et se plongea dans l'étude du programme de cinéma du quotidien *La Suisse*, comme si elle attendait quelqu'un et ne souhaitait pas être dérangée. Au bout d'un moment, pourtant, elle se dit qu'elle n'attendait rien ni personne, et qu'il lui fallait rapidement trouver des amis à Genève. Elle leva les yeux et rencontra le regard de l'homme. Il lui sourit, lui adressa un léger clin d'œil et, lorsqu'elle lui rendit son sourire, il prit son whisky-soda et se dirigea vers Lina d'un pas désinvolte.

— Bonsoir, comment allez-vous ? lança l'inconnu en anglais. (D'après son accent, il devait être américain.) Ou peut-être dois-je dire « bonsoir, mademoiselle » ? ajouta-t-il dans un français fort correct. *Aw, kayf taqool hello bilarabee* ?

Sa maîtrise de l'arabe était bien réelle. De toute évidence, le déguisement de Lina n'était pas très au point.

— Vous parlez beaucoup de langues, monsieur.

— Je m'appelle Frederick Behr dans toutes les langues. Et vous, comment vous appelez-vous ?

— Helen, répondit Lina.

— Vous semblez avoir besoin d'un ami.

— Tout le monde a besoin d'un ami dans une ville aussi étrange. Vous vivez à Genève ?

Lina décida que, en cas de réponse négative, elle paierait sa consommation et partirait. Un touriste ne lui serait d'aucune utilité. S'il répondait oui, elle ignorait encore quelle serait sa réaction.

— Oui, je fais partie de la flore locale. A moins qu'il ne s'agisse de la faune, je confonds toujours les deux. (Il vida son scotch d'un trait et appela le serveur.) Vous aussi ? demanda-t-il en désignant d'un geste le verre de Lina.

Elle commanda un verre de Lillet sur glace.

Il fallut peu de temps à Lina pour connaître une bonne partie de la vie de son nouvel ami. Frederick Behr (« Appelez-moi Fred ! ») était un Américain de Boston, et il était à la tête de la succursale genevoise d'un cabinet comptable international. Ce n'était pas un banquier, mais quelques-unes des grandes banques suisses comptaient parmi ses clients. Sa femme l'avait quitté un an plus tôt et, depuis, il s'amusait à hanter les bars d'hôtels à la recherche de jolies femmes. Bien sûr, Fred voulut en savoir plus au sujet de Lina. Elle ne s'était guère préoccupée jusque-là de peaufiner sa nouvelle identité, aussi dut-elle improviser dès les premiers mots.

— Je suis venue pour régler les affaires de mon père, dit-elle. Il est mort il y a déjà plusieurs mois.

— Je suis désolé, répondit Fred. Vivait-il à Genève ?

— Non, il était irakien, mais je pense qu'il gardait de l'argent ici. Une assez grosse somme, d'ailleurs, déposée sur un compte secret. Maintenant qu'il n'est plus là, ma mère et moi voudrions trouver cet argent. Et pour cela, il me faut de l'aide.

Lina lui adressa un regard faussement timide. Au pire, Fred pourrait la familiariser quelque peu avec le monde des banques suisses.

— Hmm, grogna Fred en examinant son verre. Savez-vous où il avait déposé cet argent ? J'espère que ce n'était pas dans l'une de ces banques privées.

— Non, je ne crois pas.

— Tant mieux. Les banques privées sont trop petites, si vous voulez mon avis, et elles n'en deviennent que trop voyantes. Il est impossible de cacher quoi que ce soit dans ce genre d'établissement. Un ordre électronique de transfert, et tout le monde s'écrie : « Tiens, mais c'est ce bon vieux Fred qui transfère cent millions de dollars ! » Le meilleur moyen de cacher de l'argent, c'est de s'adresser à une grande banque. L'argent est noyé au milieu du reste, comme un individu dans une foule. Mais quelle peut être sa banque ?

— Nous pensons que c'est l'Organisation de Banques Suisses.

— Alors vous avez de la chance, ma chère, ce devrait être facile.

— Que dois-je faire ?

— Vous adresser au directeur d'agence avec lequel votre père traitait d'habitude, et lui expliquer la raison de votre visite. Si vous connaissez le numéro du compte et si vous pouvez prouver votre lien de parenté, le compte vous sera ouvert.

— Malheureusement, tout le problème est là. Ma mère et moi ignorons quelle était l'agence avec laquelle il traitait, et quel responsable s'occupait du compte. Nous ne connaissons que les numéros de compte. Que pouvons-nous faire ? Ma pauvre mère en devient presque folle !

— C'est très touchant, dit Fred. (Il vida son deuxième scotch en réfléchissant au problème, puis en commanda un autre, ainsi qu'un deuxième Lillet pour Lina.) Que savez-vous des banques suisses ?

— Rien. Moins que rien. C'est la raison de ma présence ici.

— Eh bien, peut-être oncle Fred pourra-t-il vous donner quelques indices... Qu'en dites-vous ?

— Oh, oui, je vous en prie, répondit Lina en hochant la tête.

— Lorsque l'on parle du système bancaire suisse, la première chose qu'il faut comprendre, c'est que c'est quelque chose de très important, et de très secret, comme une rivière souterraine qui traverserait un pays tout entier. On ne voit rien, mais le système contrôle tout, et il est absolument énorme. Plus de mille millions de dollars sont déposés sur des comptes secrets. Vous saviez ça ? Le plus étonnant, c'est que c'est le plus souvent de l'argent volé. Je ne veux pas offenser la mémoire de votre père mais, en général, lorsque les gens déposent de l'argent sur des comptes secrets, c'est parce que leur provenance est plus que douteuse.

— Tout cela est très intéressant, le coupa Lina, mais comment vais-je m'y prendre avec l'Organisation de Banques Suisses ?

— Je vais vous l'expliquer, à condition que vous acceptiez de dîner avec moi à mon club.

Lina émit une protestation de principe avant d'accepter. Le club était un endroit baptisé La Gargouille, de l'autre côté du lac, et il était gardé par une grande femme blonde à l'air menaçant. Elle reconnut Fred par le judas et le laissa entrer avec Lina.

Ils prirent un escalier pour descendre dans une vaste salle richement décorée, séparée en deux parties : l'une, de dimensions généreuses, pour le bar et la discothèque, l'autre, pour le restaurant, de taille plus réduite. La discothèque était parsemée de sortes de puits cylindriques, autour desquels étaient disposées des banquettes circulaires. La plupart des clients étaient des Arabes d'allure soignée, avec des costumes de grands couturiers et des chaussures de prix. Chaque table était présidée, semblait-il, par un « chef » entouré d'une suite de cousins, de frères, de lieutenants et de gardes du corps. Bien sûr, il y avait des femmes. C'était l'aspect le plus frappant du bar et de la discothèque. La plupart d'entre elles étaient des Européennes blondes – réparties dans la salle comme des meubles au doux vernis clair dans une succursale IKEA.

— C'est un endroit épatant, dit Fred.

Il sourit et adressa des signes à plusieurs des clients, puis il conduisit Lina vers le restaurant. Elle attaqua aussitôt le sujet qui lui tenait à cœur, sans laisser le moindre répit à son hôte.

— Comment travaillent-ils ? demanda-t-elle. Je veux dire, les grandes banques comme l'OBS ?

— Vous êtes infatigable, ma chère ! On dirait une journaliste.

— C'est seulement parce que je m'intéresse à ce que vous avez à dire, Fred.

Fred ne put retenir un sourire.

— Hmmm. Les banques sont comme de grosses usines, ma chère et intrigante amie. C'est la vérité. Seules, une ou deux personnes, au sommet, savent à qui appartient l'argent. Les sous-fifres qui gèrent les comptes ignorent tout, mais ils ne manquent pas de travail. Un responsable peut gérer pas loin de deux cents comptes.

— Il ne sait pas à qui appartient l'argent ?

— Non, le système fonctionne comme une chaîne de montage dans une usine. Premier poste de travail : dix pour cent d'or, vingt pour cent de titres en deutsche marks, quarante pour cent de titres en francs suisses, et trente en titres immobiliers européens. Deuxième poste : la même chose, mais en remplaçant les valeurs en deutsche marks et en francs suisses par des titres américains en dollars. Je n'exagère pas ! Les banquiers les plus chers du monde ne s'occupent pas mieux de votre compte qu'une succursale de quartier de votre banque habituelle ! Pourtant, les frais sont énormes. *Énormes*. Et savez-vous pourquoi ? Parce que ce qu'ils vendent, en réalité, c'est le *secret*.

Un brouhaha leur parvint du bar. Un gentleman arabe particulièrement riche venait d'arriver, engoncé dans un costume croisé, boutonné serré sur sa panse massive. Il n'était pas rasé, mais ses doigts étaient manucurés avec soin. Il était accompagné de trois blondes à la plastique provocante, qui suivaient son sillage comme trois ballons gonflés à l'hélium.

— Trois ! s'exclama Fred, sur qui l'alcool commençait à produire son effet. Pourquoi seulement trois ? (Il se tourna vers Lina.) Savez-vous pourquoi les Arabes viennent à Genève ? Pour des séjours de remise en forme ! Il existe une clinique non loin d'ici qui est spécialisée dans le traitement de l'impuissance. Les médecins vous injectent un produit miracle là où vous savez et vous restez dur pendant des heures. C'est du moins ce que l'on m'a affirmé. Quant à moi, je n'ai jamais connu ce problème.

— Fred !

— Désolé.

— Je pensais que nous parlions des banques suisses.

— Bien. Tout à fait. Les banques suisses.

— Parlez-moi des gens qui y déposent de l'argent. Comment contactent-ils les banques ? Se déplacent-ils eux-mêmes ?

Fred la dévisagea avec une expression de curiosité. Cette jeune femme était réellement déterminée à ne parler que de problèmes bancaires.

— Certains le font, répondit-il sans la quitter du regard – plus l'alcool agissait, plus il devenait méfiant. Ils viennent à Genève tous les deux ou trois ans pour s'assurer de la bonne marche de leurs affaires. Ils vont voir l'un des principaux responsables, qui leur fait un rapport sur les opérations du compte et les investissements. Ils en profitent pour vérifier le contenu de leur coffre. Peut-être déjeuneront-ils dans les salons privés de la banque. Ensuite, le client repartira heureux pour le Zaïre, le Qatar, ou tout autre pays, tout en rêvant à son magot.

— Certains ne se déplacent pas personnellement ?

— C'est exact. Dans certains cas, l'argent est tellement douteux que le client ne tient pas à s'approcher de la Suisse. Ou ne peut pas. Il désigne un agent habilité à traiter avec la banque en son nom, et qui effectuera lui-même les voyages nécessaires. A quelle catégorie appartenait votre père ?

— Je vous demande pardon ?

— Votre père, répéta Fred en clignant de l'œil. Se serait-il déplacé ou aurait-il envoyé quelqu'un d'autre ?

— Oh, je pense qu'il aurait envoyé quelqu'un.

Lina commençait à comprendre que Fred n'était pas dupe de son discours, mais elle restait déterminée à aller de l'avant. Elle songea aux documents imprimés d'après les fichiers confidentiels de Hammoud. Peut-être Fred l'aiderait-il à y voir plus clair.

— Écoutez, Fred, dit-elle. La question que je vais vous poser vous paraîtra sans doute idiote, mais connaissez-vous une banque du nom de « M », située rue des Banques ?

Fred secoua la tête.

— Je n'en suis pas certain, mais c'est en effet une des banques privées de Genève. Ils aiment bien utiliser des initiales, cela sonne plus discret.

— Comment puis-je trouver cette banque ?

— Pourquoi vous y intéressez-vous à ce point ? Et ne me racontez plus de salades au sujet de votre père.

Lina se figea soudain sur sa chaise.

— Que voulez-vous dire ?

— Je ne crois pas un mot de votre histoire sur l'argent de votre père. Une fille arabe ne vient pas seule à Genève pour découvrir la fortune cachée de son pauvre papa. Désolé, ça ne marche pas.

Une expression d'abattement envahit le visage de

Lina. Elle était seule. Le pauvre, chevaleresque et lubrique Fred était le seul atout dont elle disposait. Elle lui jeta un regard à la fois tendre et désespéré.

— J'ai des ennuis, Fred. J'ai besoin d'aide.

Il la regarda du coin de l'œil.

— Êtes-vous un escroc ?

— Non. Est-ce que j'en ai l'air ?

Fred examina son visage avec attention, puis secoua la tête. La réponse était « non ».

— Quelle sorte d'ennuis ?

— Il s'agit d'argent.

— Cela me paraît évident. S'agit-il de votre argent ou de celui de quelqu'un d'autre ?

— Celui de quelqu'un d'autre. Quelqu'un pense que j'essaye de le voler, mais ce n'est pas le cas. Je veux seulement découvrir où se trouve cette fortune, afin de me protéger.

— A qui appartient cet argent ?

— A personne. Il appartenait à un personnage très puissant qui est mort, maintenant.

— Comment puis-je être sûr que vous ne me racontez pas d'histoires ?

Lina prit sa main et la serra.

— Regardez-moi. Regardez mes yeux. Est-ce que j'ai l'air effrayée ?

— Oui.

— La vérité, c'est que je suis terrorisée. Il faut m'aider. Personne d'autre ne le fera.

— Que voulez-vous de moi ?

— Je voudrais savoir à qui parler de certains comptes numérotés à l'Organisation de Banques Suisses. Et je veux savoir comment contacter cette fameuse banque « M ». Ma vie en dépend. Je sais que cela sonne très mélodramatique, mais c'est la vérité.

— Je vous aime bien, dit Fred d'un air rêveur. Vous êtes belle et gentille, même si vous mentez très mal.

— Merci, mais je ne mens pas. Pas en ce qui concerne le danger.

— Bien, bien. Peu importe. L'homme à contacter à l'OBS est Pierre Marchand. Il est le directeur, responsable de toutes les opérations, ici, à Genève. C'est un drôle de petit citoyen helvétique. Très discret, même selon les critères locaux. Il supervise la gestion de tous les comptes arabes. Il ne parle jamais à personne, mais si vous mentionnez mon nom il fera une exception. Appelez son bureau demain. La banque privée que vous recherchez est certainement le Crédit Mercier. Elle est dirigée par un homme du nom de Maurice Mercier, et quand il dit que c'est une banque privée, ce n'est pas un vain mot. Croyez-le ou nom, le numéro de téléphone de sa banque est sur la liste rouge.

— Et Marchand ? Ne pourrions-nous pas l'appeler chez lui ce soir ?

— Voyons ! Nous sommes en Suisse. On n'appelle pas les gens au milieu de la nuit, ce n'est pas possible.

— Mais on me poursuit, ma vie est en danger ! Avez-vous de la monnaie ? Je vais demander son numéro aux renseignements et l'appeler.

— Pour lui dire quoi ?

— Je n'en sais rien. Je verrai bien lorsque j'aurai le numéro.

— Vous êtes complètement folle ! s'écria Fred.

Mais il souriait. Il tendit cinq francs suisses à Lina et lui montra la direction de la cabine téléphonique.

Rien de plus facile que d'obtenir le numéro de téléphone de Marchand. Il habitait au nord de la ville, sur la route de La Capite. Avant de composer le numéro, Lina se demanda ce qu'elle allait pouvoir lui raconter.

Peut-être était-ce le vin qu'elle avait bu, ou le sentiment de liberté que l'on éprouve lorsque l'on arrive dans une ville inconnue, ou plus simplement l'absolue nécessité pour elle de prendre des risques pour assurer sa survie, mais une pensée inattendue se fit jour dans son esprit. Si son but était de s'infiltrer dans le système informatique de l'OBS, alors pourquoi ne pas chercher directement ce dont elle avait besoin – le mot de passe de Marchand –, plutôt que de perdre du temps en procédures compliquées, changer les réglages de parité, la vitesse en bauds et fouiller tous les fichiers, comme Helen le lui avait expliqué ? Mais comment faire ? Ce n'était pas un pari trop risqué de considérer que Marchand, comme la plupart des cadres supérieurs et des chefs d'entreprises, ne connaissait pas grand-chose à l'informatique, ce qui lui faciliterait la tâche. Autre point positif : il faisait nuit et Marchand serait sans doute chez lui. L'idéal serait de faire appel à son sens des responsabilités, même si cela impliquait de lui faire commettre un acte totalement irresponsable. Lina n'aurait jamais pu résoudre ce problème dans son état normal, mais une idée progressait en elle, une idée absurde et si simple qu'elle pourrait peut-être fonctionner à une heure aussi tardive si, en effet, Marchand se trouvait chez lui, après avoir bu lui aussi – avec un peu de chance – un ou deux verres de vin. Si cette solution ne donnait pas satisfaction, elle tenterait autre chose le lendemain.

— Excusez-moi, M. Marchand, dit-elle dans son meilleur français lorsque celui-ci décrocha. Ici Dominique, la nouvelle assistante du service informatique de la banque. Je suis navrée de vous déranger à une heure pareille, mais nous avons un problème et ils m'ont demandé de vous appeler.

— Est-ce que je vous connais ? demanda Marchand d'un ton sec.

Il y avait pourtant dans sa voix une nuance lointaine, comme s'il était endormi, ou légèrement ivre.

— Non, monsieur. Je suis nouvelle dans la banque. Je suis arrivée de Londres depuis un mois seulement. Je travaille dans la salle des ordinateurs.

— Avez-vous appelé Zanetti ? C'est lui le responsable.

— Oh, oui, monsieur, bien sûr, répondit Lina sans hésiter une seconde. C'est lui qui m'a dit de vous appeler.

Marchand sembla aussitôt se détendre. La chaîne de commandement se reformait.

— Ah ! Très bien ! Quel est le problème, Dominique ?

— Le système est tombé en panne et nous avons perdu quelques-uns des fichiers.

Doucement, se dit Lina. *Pas trop vite.*

— Est-ce grave ? Faut-il que je me déplace ?

— Non, ce n'est pas très grave. Nous allons essayer de récupérer les dossiers et l'ensemble du système devrait être opérationnel demain matin à l'ouverture.

— Très bien. (Marchand paraissait rassuré. Il allait pouvoir rester tranquillement chez lui.) En quoi puis-je vous être utile ?

— Nous devons déjà reconstituer les mots de passe, et nous aurions besoin de savoir – *(Doucement, maintenant, il faut que toute cette histoire lui semble parfaitement logique.)* – combien de lettres comporte le vôtre.

— Que vous a dit Zanetti ?

— Il m'a demandé de vous contacter.

— Ah ! je vois. Très bien. Laissez-moi réfléchir... une, deux, trois, quatre, cinq, six – six lettres. Cela vous aidera-t-il ?

— Oui, monsieur. Il y a autre chose. Nous avons

les trois dernières lettres, mais je crains que le système n'ait détruit les trois premières. C'est là tout le problème.

— Et il vous faut ces trois premières lettres ?

— Oui, monsieur.

Gentiment, doucement. De la politesse, de la patience.

Marchand s'éclaircit la gorge.

— Je ne peux pas vous donner le mot de passe, Dominique, vous le savez.

— Non, monsieur, bien sûr. C'est interdit.

— Très bien. Les trois premières lettres sont *s, e, c.* Cela vous suffira-t-il ?

— Oh, oui, monsieur. Tout fonctionnera normalement dès demain matin. Merci beaucoup, et je suis désolée de vous avoir dérangé.

— Pas du tout. Dites à Zanetti que j'ai été heureux de pouvoir rendre ce service.

Marchand était en effet ravi d'avoir pu venir en aide à une nouvelle employée à une heure tardive, et persuadé de n'avoir commis aucune faute. Quel mal pouvaient bien faire trois malheureuses lettres, d'ailleurs ? Le mot de passe était crypté. Le système était sûr, Zanetti le lui répétait tous les jours.

— Bonne nuit, monsieur, conclut Lina d'une voix douce.

Elle revint à la table de Fred quelques minutes plus tard, après s'être remaquillée. Elle arborait un grand sourire, comme si elle venait de gagner au loto. Fred se leva, l'accueillit avec un grand geste de bienvenue, et lui tint sa chaise pendant qu'elle s'asseyait.

— Alors ? Vous avez obtenu ce que vous souhaitiez de ce bon vieux Marchand ?

— Non, répondit Lina, toujours souriante. Il n'était pas chez lui.

— Allons ! Vous paraissez pourtant assez satisfaite, je dois dire.

— C'est parce que je suis heureuse d'être ici avec vous, Fred.

— Vous êtes une menteuse tout à fait étonnante ! s'exclama Fred dans un éclat de rire. J'ignore ce qui se trame, mais vous devez être diablement intelligente !

— Je *suis* intelligente ! Et affamée ! Je n'ai rien mangé de la journée. Appelez le serveur, s'il vous plaît.

Lina consultait son menu lorsque, du coin de l'œil, elle le vit arriver. Un homme, un Arabe, descendait l'escalier. Tout d'abord, elle le remarqua à peine. Le restaurant était peuplé de tellement de clients arabes qu'elle ne se tenait plus trop sur ses gardes. C'était un homme au teint sombre, aux cheveux drus et bouclés et aux paupières lourdes. Lina se raidit soudain, puis elle leva le menu devant ses yeux afin de masquer son visage. Elle l'avait déjà vu quelques jours plus tôt, parmi un groupe de gardes du corps palestiniens, près du bureau de Nasir Hammoud, à Londres. Ils avaient donc fini par découvrir que Lina se trouvait à Genève. Le Palestinien ne s'était pas encore aperçu de sa présence ; il était de l'autre côté de la salle et parlait avec des amis. Mais si Lina restait assise à table, il finirait par la remarquer en s'approchant. Elle se pencha vers Fred.

— Je suis désolée, lui murmura-t-elle à l'oreille, mais il faut que je parte tout de suite. Je ne me sens pas bien.

Elle se leva en hâte et se dirigea vers la sortie.

— Attendez, pour l'amour du ciel ! s'écria Fred. Vous ne pouvez pas partir ainsi !

Tous les regards se tournèrent vers leur table, y compris celui de l'homme de Hammoud. Profitant de l'instant de silence embarrassé qui suivit le cri de Fred, Lina monta en courant les escaliers qui menaient à la sortie. Fred se précipita à sa poursuite. Un instant plus tard, le Palestinien les suivit.

Fred rattrapa Lina alors qu'elle venait de franchir la porte. Elle avait ôté ses chaussures et courait déjà le long du trottoir.

— Qu'est-ce qui ne va pas ? siffla-t-il, essoufflé. Où allez-vous ?

Lina continua à courir, forçant Fred à garder l'allure. La rue était presque déserte. Les lampadaires jetaient une lueur jaunâtre sur le sol. Lina bifurqua à gauche en invitant Fred à la suivre. Ils étaient déjà au milieu de la ruelle lorsqu'elle s'aperçut que c'était une impasse. Leur fuite était bloquée par un petit mur de brique, au-delà duquel se trouvait un groupe d'immeubles résidentiels. Lina se tourna vers l'entrée de l'impasse. Le Palestinien venait de s'y engager. Trop tard pour rebrousser chemin.

Lina courut vers le mur, en criant à Fred de se dépêcher. Lorsqu'elle l'atteignit, elle se retourna vers lui et lui saisit le bras. L'alcool et l'excitation le faisaient trembler. Le Palestinien n'était plus qu'à une vingtaine de mètres. Elle releva sa jupe et posa ses chaussures à talons hauts au sommet du muret.

— Fred ! Aidez-moi ! Vite !

Il lui fit la courte échelle jusqu'à ce qu'elle parvienne à agripper le bord du mur. Il la regarda passer une jambe, puis l'autre, par-dessus les briques. Elle disparut soudain. Tandis qu'elle courait vers l'abri des immeubles, Lina entendit la voix avinée de Fred, de l'autre côté.

— Un moment, cher monsieur. Il est inutile d'aller plus loin. Je peux tout vous expliquer.

29

Lina quitta le Beau Rivage tôt le lendemain matin afin de trouver une résidence plus discrète. Elle payait son séjour à la réception lorsqu'elle remarqua un jeune homme, vêtu d'un costume en lin bien coupé, qui l'observait, installé dans le salon. Ce n'était pas un Irakien, aussi ne lui accorda-t-elle pas beaucoup d'attention. Mais alors qu'elle se dirigeait vers la sortie pour prendre un taxi, l'homme s'approcha et se présenta à elle. Il avait des cheveux frisés et un corps nerveux d'athlète. Il gratifia Lina d'une poignée de main un peu trop enthousiaste pour deux étrangers qui se rencontrent à huit heures du matin.

— Je suis un ami de Sam Hoffman, annonça-t-il d'emblée. J'ai pensé que vous auriez peut-être besoin d'aide.

— Pour quoi faire ? interrogea Lina d'un ton las.

— Au sujet de Hammoud, répondit l'homme.

Il tendit le bras pour l'aider à porter le sac qui contenait l'ordinateur portable.

Lina, méfiante, eut un geste de recul. Elle savait que

Sam n'aurait jamais envoyé un étranger en Suisse pour la protéger.

— Je n'ai pas besoin d'aide, répliqua-t-elle en l'écartant de son chemin.

Elle demanda un taxi au chasseur. L'homme la suivit et lui tendit sa carte de visite. Son nom, Martin Hilton, évoquait à Lina un vague souvenir, mais elle ne parvint pas à le situer. Au dos de la carte, Hilton avait inscrit le numéro de téléphone de son hôtel, ainsi qu'une mise en garde : « Soyez prudente. »

Lorsque le taxi démarra, Lina se retourna afin de s'assurer que Martin Hilton ne la suivait pas. Elle demanda au chauffeur, un Suisse corpulent, de lui indiquer un hôtel tranquille et peu onéreux. Il la déposa devant une petite pension dans la banlieue sud-ouest de la ville, près d'un dépôt de marchandises. C'était un établissement simple, situé dans une maison agréable, et qui disposait de deux chambres à louer. Lina expliqua à son hôtesse, une Suisse du nom de Jaccard, qu'elle était étudiante à Londres et qu'elle était venue effectuer des recherches à Genève. Sa seule exigence, ajouta-t-elle, était de pouvoir utiliser une ligne téléphonique internationale dans sa chambre. Elle se servait d'un ordinateur pour ses recherches, précisa-t-elle, et il lui faudrait sans doute communiquer avec un ordinateur à l'étranger. Bien entendu, elle paierait tous ses appels. Mme Jaccard n'émit aucune objection à la demande de Lina. Un poste de téléphone était installé dans la chambre, et elle pourrait l'utiliser autant qu'elle le souhaiterait. La pauvre femme semblait impressionnée à l'idée que deux ordinateurs puissent communiquer entre eux. Tout cela était si compliqué !

Une fois installée, Lina se mit rapidement à l'ouvrage. Pierre Marchand ne tarderait sans doute pas à parler à son ami Zanetti pour lui demander si la panne informatique avait pu être réparée, et il s'apercevrait vite de la supercherie. Dans la panique qui ne manquerait pas de suivre, son premier réflexe serait de changer le mot de passe sans tarder. Lina brancha le portable de Helen et passa un moment à se familiariser avec l'appareil. Vingt minutes plus tard, elle se sentait assez confiante pour s'attaquer à l'ordinateur de l'Organisation de Banques Suisses.

Tout d'abord, il fallait compléter la charade assez simple que constituait le mot de passe de Marchand. Six lettres commençant par *s*, *e*, *c*. Lina ouvrit le dictionnaire français qui se trouvait sur une étagère de la chambre à la lettre *S*. Le premier mot comportant les lettres *s*, *e*, *c*, était justement le mot « sec », mais il était trop court. Si « sécant » comptait bien six lettres, il paraissait un peu étrange pour un mot de passe. Les gens qui inventent un mot de passe aiment bien tromper leur monde, mais peut-être pas à ce point. Lina poursuivit sa recherche. « Sécession », « séchage », non. « Sécher », pourquoi pas ? Le compte y était, mais là encore, un tel choix lui semblait improbable. « Second » était déjà plus séduisant ; Lina l'inscrivit sur un petit carnet avant de reprendre sa lecture. « Secourable », « secourir », « secousse ». Soudain, elle le vit, là, comme s'il jaillissait des pages du dictionnaire.

« Secret ». Le mot comptait six lettres et évoquait sans le moindre doute l'idée de mot de passe. Lina parcourut les autres mots commençant par *s*, *e*, *c*, par acquit de conscience. « Secrétaire », « secrètement », « sécréter », « sectaire », « secte », « secteur », « section », « séculaire », « secundo », « sécurité ». Le meilleur choix restait « secret ».

Lina devait encore se procurer le numéro de téléphone qui lui donnerait accès au système informatique de l'OBS. Elle s'empara de l'annuaire de Genève qui se trouvait à côté de son lit et trouva rapidement le numéro principal de la banque : 391-6000. Une liste de numéros plus spécialisés suivaient, correspondant aux différentes branches d'activité de l'OBS : 6100 pour l'administration ; 6200 pour les affaires commerciales ; 6300 pour les comptes privés ; 6400 pour les comptes commerciaux ; 6500 pour les opérations boursières et les comptes d'investissement ; 6600 pour les comptes personnels. Lina jugea probable, d'après la configuration de la liste, que les opérations informatiques soient regroupées sous la rubrique « Administration », avec des extensions comprises entre 6100 et 6199. Elle commença à composer les numéros sur le cadran du téléphone, les uns après les autres. Il lui fallut quinze minutes pour tomber sur le 391-6138 et entendre enfin le son électronique haut perché qui révélait la présence d'un ordinateur à l'autre bout de la ligne.

Lina était presque prête. Elle passa mentalement en revue les instructions de Helen, puis tira de son sac le document intitulé « Comptes » qu'elle avait copié quelques jours plus tôt. Il contenait les numéros de cinq comptes domiciliés à l'OBS : N4 808.537-0, N4 808.537-1, B2 218.411-0, B2 218.411-1 et B2 218.411-2. Si ses suppositions étaient fondées, ces simples chiffres représentaient l'adresse où étaient hébergés plusieurs milliards de dollars.

Allons-y, se dit Lina. Elle mit en marche le logiciel de communication et composa le numéro. Le modem composa les chiffres 3-9-1-6-1-3-8. Une pause, puis une sonnerie, un bruit aigu, puis un bruit électronique brouillé. Sur l'écran s'affichaient les informations suivantes : « appel du numéro », « contact établi », puis « connexion », et enfin le pictogramme « entrez votre nom d'utilisateur », le tout en anglais. C'était bon signe.

Lina tapa *marchand* et attendit que le système lui réclame le mot de passe, mais à sa grande surprise, les mots « nom d'utilisateur incorrect » apparurent sur l'écran, suivis de l'invite renouvelée « entrez votre nom d'utilisateur ». Avaient-ils déjà découvert la tromperie de Lina et purement et simplement rayé Marchand de la liste des utilisateurs autorisés ? Du calme, se dit-elle. Il existait une autre possibilité : plusieurs Marchand travaillaient peut-être à l'OBS.

Lina tenta sa chance en tapant *marchandp*, avec la première lettre du prénom. Sans succès. L'inquiétude commençait à la gagner. En général, trois tentatives infructueuses aboutissaient à un signal adressé au responsable du système, l'avertissant que quelqu'un cherchait à s'introduire dans le réseau. Après quelques secondes de réflexion, Lina tapa *pmarchand*. Eurêka ! Elle avait réussi !

Lina se prépara pour la suite. Elle s'attendait, après le briefing de Helen, à une déconnexion automatique, afin que l'ordinateur de l'OBS puisse rappeler pour vérifier que l'appel provenait d'un numéro autorisé, mais la procédure de déconnexion n'eut pas lieu. De toute évidence, le système de l'OBS ne prévoyait pas de rappel automatique. Après tout, les Suisses étaient peut-être aussi négligents que le prétendait Helen... Restait l'ultime obstacle. L'écran affichait maintenant l'invite « entrez votre mot de passe ». Lina composa le mot *secret*. L'écran se brouilla avant de se reformer et afficha le logo de l'OBS, accompagné d'un court menu d'options. Oui ! La banque n'avait pas encore changé le mot de passe ! Elle était désormais à l'intérieur du système.

Le menu offrait quatre choix : « Opérations bancaires », « Commerce », « Marchés » et « Personnel ».

Lina choisit la première option. L'écran se recomposa, et afficha une boîte de dialogue lui demandant si elle était intéressée par des renseignements sur les opérations de réseau, les opérations d'affaires, commerciales, ou privées. Lina se décida pour la dernière possibilité. Une dernière boîte de dialogue lui offrit le choix entre les comptes ordinaires – *« regular »* – et les comptes numérotés – *« numbered »*. Elle n'hésita pas une seconde et tapa *n*, plutôt que *r*.

Une nouvelle invite apparut : « entrez votre numéro de compte ». Enfin proche du but ! Lina s'adossa profondément au dossier de son fauteuil en osier et jeta un coup d'œil par la fenêtre avant de revenir à son ordinateur, où elle inscrivit le numéro du premier des comptes basés à Nassau : N4 808.537-0.

L'ordinateur de l'OBS prit le temps de digérer sa demande, et l'écran resta vierge pendant un moment. Lina craignit un instant d'avoir déclenché un système de sécurité qui aurait pu restreindre l'accès à certains comptes, mais l'écran se reforma et lui proposa le choix entre deux possibilités : « État » et « Solde ». Elle choisit « Solde », en espérant confusément voir apparaître à l'écran un chiffre en centaines de millions de dollars. Les chiffres affichés douchèrent aussitôt son enthousiasme :

N4 808.537-0/Solde = FS 10 000

Ce n'est pas possible, se dit-elle. Dix mille francs suisses, à peine plus de cinq mille dollars – une broutille ! Une somme qui correspondait sans doute au minimum exigé pour ce type de compte ! Elle vérifia le numéro de compte. Pas d'erreur. Inutile de s'épuiser... Il faut essayer le numéro de compte suivant. Lina recommença la même procédure pour le deuxième compte basé à Nassau, N4 808.537-1. La réponse ne tarda guère :

N4 808.537-1/Solde = FS 10 000

Lina secoua la tête. Étrange ! Elle tenta sa chance avec le troisième compte, espérant un résultat tout différent. C'était le premier des trois comptes ouverts par des compagnies-écrans basées à Panama. Peut-être l'ensemble de l'argent y avait-il été transféré ? Elle tapa les chiffres lentement, avec soin, anxieuse de ne commettre aucune erreur : B2 218.411-0. Cette fois-ci, le butin irakien ne manquerait pas d'apparaître ! Mais l'écran chantait toujours et encore la même chanson :

B2 218.411-0/Solde = FS 10 000

Encore une tirelire vide ! Lina s'attela à la tâche deux fois encore. Après tout, l'argent avait peut-être été viré sur un seul de ces comptes ! Elle dut déchanter ; la réponse était toujours la même. Les comptes numérotés qui avaient servi de réservoir pour les profits de Coyote Investment ne contenaient chacun que dix mille malheureux francs suisses ! En d'autres termes, ils étaient vides. Le butin du Chef suprême, amassé, puis caché pour subvenir aux considérables besoins de sa famille pendant plusieurs générations, était parti en fumée !

Lina se frotta les yeux. Elle crut un instant qu'elle allait se mettre à pleurer. Avoir tant travaillé et tant risqué afin d'ouvrir cette porte, pour s'apercevoir finalement qu'elle ne s'ouvrait que sur le vide !

Il restait encore une dernière voie à explorer à Genève, mais comment procéder ? Lina s'allongea sur son lit pour y réfléchir. Quelques minutes plus tard, elle se leva pour téléphoner au concierge du Beau Rivage, qui s'était déjà montré fort serviable la veille. Elle était navrée de le déranger, lui expliqua-t-elle, mais elle avait perdu le numéro de téléphone de sa banque, le Crédit Mercier, rue des Banques. Pourrait-il l'aider à le retrouver ? Le concierge lui donna aussitôt le renseignement. Lina composa le numéro et attendit. Les chances d'atteindre directement Mercier étaient minces, mais Lina ne disposait guère d'autre choix. Lorsqu'une femme répondit, Lina demanda à parler à M. Maurice Mercier.

— De la part de qui ?

La voix de la Suissesse était pointue, acérée comme un piquant de porc-épic.

— Mon nom est Salwa Bazzaz, répondit Lina en s'appropriant le nom de famille du Chef suprême.

La secrétaire la fit attendre quelques minutes qui lui parurent une éternité.

— M. Mercier aimerait connaître les raisons de votre appel, dit-elle enfin en reprenant la ligne.

— Je voudrais me renseigner sur les comptes de mon oncle, répliqua Lina en adoptant un ton aussi hautain que possible. Je viens d'arriver à Genève et j'aimerais voir M. Mercier dans les plus brefs délais.

Il y eut encore une longue pause tandis que la secrétaire conférait avec son patron. Un banquier suisse se devait de faire preuve de prudence ; il devait aussi prendre garde à ne pas mécontenter un client potentiel en se montrant trop pointilleux. La secrétaire, plus aimable désormais, et rayonnant un peu de la chaleur des milliards de dollars accumulés au fil des années par le Crédit Mercier, mit enfin un terme à l'attente de Lina.

— M. Mercier vous recevra demain matin à dix heures, annonça-t-elle à Lina.

Lina célébra l'événement par une marche à pied, en début d'après-midi. Il était dangereux pour elle de quitter son repaire discret, mais c'était une belle journée de printemps ensoleillée et elle ne supportait plus la sensation d'être prisonnière de sa propre peur. Elle fit l'acquisition d'un chapeau démodé et d'un pardessus vert dans une boutique située près de la gare. En se regardant dans le miroir, elle trouva qu'elle ressemblait presque à une Suissesse. Elle poursuivit sa marche, en essayant de passer inaperçue, tête baissée, mais elle se sentait attirée vers le lac Léman comme par un aimant.

Vu du sud, il ressemblait à une longue et fluide pierre précieuse enchâssée dans la faille profonde des Alpes. Le soleil printanier étincelait à la surface de l'eau, tandis que le Jet d'Eau crachait son panache brumeux vers le ciel. Lina aurait dû éviter cette partie de la ville, elle le savait, mais une foule de promeneurs envahissait le Jardin Anglais, sur la bordure sud du lac, et Lina se dit qu'elle passerait sans doute inaperçue parmi cette marée humaine.

Elle s'arrêta pour admirer une flottille de petits bateaux qui s'élançaient sur l'eau, leurs voiles évoquant des ailes de mouettes immaculées. Le vent prenait de la vitesse, et l'un des voiliers paraissait presque bondir hors de l'eau. Il se cabra lorsque le vent tourna soudain, pointant sa proue vers le mont Blanc. Lina, captivée par le spectacle, mit un moment avant d'apercevoir une silhouette près du pont, un homme, les mains dans les poches de son pardessus. Ce qui terrorisa Lina, c'est de constater que l'homme l'observait sans se cacher le moins du monde.

Elle reprit sa marche, cette fois vers le nord, en s'éloignant du pont. Une trentaine de mètres plus loin, elle entra dans un petit parc, juste à côté du lac, et s'approcha d'un banc. Elle se retourna. L'homme était toujours derrière elle. L'insolence de son attitude la fit bouillonner. Il s'était approché, et Lina reconnut les cheveux ondulés, le visage aux traits accusés et la démarche musculeuse. C'était l'homme qui l'avait abordée dans le salon du Beau Rivage, et qui se prétendait l'ami de Sam Hoffman.

Pas de panique, ne fuis surtout pas, se dit Lina. Donne-lui plutôt une bonne leçon. Elle remarqua un policier suisse dans un kiosque, en bordure du lac, à une trentaine de mètres de là, et se dirigea droit sur lui. Lorsque Martin Hilton réalisa ce qu'était en train de faire Lina, il s'arrêta aussitôt.

— Cet homme me suit, annonça Lina au policier en désignant du doigt l'homme au pardessus. C'est un exhibitionniste.

Le policier courut en gesticulant vers Hilton, qui s'enfuit à toutes jambes pour se perdre dans le dédale des rues commerçantes, un peu plus loin. Le policier, rayonnant de satisfaction à l'idée du devoir accompli, se retourna vers Lina pour la réconforter par quelque parole bienveillante, mais elle avait disparu. Profitant de la brève poursuite du gardien de la paix, elle avait décampé pour se fondre à nouveau dans l'anonymat.

30

Sam Hoffman était incapable de se concentrer sur la moindre tâche. Après avoir consacré une bonne partie de la matinée à passer des coups de fil dénués d'intérêt, il était allé à la salle de gymnastique, puis au restaurant chinois, pour tenter d'oublier sa rage, et il était ensuite revenu passer d'autres coups de fil, tout aussi inutiles. Le jour suivant la disparition de Lina, il s'était persuadé qu'elle allait le contacter, si elle était toujours en vie. Le lendemain, il commença à se demander si tel était bien le cas. Le jour suivant, il profita de l'une de ses errances sans but pour passer à Scotland Yard et insister pour que la police enquête sérieusement sur le cas de Nasir Hammoud. Les hommes du Yard se contentèrent de lui poser des questions sur les activités criminelles supposées de Lina. Hoffman refusa de coopérer et en vint à inviter la police à l'arrêter comme complice, s'ils détenaient la moindre preuve. Ils lui demandèrent de quitter aussitôt les lieux.

Ali Mattar arriva de Tunis cette nuit-là. Hoffman ne l'attendait pas aussi tôt et éprouva une certaine surprise à voir surgir ainsi le Palestinien sur le pas de sa porte.

— *Ahlan, ahlan !* s'exclama-t-il, ragaillardi à la vue d'un visage ami.

Il venait de passer les quelques heures précédentes à rouler des morceaux de ruban adhésif entre son pouce et son index.

— J'ai bien besoin d'un verre, annonça Ali en installant sa large carcasse sur le canapé.

C'était le genre d'homme qui vous fait paraître n'importe quelle pièce minuscule : il était grand et de forte carrure, avec de longs cheveux bouclés et une moustache tombante. Aux yeux de Sam, il ressemblait plus à un vieux musicien hippie qu'à un revendeur d'informations confidentielles, mais cela faisait partie de son charme. Hoffman lui servit un double whisky.

— Alors, qu'as-tu découvert ? lui demanda-t-il.

— Un peu trop de trafics louches, mon cher Sam, mais tout est là, bien en ordre, dit Ali en se frappant la tête de l'index. J'ai préféré venir te voir au plus vite pour t'annoncer les nouvelles de vive voix.

— Raconte. Je t'écoute.

— Pourquoi tant de hâte ? s'exclama Ali, déçu. Discutons un peu ! Prends un verre, parlons de ma famille, du bon vieux temps, comme en Orient !

— Pas question. Les nouvelles d'abord. Après, nous évoquerons le bon vieux temps aussi longtemps que tu le souhaites.

— Tu n'es guère aimable aujourd'hui, *habibi* !

— Je t'en prie, Ali, tu vas me rendre fou ! Il me faut ces informations.

— Très bien, très bien. J'ai trouvé beaucoup de choses. Tu ne vas pas me croire. Un vrai complot ! Ils sont tous comme des dingues, à Tunis. Il va falloir que tu me payes double, pour des renseignements de cette qualité !

— Arrête avec ces histoires de fric, Ali. Je parle sérieusement.

— D'accord. Alors, voici les nouvelles. Tu te souviens du Front de Libération de la Palestine, ce méchant petit groupe de l'OLP qui touche tant d'argent de Bagdad ? Leur chef était un grand copain du Chef suprême, ils allaient peut-être même à la chasse ensemble. Tu t'en souviens ?

— Non.

— Peu importe. Son adjoint est mon vieil ami Ayad, qui me doit tant de faveurs. Tu sais que je lui ai sauvé la vie un jour ? Il se cachait à Beyrouth. Les Syriens voulaient sa peau, et je venais le voir tous les jours, nous jouions au trictrac ensemble. Les Syriens voulaient le tuer parce qu'ils avaient peur de lui, mais je m'en étais aperçu et je l'ai prévenu. Je lui ai conseillé de se planquer dans un camp, à Tyr, là où j'ai grandi. Ma mère l'a caché. Il n'a jamais oublié et, plus tard, lorsque j'ai été arrêté par le Fatah qui me soupçonnait d'être un agent de la CIA, il m'a sauvé. Il a débarqué à la prison et a ordonné de me libérer. C'est une huile, alors que pouvaient-ils faire ? Ils ont tous peur de l'Irak, et ils lui ont obéi. Et je suis là, bien en vie, grâce à Ayad. Qu'en dis-tu ?

— Fascinant. Il faudra un jour que tu me racontes toute l'histoire.

— Bien. Alors Ayad m'a raconté ce qui se passait. L'homme qui a tué le Chef suprême s'appelle Osman. C'est un cousin du Chef suprême, je crois. Il vit quelque part en Europe et veille sur l'argent du clan. Il n'aime pas les frères du Chef ; d'après lui, ils sont trop rapaces. Au cours des derniers mois, il y a eu de grosses bagarres dans la famille. Et puis, il y a quelques jours, *poum* !

— Osman a appuyé sur la détente ?

— Bien sûr. Seul quelqu'un de la famille pouvait approcher le Chef, tu comprends ? Alors, ils ont utilisé

Osman. Et d'après toi, qui travaille avec Osman depuis des années ?

— Tu vas me le dire.

— Tu le sais, Sam. Mais oui, bien sûr, tu le sais.

Hoffman réfléchit un instant. Ali avait raison. Il savait.

— Nasir Hammoud ?

— Bien entendu. Hammoud. D'après mon ami Ayad, ils travaillent ensemble depuis des années, pour des affaires financières. Tu te souviens de ces avions de chasse que le Chef suprême a voulu acheter en France, il y a longtemps de cela ? Osman s'est occupé de l'affaire avec Hammoud. Pas mal, comme coup tordu, non ?

— Excellent.

— Il y a mieux. A ton avis, qui était derrière eux quand ils se sont débarrassés du Chef suprême ?

— Je ne veux pas jouer aux devinettes, Ali. Je crois que je vais diminuer tes appointements.

— S'il te plaît, mon ami, tu me fais mal lorsque tu parles ainsi. Eh bien, ceux qui sont derrière Osman et Hammoud, ce sont mes amis de Tunis. Les Palestiniens. Ils fournissent la logistique de la bande d'Osman. Cela fait des années que le Fatah achète des gens au palais du Chef suprême. Un million pour celui-ci, un million pour celui-là. Comme ça, ils arrivent à grignoter le système de sécurité du Chef comme des souris grignotent un morceau de fromage. Et alors, *pan* !

— Bon travail, Ali. Mais qui est derrière les Palestiniens ?

— Les Saoudiens, je pense. Sans doute. Ils sont toujours prêts à payer, non ?

— Les Saoudiens ?

— Bien sûr. Ils sont copains avec Hammoud, d'ailleurs. Ils mangent au même râtelier, si tu vois ce que je veux dire.

— Oui, je vois. (Hoffman se souvint du prince Jalal, installé dans son palais des plaisirs de Hyde Park Square, et de son reniflement dédaigneux lorsqu'il lui avait demandé qui protégeait Hammoud.) Qui d'autre est impliqué dans l'affaire, à part les Palestiniens et les Saoudiens ?

Ali jeta un coup d'œil par la fenêtre, puis se retourna pour fixer Sam d'un air sérieux.

— Peut-être les Américains.

— Comment ! ?

— On trouve beaucoup d'Américains à Tunis, *habibi*. Certains sont très sympathiques.

— C'est juste une hypothèse, non ?

— Pour ce genre de questions, mon ami, répondit le Palestinien en haussant les épaules, les réponses ne peuvent être que des suppositions. Si tu veux une vraie réponse, je trouverai. Mais cela coûtera cher, car il est dangereux de chercher à découvrir la vérité sur certaines choses.

— J'y penserai. Qu'est-il arrivé à Osman après la mort du Chef suprême ?

— *Haram*. Dommage pour lui. Il croyait que tout le monde au palais était à sa botte, mais les frères du Chef lui ont mis la main dessus le lendemain de l'assassinat. Pas de cadeau.

— Que lui ont-ils fait ?

— Ils lui ont coupé les testicules et les lui ont fourrés dans la bouche, alors qu'il était encore en vie. Il est mort, maintenant. Ils étaient très en colère contre lui.

— Je vois cela. Et Hammoud ?

— C'est lui qu'ils ont capturé en premier. Ils lui ont coupé quelque chose aussi, mais seulement un doigt. Ses amis palestiniens ont réussi à le sauver. Il a eu de la chance ! C'est à ce moment-là qu'ils se sont mis à la recherche d'Osman.

— J'avais entendu parler du doigt de Hammoud, mais pas de cette histoire de testicules. C'est nouveau !

— Tu vois ! Je t'ai dit que mes informations étaient excellentes !

— Qu'as-tu appris d'autre ?

— Si le Chef et ses frères se bagarraient avec Osman, c'était à cause de l'argent. Osman et Hammoud volaient la famille depuis trop longtemps. Le Chef leur avait fait confiance pour qu'ils cachent de l'argent hors du pays, et il découvrait tout à coup qu'ils en rognaient des petits morceaux à chaque occasion. Des gros morceaux aussi, sans doute.

— Combien ont-ils volé ?

— Peut-être un milliard. Peut-être plus.

— Un milliard de dollars ?

— Oui. Et tout ce que tu donnes au pauvre Ali, c'est quatre mille par jour ! *W'allah* ! Mon Dieu !

— Arrête, Ali ! Qui tient les rênes à Bagdad, désormais ?

— *Moukhabarat*, les forces de sécurité, les services, toujours les mêmes... Ces gars sont payés par les Saoudiens, j'imagine.

— Et la famille du Chef suprême ? Maintenant qu'ils ont liquidé Osman, l'histoire est close, non ?

— Oh non ! Avec les Irakiens, ce n'est jamais fini ! Il reste toujours quelqu'un à tuer.

— A qui s'en prennent-ils ?

— A tout le monde. Ils ne font confiance à personne, après la trahison de Hammoud. Ils sont prêts à tout pour mettre la main sur l'argent.

— Qui les aide ?

— Tu veux les détails ? Même mon ami Ayad a du mal à se souvenir de tous les noms.

— Oui, j'ai besoin des détails, de tous les détails que tu peux retrouver.

— D'accord. Pour commencer, ils ont voulu reprendre le contrôle de la société de Hammoud à Londres, Wolf Investment, ou quelque chose du même genre. Ils ont emmené ce type arménien à Bagdad et l'ont torturé jusqu'à ce qu'il crache le morceau. Il était censé surveiller Hammoud pour leur compte, mais il a dû jouer au malin. Alors, ils lui ont fait remarquer à quel point il avait de la chance d'avoir encore ses bras et ses jambes, et ils l'ont renvoyé à Londres pour s'occuper de l'argent de la famille.

— Bien. Et ensuite ?

— Ensuite, Hammoud est revenu à Londres avec ses Palestiniens, des hommes de Ayad, peut-être. Les Britanniques les ont laissés entrer, j'ignore pourquoi ; ils ont l'air de bien aimer Hammoud.

— Qu'a fait Hammoud, une fois rentré à Londres ?

— Il a repris en main sa compagnie, Wolf quelque chose.

— Coyote. Coyote Investment.

— Parfait. Donc, il a remis la main sur sa compagnie. Le soir de son arrivée, il a envoyé ses Palestiniens chez l'Arménien. *Pouf* ! Plus d'Arménien. Alors, ils se sont lancés à la poursuite d'une fille irakienne, mais enfin... (Ali claqua des doigts, comme pour dire : « C'est sans importance. »)

— Attends ! lança Hoffman. Doucement. Quelle fille ?

— Je ne sais plus. Laura... Lucy. Un nom qui commence par L... Ayad n'en était pas très sûr. Elle travaillait pour Hammoud.

— Pourquoi s'en sont-ils pris à elle ?

— Parce qu'ils croient qu'elle sait où se trouve l'argent. Elle a volé tous leurs petits secrets grâce à un ordinateur, à un moment où ni Hammoud ni l'Arménien ne la surveillaient. Ils pensent que, peut-être, elle travaille pour les Israéliens.

— Les Israéliens ? Mais pourquoi ?

— Elle a un petit ami qui bosse pour eux.

Hoffman affecta l'indifférence.

— Ah, bon. Qui est-ce ?

— Ayad ne me l'a pas dit. Tu veux que je me renseigne ?

— Non, non, pas du tout. Qu'est-ce qu'ils ont fait à la fille ?

— Rien. Ils la cherchent toujours. Elle a réussi à leur échapper.

— Où est-elle, maintenant ?

— Je n'en ai aucune idée. Mais s'ils l'attrapent, elle passera un mauvais quart d'heure ! C'est certain.

— Comment le sais-tu ?

— Pour eux, cette histoire d'argent est plus que sérieuse. Ils ne voient que cela. Le Chef suprême est mort. La guerre froide est terminée. Il n'y a même plus de guerre avec Israël. La seule chose qui compte, c'est l'argent. Pareil pour les frères du Chef suprême. Eux aussi, ils veulent cet argent. Tout le monde est obsédé par ces dollars.

— Mon Dieu ! s'exclama Hoffman.

— Eh bien ? Tu n'apprécies pas mes informations ? Elles sont pourtant exceptionnelles. Personne ne sait cela, sauf toi et moi.

— Oh, non, je ne me plains pas de tes renseignements, au contraire ! J'ai seulement peur de ce que ces cinglés sont capables de faire.

— Ce n'est pas le problème d'Ali. Désolé. L'histoire est finie. Sauf un détail dont tu m'as parlé.

— Le numéro de téléphone.

— Exactement. Mais je n'ai rien trouvé de très intéressant. Tu t'es peut-être trompé. J'ai demandé à Ayad, qui s'est renseigné auprès d'un ami des « services », qui a lui-même demandé à un ami qui travaille aux télécoms tunisiennes. Je pense qu'il s'agissait d'une erreur.

— A quoi correspondait le numéro ?

— Une ligne annexe de l'ambassade américaine à Tunis, qu'ils n'utilisent presque jamais. Elle n'est plus en service. Désolé. Donne-moi un autre numéro, j'essaierai encore.

L'ambassade américaine. Hoffman se frotta les yeux. Il était fatigué et éprouvait des difficultés à se représenter clairement le tableau qui venait de lui être brossé.

— Non merci, Ali. Tu as raison, j'ai dû commettre une erreur. Merci d'avoir essayé.

— Que puis-je faire pour toi, maintenant, mon cher Sam ?

Hoffman prit une longue minute pour réfléchir. C'était comme si Lina se trouvait prise dans une toile d'araignée ; la toile était partout, mais l'araignée demeurait invisible. La seule possibilité consistait à tenter de la chasser en l'effrayant. Sam se dirigea vers son coffre et en sortit une liasse épaisse de billets avant de revenir vers Ali.

— Voici dix mille dollars pour les deux jours. C'est plus que convenu, mais cela en vaut la peine. Je te donnerai dix mille de plus si tu me rends un autre service.

— Très bien. Quel service ? Pas d'armes. Je ne vends que du renseignement.

— Pas d'armes. Je veux que tu retournes à Tunis et que tu donnes un message à ton ami Ayad, pour qu'il le transmette aux gens qui mènent la danse à Bagdad.

— Aucun problème. Quel est le message ?

— Dis-leur que s'ils touchent à cette femme irakienne, ils vont déclencher une grosse bagarre avec la CIA. Tu as compris ? Qu'ils restent à l'écart, sinon ils iront au-devant de graves ennuis.

— Alors, cette fille travaille pour l'Agence ? Pas pour Israël ?

— Elle ne joue pas dans la cour des grands. Peu importe pour qui elle travaille. Elle ne sait rien de l'argent.

— De la part de qui dois-je transmettre le message ?

— Hoffman. Ne donne pas de prénom. Seulement Hoffman.

— Ah ! Très bien ! C'est ton père qui veut les mettre en garde ! *W'allah* ! Comme c'est étrange. Mais enfin... Ils connaissent tous ton père, il a essayé de recruter la moitié d'entre eux à Beyrouth.

— Contente-toi de faire ce que je te dis, Ali, d'accord ? Préviens tes amis que personne ne doit s'en prendre à cette fille, ni les Irakiens, ni les Palestiniens, ni les Saoudiens ; personne. Dis-leur que Hoffman les a prévenus. D'accord ?

— *Hader ya rayess !* Quand veux-tu que je parte ? Demain, peut-être ?

— Ce soir. Il y a un vol assez tard. Tu l'attraperas si tu pars maintenant.

— Cela ne m'arrange guère, *habibi*. J'aimerais bien voir une vieille amie, si je parviens à me souvenir du numéro de l'agence d'*escort girls*.

— Tu dois partir ce soir, Ali. (Hoffman se dirigea une fois de plus vers le coffre et en revint avec un millier de dollars.) Voici pour tes frais. Les belles filles ne manquent pas à Tunis.

31

La rue des Banques barrait le vieux quartier des affaires de Genève comme un lourd lingot d'or. Les vénérables établissements bancaires du canton, alignés de chaque côté de la rue, occupaient de sombres bâtisses qui illustraient à la perfection la discrétion et la respectabilité de la ville. Aucun néon ou panneau d'affichage ne tentait d'attirer les clients ; toute publicité y était proscrite, car les banques du quartier ne tenaient guère à cultiver la clientèle du grand public. La plupart d'entre elles étaient des banques privées. Sur leurs portes, de simples plaques de cuivre indiquaient le nom de l'établissement, Hentsch, Lombard-Odie... Les grands noms de la banque suisse. Certaines se montraient encore plus discrètes, avec une simple mention du numéro de la rue, ou même rien. Ces établissements n'opéraient pas dans l'univers habituel de la finance. Comme des trous noirs, elles aspiraient l'argent par leurs portes invisibles.

Lina descendit la rue à la recherche du numéro 11. Le ciel matinal était aussi gris que l'architecture, si bien que la rue tout entière semblait plongée dans l'ombre. Lina peinait à repérer les numéros à travers le voile qu'elle avait acheté le matin même, avec un sage ensemble classique et un foulard, afin de se fondre dans son personnage de femme orientale endeuillée par la mort de son cher oncle. Vers le haut de la rue, elle distinguait quelques hommes en manteau, sans doute des banquiers qui rejoignaient leurs établissements. Ils avaient une allure prudente, furtive, alors qu'ils étaient pourtant là dans leur propre fief. Elle passa devant le numéro 7 – la banque Lebon ; numéro 9 – C & Cie. Juste à côté, encore plus grise que ses voisines, une entrée austère, avec une porte équipée d'un heurtoir de cuivre massif, affichait une plaque portant la seule lettre « M ».

Lina demeura un instant immobile près de la porte, répétant son rôle pour la dernière fois. Elle s'était préparée avec sérieux et, maintenant que le lever du rideau était imminent, elle se sentait presque trop sûre d'elle. Elle saisit le lourd heurtoir de cuivre. Aussitôt celui-ci retombé, la porte s'ouvrit. Une jeune femme élégante, qui semblait avoir attendu derrière la porte l'arrivée de Lina, lui demanda son nom et lui fit signe de la suivre. Elles prirent un étroit couloir aux murs peints de couleur crème, puis tournèrent à droite. Trois portes closes les y attendaient. La jeune femme suisse s'arrêta devant la dernière et fit entrer Lina dans ce qui ressemblait à une petite salle de conférence, puis elle referma la porte derrière elle. Elles avaient à peine échangé deux mots.

La pièce était simple et agréablement aménagée. Une chaise confortable et bien rembourrée, destinée au client, était disposée d'un côté d'une table laquée. Le fauteuil droit du banquier était placé de l'autre côté. Derrière la table, une fenêtre s'ouvrait sur une cour intérieure de dimensions aussi modestes que la salle elle-même. Un petit mur de brique entourait la cour de façon à interdire toute surveillance de l'extérieur.

Lina contempla un moment le petit jardin, dans la cour. Au bout de quelques minutes, quelqu'un frappa discrètement à la porte. Avant que Lina n'ait pu répondre, la porte s'ouvrit et un homme trapu, aux cheveux grisonnants et à la moustache bien taillée, vêtu d'un costume trois pièces gris, fit son entrée. La seule nuance de couleur venait de ses yeux d'un bleu inhabituel qui semblaient pétiller au-dessus de la façade affable et inexpressive de son visage. Il ferma la porte derrière lui avant de tendre la main à Lina et de se présenter.

— Mercier, annonça-t-il avec une très légère inclinaison du buste.

Pas de prénom, pas de titre. Ses manières étaient celles d'un homme qui a passé sa vie à traiter de l'argent douteux sans jamais se salir les mains.

— Salwa Bazzaz, murmura Lina en levant à demi son voile, qu'elle laissa retomber aussitôt sur son visage.

Mercier l'invita d'un geste à s'asseoir, comme un maître d'hôtel dans un restaurant luxueux. Le but de l'opération était de paraître mieux éduqué que ses invités, tout en restant entièrement à leur service.

— Eh bien, mademoiselle Bazzaz, en quoi puis-je vous être utile ?

— Je suis venue me renseigner sur les comptes de mon oncle, répondit Lina dans un anglais teinté d'accent irakien, comme celui qu'elle parlait lorsqu'elle était enfant, à Londres. Que Dieu lui accorde la paix.

Le visage du banquier exprimait une sollicitude glacée.

— Une grande tragédie, mademoiselle Bazzaz.

Toute ma sympathie vous est acquise. Mais, si je peux me permettre cette question, pourquoi êtes-vous venue me voir ?

— Parce que mon oncle était un client de votre banque.

Le banquier croisa les mains sur ses genoux. Il ferma les yeux – tout ce qui restait alors de sa personne était gris : un costume gris, des cheveux gris, une politesse grise.

— J'espère que vous voudrez bien m'excuser, mademoiselle Bazzaz, je ne souhaite pas me montrer discourtois, mais la politique de notre établissement consiste à ne discuter de nos affaires qu'avec le client lui-même.

— Le client est mort, monsieur, et l'argent appartient à la famille, qui m'a envoyée ici pour m'en occuper.

— Je comprends, mademoiselle Bazzaz, mais cela ne change rien à la politique de notre banque.

Lina s'était préparée à la réponse de Mercier.

— Si vous refusez d'en parler avec moi, j'irai voir les Nations unies. Ou CNN. Mon oncle aimait beaucoup CNN. Je leur dirai comment un banquier suisse a volé l'argent de mon oncle.

— Je vois, dit Mercier en ajustant de quelques centimètres sa position sur son fauteuil. Je me demande, mademoiselle, si vous pourriez nous fournir quelque preuve de votre identité. (Il posa la question avec tant de douceur et de discrétion qu'il paraissait presque s'excuser. Là non plus, Lina ne fut pas prise au dépourvu. Elle n'avait amené aucun de ses papiers d'identité.)

— Mon passeport est à l'hôtel, répliqua-t-elle. Mais il existe également d'autres documents d'identification, que vous trouverez sans doute préférables.

— Peut-être pourriez-vous me les montrer ?

— Ce sont les numéros des comptes de mon oncle à Genève. Ma famille m'a assuré que je pouvais vous les communiquer.

— Mais oui, certainement. Cela pourrait être tout à fait utile.

Lina sortit de son sac le document intitulé « Comptes », leva son voile et lut à haute voix :

— Tout d'abord, l'Organisation de Banques Suisses. Mon oncle y avait cinq comptes, dont les numéros étaient N4 808.537-0, N4 808.537-1, B2 218.411-0, B2 218.411-1, et B2 218.411-2. Voulez-vous que je vous les relise ?

Mercier tira un mini-ordinateur de sa poche intérieure et composa des chiffres sur le clavier.

— Non, je vous remercie, dit-il. Voyons, hum...

— Lorsque j'ai contacté l'Organisation de Banques Suisses, hier, ils m'ont affirmé que ces comptes étaient vides. L'argent a été transféré ailleurs. Je me demande qui a pu faire cela, puisque mon oncle est mort.

— J'ai bien peur de ne pouvoir vous renseigner, dit Mercier.

Il se tenait raide sur son fauteuil, mais ses yeux semblaient lancer un rayon azuré dans la direction de Lina.

— Aussi ai-je pensé que les fonds avaient été transférés ici car, d'après ma famille, le compte que mon oncle détenait chez vous était un compte d'une nature très particulière, qui ne devait être utilisé qu'en cas d'urgence. Voulez-vous que nous en parlions ?

— Je suis navré, mademoiselle Bazzaz, mais, ainsi que je vous l'ai expliqué, nous devons respecter certaines règles. Je suis dans l'impossibilité de discuter des affaires d'un client décédé, sauf dans des conditions exceptionnelles.

Lina lui jeta un regard faussement timide, prête à dévoiler sa dernière carte.

— Cela vous aiderait-il si je vous donnais le numéro de ce compte ?

— Oui, certainement, répondit Mercier en ajustant sa cravate. Cela pourrait nous aider quelque peu, eu égard aux règles à respecter.

Lina fouilla son sac pour en extraire le document « Urgence », et le plaça en face du visage de Mercier.

— C'est le compte Z 068621.

Mercier tapa les chiffres sur son clavier, attendit un instant, puis hocha doucement la tête.

— Voilà qui est intéressant.

Ses yeux bleus étincelaient de surprise. Le numéro du compte était exact.

— Qu'est-ce qui est intéressant, monsieur ?

— Le fait que vous soyez en possession de ce numéro, mademoiselle Bazzaz.

— Pourquoi pas ? Il s'agit du compte de mon oncle, répéta Lina, une note de colère dans la voix.

— Bien sûr, mais c'est un compte très privé, voyez-vous. Un compte tout à fait inhabituel.

— Plus maintenant. Il appartient à ma famille.

— Peut-être. Mais il me faut tout de même un autre élément d'identification. Le numéro PIN, je vous prie ?

— Le quoi ?

Lina n'avait pas la moindre idée de ce que Mercier lui demandait.

— Le numéro PIN. Il est indispensable pour nos comptes les plus sensibles, c'est une sécurité supplémentaire. Si vous n'êtes pas en sa possession, je crains que nous ne devions en rester là.

— Le numéro PIN ? répéta Lina.

— Oui, oui. En français, nous disons le « code personnel » ou, simplement, le « code ».

Soudain, le numéro apparut sous les yeux de Lina, sur le document « Urgence » qu'elle tenait à la main : « Code : 0526 ».

— Oh, bien sûr, le numéro de code ! Je l'ai, bien entendu ! Le voici : zéro, cinq, deux, six.

Mercier entra les chiffres sur son petit ordinateur. Il ferma les yeux, puis les rouvrit, grands comme des soucoupes. Il plissa les paupières, et Lina crut entendre un léger sifflement. Très faible, certes, mais audible.

— Mademoiselle Bazzaz, avec toutes mes excuses, je dois vous avertir que nous sommes confrontés à un problème délicat.

— Pourquoi ? Souhaitez-vous que je répète le numéro ?

— Non. Le numéro est correct. Tout le problème est là.

— Que voulez-vous dire ? Vous m'avez demandé deux éléments d'identification, et je vous les ai donnés. Que voulez-vous de plus ?

La voix de Lina se teintait d'une émotion qui ne paraissait pas feinte. Mercier lui tendit un mouchoir de papier dont elle se tamponna les yeux.

— Laissez-moi vous expliquer, mademoiselle Bazzaz. Il est vrai que votre oncle détenait un compte dans cette banque. Un compte bien pourvu, comme vous pouvez l'imaginer, mais les spécifications de ce compte étaient assez particulières. Pour des raisons de discrétion, et comme il était impossible à votre oncle de se rendre à Genève en personne, un mandataire a été nommé il y a de nombreuses années de cela. Un fiduciaire. Et je ne puis disposer des sommes déposées sur ce compte sans son autorisation.

— C'est absurde ! Que voulez-vous dire ?

— Je veux dire que nous ne traitions pas avec votre oncle, mais avec un intermédiaire. Le titulaire réel du compte n'en était pas le signataire, si vous me suivez bien, et c'est ce qui rend maintenant les choses assez compliquées.

— Pourquoi ? Pourquoi est-ce si compliqué ?

— Parce que je reçois des instructions contradictoires pour ce qui est de la gestion de ce compte.

— Quel est le problème ? Je crains de ne pas comprendre.

— Ma chère mademoiselle, au cours des dernières vingt-quatre heures, j'ai parlé à une autre personne qui prétend représenter les héritiers et les bénéficiaires de ce compte. Voilà le problème.

— De qui s'agit-il ?

— Un associé d'affaires de votre oncle. Je ne peux vous dévoiler son nom.

— C'est un imposteur.

— Je ne le pense pas. Il m'a présenté les mêmes éléments que vous afin d'établir sa bonne foi, en l'occurrence le numéro et le code du compte. Ce numéro et ce code n'étaient connus que de votre oncle et de son mandataire désigné. Comme vous pouvez le constater, le problème est assez délicat.

— C'est un imposteur, répéta Lina. Que comptez-vous faire ?

— J'attends des instructions.

— Des instructions ? Qui va vous donner ces instructions ?

— L'intermédiaire que j'ai mentionné et qui, depuis des années, représente les intérêts de votre oncle en ce qui concerne cette banque.

— S'agit-il d'un Irakien ? interrogea Lina, persuadée que l'intermédiaire en question ne pouvait être que Hammoud.

— Non, mademoiselle, il s'agit d'un Américain, si vous tenez à le savoir.

— Un Américain ? Pourquoi devez-vous demander à un Américain ce qu'il convient de faire de l'argent de mon oncle ? Il détestait l'Amérique.

— Oh, non, vous vous trompez, mademoiselle Bazzaz. Quoi qu'il ait déclaré publiquement, votre oncle ne haïssait aucunement les États-Unis, je peux vous l'assurer.

Lina était perplexe. Pourquoi le Chef suprême avait-il fait appel à un Américain pour traiter ses affaires bancaires les plus confidentielles ? C'était absurde.

— Quand verrez-vous cet intermédiaire ?

— Cette semaine, je pense. Il m'a téléphoné pour m'annoncer qu'il ne tarderait pas à arriver à Genève.

— Et vous obtiendrez alors vos instructions ?

— C'est ce à quoi je m'attends, en effet. Je lui expliquerai la situation, et je suis persuadé qu'il suggérera alors une solution appropriée.

— Dans ce cas, il ne me reste plus qu'à contacter CNN. Je vais appeler leurs bureaux de Paris. Ils seront à Genève dans l'après-midi.

— Non, non, lança Mercier en levant légèrement la main. N'en faites rien, je vous en prie. Attendez que je parle d'abord à ce gentleman américain. Ensuite, je serai heureux de vous recevoir à nouveau et nous pourrons alors sans aucun doute approfondir cette discussion. J'en serai très heureux, je vous l'assure. Mais jusque-là, je ne peux rien faire.

Lina se rendit soudain compte qu'il n'y avait pas d'autre possibilité. Il lui fallait accepter.

— Quand me recevrez-vous, M. Mercier ?

— Très bientôt. Appelez-moi donc d'ici quelques jours.

— Je vous contacterai, mais ensuite, en cas de problème, je n'hésiterai pas à prévenir CNN.

— Merci beaucoup, mademoiselle Bazzaz, j'apprécie votre patience.

Mercier s'inclina légèrement de quelques centimètres, puis accompagna Lina jusqu'à la porte, qu'il referma ensuite derrière lui. La réceptionniste suisse arriva dans les secondes qui suivirent et escorta Lina le long du couloir étroit, décoré de peintures de pâturages de haute altitude et de pics neigeux, qui devaient sans doute évoquer un hymne tranquille à l'argent. Aucun indice dans les locaux de Mercier ne laissait penser que sa banque était impliquée dans le blanchiment de l'argent des hommes les plus vénaux et les plus corrompus de la planète.

— Quelle porte, madame ? demanda la réceptionniste lorsqu'elles arrivèrent enfin au bout de leur parcours.

Lina ne comprit pas de quoi il s'agissait, jusqu'à ce que la jeune femme lui explique que l'établissement disposait d'une seconde sortie, plus discrète que la porte munie du heurtoir en cuivre.

— La porte principale, répondit-elle.

Lina comprit un instant plus tard qu'elle venait de commettre une lourde erreur.

Tout près de la porte, près du trottoir, une limousine Mercedes aux vitres teintées attendait. A côté de la voiture, à deux ou trois mètres d'elle, se tenait le garde du corps palestinien qui l'avait pourchassée à la sortie de La Gargouille... Il portait un jean, des lunettes de soleil, et ressemblait à un mannequin prêt à poser pour un magazine de mode. Sur le trottoir, de chaque côté de la voiture, deux autres jeunes gens en vêtements décontractés patientaient. D'un regard, Lina passa la rue en revue, à la recherche d'un policier, ou même d'un simple passant, mais l'endroit était désert. Les quelques personnes qui auraient pu se trouver là s'étaient regroupées un peu plus loin, place Bel-Air, où un gentleman arabe venait de s'écrouler, victime de ce qui ressemblait à une crise cardiaque.

Lina ouvrit la bouche pour hurler, mais le chauffeur de la Mercedes appuya sur le klaxon, couvrant aussitôt le son de sa voix. Le Palestinien et ses deux acolytes s'approchèrent ; la porte au heurtoir de cuivre, derrière Lina, était désormais close. Elle poussa un nouveau hurlement, provoquant un autre coup de klaxon, puis elle tenta de courir le long du trottoir en évitant d'un bond la Mercedes. L'homme le plus proche effectua un mouvement rapide dans sa direction et Lina lui atterrit droit sur l'épaule, dure comme de l'acier. Elle tomba en arrière vers le sol et, au même moment, le Palestinien l'attrapa par-derrière d'un bras, tandis que l'autre lui appliquait un mouchoir sur la bouche et le nez. En l'espace d'une seconde, Lina s'effondra dans ses bras. La portière arrière de la Mercedes s'ouvrit et elle s'écroula sur la banquette comme une poupée de chiffon.

La rue semblait déserte pendant toute la durée de la scène mais, après le départ de la Mercedes en direction de l'aéroport, un homme à la carrure athlétique et aux cheveux bouclés sortit d'une Opel de location garée quelques numéros plus loin que le Crédit Mercier, de l'autre côté de la rue. Il était resté tassé sur son siège pendant l'enlèvement de Lina, invisible de l'extérieur. Martin Hilton se dirigea vers une cabine téléphonique et appela son quartier général.

32

Lina se réveilla sur le sol de pierre d'une pièce plongée dans l'obscurité. Lorsqu'elle ouvrit les yeux pour ne percevoir que la pénombre, elle éprouva un sentiment passager de panique à l'idée d'être aveugle, puis une sensation de vertige, comme si elle subissait une chute dans l'espace clos de cette boîte noire. Elle s'assit, palpa ses vêtements et s'aperçut qu'elle portait les mêmes qu'à Genève. Cette découverte la rassura pour un temps, jusqu'au moment où elle passa la main sous son corsage et réalisa que son soutien-gorge avait disparu. Quelqu'un le lui avait pris, mais elle ne gardait aucun souvenir des heures précédentes et ignorait tout de l'endroit où elle se trouvait et de la façon dont elle y était arrivée.

A cause de l'odeur qui régnait dans la pièce, elle finit par se rendre compte qu'elle se trouvait à Bagdad. C'était une odeur puissante de sécrétions humaines, mêlée à des relents de nourriture, de sueur et de pourriture. Cet ensemble de senteurs se substituait à la lumière, en l'absence de tout autre message adressé aux sens. Lina sentit la nausée monter dans son estomac, tandis que le besoin de se soulager après tant d'heures se faisait plus pressant. A tâtons, elle se dirigea sur les genoux et les mains vers la source de l'odeur, mais elle recula brusquement lorsque ses doigts découvrirent une ouverture dans le sol et touchèrent quelque chose de liquide. Elle se redressa avant de s'accroupir au-dessus de ces toilettes primitives. Instinctivement, elle étendit la main pour attraper le papier mais, en l'absence de celui-ci, elle dut utiliser le bas de sa jupe pour se sécher.

Les hurlements commencèrent alors que Lina cherchait à se repérer le long du mur grossièrement bétonné de la pièce. C'était une voix de femme, si aiguë et proche que Lina crut tout d'abord qu'elle ne pouvait provenir que de l'intérieur de sa cellule. Affolée, elle se précipita au sol, mais elle se rendit compte, tandis que les cris persistaient, qu'ils venaient de l'autre côté du mur. La femme hurlait de terreur, puis de douleur lorsque pleuvaient les coups. Lina entendit soudain le bruit caractéristique d'un objet lancé à toute volée, suivi d'un affreux craquement lorsque le projectile atteignit la chair de la victime, puis d'un cri perçant. L'horrible vacarme semblait ne jamais vouloir cesser. Tandis que la séance se poursuivait, Lina perçut le gémissement de la femme qui implorait en vain la pitié de son tortionnaire : « *Ya sayyidi* ! Ô Maître ! » Pour finir, lorsque la douleur eut brisé la voix de la pauvre femme, il ne resta que la plainte étouffée des prières : « *Ya sitr ! Ya kafidh !* Ô Sauveur ! Ô Protecteur ! » – alors que la malheureuse était sans doute sur le point de perdre conscience. Lina entendit enfin la voix d'un homme fatigué par l'effort qui murmurait « *Koussa !* Salope ! », puis le silence. C'est alors que Lina comprit, sans le moindre doute, quelle était sa prison. Qasr al-Nihayya. Le Palais de la Fin.

Elle demeura étendue sur le sol pendant des heures, incapable de trouver le sommeil, trop effrayée même pour bouger. Seuls les cris de la femme emplissaient son cerveau. Elle essayait en vain de penser à autre chose. Le contact de la pierre froide contre sa joue était presque réconfortant. Elle se demanda si elle pourrait se frapper la tête contre le mur jusqu'à sombrer dans l'inconscience, mais elle comprit qu'elle n'en aurait pas le courage. Son seul espoir, c'était son passeport britannique. Ils ne pourraient pas la traiter comme cette malheureuse dont elle entendait les cris de souffrance. Elle n'était plus irakienne ; elle était une femme occidentale. Ils n'oseraient pas. Pourtant, ses espoirs finirent par se fondre dans l'obscurité de la pièce et parmi les échos des hurlements de la femme. De temps en temps, Lina entendait des pas à l'extérieur de sa cellule, et des voix qui murmuraient en arabe, mais le son s'éloignait toujours peu à peu. Au bout d'interminables heures, cependant, un bruit différent la rappela à la réalité. Une clef tournait dans la serrure avec un cliquetis métallique. La porte s'ouvrit soudain en grand.

— Lève-toi, dit une voix.

L'éclat brutal de la lumière l'aveugla et elle n'osa pas ouvrir les yeux. Lorsqu'elle finit par regarder vers la porte, elle aperçut un homme d'une trentaine d'années, vêtu d'une veste de cuir, d'un jean et d'une paire de mocassins à glands. Il était mince comme un fil de fer et ses épaules étaient voûtées. Seule la dureté de son regard trahissait en lui l'Irakien.

Lina se leva. Grâce à la lumière, elle prenait enfin conscience des dimensions de son lieu de réclusion. C'était une cellule bétonnée de douze à quinze mètres carrés de surface. Les murs étaient nus, mais des messages de désespoir y avaient été griffonnés par de précédents occupants, des appels aux êtres chers ou au

Dieu Tout Puissant afin qu'Il se souvienne de leurs souffrances. Au-delà de la porte, Lina aperçut un étroit couloir, avec une fenêtre qui donnait sur une cour intérieure. Le bâtiment, semblait-il, ne comportait aucune ouverture sur l'extérieur. Dehors, il faisait jour. Le soleil brillait.

— Ne me faites pas de mal, dit Lina en anglais. Je suis un sujet britannique.

— *Indary !* Retourne-toi ! gronda l'homme.

Il sortit un épais morceau de tissu de sa poche et banda les yeux de Lina. Il attacha ensuite une corde autour de son cou, comme une laisse, et la tira derrière lui.

— Viens avec moi.

Lina le suivit en trébuchant le long d'un couloir. Ils tournèrent à droite, en se dirigeant vers l'endroit d'où provenaient les cris qu'elle avait entendus quelques heures plus tôt. Au bout d'un moment, l'homme ouvrit une porte et fit entrer Lina en tirant sur la corde. Une fois la porte refermée, il ôta le bandeau et lui ordonna de s'asseoir dans un fauteuil sur les accoudoirs duquel étaient fixées des sangles.

— Je m'appelle Kamal, annonça-t-il, debout devant elle. C'est moi qui vais t'interroger aujourd'hui. Je suis le plus gentil. J'ai étudié à l'université. Je suis comme toi. Mais il faut me dire la vérité. Seulement la vérité.

— Qu'allez-vous me faire ? demanda Lina en anglais.

Kamal répondit en arabe.

— Je vais te poser des questions. Tu réponds en arabe, ou alors je te balance par cette fenêtre, dit-il en désignant du doigt une petite ouverture à l'autre bout de la pièce.

— Je veux parler à l'ambassadeur de Grande-Bretagne, dit Lina, cette fois en arabe.

— Tu rêves ! répliqua en riant Kamal. Il n'y a pas d'ambassadeur pour toi. Il n'y a que moi. (Il s'approcha du fauteuil et attacha les sangles aux avant-bras de Lina.) Ne bouge pas. Je reviens tout de suite !

Kamal souriait, convaincu de la drôlerie de la situation. Il sortit par une porte latérale, laissant Lina seule. Juste en face du fauteuil se trouvait un simple bureau métallique, sur lequel trônaient une bouteille pleine de Johnnie Walker Black Label et une cartouche de Marlboro. Un drapeau irakien décoloré était suspendu à un mur. Sur un autre mur, une affiche à la gloire du Parti unique, avec un motif de fleurs et le slogan *« Kull al-shaab shaddat warid, wa al-riha hizbiyya »* – « Le Peuple tout entier est un bouquet de fleurs dont le Parti est le parfum ».

Une table de bois était disposée sous cette affiche incongrue. Une série d'outils y étaient rangés avec soin, comme les instruments d'un dentiste : un câble électrique d'un mètre de long, enveloppé d'une fine gaine de plastique ; un objet de bois, de la forme et de la taille d'une matraque, et un autre plus gros, comme une batte de base-ball ; des instruments électriques, avec des fils qui émergeaient d'une sorte de console, à côté d'un seau d'eau. Des anneaux de métal étaient fixés au mur, tous les mètres environ. Une table d'examen était installée dans un coin, semblable à celles que l'on voit chez les gynécologues, avec des montants de métal destinés à maintenir les jambes écartées. Lina ne put distinguer les objets qui y étaient posés.

La porte s'ouvrit à nouveau et l'homme au jean apparut. Il tenait un classeur à la main. Lina commença à trembler. Elle s'était jusque-là efforcée d'être brave, mais la vue de la salle d'interrogatoire, avec sa quincaillerie d'instruments de torture, avait eu raison de sa résolution.

— Peur ? demanda l'homme.

Lina hocha la tête.

— Très bien. Je t'ai amené des images. Tu en reconnaîtras certaines, j'en suis sûr. J'aimerais que tu les regardes.

Lina était assise, immobile, et ravalait ses sanglots. Elle détournait la tête du classeur, les yeux fermés. Kamal leva la main et l'abattit durement sur la joue de la jeune Irakienne.

— Regarde-les ! cria-t-il.

Lina ouvrit les yeux et les baissa vers le classeur. Toutes les photographies représentaient la même personne. Un vagin sanglant. Une oreille arrachée. Un visage tuméfié, saignant du front, de la bouche et du menton. Sa meilleure amie, exposée dans des poses innommables pour l'objectif de l'appareil photographique. Randa.

— *Haram !* Quelle idiote ! Tout ce que nous voulions, c'étaient des renseignements. Vois ce qu'elle nous a obligés à faire ! J'espère que tu seras moins stupide.

— Est-elle morte ? demanda Lina.

C'est tout ce qu'elle voulait savoir. Lorsque Kamal hocha la tête, un étrange sentiment de soulagement l'envahit. Cela ne durerait pas toujours. Le moment viendrait où tout serait enfin terminé, comme pour Randa.

— Mais tu n'es pas obligée de mourir, *habibti*. (L'homme souriait, d'un sourire enthousiaste, comme en arborent les gens qui souhaitent un peu trop impressionner un visiteur.) Pour sauver ta vie, il suffit de répondre à mes questions. C'est tout. Compris ?

— Oui, murmura Lina, tout en sachant que c'était un leurre.

Après ce qu'ils avaient infligé à Randa, ils ne la

laisseraient jamais partir vivante. Il fallait dire tout ce qu'elle savait, pour en finir au plus vite. Elle lui dirait tout ce qu'il voulait entendre. Les fichiers de Hammoud, la disquette volée, Hoffman. Tout. Rien n'avait plus d'importance. Elle était arrivée au Palais de la Fin.

— Commençons. Souviens-toi : la vérité, et seulement la vérité. Sinon, j'ai ici des amis pour m'aider. (Il désigna d'un geste les outils alignés sur la table de bois.)

Lina hocha la tête. *En finir. Vite.*

Kamal alluma une Marlboro.

— Quand as-tu commencé à travailler pour les Israéliens ?

— Quoi ! ?

Elle leva les yeux vers lui, stupéfaite. Que venaient faire les Israéliens dans cette histoire ? Elle ne s'était pas préparée à l'éventualité d'une telle question.

— Les Israéliens, répéta Kamal d'une voix plus forte, lourde de colère. Les juifs. Depuis quand travailles-tu pour eux ? Qui t'a recrutée ?

— Je vous en prie. Je ne travaille pas pour les Israéliens. Je n'en connais aucun.

— Je t'ai prévenue, pas de mensonges, et déjà, tu me racontes des histoires. Cela me rend triste, parce que je vais devoir te faire du mal.

— Non. Je vous en prie. C'est la vérité, je ne connais aucun Israélien. Je déteste les Israéliens. Je déteste les juifs ! Je vous en supplie ! Je suis une bonne Arabe !

— *Ya kaybul !* (Il prit le câble électrique sur la table et en frappa les jambes de son pantalon.) Tu sais ce que l'on dit ici ? *Mat jawah al-kaybulat* ; elle est morte sous les câbles. Alors, plus de mensonges. Réponds !

— Je vous le jure, je ne travaille pas pour...

Lina ne put finir sa phrase. Elle poussa un cri de

douleur lorsque la cravache de métal lui frappa le bras et la poitrine. C'était une sensation de brûlure, comme un fouet de feu, si puissante qu'elle crut un instant avoir une côte brisée.

— *Kalba !* hurla Kamal. *Yehudiya kalba* ! *Inti mudhah lil-hizb wa mudhahd lil-thawra* ! Salope juive ! Tu es contre le Parti et contre la révolution ! Maintenant, réponds ! A quel moment t'ont-ils recrutée ?

Lina hurlait, un long cri perçant d'appel au secours, et luttait pour garder son souffle. Après ce premier coup, elle était prête à tout dire, mais elle ignorait quel mensonge conviendrait à son tortionnaire. Ses larmes, loin de l'apitoyer, semblaient augmenter la colère de Kamal. Le bras se leva encore et le câble s'abattit droit sur son dos. Ce fut comme si une bande entière de peau venait de lui être arrachée.

— *Gahba !* cria Kamal. Putain ! Qui t'a recrutée, espèce de putain juive ? Tu crois que tes riches amis de Londres vont venir te sauver ?

— *Min fadluk, sayyidi, min fadluk !* Je vous en prie, Maître, je vous en prie ! Je ne connais aucun Israélien !

— Qui t'a recrutée ? hurla Kamal.

Il était comme fou. Le jeune homme maigre et voûté s'était transformé en une bête vociférante. Le câble s'abattit une fois de plus, meurtrissant les seins de Lina.

— Sam Hoffman.

Les mots étaient sortis de sa bouche sans qu'elle y réfléchisse. Elle ignorait si c'était la réponse qu'attendait Kamal, mais il parut se calmer et la regarda d'un air curieux. Le câble retomba le long de sa jambe.

— Sam Hoffman ? Quand t'a-t-il recrutée ?

— Je ne sais plus. Je n'en suis pas sûre.

— Assez de mensonges ! (Il montra à Lina la table d'examen, avec ses écarteurs, de l'autre côté de la pièce.) Passons aux choses sérieuses.

Il libéra un bras de Lina de sa sangle et la poussa vers la table avec le fauteuil.

— Non ! hurla-t-elle. Je vous dirai tout !

— Quand Hoffman t'a-t-il recrutée ?

Lina se força à réfléchir, puis décida que la réponse importait peu.

— Il y a un mois. La nuit de la réception chez les Darwish.

— Combien d'argent t'a-t-il offert ?

— Dix mille livres. Elles ont été versées sur mon compte, à Londres.

Kamal examina Lina d'un air sceptique.

— Dix mille livres ?

— Oui. (Venait-elle de commettre une nouvelle erreur ? Le chiffre était-il trop bas ?) Ou peut-être vingt mille. Je ne sais plus.

— Que devais-tu faire en échange ?

— Espionner Nasir Hammoud et transmettre tous les renseignements obtenus à Israël.

Kamal se tapotait la cuisse avec le câble. Il paraissait à nouveau mécontent. Pourquoi ? Lina avouait pourtant tout ce qu'il pouvait désirer entendre.

— Qu'as-tu volé à Hammoud ?

— Tout. Tout ce que j'ai pu trouver dans les fichiers de l'ordinateur. Tous les documents confidentiels. Les disquettes. Je les ai remises à un Israélien, à l'ambassade.

Kamal était à bout de patience.

— *Ya ghabica !* hurla-t-il. Idiote ! Ce ne sont que des mensonges, n'est-ce pas ? Que des mensonges !

Lina eut un mouvement de recul, attendant un coup qui ne vint pas. Kamal, dégoûté, jeta le câble sur la table. Il connaissait assez le dossier de Lina pour savoir qu'elle lui mentait. Elle n'avait pas été recrutée par Hoffman au cours de la réception chez les Darwish, elle n'avait jamais touché dix mille livres sterling, et encore moins vingt mille, elle ne rencontrait jamais personne à l'ambassade israélienne. Elle s'imaginait seulement que ces réponses allaient le satisfaire. C'était l'inconvénient de la torture : elle constituait un bon moyen de découvrir la vérité, mais aussi de produire des mensonges. Il allait falloir tout recommencer depuis le début.

— Tu es une menteuse. Tu es faible ! Tu as peur ! Tu n'es pas une vraie femme irakienne. Tu me racontes n'importe quoi pour cesser de souffrir. Ce n'est pas comme ça que ça marche. Tu sais ce que nous faisons lorsque nous sommes confrontés à des gens faibles comme toi, qui nous débitent n'importe quelle histoire tellement ils ont peur ?

— Non, murmura Lina.

— Nous les effrayons encore plus.

— *Min fadluk, sayyidi !*

La voix de Lina n'était plus qu'un son ténu, à peine audible.

— Enlève tes vêtements, maintenant.

Kamal dénoua la dernière sangle du fauteuil.

— Maintenant.

Lina était tellement abrutie par la douleur qu'elle obéit sans un mot. Elle ôta la veste bleue de son ensemble, et défit les boutons de son corsage de coton blanc, puis ceux des manches. Elle s'arrêta alors un instant, par pudeur, mais Kamal lui fit signe de poursuivre et elle ôta son corsage. Une marque décolorée d'une affreuse teinte ocre barrait l'endroit où le fouet était tombé. Kamal leva le câble comme s'il allait la frapper, mais il le rabaissa et en caressa la chair meurtrie, puis il le passa sous chacun des seins de Lina, comme pour les soupeser.

— Enlève tout, ajouta-t-il en tapotant la jupe.

Lina défit les boutons et laissa le vêtement tomber sur le sol ; il ne lui restait que son collant. Malgré sa peur, quelque chose en elle lui soufflait que, si elle donnait son corps à Kamal, il se montrerait peut-être plus indulgent. Elle tenta de lui sourire, mais le visage de Kamal exprimait la colère – le dégoût de sa faiblesse et de sa féminité – et non le désir. Il frappa doucement de l'extrémité du câble l'entrejambe de Lina, et elle ôta son collant. Tous ses vêtements étaient maintenant en tas sur le sol. Elle essaya de se couvrir le sexe d'une main et la poitrine de l'autre, mais Kamal les écarta avec le câble.

— Viens avec moi, ordonna-t-il.

Il ouvrit la porte latérale et la poussa dans une autre pièce où se trouvait une autre table d'examen, équipée elle aussi d'écarteurs pour les jambes. Les genoux de Lina vacillèrent lorsqu'elle l'aperçut. Sur les murs étaient accrochées des mauvaises photographies de magazines pornographiques turcs des années soixante.

— Nous appelons cette pièce la « salle de viol », dit Kamal d'un ton neutre.

Il la poussa vers la table. Lina résista, pensant que Kamal allait la prendre d'une seconde à l'autre, mais il envoya la table buter à l'arrière de ses cuisses, si fort qu'elle tomba à terre.

— Lève-toi.

Il la maintint par le cou et lui appuya la tête sur le drap répugnant qui couvrait la table. Le tissu était imprégné de sperme et une tache de sang séché s'étalait en son milieu. Kamal pressait le visage de Lina contre le drap, de telle sorte que son nez se gorgeait des odeurs infectes.

— Regarde. Sens. Goûte, lui dit-il. Si tu persistes à raconter des mensonges, ce lit sera pour toi. (Il arracha le drap et le lança sur Lina.) Voici ton nouveau vêtement. Porte-le.

Lina fut ensuite conduite dans une cellule collective, de la même taille que celle qu'elle avait d'abord occupée, mais celle-ci était peuplée d'une bonne douzaine de femmes. Certaines d'entre elles sifflèrent lorsque Lina entra, poussée par un garde – une prisonnière de plus dans un espace si restreint –, et lorsque celui-ci lui envoya un crachat en la traitant de juive – *Yehudiya* ! –, les autres reculèrent, effrayées par ce seul mot. Plusieurs montrèrent du doigt les quelques restes de teinture blonde et s'écrièrent qu'en effet Lina ne pouvait qu'être juive. Il suffisait de voir ses cheveux ! Aucune véritable Arabe ne se coifferait ainsi ! Lina se pelotonna par terre, enveloppée de son drap infect, et versa d'amères larmes de désespoir. Au bout de quelques minutes, elle sentit une main la toucher. Elle eut tout d'abord un mouvement de recul, mais la main continua à lui tapoter gentiment le dos. Lina finit par lever la tête et son regard rencontra celui d'une femme d'une cinquantaine d'années. Ses cheveux étaient blancs et son corps d'une maigreur extrême, mais ses yeux à l'expression réfléchie pouvaient être ceux d'une institutrice ou d'un professeur.

— *Khatiya !* Pauvre petite fille ! dit-elle. Vous venez d'arriver ?

— Oui, répondit Lina en se remettant à pleurer. Ils m'ont enlevé mes vêtements.

— D'où venez-vous ? Vous avez un accent particulier, que je n'ai pas entendu depuis bien des années.

— De Londres. Mon père a quitté l'Irak il y a très longtemps. Avant les événements.

— *W'allah !* Que faites-vous ici ?

— Je ne sais pas, mentit Lina. Il s'agit sûrement d'une erreur.

La femme lui caressa la joue et montra du doigt les corps endormis qui les entouraient.

— Cette pièce est remplie d'erreurs, *habibti*. La moitié de ces femmes ne connaissent pas la raison de leur arrestation. Moi non plus. J'enseignais à l'université lorsqu'ils sont venus me chercher, il y a cinq ans, et je ne sais toujours rien. Avant, ils disaient que j'étais contre le Chef suprême ; maintenant, ils prétendent le contraire. C'est sans importance. Ils n'ont pas besoin de motifs.

Pendant qu'elles discutaient, Lina entendit la voix frêle et aiguë d'un bébé qui pleurait, puis un bruissement de tissu, tandis qu'à côté d'elles une mère dévoilait un sein pour nourrir son enfant.

— Un bébé ? demanda Lina. Comment est-il arrivé ici ?

La femme caressa doucement l'épaule de Lina, comme si elle était une nouvelle élève ignorante des règles.

— Beaucoup d'enfants sont nés ici. Trop. Vous avez vu la « salle de viol » ?

— Oui, murmura Lina en frissonnant.

— *Haram*. C'est une chose terrible que d'avoir un bébé en prison. Le pire qui puisse arriver.

— Pourquoi ? demanda Lina.

Le faible gazouillis du bébé qui n'allait sans doute pas tarder à se rendormir lui apparaissait presque, au contraire, comme une raison de vivre.

— Parce qu'un enfant vous rend beaucoup plus vulnérable. C'est l'arme la plus cruelle dont ils disposent – la possibilité de faire souffrir les enfants – et ils s'en servent beaucoup... Beaucoup trop.

— Que voulez-vous dire ?

Lina ne parvenait toujours pas à comprendre. Certains niveaux de cruauté allaient au-delà de son imagination.

— Regardez cette femme, là-bas. (Elle désigna à Lina une femme terriblement maigre et osseuse, vêtue d'une robe crasseuse.) Ils voulaient des renseignements au sujet de son mari, qu'ils soupçonnaient de comploter contre le Parti. Cette femme refusait de parler, alors ils ont enlevé ses trois enfants, les ont emmenés dans un hélicoptère, très haut au-dessus du désert, et ils les ont lâchés, un par un, jusqu'à ce qu'elle leur dise où se cachait son mari. Elle voudrait mourir, maintenant, mais ils ne la laissent pas faire... Et regardez celle-ci, poursuivit-elle en tournant la tête vers une masse informe étendue sur le sol. Son mari était l'un des dirigeants rebelles. Ils l'ont forcé à regarder tandis qu'ils la violaient, ainsi que ses trois filles. Ensuite, ils ont passé des pneus pleins d'essence autour du cou des filles et lui ont ordonné d'y mettre le feu. Il a refusé, aussi l'ont-ils abattu, et ils ont obligé sa femme à le faire.

— Assez, gémit Lina. Tout ce que je souhaite, c'est mourir.

— Mourir... Oui, c'est ce que nous voulons toutes. C'est ce que disent les gardes : *« Sleima tekurfach, khatiya. »* « Laisse la mort te ronger, pauvre misérable. » Pourtant, la mort elle-même n'est pas un soulagement. Leur cruauté parvient encore à vous suivre. Ils vous renvoient chez vous dans une boîte scellée afin que personne ne puisse voir vos os brisés et votre peau meurtrie ; votre famille ne peut pas vous préparer pour des funérailles de bonne musulmane. Il n'y a que cette boîte, avec une inscription : « Lâche » ou « Traître ». C'est tout ce que l'on peut emmener dans l'au-delà. Il n'existe rien de pire que ces gens. Rien.

— Que vais-je faire ? *Allah yestur* ?

— Gardez votre dignité. Ne les laissez pas vous effrayer. C'est ce qu'ils s'efforcent toujours de faire. Les outils, les câbles, l'humiliation, leur paroles... Tout est là pour vous faire peur. C'est leur seule arme véritable. La peur tapie dans votre cœur. Le reste n'est rien. Si vous maîtrisez votre peur, ils perdront.

— Que vais-je faire ?

— Soyez courageuse, *habibti*. Soyez courageuse.

Un garde vint réveiller Lina le lendemain matin en la tirant à l'écart des autres prisonnières. Elle rassembla le drap sale autour de son corps et voulut se retourner pour dire au revoir à la femme avec qui elle avait parlé la veille au soir, mais le garde l'agrippa par le bras. Alors qu'elle quittait la cellule, plusieurs femmes se mirent à pleurer doucement. Un chant d'affliction pour celle qui partait.

Le garde conduisit Lina jusqu'à une petite pièce, au bout du couloir. Son ensemble bleu et son corsage blanc étaient posés sur une table, nettoyés et repassés, avec des sous-vêtements propres. La pièce était équipée d'un petit lavabo, avec du savon et des serviettes. Lina craignit une ruse. Ils la voulaient propre et fraîche pour de nouvelles tortures. Elle résista aussi longtemps qu'elle le put mais, au bout d'une demi-heure passée à attendre, enveloppée dans son drap répugnant, elle se lava et se changea. Propre et vêtue de son élégant ensemble français, elle se sentit coupable à la pensée des femmes en haillons qui croupissaient dans la cellule, à l'autre bout du couloir. Mais ce n'était plus son affaire. Elle pensait à elle, seulement à elle.

Elle attendit plusieurs heures l'arrivée de Kamal. Il portait les mêmes vêtements que la veille, sauf son blouson de cuir, remplacé par une veste croisée bleu marine. Il fumait un cigare de Cohiba et paraissait très satisfait de sa personne, comme un play-boy qui s'apprête à passer une excellente soirée en ville. Il tendit la main à Lina d'un air assez cérémonieux, ainsi que l'on accueille un nouveau membre d'un club privé.

— Comment te sens-tu ? demanda-t-il. Tu n'as pas trop mal ?

— Si.

— Hier, c'était à ton tour d'être interrogée. Aujourd'hui, nous avons décidé de te laisser regarder l'interrogatoire de quelqu'un d'autre. Ce n'est pas mieux ainsi ?

Lina ne répondit pas et se contenta de le dévisager, stupéfaite. Qu'est-ce que tout cela pouvait bien signifier ?

— Il est possible que tu n'aimes pas beaucoup cela, et que tu décides de procéder à un échange. Tu devras alors répondre aux questions. Oui. C'est tout à fait possible, et il faudra dire la vérité, sinon nous nous occuperons de vous deux.

Lina ne comprenait toujours pas, mais elle n'osa pas poser de questions. Kamal lui banda les yeux et la conduisit dans le couloir puis vers un autre couloir, puis un troisième, avant d'arriver enfin dans une pièce où, d'après le bruit, se trouvaient d'autre gens. Elle entendit la voix forte d'un homme.

— *Heyaha*. La voici. Celle qui t'a donnée. Elle nous a parlé de tes crimes.

Kamal ôta le bandeau de Lina. Elle ouvrit les yeux

et laissa échapper un cri. La femme qui s'était montrée si compréhensive et si douce la veille était maintenant suspendue à une corde fixée au mur. Elle avait été dépouillée de ses hardes et sa peau translucide, ses seins qui pendaient comme des sacs vides, étaient exposés aux yeux de ses bourreaux. En face d'elle se tenait un homme à la tête énorme et au corps épais, un *kaybul* – le fouet métallique – à la main. Il parlait à la femme aux cheveux blancs.

— La fille de Londres nous a tout raconté, vieille femme. Elle nous a rapporté tout ce que tu as dit hier soir. Tous les slogans contre le Parti, toutes les conspirations contre l'Irak, les complots avec les juifs contre la Nation arabe. Tout. Elle t'a trahie.

Lina demeura silencieuse. La femme aux cheveux blancs la fixait droit dans les yeux. Elle détourna le regard.

— *Ya gahba !* cria l'homme au corps massif en levant le fouet au-dessus de sa tête. Putain ! Nous devons te punir pour tes crimes contre la Nation et contre le Parti.

Le fouet s'abattit, cassant les os de son maigre squelette comme du bois sec.

Lina hurla si fort qu'elle couvrit le cri de la malheureuse.

— *Ya kalba !* beugla le tortionnaire en frappant une nouvelle fois la pauvre femme. Garce !

La silhouette décharnée laissa échapper un son étouffé, suivi par un autre coup, puis encore un autre.

— *Kafi !* Arrêtez ! hurla Lina tandis que l'Irakienne se tordait de douleur comme une poupée grotesque.

Elle tourna les yeux vers Lina. Il n'y avait pas de colère dans son regard, seulement le pardon.

— Arrêtez ! cria encore Lina.

Il était trop tard. Un autre coup s'abattait sur la

femme. Au lieu de hurler, elle eut un gémissement à peine audible et son visage meurtri prit une teinte bleuâtre. Lina songea soudain à sa tante Soha, qui était à peu près du même âge que cette pauvre victime et devait avoir été torturée à mort dans des circonstances analogues.

— Laissez-la ! Je veux prendre sa place, s'écria Lina. Arrêtez !

L'homme au fouet suspendit son geste, mais il était trop tard pour sauver la pauvre femme. Son visage venait de virer au bleu sombre et sa tête s'était affaissée de côté. Ils la laissèrent suspendue là un moment et lui jetèrent un seau d'eau dans l'espoir de la faire revenir à elle, mais elle était morte. Ils s'aperçurent plus tard qu'elle s'était mordu la langue au début de la séance de torture, et qu'elle s'était étouffée dans son sang et ses vomissures. Ses souffrances étaient terminées.

— Veux-tu être interrogée maintenant ou plus tard ? demanda Kamal à Lina.

— Maintenant, répondit Lina.

Elle se sentait prête à mourir.

— Alors ce sera plus tard.

Kamal éclata de rire, ravi de sa bonne plaisanterie. Les gardes escortèrent Lina le long du couloir. Ils étaient tous fatigués. L'interrogatoire était remis au lendemain.

33

Sam Hoffman traversait Hanover Square lorsqu'il sentit quelqu'un lui taper doucement sur le coude. Il ignora tout d'abord l'intrus. Il se dirigeait vers la bibliothèque du British Museum où il trouverait sans peine, il en était certain, toute la documentation voulue sur la législation bancaire suisse, ce qui lui permettrait peut-être d'adopter un nouvel angle d'attaque contre Nasir Hammoud. Il sentit qu'on lui tapotait encore le coude, avec plus d'insistance cette fois, et il entendit une voix près de son oreille.

— Ne vous retournez pas. J'ai des nouvelles de votre amie Lina.

La tête de Sam fit aussitôt demi-tour ; il aperçut, un pas derrière lui, le visage hâlé de Martin Hilton.

— Espèce d'idiot, marmonna celui-ci, je vous ai dit de ne pas vous retourner. Vous ne saviez pas que vous étiez suivi ?

— Fichez-moi la paix, dit Hoffman. Qui me surveille ?

— Tout le monde. Fermez-la, faites ce que je vous dis, et nous parlerons de Lina. Soyez dans une heure à

Kew Gardens, en face de Palm House. Si personne ne vous suit, je m'approcherai de vous et je vous demanderai une cigarette. Puis nous parlerons. Dans une heure, exactement.

Ils arrivèrent près d'un endroit où leur allée en croisait une autre. Hilton opéra un virage à quatre-vingt-dix degrés.

— Est-elle en vie ? murmura Hoffman.

Hilton ne répondit pas. Il traversait déjà l'allée.

Une heure plus tard, Hoffman se trouvait à l'extérieur du pavillon de verre connu sous le nom de Palm House et contemplait la roseraie qui entourait le bâtiment. Il se demandait où était Hilton. Kew Gardens était à une bonne distance du centre de Londres, dans la lointaine banlieue ouest, mais il n'imaginait pas que Hilton puisse être en retard pour quelque rendez-vous que ce soit. Sam attendit cinq minutes, puis dix, quinze, et il s'apprêtait à partir lorsqu'un homme affublé d'un chapeau de paille et d'une barbe à la Van Dyke vint lui demander une cigarette. Il crut d'abord avoir affaire à un homosexuel en quête d'une aventure, jusqu'à ce qu'il reconnaisse le visage grimé de Hilton.

— Marchons un peu, dit celui-ci.

Il conduisit Hoffman vers l'allée qui menait à la pagode japonaise, tout au bout de Kew Gardens.

— Où est Lina ? demanda aussitôt Hoffman.

Il fallait qu'il sache, même s'il craignait d'entendre la réponse.

— Elle est à Bagdad. Ils l'ont capturée hier à Genève et l'ont embarquée à bord d'un avion. Nous avons obtenu le plan de vol à l'aéroport. Nous savons que l'appareil s'est posé à Bagdad.

— Est-elle vivante ?

— Nous n'en savons rien. Nous supposons qu'ils l'ont emmenée à la prison principale. Nous ignorons ce qui a pu se passer ensuite.

— Vous ne cessez de répéter « nous ». Qui est ce « nous » ?

— L'État d'Israël.

— Merde. Il ne manquait plus que cela.

Les yeux de Hilton lancèrent des éclairs, mais il ne s'arrêta pas de marcher.

— Malheureusement, nous ne pouvons pas grand-chose pour elle, maintenant. Nous ne sommes pas très présents à Bagdad.

— Merde, répéta Hoffman.

Ils passaient devant un autre pavillon. Sous le grand arc de verre et de métal poussait une forêt tropicale miniature, avec des palmiers, des nénuphars et des camélias en fleurs. C'était une sorte de petite prison qui retenait une jungle contre sa volonté au beau milieu de l'Angleterre. Hoffman se tourna vers l'agent israélien.

— Que puis-je faire pour l'aider ?

— La question est de savoir si vous disposez de relations à Bagdad.

— Non, répondit Sam après avoir réfléchi un instant.

— Peut-être connaissez-vous une personne qui serait en mesure d'influencer quelqu'un d'autre là-bas. Une personne qui posséderait de l'argent, par exemple, ou un certain poids politique.

Hoffman prit encore le temps de la réflexion. La réponse était « oui », même si l'idée lui déplaisait. Son vieil ami – et ennemi plus récent – le prince.

— Peut-être, répondit-il.

— Vous avez intérêt à vous servir de vos relations

le plus vite possible. Il n'y a pas de temps à perdre, à mon avis.

Ils approchaient de la tour à la silhouette frêle qui surmontait la pagode japonaise. Sam Hoffman se tourna vers son compagnon, dont l'accoutrement et la barbe en pointe paraissaient totalement déplacés en la circonstance.

— Pourquoi me racontez-vous tout cela ? En quoi êtes-vous impliqués dans cette histoire ?

— C'est une chance pour nous de donner un coup de pied dans la fourmilière irakienne et de mettre des bâtons dans les roues aux gens qui soutiennent ce pays. Votre amie Lina a le profil idéal pour cela, si nous réussissons à la maintenir en vie.

— Vous êtes une merde, grogna Hoffman. Vous vous servez d'elle.

Hilton roula de grands yeux. Ce Sam Hoffman n'était qu'un idiot.

— Tss, tss... Je sais. Nous sommes de vilains garçons.

— Salaud. Faites quelque chose pour l'aider.

— Désolé, je dois vous quitter, dit l'Israélien. *Bye bye !*

Il souffla un baiser ironique à Hoffman et bifurqua vers une autre allée. Hoffman se retrouva seul près de la pagode de fantaisie.

Une fois rentré chez lui, Sam tenta d'empêcher l'inévitable. Il téléphona à Asad Barakat, mais une secrétaire lui annonça qu'il était en voyage d'affaires. Il tenta même de joindre son père à Athènes, dans l'espoir qu'il connaîtrait un moyen d'influencer le nouveau régime de Bagdad. Frank Hoffman était parti à l'étranger, lui aussi. Il ne restait qu'une seule possibilité, et tandis que la BMW de Sam se dirigeait vers Hyde Park Square, il songea qu'il était prisonnier d'un lien invisible qui le retenait au prince Jalal depuis maintenant une demi-décennie, comme un boomerang qui revient toujours vers l'endroit d'où il a été lancé.

Les lumières étaient allumées chez le prince et la Rolls-Royce Corniche était garée devant son palais des plaisirs. Sam arrivait à l'improviste ; c'était mieux ainsi. Il sonna à la porte et le garde britannique habituel vint lui ouvrir. Le prince se tenait juste derrière lui, sur les premières marches de l'escalier qui menait à ses appartements privés. Il était vêtu d'une longue *thobe* blanche. Avec sa peau couleur café et sa barbe aux reflets brillants, il ressemblait à un dieu gravissant les marches célestes. Une expression passagère de gêne traversa le visage du prince lorsqu'il aperçut Sam Hoffman car, au même moment, il tenait un adolescent par la main. Il renvoya le jeune garçon à l'étage en lui donnant une petite tape sur le derrière.

— Mon cher Sam, dit le prince en descendant à la rencontre de son visiteur. Quelle surprise ! Je pensais qu'il me faudrait attendre encore cinq ans avant de te revoir. Je suis ravi de ta visite. Ravi.

— Je suis confus, s'excusa Sam. Je tombe à un mauvais moment.

— Pas du tout, mon cher, pas du tout. Je n'ai pas de secrets pour toi. J'aurais dû te présenter mon jeune ami. Un garçon adorable. Ils l'ont trouvé au Danemark, je crois. Une très belle voix, une voix d'ange. La variété est le sel de la vie, n'est-ce pas ?

— Oui, répondit Sam. Le sel de la vie.

Le prince le conduisit vers l'un des salons du rez-de-chaussée. C'était une énorme pièce dont le plafond s'élevait à plus de six mètres, peinte de la couleur riche et douce de la crème fraîche. Le prince s'installa sur un divan de taille imposante et invita d'un geste Sam à le rejoindre. Il frappa dans ses mains et des domestiques apparurent avec du thé, des confiseries et un narguilé, dans le fourneau duquel était disposé un fragment de haschisch de la taille d'un morceau de sucre. Le prince en tira une longue bouffée et présenta le bout du tuyau à Sam. Celui-ci déclina l'offre, et le prince laissa reposer l'embout sur ses genoux tout en contemplant son invité d'un air rêveur.

— Alors, mon ami, qu'est-ce qui t'amène, si peu de temps après ta dernière visite ? Aimerais-tu essayer les deux filles roumaines ? Elles ne sont plus vierges, je le crains, mais elles n'en sont pas moins délectables.

— Non. A dire vrai, j'aimerais revenir sur une autre de tes propositions.

— Vraiment ? Parfait. Et laquelle, je te prie ?

— Il y a de cela cinq ans, tu m'as proposé de t'aider à cacher de l'argent. Lors de ma dernière visite, tu m'as assuré que l'offre tenait toujours. Elle m'intéresse.

Jalal étendit la main, tandis que sa tête émergeait du nuage de fumée de haschisch.

— Enfin, mon cher ami, enfin ! Tu as vu la lumière ! *Ahlan wa sahlan*. Bienvenue dans la fraternité des hommes civilisés !

— Mais il y a une condition, Jalal. Je ne veux pas être payé pour mes services.

— Oh, vraiment ? Pourquoi ?

— Parce que j'aimerais que tu m'accordes une faveur. Je voudrais que tu te serves de cet argent pour acheter la vie de quelqu'un.

— Acheter la vie de quelqu'un... Comme c'est touchant ! Et qui est l'heureux élu ?

— Heureuse... Il s'agit d'une femme, une amie.

— Ah, *habibi*, j'en suis très touché. Bien entendu, je t'aiderai. C'est le genre de marché que je comprends. Parfois, il arrive qu'une femme prenne plus d'importance que l'argent, n'est-ce pas ? Qui est-elle ?

— Une Irakienne. Elle s'appelle Lina Alwan. Elle travaille pour Nasir Hammoud.

— Encore lui. (Jalal fit un geste de la main, comme pour repousser un plat peu appétissant.) Cet homme est tellement ennuyeux, mais qu'importe ? Où est la femme que tu souhaites me voir acheter ?

— Elle est emprisonnée à Bagdad. Elle a été capturée hier à Genève. Peux-tu la faire sortir de là-bas ?

— C'est difficile, mais pas impossible. Le pouvoir de l'argent est le même partout, mon cher. Y compris à Bagdad, et il se trouve que notre ambassadeur en Irak est l'un de mes amis. Je ne peux rien promettre, mais je voudrais tant que tu sois mon obligé... Je ferai de mon mieux.

— Merci, dit Hoffman.

Il porta la main à son cœur, à la manière arabe, en signe de gratitude. Le prince se contenta de rire. Pour lui, il ne s'agissait que d'une discussion d'affaires.

— Et maintenant, mon cher Sam, abordons ta part du contrat. Je te rends un service très particulier, et tu m'en dois un autre. C'est normal, n'est-ce pas ?

— Oui, tout à fait normal. Dis-moi ce que tu veux, et je le ferai.

Jalal resta un moment silencieux en caressant doucement de l'index les poils soyeux de sa barbe.

— J'ai un ami en Turquie, annonça-t-il enfin. Il m'a beaucoup aidé au cours de ces dernières années. C'est un banquier. Il se trouve malheureusement confronté à quelques problèmes légaux. En Turquie, en Amérique, partout. Il lui reste de l'argent caché quelque part – aux îles Caïman, je crois – depuis l'époque où sa banque était florissante. Il est terrifié à l'idée de le retirer, de peur que les autorités britanniques ou américaines ne s'en aperçoivent et lui rendent la vie encore plus difficile que maintenant. Aussi a-t-il besoin d'aide, et tu es justement le type d'homme qui pourrait lui rendre ce service. Une bonne réputation, d'excellentes relations. Le personnage idéal.

— Que veux-tu que je fasse pour lui ?

— Lui acheter une banque aux États-Unis. Il est convaincu que c'est le seul moyen sûr de garder son argent. Par malheur, il lui est techniquement impossible de posséder un établissement bancaire aux États-Unis. Surtout avec cet argent que certains l'accusent d'avoir volé. C'est pourquoi tu devras l'acheter pour lui. Mais nous nous occuperons de tout cela en temps voulu. C'est assez simple, non ?

Sam Hoffman hocha la tête. Avant même de sonner à la porte de Jalal, il s'était résolu à accepter ce genre de marché.

— Parfait, alors ! Mon avocat de Washington s'occupera des dossiers. Une fois trouvée la banque adéquate, il te faudra sans doute te rendre aux États-Unis pour signer les documents, etc. C'est une corvée, mais qu'y pouvons-nous ?

Sam hocha la tête une fois de plus. Il sentait que l'identité qu'il s'était efforcé de se forger au cours des dernières années s'effritait. La probité, l'indépendance, tout cela n'était pas pour lui, semblait-il. Il était probe et indépendant tant qu'il n'avait besoin d'aucune faveur particulière mais, dans le cas contraire, il pataugeait dans la fange comme tout un chacun. Il se sentait dégoûté. Il aurait voulu quitter la maison du prince. Celui-ci rayonnait, comme s'il venait de remporter une éclatante victoire.

— Il nous faut fêter cela, mon cher Sam, maintenant que nous sommes à nouveau amis. Un petit film, peut-être ? J'en ai un nouveau, *Infirmières philippines*, qu'un ami du Koweït vient de m'envoyer. Il en a filmé certains passages lui-même, chez lui. Il m'assure que tout est réel.

— Non, répondit Hoffman. Pas de film.

Il se souvenait du visage de l'épouse de Ramon Pinta, sur la photographie que lui avait montrée son mari un jour, dans son bureau, il y avait une éternité de cela...

— Un verre, peut-être ? Une pipe de haschisch ? Un peu de compagnie ?

Sam se leva du divan.

— Je dois partir.

— Bien sûr, Sam, je comprends. Tu te sens nerveux au sujet de ton amie. Quel est son nom, déjà ? Lina Alwan. Je vais m'en occuper dès que j'aurai passé un coup de fil en Turquie pour annoncer la bonne nouvelle à mon ami.

Robert Hatton présidait un déjeuner officiel cet après-midi-là à Washington, dans les salons privés du cabinet Hatton, Marola & Dubin. Il avait demandé à ne pas être dérangé, aussi personne ne l'avait averti du coup de téléphone de son client de Londres. Ce déjeuner était un événement important pour Hatton : c'était le rendez-vous annuel des membres du groupe très discret fondé par lui bien des années plus tôt, les « Amis de l'Arabie ». Un club très sélect : trois anciens membres du gouvernement, une demi-douzaine de responsables en retraite du ministère des Affaires étrangères, plusieurs membres influents du barreau de Washington.

Pour les membres distingués des Amis de l'Arabie, le rassemblement annuel était l'occasion de célébrer les réussites d'une vaste entreprise qui durait depuis plus de cinquante ans. Si quelqu'un avait eu vent de l'existence du club, il en aurait aussitôt dénoncé les aspects élitistes, impérialistes, racistes, et bien d'autres qualificatifs en *-iste*. Mais pour les membres des Amis, ces théories fumeuses ne valaient pas mieux que leurs auteurs, des rêveurs qui ignoraient ce qui faisait marcher le monde. Le seul tort des Amis de l'Arabie, comme le leur rappelait chaque année Robert Hatton en portant un toast, était de défendre les intérêts nationaux des États-Unis d'Amérique. L'Amérique s'était donné une tâche presque impossible à accomplir : d'une main, elle devait garder le contrôle des réserves de pétrole de la planète et, de l'autre, elle tenait une bombe toujours prête à exploser, celle des relations israélo-arabes. Jusqu'ici, elle y était parvenue, avec un peu d'aide. Le pétrole coulait à flots et la bombe, même si elle explosait parfois, ne menaçait pas de détruire la maison. Pour ce résultat, le monde devait toute sa gratitude – qu'il n'aurait jamais l'occasion d'exprimer, bien entendu – aux Amis de l'Arabie.

La secrétaire se décida pourtant à interrompre Hatton juste après le toast. Le client de Londres insistait. Il s'agissait d'une affaire urgente, disait-il, et qui ne pouvait attendre. Hatton s'excusa et prit l'appel du prince saoudien, qui faisait partie de son réseau de clientèle depuis des années. Le prince lui expliqua d'une voix rêveuse qu'il se trouvait confronté à deux problèmes délicats. Une complication survenue en Irak nécessitait le transfert rapide d'une somme importante à Bagdad par jet spécial. L'autre question concernait les affaires d'un gentleman turc, vieil ami du cabinet Hatton, Marola & Dubin. Des fonds d'une importance exceptionnelle, qui dormaient actuellement sur un compte domicilié aux Îles Caïman, devaient être transférés aux États-Unis. Un mandataire était disponible, qui pourrait également se porter acquéreur d'un établissement bancaire. Le problème turc était urgent, sans plus. Le problème irakien devait être résolu sans le moindre délai.

Hatton contacta aussitôt l'un de ses associés minoritaires. Il lui ordonna de libérer les fonds qui se trouvaient déposés sur un compte à Bahreïn et de négocier l'affrètement d'un jet avec une compagnie basée à Amman. En l'espace de quelques minutes, un système bien huilé s'était mis en marche, ce qui permit à Robert Hatton d'arriver à temps pour déguster un verre de cognac et fumer un cigare en compagnie de ses invités.

34

Lina passa une longue nuit sans sommeil. Elle était enfermée, à nouveau seule dans sa cellule, mais les lumières restèrent allumées en permanence. La pièce était par ailleurs identique à celle où elle avait passé sa première nuit de captivité : des murs de béton grossier sur lesquels étaient gravés des noms et des messages ; les latrines puantes dans un coin ; la fraîcheur bienfaisante du sol de pierre. Ce n'était pas la peur de la mort qui tenait Lina éveillée. Elle voulait simplement se raccrocher à chaque minute de conscience. Tandis qu'elle se reposait, le visage contre le sol, les personnages de sa vie défilaient dans son esprit comme des acteurs qui se préparent à la révérence finale. Elle songeait à sa mère, morte depuis si longtemps qu'elle n'était plus pour elle qu'un phare lointain. C'était pourtant elle la première victime : elle avait été tuée par son exil forcé de Bagdad. Et puis son père, l'aristocrate trop pauvre pour assumer son dédain de ce qu'étaient devenus les Arabes. Comme il avait eu raison ! C'était une nouvelle ère de l'ignorance – *Asr al-Jahiliyya*. Lui aussi était une victime.

Elle pensa à Sam Hoffman ; au début, il n'était qu'un acteur mineur du drame, avant de passer soudain sur le devant de la scène. C'est lui qui avait poussé Lina vers cette désastreuse aventure et tenté ensuite de la retenir. Elle ne pouvait l'en blâmer. Il avait raison dans les deux cas. Elle en avait trop fait, et pas assez. Elle revit Hammoud. Si quelqu'un au monde méritait les horreurs de Qasr al-Nihayya, c'était bien lui. L'esprit de Lina s'arrêta ensuite sur le souvenir de sa tante Soha, que l'on avait forcée, trois ans plus tôt, à envoyer à Lina cette lettre la pressant d'accepter un emploi chez Nasir Hammoud. Quel prix n'avait-elle pas payé pour cela ! Pour finir, elle s'était sans doute retrouvée dans la même prison, peut-être dans la même cellule. Et son amie Randa... qu'elle avait stupidement accusée sans en évaluer les conséquences et qui, elle aussi, venait de payer un prix atroce.

Trop de gens étaient morts pendant que Lina tentait de rassembler son courage. Que disait Jawad, le poète ? Les femmes sauveraient l'Irak, car les hommes étaient trop corrompus. Il s'était trompé, au moins en ce qui concernait Lina, qui avait laissé d'autres aller à la mort, par lâcheté. Elle maudissait sa faiblesse et son silence. Où Jawad avait-il puisé le courage de survivre et de lutter ? Lina fit une promesse solennelle – le genre de marché que l'on passe avec Dieu lorsque l'on se sent proche de la mort. Si elle survivait à l'épreuve de Qasr al-Nihayya, elle ferait tout ce qui était en son pouvoir pour venir en aide à Nabil Jawad.

Kamal, l'inquisiteur, réveilla Lina juste après l'aube. Il tenait un capuchon noir à la main. Il semblait presque vouloir s'excuser de la déranger si tôt. Il sait que je vais mourir aujourd'hui, songea Lina. Kamal paraissait effectivement différent ce matin-là, agité, manquant de confiance en soi. Peut-être éprouvait-il une certaine culpabilité à l'idée de ce qu'il allait devoir faire ? Ou craignait-il de ne pas être à la hauteur si l'occasion se présentait de violer Lina ?

— *Ana aasif*, dit-il. Je suis désolé.

— Ne dites pas cela, répondit Lina. Ne dites rien.

Elle ne voulait rien entendre et ne pouvait supporter l'idée d'un tortionnaire souffrant d'un complexe de culpabilité.

— Je suis désolé, répéta Kamal. Je ne savais pas.

Il plaça le capuchon noir sur la tête de Lina et la fit sortir de la cellule, sans la tirer brutalement comme les jours précédents, mais en la prenant doucement par la main. Ils parcoururent un long couloir, puis un autre, après une porte métallique, puis ils tournèrent à droite. « Attention », lui souffla alors Kamal en guidant sa main vers une rampe, tandis qu'ils descendaient une volée de marches, puis une autre, et enfin une troisième. Au pied de l'escalier, ils s'arrêtèrent. Lina entendit la voix de Kamal qui parlait à un autre homme.

— *Miftah ?* demanda Kamal. La clef.

— *Aywah*. Oui.

— Est-ce qu'ils attendent ?

— *Aywah*, répéta l'homme. *Al-safir Al-Saudi*.

L'ambassadeur saoudien. Mais pourquoi ? Ainsi les Saoudiens voulaient la voir morte, elle aussi ! Peut-être étaient-ils venus assister à l'exécution ? Lina entendit quelques bruits – l'homme cherchait sans doute les clefs – et des paroles murmurées, sans qu'elle puisse en comprendre le sens. Une lourde porte s'ouvrit et Lina sentit les rayons du soleil, malgré le tissu épais du capuchon. On la fit avancer de quelques pas, puis une autre porte s'ouvrit et une bouffée d'air lui caressa les bras. Son cœur fit un bond – elle était dehors ! Elle se força à réprimer cette pensée. Ils jouaient à de nouveaux jeux avec elle, mais cela ne changerait rien au résultat final. Soudain, une autre main lui prit le bras et la tira pour l'installer sur la banquette arrière d'une voiture. Ils l'emmenaient ailleurs pour la tuer. Le chauffeur la força à s'étendre sur la banquette et la recouvrit d'une couverture à l'odeur douteuse, qui venait sans doute de la prison. Un linceul pour la condamnée à mort.

— Vous aimez la musique ? demanda le chauffeur.

Il parlait anglais. Il inséra une cassette dans le lecteur de l'autoradio. C'était de la pop arabe, et Lina reconnut le son grêle d'un *oud* électrique et une voix de femme qui chantait comme un chat de gouttière.

— Pas de musique, gémit Lina sous sa couverture.

A sa grande surprise, le chauffeur coupa aussitôt le son. Les condamnés avaient encore quelques droits, semblait-il.

Ils roulèrent longtemps. Trop longtemps. Lina aurait voulu que l'on en finisse. Son cerveau commençait à lui jouer des tours, et elle se surprenait même à espérer rester en vie. Le vent s'engouffrait à travers le tissu de la couverture. C'était dangereux. Le seul aliment du courage était la certitude de la mort. Une fois admise la possibilité de la survie, les raisons de vivre réapparaissaient, et la terreur avec elles. La voiture continua à rouler le long de ce qui paraissait être une large route, elle ralentit à un rond-point, puis à un autre. Lina commença à entendre un bruit étrange, d'abord distant, puis de plus en plus proche, comme le rugissement d'un ou plusieurs moteurs. Elle se demanda si elle devenait folle, après tant d'heures de tension et d'angoisses.

La voiture effectua un virage et s'arrêta. Le conducteur baissa sa vitre et se mit à parler en arabe. *Safir Al-Saudiyya*. L'ambassadeur saoudien. Le chauffeur tendait ses papiers, ou de l'argent, à quelqu'un – un garde, d'après le son brutal de sa voix. Elle entendit un grognement tandis que le garde indiquait au chauffeur que la voie était libre. Celui-ci remonta sa vitre et appuya sur l'accélérateur.

— Vous aimez la musique ? répéta-t-il.

— Oui, répondit Lina.

Un sixième sens venait de l'avertir qu'elle allait vivre, en fin de compte. Après trente secondes de musique, la voiture s'arrêta. Le chauffeur ouvrit la portière, ôta la couverture crasseuse du corps de Lina et la jeta au sol. Il aida Lina à se lever et à dénouer les liens du capuchon.

Il fallut un moment à la jeune Irakienne pour s'habituer à la lumière du jour. Le fuselage d'un petit jet étincelait à une dizaine de mètres de l'endroit où était garée la voiture. La passerelle était abaissée et un steward installé au sommet des marches l'invitait par gestes à monter à bord. Lina se retourna vers la voiture. C'était une longue limousine noire qui portait des plaques d'immatriculation diplomatiques. Lina finit par comprendre. L'homme qui l'avait conduite ici était le chauffeur de l'ambassadeur d'Arabie Saoudite.

— Vite, lança le steward en la pressant de le rejoindre.

Lina ne se sentait pas encore prête. Il lui fallait quelque chose qui lui rappelle sa promesse à Jawad et à ceux qui étaient morts dans cette sinistre aventure. Elle aperçut la couverture sur le sol et la prit entre ses bras.

— Dépêchez-vous, je vous en prie, insista le steward.

Le pilote, à son tour, agitait le bras pour lui faire comprendre qu'il était grand temps de partir. Plus encore que Lina, ils semblaient craindre les hommes de Bagdad. Elle escalada les marches de la passerelle. Le steward ferma la porte en hâte et lui indiqua son siège. Il lui demanda si elle souhaitait boire quelque chose, comme si elle était une cliente du Ritz ; Lina voulait un verre d'eau. Elle ferma les yeux tandis que l'avion roulait sur la piste avant de prendre son envol dans le hurlement des réacteurs. Le train d'atterrissage se replia sous le fuselage. Lina aurait aimé ressentir un sentiment de libération, mais l'image du visage du poète restait présente derrière ses paupières closes, et elle continuait à errer dans la galerie de la mort. Le steward revint quelques minutes plus tard.

— Le pilote aimerait connaître votre destination, lui annonça-t-il. Ses ordres étaient de venir vous chercher et de vous conduire là où vous le souhaitiez.

Lina ne perdit pas de temps à réfléchir.

— Genève, répondit-elle.

Une heure plus tard, alors que le steward venait l'informer qu'ils venaient de quitter l'espace aérien irakien, Lina lui demanda si elle pouvait envoyer un message à Londres. Elle avait profité de ses premiers instants de liberté pour se demander comment agir par la suite. Elle avait déjà commis trop d'erreurs. Elle pensa soudain à Sam, à ses yeux endormis le jour où elle l'avait réveillé en frappant à sa porte, et à son regard plein de désir lorsqu'elle lui avait caressé la joue. Elle se souvenait aussi de la façon dont il avait cherché à approcher et comprendre le poète Jawad lors de la réception chez les Darwish, alors que Lina ne songeait qu'à se cacher et fuir.

Le steward lui répondit qu'elle pouvait envoyer un télégramme dans n'importe quel pays au monde. Elle rédigea son texte et le lui tendit. Il se composait d'une seule phrase, et était adressé à North Audley Street, Londres :

Rendez-vous demain à Genève, à midi, dans le parc appelé La Perle du Lac.

Signé : *Anouk Aimée.*

Les yeux du steward s'agrandirent tandis qu'il lisait le texte.

— Vous êtes Anouk Aimée ? demanda-t-il.

— Oui, répondit-elle.

Quelle importance ? Elle n'était plus personne, elle n'existait pas.

CINQUIÈME PARTIE

L'OCÉAN D'ARGENT

35

Lina était installée au deuxième étage d'un café de la rue de Lausanne, près de l'entrée du parc La Perle du Lac. Il était midi moins le quart. Tout son corps était douloureux : son dos, ses côtes, ses jambes... Elle commanda un deuxième café, dans l'espoir qu'il lui ferait oublier la douleur. Elle avait passé la majeure partie de son temps, depuis son arrivée à Genève, à échapper aux flatteries de ses nouveaux bienfaiteurs, les Saoudiens. Ils s'étaient arrangés pour la faire pénétrer sur le territoire helvétique avec des papiers qui l'identifiaient comme étant l'épouse du prince Jalal bin Abdel-Rahman. A son arrivée à l'aéroport, le consul général d'Arabie Saoudite l'attendait et avait insisté pour la conduire à son hôtel à bord de sa limousine. Il ne fournit aucune explication à Lina sur ce qui s'était passé, et elle n'en demanda pas.

— Je descendrai au Beau Rivage, s'était-elle contenté d'annoncer, tout en songeant à la merveilleuse salle de bains de l'hôtel.

Elle était passée à la réception avant de prendre un bain et de dormir un peu. Lorsque la nuit était tombée, elle s'était glissée hors de l'hôtel pour disparaître dans la ville. Après plusieurs heures d'errance destinées à vérifier l'absence d'éventuels poursuivants, elle était revenue à la pension de Mme Jaccard, près du dépôt de marchandises, là où elle se savait encore introuvable. Après avoir présenté de plates excuses à sa logeuse pour son absence et réglé une semaine de plus à l'avance, Lina était bel et bien pardonnée. Elle s'était alors précipitée dans sa chambre pour sombrer aussitôt dans un sommeil de plomb.

Quelques minutes avant midi, un taxi de l'aéroport s'arrêta rue de Lausanne. Un homme portant des lunettes teintées paya la course et se dirigea vers l'entrée du parc. Il était vêtu d'un blazer bleu et d'un pantalon de flanelle grise ; un sac de voyage en cuir gris était jeté sur son épaule. Lina constata l'absence de cravate avec soulagement. Elle tenait à ce que Sam reste conforme en tous points à son souvenir. Il fit halte en bordure du parc, surveillant les jardins à la recherche de Lina. Mon Dieu, se dit-elle, il est vraiment mignon.

Le parc était un paradis de verdure, comme une émeraude près du lac de diamant. Lina vit Hoffman y pénétrer ; il était midi, l'heure du rendez-vous, mais elle commençait à connaître les règles de la prudence. De son perchoir de l'autre côté de la rue, elle pouvait observer la disposition du parc et ses voies d'accès. Elle tenait à s'assurer qu'elle était en sécurité avant de s'y aventurer. Alors que Sam franchissait l'entrée, elle vit un homme chauve assis sur un banc lever la tête vers lui un instant avant de se replonger dans la lecture de son journal. Il avait le teint sombre, d'une nuance café au lait, mais il était habillé comme un bourgeois suisse et portait une veste de tweed et un foulard. Avait-il reconnu Hoffman ? Il était impossible de le dire, car il était bien trop éloigné de Lina. Sam ne s'était aperçu de rien. Il s'assit sur un autre banc et regarda autour de lui pour tenter d'apercevoir Lina.

Le temps printanier était presque chaud, et le parc commençait à se peupler d'enfants, accompagnés de leurs parents. Un homme équipé d'une carriole vendait des glaces. Un mime au visage blafard marchait comme un zombie devant un groupe d'enfants médusés et leurs parents, beaucoup plus blasés. Lina observait toujours Sam de loin. Après quelques minutes d'attente, il se leva et se dirigea vers un coin du parc abrité par une rangée d'arbustes. Lina le surveillait avec soin. Alors que Sam s'approchait des arbustes, l'homme chauve se leva. Il marchait d'un pas lent, sans s'éloigner des groupes de parents et d'enfants, et s'arrêtait à l'occasion pour se rasseoir sur un banc et allumer sa pipe. Si Sam s'était retourné, il ne se serait jamais aperçu que quelqu'un le suivait.

Hoffman cherchait toujours Lina du regard. Il fit soudain demi-tour et passa devant l'homme chauve, qui s'appuyait d'un air distrait sur la barrière qui ceignait le lac, tout en regardant les bateaux. Lina se sentait désolée pour Sam, qui paraissait inquiet et désorienté. Où était-elle ? devait-il se demander. Pourquoi avait-elle manqué le rendez-vous ?

Le parc s'étendait sur près de huit cents mètres vers le nord, en bordure du lac. Hoffman grimpa sur un banc pour mieux voir les alentours, puis il se dirigea vers le bord de l'eau. L'homme chauve le suivit à pas mesurés. Il venait d'éteindre sa pipe, afin que l'odeur du tabac ne trahisse pas sa présence. Au fur et à mesure que son anxiété augmentait, Hoffman accélérait l'allure. Lina devait choisir : quitter sa retraite du deuxième étage du café, ou risquer de perdre Sam de vue. Elle descendit et prit la rue de Lausanne, en restant sur le trottoir opposé au parc. A travers les arbustes, elle apercevait Hoffman toutes les quelques secondes. Ils continuèrent leur marche synchronisée vers le nord, passèrent devant le musée des Sciences et le monument aux morts. Ici au moins, les morts avaient droit à un monument, songea Lina.

Hoffman poursuivit son chemin jusqu'à l'extrémité nord du parc, tout proche de l'Olympe des organisations internationales, du Walhalla des bureaucrates. Le Palais des Nations apparut au bout de l'avenue de la Paix. Hoffman s'assit sur un banc, perplexe, se demandant comment réagir. Lina aurait voulu se précipiter à sa rencontre, mais c'était une erreur, elle le savait.

C'était une sorte de jeu mental à deux, qui consistait à coordonner ses mouvements sans communiquer. Le scénario de base était d'une absolue simplicité : deux personnes ont rendez-vous et l'une d'entre elles ne se montre pas à l'heure et au lieu convenus. Que doivent faire les deux protagonistes pour accroître les chances d'une rencontre ? Doivent-ils abandonner le plan initial et se retrouver dans un autre lieu crédible : le pont près du Jet d'Eau, par exemple, ou le Palais des Nations ? Ou chacun doit-il faire confiance à l'autre et se convaincre qu'il parviendra tôt ou tard à rejoindre le point de ralliement fixé au départ ? Lina observait Sam Hoffman, assis sur son banc, qui se livrait sans le moindre doute au même exercice mental.

Elle préféra miser sur la deuxième solution : Hoffman s'en tiendrait à l'arrangement prévu. Il allait revenir sur ses pas et elle tenterait de l'intercepter au passage. Elle parcourut du regard l'étendue du parc, à la recherche d'un endroit où Hoffman serait susceptible de faire halte. Un petit pavillon proposait les services d'un centre d'information pour les touristes et des toilettes. Il était situé tout contre la clôture, près de l'allée qui menait à l'entrée principale. Hoffman s'y arrêterait peut-être pour chercher Lina ou pour se soulager. Lina se mit en marche dans cette direction, puis se mit soudain à courir ; il était essentiel qu'elle y arrive avant Hoffman et son poursuivant chauve.

Elle atteignit rapidement le pavillon, fraîchement repeint pour le printemps. Comme une baleine invisible, le Jet d'Eau crachait des gerbes d'écume au-dessus de la surface du lac. A l'intérieur, le centre d'information était décoré de cartes de la ville. Ce n'était pas le bon endroit pour attendre ; l'homme chauve l'y repérerait sans la moindre difficulté. Près de la façade se trouvait une sorte de véranda, avec deux couloirs qui conduisaient aux toilettes. Parfait.

Lina prit place derrière la barrière de bois qui protégeait l'entrée des toilettes des femmes. De là, elle pouvait voir, sans être vue, quiconque pénétrait à l'intérieur du pavillon. Tandis qu'elle s'excusait auprès des femmes suisses qui devaient se contorsionner en passant devant elle pour arriver aux lavabos, elle se demanda si son choix était le bon. Peut-être Hoffman avait-il trouvé une autre solution à leur dilemme, ou purement et simplement abandonné. Elle consulta sa montre. Il était douze heures trente passées. Lina était prête à quitter son poste d'observation lorsqu'elle aperçut la silhouette familière de Sam qui montait à pas pressés les quelques marches menant à la véranda. Il se tourna ensuite vers la direction opposée, en direction des toilettes pour hommes.

— Sam, murmura-t-elle. C'est Lina. Ne me regardez pas.

Hoffman s'arrêta brusquement et plongea son regard dans la salle du centre d'information, tel Orphée incapable de se retourner pour rencontrer le regard de sa bien-aimée, mais un large sourire barrait son visage. Il fit un pas de côté vers Lina et fit mine de lire une notice d'information accrochée au mur.

— Vous êtes suivi par un homme chauve qui porte un manteau de tweed, chuchota Lina. Il y en a peut-être d'autres, mais c'est le seul que j'ai pu repérer. Essayez de le semer et allez à l'hôtel Intercontinental, juste au-dessus de la colline. Prenez une chambre double au nom de M. et Mme Hoffman. Je vous y retrouverai ce soir.

Hoffman souriait toujours en regardant droit devant lui. Il ôta ses lunettes de soleil qu'il rangea dans l'une de ses poches. Ses yeux brillaient comme les eaux du lac.

— *Houbbah, houbbah*, grogna-t-il aussi discrètement que possible.

— Allez au diable, murmura Lina avant de disparaître dans les toilettes des femmes.

Hoffman se dirigea en sens inverse, vers les toilettes des hommes. Une trentaine de mètres plus loin dans le parc, derrière un arbre, un homme chauve en manteau de tweed attendait le retour de Sam pour reprendre sa filature silencieuse.

36

Le portier de l'Intercontinental lança à Lina un regard sceptique lorsqu'elle poussa la porte à tambour de l'hôtel. Quelque chose clochait en elle : les cheveux blond platine et le manteau vert informe ; la démarche vive, assurée, et les yeux aux aguets. Il l'observa tandis qu'elle se dirigeait vers les cabines téléphoniques pour appeler à l'étage, avant de prendre l'ascenseur. C'était le genre de ballet dont il avait été témoin un millier de fois. Après tout, l'hôtel avait longtemps été fréquenté par les pontes de l'OPEP, qui s'y réunissaient pour fixer les prix du pétrole et s'amuser un peu au passage. Pourtant, la direction aimait savoir ce qui se passait dans l'établissement. Le portier intercepta Lina au moment où elle attendait l'ouverture des portes de l'ascenseur.

— Puis-je vous aider, madame ?

Lina le regarda comme s'il était le dernier des barbares.

— Je suis Mme Hoffman, répondit-elle d'un ton glacial. Je rejoins mon mari, chambre 810.

Le portier regarda Lina d'un air dubitatif, mais la laissa pénétrer dans la cabine. Quelle importance, après tout, tant qu'elle ne venait pas harceler les clients dans les salons du rez-de-chaussée ?

La porte était déjà ouverte lorsque Lina atteignit la chambre. Hoffman l'étreignit en la prenant dans ses bras, puis il fit un pas en arrière pour la contempler à loisir. Elle était vivante, après tout ce qu'elle avait dû subir à Bagdad. Sam décela quelque chose de nouveau dans son visage : une certaine tristesse dans le regard, une dureté dans la position des pommettes. Et quelque chose encore...

— Tes cheveux, dit-il.

— Comment les trouves-tu ? demanda-t-elle, sans même se rendre compte qu'ils se tutoyaient.

— Ils te vont bien.

— Non, pas vraiment, dit-elle en souriant. Les femmes arabes ressemblent à des idiotes avec des cheveux blonds. (Elle passa la main dans sa chevelure raide et envoya un clin d'œil à Sam.) Pendant que j'y pense, il me faudra la clef de la chambre. Le portier m'a prise pour une call-girl.

Hoffman parut soudain gêné. Il lui tendit la clef et s'assit sur le divan. Lina vint l'y rejoindre et ils restèrent un moment silencieux en regardant par la fenêtre, ne sachant vraiment que se dire. Le salon disposait d'une baie panoramique qui donnait sur le lac. Dans l'obscurité, les néons des immeubles de la rive sud dessinaient des motifs publicitaires pour des compagnies aériennes du Moyen-Orient et du Japon. Lina se rapprocha de Sam, de quelques centimètres seulement ; il paraissait inquiet de la voir trop proche, comme s'il craignait qu'elle n'éclate en sanglots après tant d'épreuves.

— Est-ce que tu as été suivi jusqu'ici ? demanda-t-elle.

— Non. J'ai semé le type en veste de tweed vers Vaud, sur la route de Zurich. Il croit que je suis installé dans un *bed-and-breakfast* là-bas.

— Mais ce n'est pas le cas. Tu es ici, avec moi.

Hoffman lui lança un regard interrogateur, sans savoir si elle le repoussait discrètement ou l'encourageait au contraire avec gentillesse. Lina n'en était pas sûre elle-même. Sam prit sa main. Des larmes brillaient dans ses yeux.

— Je suis si heureux que tu sois en vie, lui dit-il. Je pensais que tu étais morte.

Lina pressa sa main. C'était lui qui avait besoin de réconfort.

— Je suis vivante.

— T'ont-ils fait du mal ?

— Non. Ils ont essayé, mais ils n'ont réussi qu'à me rendre plus forte.

Hoffman attendit que Lina lui en dise plus, mais les mots manquaient à la jeune Irakienne pour raconter ce par quoi elle venait de passer. Il leva les yeux vers elle, silencieux. Il était difficile de combler le fossé qui les séparait. Mieux valait parler de tout et de rien ; une conversation sérieuse était hors de leur portée.

— Comment s'est passé le voyage depuis Bagdad ?

— Merveilleux ! C'était comme s'envoler hors de l'enfer. Est-ce que c'est toi qui as organisé mon sauvetage ? Je me posais la question. Je l'espérais, mais avec tous ces affreux Saoudiens à l'aéroport, je n'étais plus sûre de rien.

— Oui. C'était moi.

— Cela a dû te coûter une fortune ?

— Oui, pas mal d'argent, en effet.

— Comment t'es-tu arrangé ?

— Par le biais d'un ami saoudien qui a un bon réseau de relations à Bagdad. Ce n'est pas un homme sympathique, mais quand on doit tirer quelqu'un de l'enfer, on est bien obligé de négocier avec le diable.

— Comment savais-tu que j'étais à Bagdad ?

— Quelqu'un me l'a dit, peu importe qui. Je te l'expliquerai plus tard.

Hoffman demeura soudain silencieux et ses derniers mots semblèrent rester suspendus en l'air. Il se sentait incapable d'exprimer certaines choses, lui aussi. Sa main libre vint chercher celle de Lina. On aurait dit des enfants qui se cherchent à tâtons dans le noir.

— Qu'as-tu ressenti lorsqu'ils sont venus à ton secours ?

Lina ferma les yeux. Elle aurait voulu pouvoir lui raconter sa joie, lui dire qu'elle avait battu des mains et chanté un hymne à la liberté, mais elle lui devait la vérité.

— Au début, je n'ai rien ressenti. Je n'avais plus aucun espoir. C'est ce qui m'a sauvée, je crois. J'étais devenue insensible à la peur. Je savais que j'allais mourir, et j'y étais prête. Et puis ils sont venus me chercher.

— Comment était-ce, avant, dans la prison ? (Sam devait poser la question, même si Lina était incapable de lui répondre.) Y avait-il d'autres gens ?

— Oui, répondit-elle.

Elle dut s'arrêter de parler. Ses yeux, qui étaient restés secs depuis son retour dans le monde des vivants, s'emplissaient soudain de larmes. Sam se rapprocha d'elle, par-delà ce gouffre de douleur dont il ignorait tout, et il la prit dans ses bras.

— Oh, Sam, c'était horrible. Je ne peux pas te dire à quel point. Je me sens coupable d'être ici, en vie. Je ne peux pas le supporter.

Lina se mit à pleurer, de grosses larmes qui mirent une éternité à se tarir.

Hoffman commanda à dîner. Ils se sentaient tous deux

épuisés et pris d'un léger vertige, comme cela arrive parfois après un enterrement. Il leur fallait rire, manger, redécouvrir l'usage de leurs sens. Un serveur arriva, poussant devant lui un chariot imposant. Une bouteille de bourgogne blanc était mise à rafraîchir dans un seau et deux soles meunière attendaient au chaud sous leurs cloches.

Sam, plutôt que de porter un toast à Lina, se contenta de lever son verre. Lina l'embrassa sur la joue. Elle avait toujours vu Sam comme un homme un peu dur, tendu, et elle était heureuse de découvrir une facette plus tendre, plus triste aussi, de sa personnalité.

Au cours du repas, Lina lui retraça les événements de la semaine écoulée. Elle lui raconta la fuite vers la maison de Helen Copaken à Blackheath ; le départ soudain pour Genève ; la soirée avinée avec Frederick Behr et la conversation téléphonique surréaliste avec le malheureux M. Marchand, de l'Organisation de Banques Suisses ; la razzia électronique opérée le lendemain sur les fichiers de l'OBS, et le choc ressenti lorsqu'elle s'était rendu compte que l'argent du Chef suprême s'était volatilisé ; enfin, la visite rendue au banquier privé Maurice Mercier. Hoffman l'écoutait, admiratif, hochant la tête tandis qu'elle décrivait les supercheries successives qui lui avaient permis d'infiltrer la toile mystérieuse du réseau financier du dictateur.

— Je dois retourner voir Mercier, dit soudain Lina. Demain matin à neuf heures. Je l'ai appelé aujourd'hui pour prendre rendez-vous.

Hoffman se tourna vers elle, stupéfait.

— Tu n'abandonnes donc jamais ! Tu refuses de lâcher Hammoud !

— Je me le suis promis à Bagdad. Il faut que tu viennes avec moi, Sam. Ils tenteront peut-être quelque chose. J'ai besoin de toi.

Sam hocha la tête, non en signe de compréhension, mais parce qu'il savait ne disposer d'aucun choix.

— Bien entendu. Je te servirai de *moukhabarat*.

— Non, pas cela ! (Ce mot charriait dans son esprit le sinistre souvenir de ses tortionnaires de Qasr al-Nihayya.) Tu seras mon conseil juridique.

— Je suis désolé, dit Sam.

Il se rendait compte qu'il allait devoir se montrer prudent. La couche de terre qui recouvrait les tombes était encore bien mince. Il débarrassa les assiettes et se servit un autre verre de vin.

— Je vais prendre un bain, annonça Lina. Je reviens dans un petit moment.

Hoffman posa les pieds sur une table basse et se plongea dans la contemplation des lumières qui scintillaient sur le lac. Il fuma la moitié d'un paquet de cigarettes, aspirant à chaque fois quelques bouffées avant d'écraser le mégot dans le cendrier et d'en allumer une autre quelques minutes plus tard. Il allait finir la bouteille de vin, mais il se ravisa lorsqu'il entendit Lina sortir de la salle de bains. Il ne savait pas très bien ce qu'elle attendait de lui, mais il voulait en avoir le cœur net. Elle fredonnait pour elle-même une comptine apprise lorsqu'elle était enfant.

Sam frappa doucement à la porte de la chambre.

— Puis-je entrer ?

— Oui, répondit Lina. J'ai une surprise pour toi.

Sam ouvrit la porte. Lina était assise sur le lit, enveloppée d'une des immenses serviettes de bain de l'hôtel. Une serviette de toilette plus petite lui ceignait la tête comme un turban. Elle la défit avec un geste faussement cérémonieux au moment où Hoffman s'asseyait à côté d'elle. Sa chevelure était redevenue d'un noir de jais. Avec ses cheveux courts plaqués en arrière, elle ressemblait à un buste antique de Néfertiti ; ses lèvres, son nez, ses yeux – chacun de ses traits évoquait l'audace et la majesté.

— Tu es si belle, dit Hoffman. Si belle.

Il l'entoura de son bras. Elle le laissa faire, sans toutefois répondre à son étreinte.

— Tiens-moi dans tes bras.

Sam commença à lui caresser doucement le dos. Elle se rapprocha de lui et la serviette glissa de quelques centimètres de ses épaules, si bien que c'était sa peau que Sam caressait maintenant, et non plus le tissu. Il continua son doux massage en descendant le long de son dos, puis il s'arrêta brusquement.

— Mon Dieu, mais qu'est-ce que c'est ?

Il découvrit une zébrure rouge, à vif, le long du dos de Lina, là où le câble l'avait frappée.

— Bagdad.

Elle resta longtemps immobile dans les bras de Sam, la tête contre son épaule, puis elle leva les yeux vers lui.

— Est-ce que cela te répugne ?

— Non. Tes blessures ont juste besoin d'amour.

— Pourras-tu me faire l'amour, après ce qu'ils m'ont fait ?

— Oui, répondit Sam. Et toi, tu pourras faire l'amour avec moi ?

— Je ne sais pas... Oui, je crois.

Sam se pencha vers la table de nuit et éteignit les lumières. Il ôta ses vêtements et se tourna vers elle. Elle avait enlevé la serviette de bain et s'était glissée sous les draps.

— Viens te coucher, dit-elle.

Il l'entoura de ses bras, attentif tout d'abord à ne pas toucher les marques des coups, mais bientôt il ne put s'en empêcher. Les marques s'étendaient sur toute la surface de son dos et, lorsqu'il la serra contre lui, il sentit les blessures à vif de ses seins contre sa poitrine, et d'autres marques à l'arrière de ses cuisses. Partout où il la touchait, elle était meurtrie. Il la tint contre lui doucement, les doigts aussi lisses que la soie, et ses caresses étaient comme un baume apaisant. Pendant longtemps, il évita de la caresser entre les jambes, de peur de découvrir la trace d'autres sévices. Elle finit par lui prendre la main et la guider le long des courbes de son ventre. C'était comme si toute la chaleur du corps de Lina s'était fondue en cet endroit précis.

— J'ai envie de toi, murmura-t-elle.

Hoffman se réveilla deux heures plus tard. Une main douce le caressait. Avec toute la fascination qu'éprouvent les nouveaux amants pour le corps de l'autre, Lina le regardait revenir à la vie.

— Mmmm, marmonna-t-il, encore à demi plongé dans le sommeil. Qui est-ce ?

— *Moo ani, al-wawi*, répondit Lina, prise sur le fait, en gloussant comme une gamine.

— Comment ?

— J'ai dit : « Ce n'est pas moi, c'est le *wawi.* » C'est ce que disent les enfant en Irak, lorsqu'ils sont pris en faute.

— Qu'est-ce qu'un *wawi* ? demanda Sam d'une voix encore chargée de sommeil.

— C'est un animal imaginaire, qui ressemble à un renard. Il vit dans le désert, et fait parfois de drôles de choses.

— Bonne nuit, murmura Sam.

Trente secondes plus tard, Lina l'embrassait sur les lèvres.

— Je n'arrive pas à dormir, dit-elle en chevauchant le corps de Sam, qui sentit aussitôt son excitation renaître. J'ai encore envie de toi. Ça ne te gêne pas ?

37

Le quartier genevois des affaires était embouteillé par une foule de voitures allemandes rutilantes lorsque Lina et Sam arrivèrent rue des Banques le lendemain matin. Avec un trafic aussi dense, il leur était impossible de s'assurer qu'ils n'étaient pas pris en filature. Sam suivit Lina, qui remonta la rue à partir de la place Bel-Air et alla frapper le heurtoir de cuivre du numéro onze. L'affable réceptionniste suisse vint ouvrir la porte.

— Bonjour, mademoiselle Bazzaz, dit-elle.

Lorsqu'elle aperçut Sam qui se préparait à entrer derrière Lina, elle voulut fermer la porte. Lina leva la main.

— Ce monsieur est mon conseiller juridique.

La jeune femme opéra une retraite vers le bureau de la réception, souleva le combiné d'un téléphone et murmura quelques phrases. Les caméras d'un circuit fermé de surveillance se tournèrent et ajustèrent leurs lentilles pour examiner Sam de plus près. Sam crut entendre un rire au téléphone, à l'autre bout de la ligne.

— Vous pouvez entrer avec votre conseiller juridique, annonça la jeune Suissesse.

Elle accompagna ses deux visiteurs le long du labyrinthe aux murs couleur crème et aux portes verrouillées. Elle dépassa la dernière porte et vira à droite, vers un autre couloir qui ne desservait qu'une seule porte. C'était la salle de conférence directoriale. Elle frappa une fois et ouvrit la porte pour laisser le passage à Sam et Lina. Le visage du banquier suisse apparut. Un homme court, trapu, vêtu d'un costume trois pièces, était assis à côté de lui.

— Tiens, tiens... dit l'homme d'un ton désinvolte.

Il était boudiné dans son costume comme un tube de dentifrice trop rempli.

— Oh, mon Dieu ! s'écria Sam.

— Bonjour, ma chère, dit le gros homme en levant un chapeau imaginaire en direction de Lina.

Il savait user de son charme – élégant, enjoué, manipulateur – et paraissait emplir la pièce de sa présence.

— Qui est-ce ? demanda Lina.

Elle se tourna vers Mercier, qui l'observait d'un œil impassible.

La bouche de Sam s'était soudain asséchée. Quelque part, dans un recoin de son esprit, il avait *su*, comme un rêveur qui connaît déjà la fin de son rêve, qu'il se retrouverait dans cette pièce, en compagnie de cette personne. Le moment était arrivé, et il se sentait passablement secoué. Il s'éclaircit la gorge.

— Cette personne, j'ai le regret de le dire, est mon père. Frank Hoffman.

Rien n'est vraiment drôle aux yeux des banquiers, mais l'ombre d'un sourire flottait sur les lèvres de Maurice Mercier, qui se tourna vers Lina.

— Ce gentleman est précisément l'intermédiaire américain dont je vous ai parlé lors de notre dernière rencontre. Il dispose de la signature pour ce compte, au nom de feu le Chef suprême de l'Irak.

Sam ferma les yeux.

— Oh, merde, gémit-il.

Hoffman Senior l'ignora.

— Veux-tu me présenter à ton amie, Sam ? demanda-t-il en avançant une main potelée vers Lina.

D'un regard, Lina demanda de l'aide à Sam. En l'absence de réponse, elle s'adressa à Frank Hoffman.

— Je suis Salwa Bazzaz.

— Vraiment ? s'exclama Frank Hoffman en reniflant. Bravo ! Je suis Donald Duck !

Le visage de Lina s'empourpra. Elle implora à nouveau Sam en silence.

— Dis-lui la vérité, intervint celui-ci. Il est déjà au courant.

Sam se détourna vers la fenêtre et son regard se perdit au milieu de la cour intérieure entourée par ses murs. Il ne pouvait supporter l'idée de regarder son père.

— Mon nom est Lina Alwan.

— Ravi de faire votre connaissance, ma chère, dit Frank. Vous êtes beaucoup plus jolie qu'ils ne le prétendaient. Vous avez aimé votre séjour à Bagdad ?

Les yeux de Lina lancèrent des éclairs. Ses joues étaient rouges, comme si elle venait de recevoir une gifle. Quel rapport existait-il entre cet homme et le monde qu'elle venait de quitter, le monde de Qasr al-Nihayya ? Sam regardait encore par la fenêtre, les yeux perdus dans le vague, avec une expression de colère que Lina ne lui avait jamais vue avant. Le banquier suisse, qui observait la scène d'un air à la fois détaché et surpris, intervint alors.

— Ainsi, les présentations sont faites, dit-il en hochant la tête en direction de Lina. Je suis heureux que nous puissions discuter en sachant quels sont nos véritables patronymes ; les choses en seront grandement facilitées. (Il joignit les mains, comme pour former un petit clocher de ses doigts.) Je me trouve placé devant un dilemme, poursuivit-il. Lors de ma première rencontre avec Mlle Alwan, elle a prétendu représenter la famille de l'un des clients les plus prospères de cette banque, maintenant décédé. Je constate que Mlle Alwan m'a trompé. Le fait d'utiliser des numéros de comptes confidentiels en vue de se faire passer pour la parente d'un client constitue une violation sérieuse des règles en vigueur. La question est de savoir s'il faut ou non en avertir la police. L'un d'entre vous souhaite-t-il intervenir à ce sujet ?

Personne n'ouvrit la bouche, jusqu'à ce que la voix de Sam finisse par briser le silence. Il s'était détourné de la fenêtre pour faire face à son père.

— Il ne serait pas très sage d'appeler la police, dit-il.

— Pourquoi ? D'après votre père, un mandat d'extradition au nom de Mlle Alwan a déjà été émis. Si je remets cette personne aux autorités suisses, je ne ferai que mon devoir.

— Tout à fait exact, intervint Frank Hoffman.

Sam lança un regard noir à son père. Les deux hommes se défiaient de chaque côté de la table, séparés par un ou deux mètres de distance et quarante ans de passé.

— Ce ne serait pas très sage, répéta lentement Sam, car nous avons deux alliés puissants. Si vous commettez une imprudence, M. Mercier, cela pourrait vous nuire, ainsi qu'à votre banque.

Mercier se hérissa.

— Est-ce une menace ?

— Pas du tout. Je vous informe, à toutes fins utiles.

— Attends une minute, mon petit gars ! s'exclama Frank Hoffman. C'est quoi, cette histoire d'alliés ? Je le connais, ton prince à la gomme ! Si tu crois qu'il bougera encore le petit doigt pour toi, tu te trompes ! Et qui est l'autre ?

— Les services secrets israéliens. Ils m'ont aidé à faire sortir Lina de Bagdad. Si vous prévenez la police, ils ne resteront pas les bras croisés.

— Quoi ? interrompit Lina. Tu ne m'as jamais parlé de cela !

Mais sa voix fut vite noyée par le grondement de tonnerre de celle de Frank Hoffman.

— Tu es devenu cinglé, ou quoi, fils ? Je t'ai dit de rester à l'écart de ces têtes de nœuds !

— Je vous demande pardon ? intervint Mercier.

Il s'éclaircit la gorge. Des expressions telles que « tête de nœud » étaient pour le moins inhabituelles dans le cadre feutré de sa salle de conférences.

— Ouvrez les oreilles, nom de Dieu ! hurla Frank Hoffman à l'adresse du banquier, tout en martelant la table du poing. Mon fils m'annonce qu'il travaille avec les services israéliens, et je lui demande s'il a perdu la tête ! Qu'est-ce qui t'a pris, Sam ? Les ennuis ne vont pas tarder à pointer le bout du nez, crois-moi. Tout le monde va péter les plombs.

Frank Hoffman secoua la tête. Il paraissait réellement atterré.

— Puis-je vous être utile ? s'enquit Mercier.

— Oui, effectivement. En nous laissant seuls quelques minutes. J'ai besoin de parler à mon fils, et à cette demoiselle je-ne-sais-qui. Cela vous ennuierait-il de quitter la pièce ?

— Non, pas du tout. Je comprends tout à fait. (Mercier se leva et se dirigea vers la porte.) Appelez-moi lorsque vous serez prêts. Le bouton rouge sur le téléphone.

Frank Hoffman attendit que Mercier soit sorti pour se tourner vers Sam et Lina. Il ne subsistait plus rien de son aspect charmeur. Il agita un doigt court et gras vers eux.

— Il faut arrêter cette merde ! Vous êtes en train de bousiller un énorme boulot, vous savez ça ?

— Épargne-nous tes leçons, papa, tu n'es pas en mesure de nous en donner.

— Non, non, je parle sérieusement. Vous avez tout fichu en l'air. Quant aux Israéliens, c'est la cerise sur le gâteau !

— Pas de morale, s'il te plaît. Surtout quand on sait que tu as magouillé pour le salopard numéro un de la planète... Laisse tomber.

Frank secoua la tête.

— Vous ne comprenez rien, alors ? Rien ?

— Fiche-nous la paix, papa.

Toute une vie de colère réprimée se concentrait dans ces quelques mots.

— Grandis un peu, fiston ! Ouvre les yeux ! Ton père met sur pied avec les Arabes l'opération la plus délicate depuis vingt ans, et toi, tu flanques tout par terre en faisant ami-ami avec le Mossad ! Tu n'as rien compris, n'est-ce pas ?

Sam voulut protester, mais Lina l'interrompit. Elle s'était jusque-là contentée d'assister au duel en silence, tout en essayant de maîtriser sa propre rage.

— Compris *quoi*, M. Hoffman ?

— Ce qui est en jeu ! A quoi ont servi tous ces tours de passe-passe pendant des années, à votre avis ? Qui avons-nous arnaqué, selon vous ?

— De quels tours de passe-passe parlez-vous ?

— Ne me prenez pas pour un idiot, ma chérie. Le Grand Jeu ! Le Gros Business ! Je sais que vous avez déjà fouiné dans tous les dossiers de Hammoud – Dieu seul sait comment vous y êtes parvenue, d'ailleurs ! – alors ne venez pas me raconter de salades ! Je parle de Lincoln Trading, Garfield Investment, Wilson Transport, Adams Investment, Buchanan Trading. Il m'a fallu une bonne partie des dix dernières années pour constituer ce réseau ! Vous les connaissez, bien sûr, ces compagnies ?

— Oui, je m'en souviens.

— J'en suis certain.

— Tu en as oublié une, papa, coupa Sam d'une voix où perçait l'amertume. Oscar Trading. La boîte dont le téléphone sonne à l'ambassade américaine.

Frank loucha un instant vers son fils, puis poursuivit comme s'il n'avait pas entendu.

— Eh bien, puisque vous êtes tous les deux des petits génies, peut-être pourrez-vous m'expliquer pourquoi nous nous sommes donné tant de mal à bâtir tout ce petit Lego ? Vous avez une idée ?

— Aucune, admit Sam.

— Bien sûr que non. Alors, je vais vous le dire. Nous avons fait cela pour garder le contrôle du salopard qui dirigeait l'Irak, voilà pourquoi.

— Il est mort, maintenant, dit Lina. Vous pouvez laisser tomber.

— Oui, il est mort ! Et pourquoi ? Parce que nous avons débranché la prise, pour dire les choses clairement. Ce ne sont pas vos pédés d'amis londoniens qui l'ont buté ! C'est nous.

— Attends, dit Sam. Qui ça, « nous » ?

— Je veux dire « nous », bordel ! La CIA ! Ce n'est pas moi tout seul, qu'est-ce que tu crois ? Ce bon gros Frank qui s'amuse à ses petits jeux et ramasse du fric à la pelle ? Tu plaisantes ?

— Nasir Hammoud est votre homme, si je saisis bien tes propos ?

— Bien sûr qu'il est notre homme ! Qui d'autre ? Boutros Boutros-Ghali, peut-être ? Bien sûr, il bosse pour nous, et il a accompli un boulot d'enfer. Qui a refroidi le Chef suprême, selon toi ? Hammoud, bien sûr ! Ce type est un héros !

— Je croyais que c'était Osman qui avait abattu le Chef. Lui aussi travaillait pour l'Agence ?

— Qui es-tu donc ? Un putain de membre du Congrès ? Mais on peut voir ça ainsi, oui. Hammoud a tout arrangé. A ton avis, pourquoi les Anglais déroulent-ils toujours le tapis rouge pour ce type ? Le laissent faire ce qu'il veut à Londres, importer des cargaisons entières d'armes ou de gonzesses, par exemple ? Parce qu'ils le craignent ? Pas du tout. Ce gars est l'un de nos meilleurs agents depuis le début du siècle. Et c'est moi qui l'ai recruté ! Moi ! Oui, moi, ton père !

Lina lui jeta un regard mauvais. Elle bouillonnait. Lorsqu'elle ouvrit la bouche, les mots partirent comme des flèches enflammées.

— Hammoud est un porc.

— Excuse-moi, ma chérie, dit Frank. Je crois que je n'ai pas bien compris.

— J'ai dit que Nasir Hammoud était un porc.

— Eh bien, ce n'est pas très gentil de dire cela, alors que je venais d'expliquer à quel point c'était un type bien ! Bon Dieu ! C'est quoi, ton problème ?

— Je n'ai aucun problème, rétorqua Lina. (Sa voix était forte, et ses yeux brillaient de toute la fureur qui émanait d'elle.) Je suis irakienne, et je vous affirme que Nasir Hammoud est un menteur et un brigand qui a volé l'argent de mon pays. Il doit payer.

— Allons donc ! Hammoud a libéré l'Irak d'un tyran ! Que demandez-vous de plus ?

— Il n'a rien libéré du tout. Ce sont toujours les

mêmes gens qui gouvernent à Bagdad. A cause de votre ami Nasir Hammoud, j'ai été torturée et presque tuée. Si vous appréciez cet homme, M. Hoffman, vous êtes un porc, vous aussi.

Frank Hoffman se tourna vers son fils en secouant la tête.

— Ta copine n'est pas ordinaire, Sam, c'est le moins que l'on puisse en dire !

— Cela suffit, papa !

La tension jaillissait de la pièce comme la vapeur d'une bouilloire. Il était trop tard pour calmer le jeu.

Hoffman père pointa à nouveau le doigt vers Lina.

— Tu sais, ma chérie, j'ai bien l'impression que tu ne m'aimes pas. Je me trompe ?

— Je vous maudis, répliqua Lina d'une voix posée.

— Que vient-elle de dire, Sammy ? J'ai sûrement mal entendu. Elle ne m'aime pas, c'est ça ?

— J'ai dit que mon pays était victime d'un viol, et que vous gériez les comptes des violeurs. Alors vous êtes quoi, dans l'histoire, selon vous ? En arabe, je dirais que vous êtes un *gawwad*. Un maquereau.

— Allez vous faire foutre ! s'étrangla Frank Hoffman, à bout d'arguments.

— Combien d'argent avez-vous ramassé, *gawwad* ? Combien de millions avez-vous tiré d'Oscar Trading ? Beaucoup. J'ai retrouvé les traces des paiements.

Frank Hoffman cracha par terre, juste en face de l'endroit où se trouvait Lina.

— Tu sais, chérie, je crois que Hammoud avait raison à ton sujet. Tu es une salope.

Au moment où le dernier mot se formait sur les lèvres de son père, Sam bondit en avant et tenta de le frapper de toutes ses forces, mais le vieil homme, avec le sens de l'équilibre des hommes corpulents, esquissa ce qui ressemblait à un pas de danse pour s'éloigner de la table. Il sortit un pistolet court et massif de son holster et les menaça tour à tour.

— Cela ne me dérangerait pas de m'en servir, fiston, surtout pour en finir avec ta petite amie qui commence à me fatiguer. Mais je suis un homme raisonnable et un ancien fonctionnaire. Alors, asseyez-vous tous les deux.

Lina et Sam restèrent debout, tremblants de colère, immobiles.

— J'ai dit ASSIS, nom de Dieu ! hurla Frank en pointant son arme sur la tempe de son fils. Lina et Sam ne purent qu'obtempérer.

— Merci, mes petits, poursuivit Frank. Maintenant, nous allons nous calmer et cesser de nous insulter. Je suis désolé, ma chère. De vous avoir traité de salope, je veux dire... Mais vous n'êtes pas de taille à jouer dans la cour des grands. Alors, ne venez pas emmerder oncle Frank, compris ?

Lina se contenta de le regarder en silence et ne daigna même pas ciller pour répondre à ses excuses. Frank haussa les épaules et s'adressa à son fils.

— Sammy, mon garçon, il faut que je te parle.

— Je t'écoute.

— En privé. Sinon, je te le garantis, tout cela finira mal. Surtout pour Mlle Machin, là. Je ne suis pas ce qui peut lui arriver de pire, crois-moi. Elle s'est fait des ennemis dont elle n'a même pas idée. Alors parlons – toi et moi – et voyons comment arranger ce sac de nœuds. Cela te paraît-il raisonnable ?

Sam se pencha vers Lina.

— Qu'en penses-tu ? lui chuchota-t-il à l'oreille. Dois-je accepter de lui parler ?

— Ne passe aucun marché, murmura-t-elle à son tour. Parle si tu veux, mais je ne passe de marché avec personne. Je ne peux pas. J'ai promis.

— D’accord, papa, dit Sam en se tournant vers son père. Parlons.

— Brave garçon. Tout n’est pas perdu.

Frank Hoffman décrocha le téléphone et appuya sur le bouton rouge.

— Mercier ? C’est moi, mon pote. Frank. Mon fils et moi devons parler un peu ensemble. Nous allons laisser la fille ici pendant quelques heures. D’accord ? Elle n’a qu’à lire des magazines pendant ce temps-là. Ou se faire les ongles. Nous reviendrons la chercher. Bien. Merci.

— Tu vas rester là bien tranquillement, Betty Boop, annonça-t-il ensuite à Lina. Ne tente rien de stupide. Sammy, viens avec moi.

Frank prit son fils par le coude, comme il le faisait pour traverser la rue lorsque Sam était enfant, et ils quittèrent la salle de conférences.

— *Ya ghareeb koon adeeb !* prononça Lina d’une voix calme alors que la porte se refermait. Hé, étranger, sois poli !

38

Frank Hoffman déboula en trombe du Crédit Mercier et héla un taxi. Le soleil du matin était impitoyable. L'ancien espion sur le retour déboutonna sa veste pour libérer la masse imposante de son estomac et s'essuya le front avec sa cravate. Lorsque l'on se trouvait noyé dans le flot d'énergie que dégageait Frank Hoffman, il était facile d'oublier qu'il s'agissait d'un vieil homme.

— Allons à mon hôtel, dit-il, et buvons un verre, fils. Ta petite amie m'a épuisé.

— Je n'ai pas envie de boire un verre, papa.

— Eh bien moi, j'en ai envie. Allons-y.

Un taxi s'arrêta devant eux.

— Emmène-nous au Noga Hilton, mon pote, lui ordonna Frank. Pleins gaz.

Il s'adressait à tout le monde dans un anglais argotique assez grossier et, curieusement, tout le monde semblait le comprendre sans difficulté.

Le taxi les déposa à l'hôtel, qui scintillait comme un immense cube de glace sur la rive nord du lac. Frank se dirigea aussitôt vers le bar qui jouxtait le casino. Il était encore tôt, et l'endroit était sombre et désert.

— Donne-nous une bouteille de scotch, dit Frank au barman, et mets-la sur ma note.

L'homme tira une bouteille de Chivas Regal de sous le comptoir et la plongea dans un sac en papier kraft. Hoffman père sortit un billet de cinquante dollars de sa poche et le froissa dans la main du barman.

— Tu achèteras un petit quelque chose pour madame.

Il prit une nouvelle fois Sam par le coude et le poussa vers les ascenseurs. Ils formaient un couple assez mal assorti : le plus âgé bâti comme une borne d'incendie, soufflant comme un bœuf en traversant le hall, avec sa veste déboutonnée et son sac en papier sous le bras ; le plus jeune grand et mince, tentant en vain de se débarrasser de la poigne de son père. Frank ne lâcha son fils que lorsqu'ils atteignirent la porte de sa suite.

Alors que son père ouvrait la porte, Sam entendit une voix de femme provenant de la chambre à coucher.

— Oh, merde, grogna Frank, je l'avais oubliée. Va faire un tour, Fifi ! cria-t-il. J'ai du travail !

La jeune femme entra dans le salon. Elle portait une culotte pour tout vêtement. Ses énormes seins pendaient à mi-hauteur de son ventre et son visage n'exprimait guère plus qu'un vide avenant. Frank sortit cinq billets neufs de cent dollars de son portefeuille et les lui tendit.

— Dépêche-toi.

La femme s'éclipsa dans la chambre pour s'habiller et sortit par une autre porte. Les lourds effluves de son parfum restèrent suspendus dans la pièce.

— Qui était-ce ? demanda Sam.

— Eleanor Roosevelt. Qu'est-ce que cela peut te faire ? C'est une pute. Peu importe qui elle est.

— Tu as raison. Je m'en fiche, d'ailleurs.

Aussi loin que pouvait remonter sa mémoire, Sam Hoffman avait toujours vu son père poursuivre des jeunes femmes de son assiduité. Plus elles étaient voyantes et provocantes, plus il semblait les apprécier. Sa quête d'un bonheur sexuel vulgaire et vénal en devenait presque héroïque. Lorsque Sam était encore un jeune garçon, son père l'avait traîné un soir dans un club de strip-tease de Beyrouth, le Black Cat, où se déroulait un pitoyable show mettant en scène – entre autres – un serpent et un berger allemand. Tout au long de son adolescence, Sam s'était efforcé de purger son esprit de ces images. En vain, car pour lui, son père était toujours présent au premier rang, hurlant « Wouh, wouh ! », aujourd'hui comme hier.

Frank Hoffman versa du whisky dans deux verres de bonne taille.

— Soda ou eau plate ?

— Ni l'un ni l'autre. Glace.

— Oh ! Comme un adulte, alors ? Tu es sûr de tenir le coup ?

— Fiche-moi la paix, papa. Je croyais que nous devions parler. Sinon, je m'en vais.

— Oui, je veux parler. Simplement, il m'est difficile de me relaxer, à moins que je ne parvienne à dire des horreurs. Mais ça va aller, maintenant. Comment va ta mère ?

— Elle va très bien, mais nous ne sommes pas là pour parler d'elle.

— Très bien. Qu'elle aille au diable ! (Frank Hoffman enleva ses chaussures et posa ses pieds sur la table.) Eh bien, parlons de l'Irak. Nous avons un sérieux problème, toi et moi. Les gars de Hammoud sont sur les dents depuis que ta copine s'est enfuie de Bagdad. Ils sont surtout furieux contre toi et ton abruti de prince saoudien, parce que vous avez arrangé le coup, et ils ne sont pas très contents de moi non plus, parce je t'ai laissé faire. Alors il va falloir que l'on agisse ensemble, et vite.

Sam détourna le regard. Il se sentait encore secoué par les événements de la matinée.

— Comment as-tu pu faire une chose pareille, papa ?

— Quelle chose ?

— Travailler avec ces trous du cul. Je pensais que même toi, tu garderais tes distances.

— C'est un sale boulot, mon garçon. On fait ce que l'on doit faire, c'est tout. Selon toi, avec qui aurais-je pu travailler pendant toutes ces années ? Avec la tante Rose ?

— Je connais le refrain par cœur, papa. Tu me répètes ça tout le temps, comme si c'était la meilleure des excuses. Mais ce n'est pas le cas. Un boulot est dégueulasse si tu le rends dégueulasse.

— C'est bien joli, fiston, mais tu ne sais pas de quoi tu parles. Les raisons pour lesquelles je me suis investi dans cette affaire sont parfaitement valables, si tu connais un peu l'histoire. Mais tu ne la connais pas.

— Alors, je t'écoute...

— Ça te ferait plaisir, hein, si papa te disait toute la vérité avant d'aller te border dans ton lit ?

— Allons, papa ! Arrête de jouer un rôle, pour une fois ! Parle !

— Vraiment ? Sérieusement ?

Sam hocha la tête.

— Bien sûr que oui. Ce serait intéressant d'entendre la vérité, pour changer !

— Très bien, dit Frank Hoffman. (Il lança un regard amical à son verre et en aspira une bonne moitié en une seule gorgée.) Mais prépare-toi à encaisser le choc, parce qu'il va y en avoir pour un bon moment. L'Irak est seulement le dernier chapitre de l'histoire. La cerise sur le loukoum, si je puis dire.

— Peu importe, papa. Depuis des années, je veux t'entendre me raconter cette histoire.

— Parfait. Je vais te dire le plus grand secret que je connaisse. Le plus grand de tous. Tu m'écoutes ?

— Je t'écoute, papa.

— Voilà : le monde arabe de la deuxième moitié du xxe siècle est en grande partie une création de la CIA. Mes amis et moi avons passé les quarante dernières années à soudoyer et à manipuler tous les rois, les émirs et les présidents du Moyen-Orient. Et tu sais quoi ? C'est une chose que je ne dirais à personne d'autre qu'à toi, mon fils. Nous avons fait du bon boulot. Et bordel, j'en suis fier ! Alors, ne viens pas tout foutre en l'air. Tu comprends ce que je te dis ?

— A dire vrai, non.

— Tu ne me surprends pas. C'est un trop grand concept pour un petit cerveau comme le tien. Commençons tranquillement depuis le début. Les années cinquante. Nous avons installé le Shah au pouvoir en Iran, le roi Hussein en Jordanie, les fils du roi Abd al-Aziz en Arabie Saoudite. Nous avons acheté le président libanais et la moitié du parlement. Même Nasser émargeait sur nos feuilles de paye. Nous avions monté un réseau parfait ! Ton vieux père a passé son temps à trimbaler des valises de fric dans les palais de Beyrouth, Amman ou Téhéran. Et tous ont accepté cet argent. Tous.

— C'est très intéressant, papa, mais c'est de l'histoire ancienne. Tout le monde est au courant pour le Shah et pour le roi Hussein.

— Peut-être, mais ce n'est pas tout ! Dans les années 70, la situation s'est un peu embrouillée. Les vieux pontes perdent du terrain, et les jeunes loups veulent tous devenir des Arabes radicaux et baiser des Suédoises. Alors nous avons un peu modifié le scénario, en mettant Sadate en selle en Égypte, par exemple, ou en aidant Hafez el-Assad à garder le pouvoir en Syrie. Nous avons même donné un petit coup de pouce à l'autre cinglé de Kadhafi, lorsqu'il a pris le pouvoir en Libye.

— Non, murmura Sam en secouant la tête.

— Tu m'as bien entendu, fils. Ce bon vieux Muammar. Mais notre meilleur coup, c'est avec les vilains garnements du quartier que nous l'avons réalisé : les Palestiniens. L'OLP nous appartenait. Nous avons recruté le chef des services de renseignement d'Arafat. C'est l'un de mes gars qui s'en est occupé, à Beyrouth, en utilisant un agent de contact que j'avais enrôlé moi-même. Banco ! Plus de problèmes, tout au moins pour nous ! Les Israéliens et les Palestiniens ont continué à se bagarrer jusqu'à une date récente, mais qu'importe ? C'est leur affaire, après tout !

Frank Hoffman vida son verre et émit un long rot. Enfoncé dans son fauteuil avec son verre posé en équilibre sur la sphère que formait son estomac, souriant sans retenue à l'idée que lui et ses collègues avaient manipulé tout une partie de la planète pendant des décennies, Frank Hoffman arborait le sourire satisfait et malfaisant d'un Bouddha perverti.

— Un peu de whisky, papa ?

— Plutôt, oui !

Frank tendit son verre à Sam, qui le remplit avant de se servir lui-même.

— Continue, insista Sam. Je ne suis pas certain de te croire, mais c'est une bonne histoire.

— Et cela ne fait que commencer, fils ! L'OPEP, par exemple. Tu vas me dire que le Consortium international d'aéronautique n'a rien à voir avec un cartel de producteurs de pétrole. Impossible ! Eh bien tu as tort, Sammy ! Nous savions qu'ils allaient nationaliser le pétrole, et nous nous sommes assurés qu'il allait rester en de bonnes mains, c'est-à-dire celles des braves Orientaux que nous avions installés au pouvoir. Nous leur avons envoyé une armada de conseillers juridiques et de banquiers pour leur expliquer comment faire, et où placer leur argent. Et lorsque l'OPEP a fait monter les prix, devine qui était aux premières loges ? Notre gentil Shah d'Iran et notre vieil ami le roi Fayçal. Ils se sont enrichis, et nous aussi. C'est l'époque où j'ai monté ma compagnie de sécurité à Dahrãn : AA-Arab American Security Consultants. Les premiers dans l'annuaire, s'ils avaient eu un annuaire. Tu me suis ?

— Je te suis, mais dois-je te croire ?

— Tu peux, parce que c'est vrai. L'OPEP était comme un gigantesque barrage qui engloutissait la plus belle part de l'argent de la planète dans un seul et unique réservoir. J'ai essayé de t'en parler, mais tu ne voulais rien savoir. C'était un océan d'argent, contrôlé par nos amis, et on s'assurait que tous les bons petits gars avaient droit à une paille... Les Arabes nous achetaient des armes, des hôtels, des usines bidon et des raffineries pour faire semblant d'être à la tête d'un vrai système économique. C'était du pipeau ! Tous les maquereaux et les escrocs de Rabat à Aden voulaient faire partie de l'équipe, et c'est vrai qu'ils étaient de notre côté. La Ligue du Monde libre, et ton père en était l'entraîneur ! La CIA n'avait même plus besoin de payer ses agents locaux. Nous les aidions à devenir trafiquants d'armes, banquiers ou ministres, et nous nous arrangions pour qu'ils récoltent des contrats juteux. Tu as déjà entendu parler des « Amis de l'Arabie » ?

— Non.

— Ce n'est pas surprenant : ils n'existent pas. Disons que le système que je viens de te décrire n'est pas le produit du hasard. Tu comprends ? Si tout s'est passé conformément à nos plans, Allah n'y était pas pour grand-chose.

— Et l'Iran, en 1979 ? Khomeiny ne jouait pas dans votre équipe, tout de même ?

— C'est vrai, mais ce n'est pas faute d'avoir essayé de l'enrôler ! Pourtant, nos relations avec les mollahs n'étaient pas si mauvaises. En 1953, beaucoup d'entre eux travaillaient avec nous, et ils ont continué à encaisser leurs chèques par la suite. Peut-être pas Khomeiny en personne mais, à l'époque où il se trouvait en exil en France, la moitié de ses gars étaient à nous. Son bras droit, Sadeq Ghotzabeh, avait chez nous un dossier de sept volumes, bon Dieu ! Je ne plaisante pas, sept volumes ! Nous avons même essayé de recruter le président, Bani Sadr, malheureusement ça n'a pas marché ; pourtant, nous avions beaucoup d'amis en Iran, et c'est encore le cas aujourd'hui. Non, crois-moi, Sammy, dans tout le Moyen-Orient, il n'existait qu'un seul poisson que nous ne pouvions pas prendre au filet. Et qui était-ce, selon toi ?

— L'Irak, répondit Sam.

Son attitude n'exprimait plus la méfiance ; il était maintenant penché vers son père, son verre à la main, et il écoutait chaque mot avec avidité. C'était bien là le récit qu'il attendait depuis tant d'années.

— Exact, mon garçon. L'Irak était le seul élément qui nous échappait. Nous tenions tous les autres, sauf le Chef suprême de Bagdad. C'était un vrai voyou, un fou sadique, et il refusait de jouer dans notre Ligue ! Pourtant, nous avons fini par trouver un moyen. Oh, oui ! Il a fallu du temps, mais nous avons trouvé !

— L'argent.

— Oui, l'argent. Ce salopard était un rapace, mais ses frères et ses cousins étaient encore pires que lui. Pour eux, l'Irak devait rester une affaire de famille, et ils tenaient à ce que leurs bénéfices leur soient versés en dollars, et non en dinars. Pour calmer son petit monde et planquer son fric, le Chef suprême a dû créer un réseau financier en Occident. C'est cela qui nous a fourni une ouverture.

— Comment avez-vous procédé ? Vous êtes allés le voir directement ?

— Impossible. Il faut garder en mémoire le fait que ce type était un enfoiré de première. Il haïssait l'Amérique depuis toujours. Non, au départ, nous avons contacté des gens qui le connaissaient bien, des escrocs qui avaient passé des marchés plutôt louches avec le ministre de la Défense, ou des truands libanais qui lui avaient vendu des armes. Nous avons formé une sorte de réseau, basé à Beyrouth, avec ces types. Mais ils étaient incapables de nous fournir les entrées dont nous avions besoin.

— Qui d'autre aurait pu vous les fournir ?

— Les Palestiniens. Le Chef leur accordait toute sa confiance, parce qu'ils étaient les pires fils de putes de la région, à l'époque. Ce qu'il ignorait, c'était que les Palestiniens nous appartenaient, et c'est ton père ici présent qui les avait pour la plupart recrutés. Alors quand un certain banquier palestinien débarquait à Bagdad pour discuter affaires avec le Chef en personne, devine qui le suivait comme une ombre ?

— Frank Hoffman ?

— Lui-même. Tu ne vas pas le croire, mais le Chef suprême et ton père se sont fort bien entendus ! Il s'est trouvé que nous partagions un intérêt commun pour certaines formes inhabituelles d'érotisme. Lorsque je me rendais à Bagdad, j'amenais deux filles susceptibles de lui plaire, et la fois suivante, deux de plus.

Nous sommes assez vite devenus amis. Il me donnait des contrats pour exporter du pétrole et importer de la bière allemande, et je mettais un peu d'argent de côté pour lui et sa famille, un peu plus à chaque fois. Pour finir, il m'a présenté à son ami, cette bonne vieille crapule de Hammoud, en nous disant qu'il aimerait nous voir faire des affaires ensemble ! Alors bingo ! Le tour était joué.

— Il connaissait ton passé à la CIA ?

— Bien sûr ! Pour lui, cela donnait encore plus de charme à l'affaire. Comme tous les Arabes, il s'imaginait que les juifs tiraient les ficelles dans le monde entier et que le meilleur moyen de s'en protéger était de coucher avec la CIA. Ils sont aussi obsédés par la CIA que par les juifs, ces Arabes ! En vérité, ils veulent coucher avec nous parce qu'ils pensent que c'est nous qui avons la plus grosse bite. Le Chef suprême n'était pas différent des autres Arabes. Nous l'embrassions, nous venions le border dans son lit, et il était tout content ! La CIA était son banquier, il adorait ça !

Frank Hoffman se renfonça dans son fauteuil et lança un regard plein d'espoir à son fils, dans l'attente d'une approbation admirative, mais Sam se contentait de le contempler avec des yeux de chouette.

— Mais pourquoi tout cela, papa ?

— Qu'est-ce que tu veux dire, « pourquoi tout cela », nom de Dieu ? rugit Frank. Tu ne demandes pas à un artiste pourquoi il a peint telle ou telle peinture, ou à un musicien pourquoi il a composé un concerto ! Ils le font, c'est tout ! Eh bien moi aussi. Tu peux te moquer de moi si tu veux, mais c'est ma forme d'art. C'est ce que j'ai fait de ma vie, et j'en suis fier.

— Je ne me moque pas de toi, je te le promets. Mais qu'y avons-nous gagné ? Les États-Unis, je veux dire.

— Nous avons réussi à contrer l'Iran.

— Comment cela ?

— Bagdad est devenue la principale ligne de défense pour nos divers amis du golfe Persique, tous plus trouillards les uns que les autres. Sans eux, Khomeiny aurait pris Riyad en vingt-quatre heures, tu peux me croire. A l'époque, rien n'était trop beau pour nos amis irakiens. Nous les laissions acheter des armes, avec de grasses commissions pour Nasir Hammoud au passage, merci pour lui. Nous leur procurions des prêts *via* l'Italie. Nous avons envoyé l'US Navy attaquer les Iraniens dans le Golfe. Nous les avons même laissés utiliser nos services secrets. Une belle histoire d'amour, je te le garantis !

— Très bien. Mais les Irakiens, qu'ont-ils fait pour nous ?

— Ils ont tué des Iraniens, fiston. Nous ne leur demandions pas autre chose. Nos satellites repéraient ces jeunes cinglés de Gardiens de la Révolution ; lorsqu'ils approchaient de la ligne de front, nous appuyions sur un bouton et Bagdad était aussitôt au courant. Les Irakiens connaissaient la position de l'ennemi, et bang ! Ils les flinguaient à l'artillerie lourde. Une génération tout entière d'Iraniens est morte ainsi, cinq cent mille hommes, dont beaucoup étaient très jeunes, mais c'est le problème d'Allah, pas le mien. En tout cas, ce sont les Infidèles qui ont raflé la mise ! Tu aurais peut-être préféré voir l'Iran régner sur le monde, hein ?

— Je n'ai rien dit, papa, je t'écoutais.

L'indignation qui aurait pu naître dans l'esprit de Sam était désormais noyée sous le flot de whisky et d'informations.

— Ensuite, poursuivit Frank, les choses se sont gâtées. Le Chef suprême a pété les plombs, envahi le Koweït, menacé l'Arabie Saoudite. Un vrai débile. Ce qui lui est peut-être monté à la tête, ce sont toutes les conneries que nous lui avons racontées, selon quoi il était le sauveur de l'Occident face aux hordes déchaînées des Iraniens ! Il a fallu le mettre au pas. Le traiter de tous les noms, le comparer à Hitler, et livrer cette drôle de petite guerre du Koweït... Une fois le boulot accompli, nous l'avons laissé se débrouiller. Cela ne valait pas le coup de se débarrasser de lui. Mais ce salaud arrogant continuait à tirer sur la corde, tu vois ce que je veux dire ? Et il disposait encore de tout ce fric planqué en Suisse. Pour finir, nous avons trouvé un membre de sa famille tellement rapace qu'il était prêt à flinguer le vieux, juste pour se faire un peu plus de blé ! OK, vas-y mon gars ! Et pan ! Plus de Chef suprême ! Fin de l'histoire... jusqu'à ce que vous veniez fouiner là-dedans et tout flanquer en l'air.

— C'est tout ?

— Merde. C'est déjà pas mal, non ?

Sam luttait de toutes ses forces pour conserver un minimum d'équilibre émotionnel. Au début de la conversation, il était fermement persuadé que son père n'était qu'un vaurien sans foi ni loi mais, à présent, il commençait à ne plus très bien savoir pourquoi Lina lui en voulait autant. Il se souvint brusquement de sa première rencontre avec l'univers de Nasir Hammoud, lorsqu'il était allé pêcher des lambeaux de papier dans les poubelles de l'immeuble de Coyote Investment.

— Et Oscar Trading ? Quel rapport avec tout le reste ?

— Oscar Trading, c'était moi. Ta copine avait raison sur ce point. Le nom de la société vient de l'un de mes anciens pseudos, Oscar D. Fabioso. Pour le reste, par contre, elle s'est plantée à cent pour cent.

— Elle semble croire que tu as encaissé pas mal d'argent en provenance d'Oscar Trading.

Frank riva son regard à celui de son fils.

— Elle raconte n'importe quoi, fiston. L'argent d'Oscar Trading a servi à financer l'assassinat du Chef suprême, à soudoyer les membres de ses services de sécurité. Nous utilisions l'argent du Chef dans le seul but de l'abattre. Quel mal y a-t-il à cela ?

— Tu n'as rien gardé de cet argent ?

— Un petit peu seulement, répondit Frank en souriant. Tout le monde s'en fiche, à part les membres du Congrès et ta copine pro-israélienne ! Pour l'Inquisition, tu repasseras !

— Elle ne travaille pas pour les Israéliens, papa. Elle n'en a entendu parler que ce matin.

— Ce n'est pas l'avis de Nasir Hammoud.

— Il se trompe.

— Dans ce cas, pourquoi m'as-tu raconté toutes ces histoires d'alliés en présence de Mercier ? Tu prétendais être en contact avec les Israéliens, qui devaient voler au secours de ta petite amie au cas où les choses tourneraient mal...

— C'était juste pour effrayer Mercier. C'est vrai que j'ai été en contact avec eux, ou plutôt, ils m'ont contacté. Ce type, Hilton, qui était venu me voir à mon bureau, m'a appris que Lina était à Bagdad. Ils veulent la garder en vie, afin qu'elle puisse mettre des bâtons dans les roues de Hammoud. Mais ils se servent d'elle. La dernière fois que j'ai rencontré Hilton, je lui ai dit d'aller se faire foutre.

— Parfait, approuva Frank, affalé dans son fauteuil. J'avoue que tu m'as fait un peu peur. J'aurais dû savoir que jamais tu ne travaillerais pour la Compagnie du Sud. Tu es américain, bon Dieu ! J'ai soif ! Où est passée cette bouteille ?

— Là, papa. Elle n'a pas bougé. Tu es sûr de vouloir un autre verre ?

— Verse ! Il faut que j'aille pisser.

Sam observa son père tandis qu'il se dirigeait vers la salle de bains. Frank Hoffman était peut-être une grande gueule, mais il accusait le coup. Ses jambes étaient raides comme deux gros moignons et son corps massif était penché en avant. Il était si fragile, et si imposant à la fois... Sam entendit le bruit de la chasse d'eau et le vieil homme le rejoignit peu après en grognant. Il s'était passé de l'eau sur le visage sans le sécher tout à fait et des gouttes dégoulinaient le long de ses joues couperosées par le whisky. Trempé, le visage rose vif, il paraissait émerger d'un bain de vapeur.

Alors que Frank approchait, Sam se leva et fit un pas vers lui. C'était un mouvement involontaire. Il ne savait pas ce qu'il faisait. Il tendit les bras et l'attira vers lui, étreignant son corps massif, respirant son haleine chargée d'alcool, sa barbe râpeuse contre son visage. C'était son père. Il le tint serré contre lui, jusqu'à ce que Frank fasse un pas en arrière, soudain gêné.

— Bon Dieu ! marmonna le vieil homme. Qu'est-ce qui te prend ?

— Je crois que je t'aime, papa.

— Bon Dieu ! répéta Frank. Secoue-toi ! Verse-moi donc ce verre !

Sam souleva la bouteille et l'inclina vers le verre. Au passage, il surprit dans un reflet l'image de son père s'essuyant les yeux d'un revers de manche.

— A la nôtre, fils ! dit Frank en levant son verre. Que les autres aillent au diable !

— A la nôtre !

Sam fit tinter son verre contre celui de son père et en engloutit le contenu. Le liquide lui fit l'effet d'un coup de massue. Sa tête commençait à tourner. Il se retrouvait pris dans l'orbite de la flamboyante et monstrueuse personnalité de son père. Il posa son verre et consulta sa montre. Presque trois heures s'étaient écoulées depuis leur départ de la banque Mercier. Il secoua la tête.

— Il est temps de dessoûler un peu, papa. Il y a une dernière chose dont nous devons parler.

— Laquelle ?

— Il faut arranger cette histoire avec Lina. Elle est toujours chez Mercier.

— Ah, oui ! Betty Boop ! Que veux-tu faire ? La donner à Hammoud ? C'est ce qu'il veut. Qu'en penses-tu ?

— Pas question. Nous ne la livrerons pas plus à Hammoud qu'à la police suisse. Elle n'a rien fait de mal.

— Rien fait de mal ? Elle s'est mise en travers des plans de la CIA, sans parler du MI6 ou de Frank Hoffman lui-même ! C'est quoi, son problème ?

— Elle est irakienne. Elle se sent vraiment concernée par cette histoire et elle a vécu un vrai cauchemar à Bagdad. Il ne faut pas s'en prendre à elle.

— C'est une emmerdeuse.

— Toi aussi. Arrête de déblatérer sur elle, ou je m'en vais.

Sam se leva, mais ses jambes rechignaient à le porter.

— Reste assis, tu vas te flanquer par terre. Tu n'as jamais su boire.

Sam se rassit et tenta de rassembler ses esprits. Il était incapable de se souvenir de ce que Lina lui avait dit avant son départ du Crédit Mercier. Il voulait l'aider, c'est tout ce dont il était encore sûr.

— Allons, papa ! Parlons sérieusement de Lina. Que faudrait-il faire pour que Hammoud et les autres la laissent tranquille ?

— C'est très simple. Tu lui dis d'arrêter son cirque. Elle cesse de fouiner, elle oublie ce qu'elle sait et elle laisse les gens s'occuper de leurs affaires. Qu'elle ne se croie pas obligée de se prendre pour Jeanne d'Arc, nom de Dieu, et tout ira bien !

— Ils lui ficheront vraiment la paix ?

— Bien sûr. Pourquoi pas ? Si elle laisse tomber, Hammoud laissera tomber, lui aussi. Il n'est pas idiot. Ne t'inquiète pas.

— Ce sont des Irakiens, papa. Ils n'oublient jamais rien. S'ils sont aussi furieux que tu le prétends, ils reviendront dans six mois pour régler leurs comptes. Qui la protégera ?

— Je te le répète, ne t'inquiète pas. Je m'en occupe. Si oncle Frank leur dit de se calmer, ils se calmeront. Je te le promets.

— Que se passera-t-il lorsqu'elle rentrera à Londres ? Elle ne va pas revenir travailler chez Hammoud. Que va-t-elle faire ? Qui va lui donner un job ?

— Pourquoi pas toi ?

— Elle ne l'accepterait pas. Elle penserait que c'est de la charité. Il me faut une proposition sérieuse.

— Je connais un certain banquier à Londres qui pourrait peut-être lui trouver quelque chose. Il se trouve qu'il est actuellement à Genève, il effectue un travail de consultant pour Maurice Mercier, afin de rassembler un peu d'argent pour tu sais qui.

— Quel banquier ? De qui parles-tu ?

Sam ne parvenait pas à se défaire de l'impression qu'il connaissait déjà la réponse.

— Un gentleman qui s'appelle Barakat. Je crois que vous vous êtes déjà rencontrés ?

— Mon Dieu ! Est-ce que je connais une seule personne qui ne soit pas mouillée dans vos histoires ?

— J'espère que non. Et ne t'en prends pas à Asad.

Il est ton meilleur atout. Je vais l'appeler et lui demander de passer. Sa chambre est au bout du couloir. Qu'en dis-tu ?

Frank Hoffman décrocha le téléphone et demanda au réceptionniste de lui passer la chambre de M. Barakat.

— Salut, Asad ! beugla-t-il lorsque Barakat répondit au bout d'un moment. Tu as une minute ? Bien. Peux-tu passer me voir dans ma suite ? J'ai quelqu'un avec moi qui aimerait te parler. Devine qui ! C'est ça ! Merci, à tout de suite !

Frank raccrocha et se tourna vers Sam.

— Il sera là dans une seconde.

Sam se frotta le sommet du crâne. Une autre pièce du puzzle s'était mise en place tandis que son père bavardait au téléphone.

— Dis-moi, papa, le banquier palestinien dont tu parlais, c'est Barakat, n'est-ce pas ? Celui qui t'a présenté au Chef suprême ?

— Ouais. Pourquoi t'ai-je toujours pris pour un idiot ?

Asad Barakat réussit une entrée digne d'un sultan faisant l'offrande d'une visite à une *villayat* ottomane. Il était vêtu d'un imposant costume croisé, d'une teinte qui évoquait la pêche. Il prit Frank dans ses bras et l'embrassa sur chaque joue. Frank, au grand étonnement de Sam, lui rendit son geste, puis lui glissa quelques mots à l'oreille avant de le conduire vers son fils. Sam l'embrassa lui aussi, pour la première fois depuis qu'ils se connaissaient.

Barakat souriait comme s'il venait de remporter une grande victoire.

— Quel plaisir pour moi de voir le père et le fils

enfin réconciliés ! A la manière orientale ! déclama-t-il en portant la main à son cœur.

— Bonjour à toi, Asad-bey. Je suis heureux de voir que tu te portes bien.

— Ton père vient de me parler d'un problème que je pourrais peut-être contribuer à résoudre...

— J'ai beaucoup de problèmes, Asad, mais mon principal souci en ce moment est de trouver un travail pour cette jeune femme dont nous avons parlé ensemble à Londres. Elle s'appelle Lina Alwan. Tu m'as sagement conseillé, mais je n'en ai pas tenu compte, elle non plus, et nous voici dans une situation préoccupante. Mon père me dit que tu aurais peut-être une idée à ce sujet...

— Ton amie, Mlle Alwan, est d'un tempérament rebelle... et curieux. Ce sont des traits de caractère que l'on n'aime guère trouver chez les employés de banque.

— Elle n'est plus curieuse, plaida Sam. Elle a appris la leçon. Si tu lui donnes un emploi, elle se montrera loyale à ton égard. Si elle s'est mise à poser des questions au sujet de Hammoud, c'est parce que je l'y ai poussée, mais elle est prête à oublier et à se consacrer à son travail.

— Est-elle digne de confiance ? Comme je te l'ai dit à Londres, c'est la seule question qui compte.

— Oui. Je m'en porte garant.

Barakat se tourna vers Frank Hoffman, qui hocha la tête.

— Si mon fils nous assure qu'elle est digne de confiance, cela doit nous suffire. Nous allons tourner une nouvelle page, Sam et moi. Je crois à ce qu'il me dit. Et s'il se trompe, nous serons dans le même bain !

— C'est parfait pour moi, mon ami, conclut Barakat. La parole d'un homme et celle de son père, que me faudrait-il de plus ? Cette jeune Irakienne pourra entrer en fonctions dès lundi prochain. Son salaire annuel de départ se montera à cinquante mille livres sterling.

Asad accompagna ses propos d'un geste magnanime, comme s'il venait de faire don de sa fortune à une œuvre de charité.

Frank lui tapa amicalement sur l'épaule.

— Voilà qui est parler, Asad ! Maintenant, mon vieil ami, prends un siège et buvons un verre.

— Ce serait avec grand plaisir, mon cher Frank, mais nos affaires communes me prennent beaucoup de temps. J'ai passé un certain nombre de coups de fil ce matin pour avertir nos amis banquiers que des sommes assez importantes allaient être transférées du Crédit Mercier. Nos correspondants dans les Caraïbes vont devoir se mettre au travail. Aussi, tu m'excuseras, mais vous allez devoir boire sans moi.

Asad rassembla les pans de son costume couleur de pêche autour de lui comme un prince du désert et se dirigea vers la porte.

Après son départ, Frank agrippa une fois de plus son fils par le coude et lui suggéra d'ouvrir une nouvelle bouteille de whisky, à moins qu'il ne préfère appeler Fifi ou l'accompagner jusqu'à un endroit qu'il connaissait bien, et où les filles se livraient à des jeux que lui-même trouvait désolants. Sam rejeta en bloc toutes les propositions de son père. Il était grand temps d'aller chercher Lina et il commençait à percevoir les signes avant-coureurs d'une solide gueule de bois.

— Allez, fiche le camp ! Si ses fesses te manquent tellement, va donc la retrouver ! Je vais appeler Mercier et lui dire de ne plus penser à cette histoire de flics. Il la laissera partir, ne t'en fais pas. Malgré ses manières mielleuses, il sait où est son intérêt. Je suis encore le mandataire du compte le mieux garni qu'il ait jamais vu de toute sa vie !

Sam observa la visage ravagé du vieil homme, dont les veines gonflées évoquaient une vie entière faite de journées telles que celle-ci.

— Que vas-tu faire quand je serai parti, papa ? Tu es sûr que ça va aller ?

— Moi ? Bien sûr ! Je vais faire une sieste !

39

Aussitôt après le départ des deux Hoffman, Lina se mit à explorer sa luxueuse prison. Elle n'avait pas la moindre idée de ce qu'elle allait y trouver, mais elle conservait intacte la conviction acquise à Bagdad que chaque minute était essentielle. Elle commença par le centre de la pièce, ou trônait une longue table ancienne. Rien. Pas de tiroirs, ni d'ouvertures d'aucune sorte, rien d'autre que la surface de bois bien cirée. A droite de la table, le coin de la pièce était aménagé en petit salon, avec deux fauteuils et des lampes de lecture ; à l'autre extrémité de la salle de conférence se trouvait un bureau équipé d'un téléphone. Deux portes-fenêtres encadraient l'ensemble et donnaient sur un petit jardin entouré sur trois côtés par un mur destiné à décourager les curieux. Les portes étaient verrouillées. Lina chercha en vain les caméras d'un système de sécurité interne.

Elle s'aperçut au bout d'un moment que la seule surveillance exercée sur elle était le fait de la jeune réceptionniste suisse, qui passait la tête dans l'entrebâillement de la porte toutes les demi-heures et lui adressait un regard condescendant.

— Je crois qu'ils vous ont oubliée, commentait-elle avec régularité d'un ton aigre, comme si l'attente de Lina venait démontrer à point nommé le manque de fiabilité de l'espèce humaine.

La jeune Suissesse s'appelait Nicole et elle confia à Lina qu'elle venait d'un village près de Zug, tout en refusant de dévoiler de plus amples détails de sa vie personnelle. Elle semblait croire que les problèmes de Lina trouveraient plus facilement une solution si celle-ci acceptait de manger quelque chose et, au fur et à mesure que la matinée passait, elle lui apporta du café, puis des croissants et des biscuits et, pour finir, un déjeuner composé de soupe à l'oignon, de côtes d'agneau et de strudel aux pommes. Chaque plateau arrivait garni de couverts en argent et de rêches serviettes en lin. Lina renvoya l'ensemble sans y toucher et Nicole, les lèvres pincées, remporta les plateaux intacts. Vilaine fille, semblait-elle vouloir dire, tu as bien mérité qu'ils t'oublient...

Lorsqu'elle réalisa que personne d'autre ne la chaperonnait, Lina s'enhardit et poussa son examen de la pièce plus à fond. Elle s'intéressa tout d'abord au téléphone posé sur le bureau. L'appareil disposait de trois extensions. Elle nota les numéros sur son agenda. Dans le tiroir du milieu du bureau, elle découvrit une copie du répertoire téléphonique interne de la banque. Il ne comportait que six pages, mais permettait de se faire une idée précise de l'organisation du Crédit Mercier. La banque disposait d'un département pour les comptes commerciaux, d'un deuxième pour les opérations boursières et d'un troisième pour l'import-export, chacun étant supervisé par un seul employé. Les ressources humaines de la banque étaient plutôt concentrées dans les domaines les plus utiles pour qui cherche à cacher de l'argent : le département chargé de la gestion employait dix personnes, le département international, huit, et la sécurité, cinq. L'information la plus intéressante apparaissait sur la dernière page. Trois employés travaillaient pour la communication et le traitement des données informatiques. Leurs extensions étaient indiquées à la suite des numéros de fax et de téléphone de la banque. Très clair, très net, très bien organisé... très suisse. Lina copia les noms et les numéros sur son agenda.

Elle dénicha ensuite un nouveau trésor dans un autre tiroir : un exemplaire du rapport d'activité annuel de la banque. C'était un volume de taille imposante, imprimé sur un papier de qualité et dont la couverture était frappée d'un grand « M » en relief. A la troisième page, Maurice Mercier pérorait sur la stabilité du franc suisse et sur les perspectives de croissance des économies occidentales. Venaient ensuite des tableaux et des comptes rendus financiers qui mettaient en valeur la sage gestion du Crédit Mercier, ainsi qu'une lettre du service comptable, qui ne contenait qu'un charabia lénifiant. Mais encore une fois, c'était la dernière page qui recelait les renseignements les plus précieux. Le Crédit Mercier y dressait une liste des établissements bancaires du monde entier avec lesquels il entretenait des relations privilégiées. Il s'agissait d'une quarantaine de banques situées dans des endroits aussi exotiques que Lagos ou Kuala Lumpur, et qui précisait pour chaque établissement le nom du directeur général, ainsi que les numéros de téléphone, de fax et de télex.

Parmi tous ces noms de banques, beaucoup semblaient familiers à Lina. La Banque des Amis à Curaçao, par exemple, la Banque Métropole de Montréal ou la Tariqbank de Bahreïn. Elle se souvint soudain de les avoir déjà vus dans l'un des fichiers informatiques soustraits à la vigilance de Nasir Hammoud. Elle déchira la page et la dissimula dans son sac à main.

Sam finit par venir chercher Lina vers quatorze heures trente. Il paraissait épuisé, en nage, les joues rouges et les yeux fatigués, les paupières tombantes. Lorsqu'il passa devant Nicole pour donner un baiser humide à Lina, celle-ci s'aperçut qu'elle faisait fausse route. Sam n'était pas épuisé, il était soûl. Son haleine évoquait les miasmes d'une tourbière.

— D'où sors-tu ? lui demanda-t-elle. Tu n'as pas l'air dans ton assiette.

— Ne t'affole pas, la rassura-t-il en prenant appui sur elle. Mon père et moi avons tout arrangé. Il a téléphoné à Mercier. Tu peux partir d'ici sans être inquiétée.

— Est-ce vrai ? interrogea Lina en se tournant vers Nicole.

La jeune Suissesse hocha la tête. Elle semblait déçue par la tournure que prenaient les événements.

— Ce n'est pas tout, ajouta Sam. Je t'ai trouvé un nouveau job à Londres.

Lina l'observa d'un œil méfiant.

— Quel job ? De quoi parles-tu ? Je ne t'ai jamais demandé de me trouver du travail.

— Chhhht ! souffla Sam, un doigt sur les lèvres. Plus tard.

Nicole les reconduisit le long du couloir jusqu'à l'entrée principale mais, au lieu de s'y arrêter, elle poursuivit son chemin et descendit avec Sam et Lina un escalier qui menait au sous-sol. Une autre volée de marches, plus étroites, descendait encore plus bas, vers une porte verte.

— Où allons-nous, ma chérie ? demanda Sam. (Il commençait même à parler comme son père.)

— M. Mercier a pensé qu'il était préférable pour vous de sortir par la porte privée, expliqua Nicole. Ainsi, personne ne vous causera de problèmes.

— Mon père s'est occupé de tout, marmonna Sam.

— Jusqu'où va ce souterrain ? interrogea Lina, à qui les couloirs sombres ne rappelaient que de mauvais souvenirs.

— Rue de la Tetasse, à une centaine de mètres d'ici. Vous grimpez encore quelques marches, vous ouvrez une porte, et vous arrivez dans une cour intérieure, non loin de la rue. Assurez-vous que la porte est bien fermée derrière vous.

La jeune femme déverrouilla la porte et alluma une lampe qui éclaira un autre couloir long et obscur, juste assez large pour permettre le passage d'une seule personne à la fois.

— Merci, dit-elle en serrant la main de Lina et celle de Sam, en un ultime et absurde geste de politesse suisse.

Lina se demanda combien de clients les avaient précédés le long de ce corridor pour quitter cet honorable établissement bancaire comme de vulgaires voleurs.

Alors que Lina et Sam se mettaient en marche, ils entendirent la porte se fermer derrière eux et une clef verrouiller la serrure. Lina marchait en tête. Le long corridor dégageait une odeur qui évoquait quelque chose de vieux, en voie de décomposition – peut-être l'argent d'hommes morts depuis déjà longtemps. Sam et elle refirent surface, comme l'avait indiqué Nicole, dans une petite cour intérieure qui s'ouvrait sur une rue étroite, dans le centre du vieux quartier des affaires. Lina ferma la porte avec soin. Sam s'éloignait déjà vers la rue lorsque la jeune Irakienne l'agrippa par le bras et le ramena vers la pénombre de la cour.

— Attends un peu, Sam, annonça-t-elle d'un ton

ferme. Nous n'allons nulle part tant que tu ne m'auras pas expliqué ce qui se passe.

— Je te l'ai dit. Tout est en ordre. J'ai parlé à mon père, et nous avons tout arrangé.

Sam paraissait encore éméché. Lina aurait aimé le gifler pour qu'il reprenne enfin ses esprits.

— Est-ce que tu as pris des engagements, Sam ?

— Non ! J'ai juste dit que tu oublierais tout et que tu cesserais de remuer toutes ces histoires. C'est tout ce qu'ils veulent.

— Tu leur as promis cela ? s'écria Lina, stupéfaite.

— Bien sûr. C'était le seul moyen d'empêcher Mercier de prévenir la police et, d'après tout ce que m'a expliqué mon père, c'était la solution la plus raisonnable. Cette affaire est bien plus complexe que nous ne l'imaginions.

Les yeux de Lina lancèrent des éclairs.

— Sam ! De quoi parles-tu, enfin ?

— Calme-toi, Lina. Allons boire un café. J'ai mal au crâne.

— Non. Restons ici, c'est plus sûr. Que t'a dit ton père, Sam ?

— Il m'a raconté toute l'histoire. Comment il s'est trouvé en relation avec le Chef suprême et Hammoud, et ce qu'ils ont fait, et pourquoi... Tout cela faisait partie d'une vaste opération, tu sais, et pourtant, c'était assez logique, d'une certaine manière.

— Quelle opération ?

— Oh, tu vois bien, la CIA et tout ça.

— Sam ! s'écria Lina en secouant Sam par les épaules. Arrête !

— Arrêter quoi ? J'essaie seulement de t'expliquer. Il y a quelques minutes encore, tu étais prisonnière dans cette banque, et maintenant, tu es libre, grâce à mon père. Alors détends-toi un peu, pour l'amour du Ciel !

— Sam ! Ne parle pas ainsi, cela ne te ressemble pas. Est-ce que tu veux bien m'expliquer quel marché tu as passé avec ton père pour que je puisse partir de chez Mercier ?

— Bien sûr, dit Sam en l'embrassant de ses lèvres humides. Le marché est simple : nous cessons d'ennuyer Hammoud. Nous le laissons faire ce qui lui plaît avec l'argent du Chef suprême. En échange, il nous fiche la paix. Voilà. D'accord ?

— Mais ce n'est pas l'argent de Hammoud, et ce n'était pas non plus celui du Chef suprême. Cet argent a été volé aux Irakiens.

— Peut-être. Mais c'est Hammoud qui le détient désormais. Nous allons le lui laisser et cesser de fouiner dans ses affaires. D'accord ?

— Ce n'est pas si simple, Sam. Comment peux-tu être sûr qu'ils ne vont pas tenter de me tuer lorsque nous serons de retour à Londres ?

— Ils ne le feront pas. Mon père a promis de leur parler, et il s'est arrangé pour te trouver un nouveau travail. Tout est arrangé.

— Et chez qui dois-je aller exercer mes talents ? Ai-je au moins le droit de te le demander ?

— BankArabia. C'est un établissement tenu par Asad Barakat, un Palestinien. Il aide Mercier à régler ces problèmes d'argent irakien. Je crois qu'ils veulent le transférer sur d'autres comptes, le cacher, peut-être. Je n'en sais rien, et cela importe peu.

— Alors ce banquier travaille lui aussi pour Hammoud ! Mon Dieu ! Je refuse ! Je ne passe aucun marché !

— Allons, Lina. Cela suffit, ne sois pas aussi fanatique !

Lina braqua son regard sur le visage aviné de Sam. Une gifle ne servirait à rien, il était trop atteint par l'alcool. Elle prit ses mains dans les siennes.

— Regarde-moi, Sam. As-tu oublié à qui nous avons affaire ? Ce sont des Irakiens.

— Je le sais, Lina.

— Ils me tueront à la première occasion. C'est ainsi qu'ils fonctionnent.

— Non, ils ne le feront pas. Mon père les tient. Il est en rapport avec Hammoud depuis presque dix ans.

— Ils se fichent de ton père, Sam. Lorsqu'ils ont un problème avec un autre Irakien, ils jouent selon leurs propres règles. Réveille-toi !

— Allons, ma chérie. Ne nous disputons plus. Allons nous reposer un peu à l'hôtel. Tu n'as pas beaucoup dormi la nuit dernière, tu te souviens ?

Il donna à Lina une bourrade affectueuse censée lui rappeler les ébats de la nuit précédente, mais la jeune femme resta de marbre. Elle plongea son regard dans ses yeux vitreux et réalisa qu'elle ne pouvait compter que sur elle-même. Sam n'était pas responsable. Elle seule l'était. Tandis qu'elle contemplait son beau visage marqué par ses abus récents, elle se sentit envahie d'une vague de chagrin. Toute sa vie, elle avait voulu une fin heureuse. Il n'y en aurait pas cette fois-ci.

— Je ne peux pas, dit-elle d'une voix calme. J'ai promis.

— Comment ?

— Rien. (Elle leva la main et caressa la joue de Sam. Il paraissait maintenant plus fatigué que pris de boisson.) Va dormir un peu, tu en as besoin. Je te retrouverai à l'hôtel plus tard. Je dois aller chercher mes affaires là où je m'étais installée. Je te rejoindrai ensuite.

— Tu me le jures ?

— Bien sûr. Sois prudent. Attention au *selouwa*.

— Au quoi ?

— Au *selouwa*. Il vit dans les eaux du Tigre et effraye les enfants ; il n'est pas aussi gentil que le *wawi*. Il se met en colère lorsque les gens font des bêtises, ou boivent trop d'alcool, par exemple.

Une expression de culpabilité traversa pour la première fois le regard de Sam.

— Je suis désolé de m'être laissé aller à boire ainsi. Lorsque l'on parle à mon père, c'est presque inévitable.

— Les hommes sont lamentables, conclut Lina.

Elle poussa doucement Sam vers la rue. Il partit vers la gauche, en direction du lac et de l'hôtel, sur la rive opposée. Lorsqu'il disparut, Lina se dirigea à droite, vers le dépôt de marchandises, sa petite chambre et son ordinateur.

40

Genève était envahie par les promeneurs qui marchaient à deux ou trois de front, de telle sorte que Lina n'éprouva aucune difficulté à passer inaperçue en se fondant parmi eux. Elle se déplaçait dans la ville en opérant de brusques virages à angle droit, carrefour après carrefour. Chaque fois qu'elle approchait d'une nouvelle intersection, elle regardait autour d'elle, craignant d'apercevoir les agents irakiens qui, elle n'en doutait pas, étaient toujours à sa poursuite, quoi que puisse prétendre Sam. Elle était presque sûre qu'ils s'étaient postés à l'entrée principale du Crédit Mercier en attendant sa sortie et qu'ils écumaient maintenant les rues pour la retrouver. Sam n'y était pour rien, se répéta-t-elle. On ne peut comprendre la nature de la Bête que lorsque l'on a plongé ses yeux dans les siens.

Elle évoluait furtivement à travers la vieille ville, se déplaçant vers le sud le long de la rue des Granges, en s'éloignant du lac. Elle prit un angle à quatre-vingt-dix degrés dans la rue Henri-Fazy, puis un autre rue de l'Hôtel de Ville, se retournant à chaque carrefour pour guetter d'éventuels poursuivants au teint hâlé, des hommes en blue-jeans et imperméables ou en gabardines vertes, ou bien des hommes chauves en veste de tweed, absorbés dans la lecture de leur journal. Elle ignorait à quoi ils allaient pouvoir ressembler ; ils ne révéleraient leurs visages qu'une fois la poursuite entamée. Lina marqua une pause lorsqu'elle atteignit une grande artère commerçante, le boulevard Helvétique. C'était une voie de passage importante, où circulaient de nombreux bus et taxis, un endroit rêvé pour une surveillance discrète. Elle se demanda s'il était sage de prendre un taxi, puis décida de continuer à marcher. Elle se retrouva par chance protégée des regards derrière deux hommes d'affaires allemands massifs qui discutaient avec animation. Elle pensait marcher le long du boulevard jusqu'à l'autre rive de l'Arve et arriver ainsi à sa pension près du dépôt de marchandises.

Alors qu'elle descendait le boulevard, un mouvement soudain, aussi fugitif que celui d'un oiseau qui s'envole d'un arbre, pénétra dans son champ de vision périphérique. Un homme s'était levé de son siège dans un café devant lequel Lina venait de passer, et cet homme marchait maintenant d'un pas vif derrière elle. Elle se retourna pour le voir. C'était un homme courtaud et râblé, vêtu d'un costume marron avachi. Il détourna les yeux aussitôt après avoir croisé le regard de Lina.

Celle-ci bifurqua rapidement sur la droite dans la petite rue Senebier, et se mit à courir. Elle entendait derrière elle le bruit des pas de l'homme qui martelaient les pavés. Au bas de la rue, un grand parc entourait l'université de Genève. Un policier se tenait en faction non loin. Lina songea un instant à lui demander de l'aide, mais elle se souvint des menaces de Mercier quant à la police suisse.

Des Mercedes et BMW rutilantes encombraient l'intersection. Lina se faufila entre elles et courut vers le parc. L'homme la poursuivait toujours, tout en gardant ses distances pour éviter une scène déplaisante. A Genève, il fallait respecter certaines règles. Pas d'armes visibles ; pas de brutalités en public ; rien qui puisse forcer les autorités helvétiques à sévir contre les services spéciaux arabes qui avaient élu domicile dans la ville. Lina jeta un regard par-dessus son épaule. L'homme était gros et peu rapide. Lina savait qu'elle pouvait lui échapper. Il lui semblait que la peur n'avait plus de prise sur elle.

Elle passa le portail qui délimitait l'entrée du parc et aperçut un peu plus loin ce qui ressemblait à un rempart de feuillage. Elle se lança sur la pelouse et plongea derrière un sapin, près d'une haie touffue qui s'étendait sur une trentaine de mètres et bordait un petit jardin à l'agencement classique ; c'était la cachette idéale. Lina s'y précipita et força son chemin à l'intérieur de la haie, écartant les branches jusqu'à ce qu'elle puisse s'installer au centre du mur de verdure, en équilibre sur les genoux et les mains. Elle aperçut le tissu marron du costume du petit homme qui contournait le sapin et s'approchait de la haie à sa recherche. Il avançait en examinant le feuillage et en secouant les branches.

Lina restait immobile et retenait sa respiration. L'homme au costume était à peu près à sa hauteur ; il soufflait et grognait tout en fouillant la haie. Il dépassa sans la voir l'endroit où se cachait Lina, puis il s'arrêta soudain, aspira une goulée d'air et éternua. *Al hamdu lillah !* L'homme souffrait d'allergie ! Il poursuivit néanmoins sa chasse mais, lorsqu'il atteignit l'extrémité de la haie, il n'insista pas et partit vers un autre coin du parc. Lina attendit dix minutes de plus et ressortit du parc par le même chemin qu'à l'aller. L'aventure confirmait au moins une chose : Sam se trompait.

Malgré les promesses de son père, les chiens de garde irakiens n'étaient pas tenus en laisse.

Mme Jaccard, la logeuse de Lina, lui fit une scène à son retour à la pension. Où était-elle passée la nuit précédente, pourquoi ne l'avait-elle pas prévenue, se rendait-elle compte de l'inquiétude qui avait été la sienne tout au long de la nuit ? Lina s'excusa et promit de téléphoner si elle devait à l'avenir rentrer tard la nuit. La vieille femme hocha la tête d'un air entendu, comme si elle tenait à être admise dans la conspiration.

— Comment est-il ? demanda-t-elle à voix basse.

Lina se contenta de porter son index à ses lèvres.

L'ordinateur portable était toujours à l'endroit où Lina l'avait laissé, près de son lit. Personne ne s'était apparemment approché de ses affaires. Elle prit une longue douche afin de réfléchir tout à son aise et tenir une sorte de conseil de guerre dont elle était la seule participante. Son but était clair : nuire à Hammoud autant qu'elle le pourrait. Mais comment ? Ce qui la motivait, ce n'était plus seulement la promesse qu'elle s'était faite à Bagdad. A dire vrai, elle n'avait plus le choix. Malgré les assurances de Sam, elle ne pouvait rentrer à Londres dans l'immédiat. Elle devait gagner ou mourir, mais pour accomplir le plan qu'elle formait dans son esprit, il lui fallait un allié. Après avoir réfléchi quelques instants et avalé un bol de müesli apporté par Mme Jaccard, elle composa le numéro londonien de Helen Copaken.

— Salut ! lança-t-elle lorsque son amie décrocha. Tu devines qui est à l'appareil ?

— Oui, je crois bien ! s'écria Helen. Parle-moi ! Je dois m'assurer que tu n'es pas morte !

— Non, je ne suis pas morte. Je suis en Suisse, je vais bien, et j'ai dépensé cinq mille dollars sur ta carte de crédit !

— Aucun problème. Je dirai que tu l'as volée. Mais je dois te prévenir, il y a tout un tas de gens ici qui te recherchent. Un type plutôt inquiétant est venu chez moi peu après ton départ, et la police le lendemain, et puis encore d'autres gens, tout au long de la semaine. Ça sent le roussi.

— Que leur as-tu raconté ?

— Rien. Je leur ai dit que je ne comprenais pas ce dont ils voulaient parler, et que je ne t'avais pas vue depuis des semaines. Ils m'ont quand même rendue un peu nerveuse. Tu es sûre que tout va bien ?

— Très bien. Mais j'ai encore besoin de tes conseils en informatique. Tu as un moment à me consacrer ?

— Bien sûr. Je suis en train d'améliorer les « Envahisseuses féministes de l'espace ». J'ai pensé à une nouvelle possibilité : chaque joueur a le droit de choisir une certaine quantité d'aides ménagères et un certain nombre d'enfants. Sans enfants, la race des Envahisseuses va s'éteindre ; si elles ont trop d'enfants, elles vont devenir cinglées. Sans aide domestique, elles ne s'en sortiront pas ; avec trop d'aide, ce sont les enfants qui deviennent cinglés. C'est sublime. Tu vas adorer ! Bien. De quelle sorte d'aide as-tu besoin ?

— Comme la dernière fois. Je dois m'introduire dans un système.

— Bravo ! Comment cela s'est-il passé, à propos ?

— Magnifiquement. Je pense être assez douée pour ce genre de boulot, d'ailleurs.

— Félicitations. Je le savais. De quoi s'agit-il, maintenant ?

— Je veux voler un milliard de dollars.

— Oui ! N'hésite pas une seconde ! Fonce !

— Ce n'est qu'une hypothèse, bien sûr !

— Bien entendu. D'ailleurs, je n'ai pas cru un mot de tes histoires. Allez, je t'écoute !

— Bien. Suppose que quelqu'un projette de transférer un milliard de dollars par virement électronique. Suppose aussi que tu connaisses le nom de la banque suisse et le numéro du compte sur lequel va être prélevé l'argent. Tu connais également l'identité du responsable du traitement de données de la banque et les spécifications de la ligne de télex utilisée pour opérer la transaction.

— Jusque-là, je te suis.

— Tu connais aussi les intitulés et les numéros de compte de huit petites banques situées dans des endroits exotiques, et qui représentent la destination finale de l'argent en question. Là aussi, tu connais les numéros de télex utilisés pour les transferts.

— Je suis avec toi. Tu m'intéresses. Continue.

— Imaginons – c'est une pure hypothèse – que tu veuilles détourner la partie la plus importante possible de l'argent transféré sur ces comptes, pour l'envoyer ailleurs.

— Et où veux-tu l'envoyer, cet argent ? Il s'agit toujours d'une pure hypothèse, cela va de soi.

— Vers un autre compte numéroté, quelque part... La question est de savoir comment y parvenir.

— Sans se faire prendre ?

— C'est ça. Sans se faire prendre.

Le combiné resta muet tandis que Helen cogitait sur le problème posé par son amie.

— Il n'existe qu'un seul moyen de procéder, finit-elle par lâcher au bout de vingt secondes. Même s'il ne s'agit que d'une pure hypothèse.

— Lequel ?

— Bluffer les banques pour qu'elles crachent le fric.

— Fort bien, mais comment faire ?

— C'est ça le problème. Je n'en sais rien.

Le visage de Lina se figea.

— Helen, j'étais tellement certaine que tu trouverais une solution !

— Eh bien non, mais je connais quelqu'un qui saurait peut-être. Leo Grizzardi. Il enseigne à Purdue. Si quelqu'un est capable d'accomplir un tour de magie de ce genre, c'est bien lui.

— Comment puis-je le contacter ?

— Ce n'est même pas la peine d'essayer. Il est vraiment bizarre. Il hurle en s'adressant aux gens, il ne s'exprime qu'en utilisant des initiales, c'est un vrai monstre, mais il voudra bien me parler.

— Pourquoi accepterait-il ?

— Parce qu'il est amoureux de moi, ma chère ! Donne-moi ton numéro. Je te rappellerai dans quelques minutes, une fois que je l'aurai contacté.

Après sa conversation avec Helen, Lina passa à l'étape suivante de son plan. Elle fouilla son sac à main pour y dénicher la carte de Frederick Behr, le comptable américain avec qui elle avait lié connaissance à l'hôtel Beau Rivage le soir de son arrivée à Genève. Elle composa le numéro de son bureau et se présenta à la secrétaire comme une « amie de M. Behr ». On lui passa aussitôt la communication.

— Bonjour, Fred ! lança-t-elle. C'est Helen.

— Oh, mon Dieu ! La somptueuse et envoûtante Helen, la femme de mes rêves !

— Je suis navrée d'avoir dû vous abandonner si vite l'autre soir. Comment vous êtes-vous débrouillé avec cet affreux bonhomme qui me poursuivait ?

— Pas trop mal, répondit Fred. C'était un personnage déplaisant. Un Palestinien, si j'ai bien compris. Je me suis senti un peu ridicule en lui débitant mon histoire.

— Quelle histoire ?

— Je lui ai dit que je vous avais rencontrée dans un bar et amenée à mon club. J'ai ajouté qu'au début je vous prenais pour une aventurière de bar, avant de me rendre compte, comme vous refusiez de coucher avec moi, que vous étiez un flic. Il semblait vous considérer comme une sorte d'agent israélien, mais je lui ai dit que c'était ridicule. J'ai dû avouer que vous vous appeliez Helen. Je suis désolé, mais je n'avais pas le choix.

— Ce n'est pas grave. Je ne m'appelle pas Helen.

— Je m'en doutais un peu. C'est en partie pour cela que je vous aime bien. Vous êtes une délicieuse menteuse. Quand puis-je vous revoir ?

— Vous n'allez pas me dire que vous vous êtes vraiment amusé ce soir-là !

— Bien sûr que si ! Je n'avais pas passé une soirée aussi excitante depuis des années. Et lorsque je vous ai fait la courte échelle pour sauter le mur ! J'en rêve encore,..

— C'est gentil de votre part. Comment lui avez-vous expliqué cet épisode, d'ailleurs ?

— Je lui ai raconté que vous poursuiviez quelqu'un. C'est à ce moment-là qu'il m'a assuré que vous étiez une espionne. Est-ce vrai, d'ailleurs ?

— Non.

— Quel dommage ! Vous seriez une espionne parfaite. Avez-vous réussi à trouver votre argent ?

— Pas encore, mais le moment approche. C'est d'ailleurs la raison de mon appel. J'ai besoin de votre aide.

— Je suis navré de l'apprendre. L'argent est une chose si ennuyeuse. On ne parle que de cela en Suisse. Je croyais que vous aviez simplement envie de me voir.

— Ce sera avec plaisir, mon cher Fred, si vous acceptez de m'aider.

— Dans ce cas, je suis à vos ordres. Que puis-je faire pour vous ?

— Pouvez-vous m'ouvrir un compte numéroté ? Aujourd'hui même ?

— Je crains que ce ne soit difficile, ma chère coquine. Il faut au moins vingt-quatre heures pour ouvrir ce type de comptes. Les Suisses prennent quelques précautions. Ne pouvez-vous attendre demain ?

— Non. Je sais que cela paraît ridicule, mais il me le faut aujourd'hui. Peut-on accélérer le processus ?

— Oui, si c'est un cas d'urgence absolue. Frederick Behr se mettra en quatre pour vous servir.

— Comment allez-vous procéder, s'il faut vingt-quatre heures pour ouvrir le compte ?

— Je vais vous donner un de mes comptes existants, voilà tout. Je dispose de plusieurs comptes numérotés pour des clients qui doivent faire face à des... disons, des urgences. Tous les comptables de Genève sont dans le même cas. N'en parlez à personne, mais c'est vrai.

— Fred, vous êtes un amour.

— Dites-moi que vous m'aimez follement.

— Je vous aime follement. Quel est le numéro du compte ?

— Attendez, je vérifie. Que diriez-vous de l'Union de Banques Suisses ? Bonne maison, très importante, très nette, très discrète. Voici le numéro... attendez... voilà : OL 717.045. Orlando, Lima, sept, un, sept, point, zéro, quatre, cinq. C'est noté ?

— Parfait. Il me faut encore autre chose. Quel numéro de télex utilisent-ils pour les communications interbancaires ?

— Ah, voyons... Vous avez vraiment besoin de ça ? Après tout, pourquoi pas ? C'est le 100.93.112.72. Vous avez bien compris ?

— Oui. Vous êtes un ange, mon cher Fred. Vous ne craignez pas qu'ils posent trop de questions ? Une grosse somme d'argent va arriver sur ce compte, je dois vous prévenir.

— Non. Les Suisses ne posent jamais de questions, tant que l'argent rentre. Cela fait partie de leurs principes.

— Et si quelqu'un pose des questions à mon sujet ? La police suisse, par exemple. Qu'allez-vous leur raconter ?

— Rien. Je leur certifierai simplement que vous n'êtes pas une prostituée.

— Allez-vous leur dire que je vous ai appelé aujourd'hui pour demander l'ouverture d'un compte ?

— Sûrement pas. J'aurais l'air suspect, comme un homme qui tombe amoureux fou d'une femme dangereuse.

— Je vous verrai bientôt.

— Quand ? J'aimerais tellement vous faire encore la courte échelle pour voir vos jolies cuisses.

— Je ne sais pas. Je vous appellerai. Maintenant, écoutez-moi. Ne buvez pas trop, c'est mauvais pour vous.

— Très bien, ma chérie. J'obéirai à vos ordres.

Lina lui envoya un baiser sonore avant de raccrocher.

Helen la rappela une demi-heure plus tard. Le grand Grizzardi connaissait en effet la solution du problème. Lina prit des notes avec soin, en demandant à Helen de répéter chaque fois qu'un point lui paraissait obscur. Si elle avait l'air d'une ignorante, tant pis ! Lorsque Helen eut achevé de lui exposer le plan de Grizzardi, Lina lui relut ses notes afin de vérifier que tout était clair et sans équivoque.

La solution de Grizzardi était évidente, à sa manière perverse. Si l'on veut se glisser dans la peau de quelqu'un d'autre, il est plus facile de jouer sur l'électronique que sur l'aspect physique. Inutile de s'embarrasser de problèmes compliqués comme la couleur des cheveux, le timbre de la voix ou les empreintes digitales. Il suffit de posséder les chiffres adéquats, et c'était le cas de Lina. Le fait que les cibles soient des établissements bancaires de petite taille constituait également un élément positif. Les grandes banques disposaient de systèmes qui leur permettaient d'éviter tout accès interdit aux comptes et aux mouvements de fonds. Lorsqu'un client demandait un important transfert électronique de fonds, la banque se servait d'un test algorithmique pour authentifier le transfert. Un responsable uniquement chargé des transferts entrait les paramètres de l'opération – montant en dollars, date, numéro de compte et mot de passe – dans un ordinateur spécial. Si la moindre erreur de détail apparaissait, la transaction était aussitôt rejetée. La plupart des grandes banques exigeaient en plus une double signature pour les transferts importants.

Les banques de taille modeste agissaient différemment, selon Grizzardi. Elles n'utilisaient pas d'ordinateurs compliqués ni d'algorithmes ou de données cryptées. Elles fonctionnaient « à l'ancienne », se fiant à de simples instructions transmises par télex. Elles se fondaient sur des relations de confiance, et c'était bien là ce qui allait causer leur perte. Lina aurait surtout besoin de beaucoup de chance.

Lina brancha le câble du modem sur la prise de téléphone et mit son ordinateur portable en marche. Elle commença par changer la vitesse en bauds du modem, l'abaissant jusqu'à 50 par minute, plutôt que de conserver les 1 200, 2 400 ou 9 800 généralement utilisés pour les communications modernes. Dans l'esprit de Grizzardi, le modem de Lina devait se transformer en un simple télex, et Lina elle-même jouer le rôle d'un opérateur imaginaire. Après avoir réglé le modem, Lina composa avec soin huit messages distincts, chacun devant parvenir à l'une des huit banques dont la liste se trouvait sur l'un des fichiers de Nasir Hammoud – les issues de secours ménagées par l'Irakien pour soustraire l'argent aux regards indiscrets.

Lina envoya le premier télex à la Tariqbank de Bahreïn. Elle rassembla les renseignements glanés sur les dossiers sensibles de Hammoud et les informations découvertes sur le rapport financier annuel de la banque Mercier, ainsi que sur le répertoire téléphonique interne de la banque. Le message était ainsi libellé :

TELEX NO. 9191. INDICATIF : TARIQ BN
A : TARIQBANK
48, KING FAISAL ROAD, MANAMA, BAHREIN
MANDATAIRE : ABDULLAH MAHDI, DIRECTEUR-GÉNÉRAL
RÉFÉRENCE : TRANSFERT DE FONDS DU CRÉDIT MERCIER COMPTE # Z 068621

RPT Z 0686 21 VERS TARIQBANK COMPTE # TL8078 RPT TL8078

VIA CRÉDIT MERCIER TELEX # 90951 MERCIER CH.

SVP REDÉPOSEZ FONDS DE TARIQBANK COMPTE # TL8078 RPT TL8078 VERS UNION DE BANQUES SUISSES COMPTE # OL 717.045 RPT OL 717.045 A GENÈVE, NO CODE INTERBANCAIRE 100.93.112.72 RPT 100.93.112.72.

TRANSFERT SUR ORDRE DÉTENTEUR DES FONDS, N. A. HAMMOUD. POUR CONFIRMATION, TEL SOUSSIGNÉ A GENÈVE (POUVOIR MANDATAIRE ACCORDÉ PAR TITULAIRE), AU 41-22-333-4788.

SIGNÉ : FRANK HOFFMAN

Lina prépara sept autres messages similaires en ne changeant que les noms, les numéros de compte et autres spécifications des banques destinataires. Le numéro de la pension de Mme Jaccard servait de numéro de confirmation. Une fois rédigés, elle envoya les messages un par un, puis se renfonça dans son fauteuil pour attendre les réponses, plus que satisfaite de son travail. Même si son bluff ne fonctionnait qu'avec une seule des huit banques, elle se trouverait à la tête d'une véritable fortune.

Il lui fallait passer deux coups de téléphone rapides. Elle appela Fred à son bureau et, à force de ronronnements et de cajoleries, obtint de lui un dernier service. D'ici quarante-huit heures, lui expliqua Lina, il recevrait un appel de Londres de la part d'une personne du nom de Helen. Oui, c'était bien son vrai nom. Cette authentique Helen lui donnerait les coordonnées d'un compte numéroté nouvellement ouvert quelque part, elle ignorait où exactement. Fred serait-il assez gentil pour transférer l'argent qui se trouvait sur son compte de l'Union de Banques Suisses, quelle que soit la somme, vers le compte numéroté en question ? Fred, aussi prisonnier des sortilèges de Lina qu'un yo-yo de sa ficelle, promit de lui obéir en tous points.

Lina rappela ensuite Helen et lui demanda d'ouvrir immédiatement un compte dans une banque du nom de Edgbank basée à Jersey, dans les îles Anglo-normandes – un nom qu'elle avait repéré sur la liste rédigée au dos du rapport annuel de la banque Mercier. Le numéro de téléphone était le 0534-36-143. Helen devait appeler ce numéro et procéder à l'ouverture du compte aussitôt terminée sa communication avec Lina. S'il fallait se rendre à Jersey, elle allait devoir partir immédiatement.

Une fois le compte ouvert, Helen devait appeler M. Behr à Genève, mentionner son prénom, Helen, et lui donner l'intitulé en chiffres du compte. M. Behr s'occuperait du transfert, qui représenterait sans doute une très importante somme d'argent. Lina la rappellerait par la suite pour lui dire que faire de cet argent.

— Ce n'est pas un jeu ? demanda Helen.

Lina lui répondit que non. Ce n'était pas un jeu.

Lina attendit quatre-vingt-dix minutes avant que la première banque n'appelle le numéro de confirmation afin de se renseigner sur l'authenticité du télex. L'homme, qui parlait avec un accent espagnol, se présenta comme l'adjoint du directeur général de la banque Bancobraga de Panama.

— Puis-je parler au Señor Frank Hoffman ? demanda-t-il.

— Je suis désolée, il est sorti dîner. Je suis son assistante. Puis-je vous aider ?

— Je vous appelle au sujet d'un ordre électronique de transfert.

— Oui. M. Hoffman a laissé des instructions avant son départ. Il s'agit de l'argent transféré du Crédit Mercier, je crois, et qui doit être déposé sur un compte de l'Union de Banques Suisses.

— Le Señor Hoffman vous a parlé de ce transfert ?

— En effet. Il m'a laissé des instructions pour le cas où vous m'appelleriez.

— Dans ce cas, vous savez peut-être qu'il s'agit d'une somme très importante ? Cent quarante-huit millions de dollars.

— Oui, je suis au courant, monsieur. M. Hoffman m'a prévenue que M. Nasir Hammoud tenait à ce que les fonds soient transférés aujourd'hui même. Il a précisé que c'était très important.

— C'est ce qu'a dit le Señor Hoffman ?

— Oui. Et il m'a demandé de vous en faire part.

— Eh bien... C'est assez délicat. Nous exigeons habituellement une autorisation écrite pour des montants aussi importants, mais si le Señor Hoffman vous a donné ces instructions, je suppose que cela devrait suffire. Nous allons voir ce que nous pouvons faire.

— Je vous remercie, conclut Lina. M. Hoffman vous sera très reconnaissant de votre aide.

Elle raccrocha le téléphone, s'étendit sur son lit et ferma les yeux. Tout s'était passé tellement vite qu'elle parvenait à peine à croire en sa réussite.

Elle venait de subtiliser cent quarante-huit millions de dollars dans la poche de Nasir Hammoud. Cet argent serait bientôt libre de sortir de sa cage. Elle imagina un instant des millions de billets flottant dans les airs avant de retomber doucement entre les mains des malheureux prisonniers de Qasr al-Nihayya. La cruelle loi de la gravité qui avait maintenu en orbite la fortune du Chef suprême était pour la première fois mise en échec. Lina aurait aimé que Nabil Jawad soit à ses côtés pour célébrer leur victoire.

41

Lina attendit dans sa chambre pendant deux heures, encore en proie à un léger vertige à la pensée de ce qu'elle venait d'accomplir. Aucune des sept autres banques ne rappela et elle finit par se lasser. Elle se rendait d'ailleurs compte qu'il lui faudrait voir Sam Hoffman au moins une dernière fois. Elle ne pouvait se contenter de disparaître dans la nuit. Elle lui dirait adieu avant que le feu d'artifice ne commence et ne la force à quitter Genève. Elle lui téléphona dans sa chambre d'hôtel, mais n'obtint aucune réponse, aussi décida-t-elle de s'y rendre et de l'y attendre. Elle rassembla quelques affaires de toilette et des sous-vêtements qu'elle fourra dans un sac, puis elle avertit Mme Jaccard que si quelqu'un demandait à parler à Frank Hoffman, elle devait noter le nom de cette personne et lui dire que M. Hoffman le rappellerait. C'était un jeu auquel elle jouait avec des camarades d'université, lui expliqua Lina. Elle faisait semblant d'être M. Hoffman, et les autres prétendaient être des banquiers. La brave Suissesse se contenta de hocher la tête. Puisque Lina payait d'avance...

La jeune Irakienne trouva un taxi au bas de la rue. Elle demanda au chauffeur de l'arrêter à mi-pente de la colline, près de l'entrée de service de l'hôtel Intercontinental, située à l'arrière du bâtiment. Après réflexion, elle était parvenue à la conclusion que les agents irakiens l'attendaient probablement vers l'entrée principale, et non à l'arrière avec le personnel. Ils étaient très élitistes, ces *moukhabarat*. Elle prit le temps d'examiner les aires de livraison et de chargement. La zone était déserte. Elle courut jusqu'à l'entrée du personnel et se faufila à l'intérieur. Un employé suisse était assis derrière un guichet. Lina agita devant lui la clef de la chambre et, après avoir grommelé un commentaire sur les clients qui devaient passer par l'entrée principale, il lui fit signe d'entrer. L'ascenseur de service se trouvait une dizaine de mètres plus loin. Elle s'y engouffra et monta au huitième étage.

Le couloir était vide. Lina s'avança en rasant les murs jusqu'à la suite de Sam. Elle fut soudain prise de panique lorsqu'elle entendit la cloche de l'ascenseur, mais seuls deux Américains sortirent en discutant bruyamment du coût de la vie à Genève. Elle poursuivit son chemin jusqu'à la porte de Sam. Elle enfonça sa clef dans la serrure, tourna la poignée et pénétra dans la pièce obscure en laissant tomber son sac près de la porte. Elle tâtonna pour trouver l'interrupteur et alluma. Son cri mourut instantanément dans sa gorge.

La suite était dévastée. Les divans et les fauteuils étaient déchiquetés et les rembourrages arrachés. Dans la chambre, le matelas était complètement éventré, ainsi que le sommier, qui avait été découpé de part en part. La commode était saccagée et le maigre contenu des tiroirs éparpillé au sol. C'était une scène de carnage, et toute cette violence gratuite était sans aucun doute la signature irakienne. Lina s'apprêtait à partir en courant mais, lorsqu'elle réalisa que la suite était déserte, elle s'immobilisa et réfléchit un instant. Ils cherchaient quelque chose, bien sûr, mais quoi ? La réponse l'effrayait. Les hommes de Hammoud avaient certainement découvert son raid électronique sur leur butin. L'une des banques avait dû le contacter, lui ou Mercier, pour s'assurer de la régularité du transfert. Elle examina encore un moment les ruines de la suite. De toute évidence, les règles tacites en vigueur à Genève n'avaient plus cours.

Lina revint vers la porte et l'entrouvrit. Le couloir était toujours désert. Ils allaient sans doute revenir sans tarder. Il fallait partir. Elle sortit et ferma la porte derrière elle, abandonnant son sac à l'intérieur. Trop encombrant. Elle courut vers l'ascenseur de service. Une femme de chambre turque, assise sur le palier, fumait une cigarette. Lina appuya sur le bouton d'appel. La femme de chambre secoua la tête. « Pas autorisé, pas autorisé ! » répétait-elle. A l'autre bout du couloir, la clochette de l'ascenseur avertit Lina du danger. Cette fois-ci, les hommes qui sortaient de la cabine parlaient arabe.

— Taisez-vous, murmura Lina à la femme de chambre. (Elle sortit de son portefeuille un billet de cinquante francs suisses et le lui tendit.) Pas un mot !

Les voix étaient maintenant plus fortes. Ils venaient sans doute d'arriver vers la chambre de Sam. Où était donc la cabine de ce maudit ascenseur de service ? L'un des Arabes criait et jurait. Peut-être avait-il découvert le sac de Lina ? Elle entendit un grand bruit et encore des cris. Ils partaient probablement à sa recherche.

La porte de l'ascenseur de service s'ouvrit enfin. Lina entra d'un bond et appuya sur le bouton du sous-sol. Les Arabes avaient entendu la cloche de l'ascenseur et ils arrivaient en courant. Au moment où la porte se fermait, Lina eut juste le temps d'apercevoir leurs visages. Les hommes de Hammoud se tenaient la bouche ouverte, fixant la porte avec une expression de férocité bestiale. L'un d'eux empoigna la femme de chambre turque et la jeta contre le mur. Elle tenait encore le billet de cinquante francs froissé dans sa main.

L'ascenseur descendait lentement, mais il atteignit le sous-sol sans s'arrêter une seule fois. Lorsque la porte s'ouvrit, Lina bouscula un employé du service d'étage et se précipita vers l'entrée de service. Elle passa devant le gardien suisse et sortit sur l'aire de chargement. L'endroit était encore désert. Elle aperçut des massifs boisés un peu plus loin et fila dans cette direction en sautant par-dessus une chaîne qui bloquait l'entrée des livraisons. Elle traversa ensuite un fossé et ne s'arrêta de courir que lorsqu'elle parvint, sept ou huit cents mètres plus loin, aux abords d'une petite route secondaire.

Une Citroën solitaire roulait à faible allure le long de la voie étroite. Lina fit un bond en avant ; le chauffeur écrasa le frein et poussa un cri en voyant cette femme affolée qui venait d'apparaître dans le rayon de ses phares comme une créature échappée d'un asile d'aliénés.

— S'il vous plaît ! hurla Lina en joignant les mains dans un geste de prière désespérée. S'il vous plaît !

Le vieil homme assis derrière son volant regarda Lina d'un air sceptique, puis lui ouvrit la portière. Il lui offrit une cigarette puis, lorsqu'il s'aperçut qu'elle tremblait, il lui proposa son manteau. Il paraissait tellement rassuré de constater que Lina n'était pas folle qu'il accepta de traverser le Rhône pour la conduire jusqu'au dépôt de marchandises. Ils croisèrent au passage des véhicules de police, sirènes hurlantes et tous feux allumés, qui se dirigeaient vers l'hôtel Intercontinental, mais Lina ne leur prêta pas la moindre attention. Tout cela faisait partie d'un monde dont elle n'allait pas tarder à disparaître.

Sam Hoffman regagna l'hôtel Intercontinental juste avant dix heures, après un long et bruyant dîner en compagnie de son père dans un restaurant hors de prix. Le vieil homme avait beaucoup bu, tandis que Sam s'était contenté d'eau minérale. L'abstinence de son fils ne décourageait pas Frank Hoffman, mais semblait au contraire l'aiguillonner. « Quelle lamentable médiocrité ! » commentait-il sans cesse en frappant la table du poing, alors qu'il passait en revue diverses opérations désastreuses de la CIA, jusqu'à ce que le maître d'hôtel vienne lui demander de se calmer. Le moment fort de la soirée fut l'arrivée d'un violoniste ambulant dans la salle. Frank jeta un coup d'œil circulaire et, constatant que la clientèle était en majorité arabe, il interpella le musicien d'une voix de stentor.

— Joue-nous *« Hava Nagila »* !

Le violoniste tenta d'ignorer sa demande, mais Frank insistait.

— Joue-nous *« Hava Nagila »*, nom de Dieu !

Lorsque le malheureux musicien commença à jouer les premières notes du morceau *« The Sound of Music »*, Frank Hoffman se leva d'un bond.

— Joue-nous *« Hava Nagila »*, espèce de guignol, tu as compris !

Le violoniste s'exécuta à contrecœur, en jouant aussi doucement que possible. Plusieurs des clients arabes quittèrent la salle en signe de protestation.

— Je croyais que tu n'aimais pas les Israéliens, intervint Sam.

— C'est vrai, mais je n'aime pas non plus les Arabes. J'en ai soupé, de leurs histoires !

Frank marquait le rythme en claquant des mains et en entonnant *« ra-na-na-na-na »* à chaque refrain, s'attirant des huées très audibles de plusieurs des clients arabes qui étaient restés à leurs table. Une fois le morceau terminé, Sam suggéra un départ rapide. Frank lui proposa une visite au casino de Genève et offrit de lui fournir une mise de dix mille dollars s'il voulait bien lui tenir compagnie. Sam refusa. Il était tard et il avait rendez-vous à son hôtel.

Sam aperçut les gyrophares des véhicules de police alors que son taxi approchait de l'Intercontinental. Une grappe de policiers questionnait le directeur dans le hall. En même temps qu'un sentiment de froid glacé et humide, une impression de soudaine immobilité s'insinua dans son cœur. Il se fraya un chemin jusqu'aux ascenseurs. Les policiers étaient encore plus nombreux au huitième étage et il dut montrer la clef de sa chambre avant d'être admis à passer. Tandis qu'il longeait le couloir, il sentit sa gorge se nouer, et le poids de la peur s'affaisser au fond de sa poitrine. Il ouvrit la porte ; les lumières étaient encore allumées.

— Seigneur ! murmura-t-il.

Il traversa le salon saccagé au milieu des débris de meubles et de tissu, passa par-dessus les coussins déchirés de la chambre à coucher. Il déplaça le matelas éventré pour ne pas manquer une chance de découvrir un éventuel indice, se dirigea vers la salle de bains où il écarta le rideau afin de vérifier la douche. Inconsciemment, il recherchait un cadavre. Lorsqu'il eut inspecté l'ensemble de la suite, il fit demi-tour, jeta un coup d'œil dans les toilettes et revint vers la porte d'entrée.

C'est là qu'il aperçut le sac. Il l'ouvrit : un soutien-gorge, un slip, une brosse à dents, un peigne. Un juron lui échappa et il appela l'officier de police en faction dans le couloir. L'homme arriva vers lui en courant.

— Merde ! s'exclama-t-il à la vue de la suite dévastée.

Lorsque Sam lui montra le sac contenant les effets féminins, il contacta aussitôt ses collègues par radio. Il prit Sam par la main et le conduisit au rez-de-chaussée. Il lui parlait d'un ton prévenant, comme s'il le préparait à entendre de mauvaises nouvelles.

— Où allons-nous ? demanda Sam.

Il regarda le policier dans les yeux et put y lire avec une quasi-certitude que ses craintes étaient fondées.

— Une femme a été abattue, lui annonça l'homme. Nous avons découvert le corps dans les bois, derrière l'hôtel.

Ce fut alors que Sam hurla, d'horreur et de rage à l'idée de sa propre stupidité. Dans un éclair de lucidité, il réalisa que le sort de Lina eût été identique s'il l'avait conduit lui-même dans ce bois dès leur première rencontre.

Un cordon de policiers se rassembla autour de lui tandis qu'il quittait l'hôtel par l'entrée de service. Il se sentait engourdi, glacé, comme un prisonnier que l'on conduit sur les lieux de son exécution. Des gens lui parlaient, mais il n'entendait rien. Une sorte de grésillement emplissait sa tête, comme le son de l'électricité statique sur un vêtement. Le corps était étendu face contre terre, en partie masqué par une couverture. Sam vit les chaussures blanches à semelle de crêpe, puis l'uniforme noir, et enfin le visage.

Le pire, songea-t-il par la suite, fut le soulagement qu'il ressentit lorsqu'il réalisa que le corps sans vie n'était pas celui de Lina.

— Elle est vivante, murmura-t-il.

Un policier lui passa un bras protecteur autour des épaules, comme si Sam venait de perdre l'esprit.

— Elle est vivante.

Le corps recroquevillé sur la mousse derrière l'hôtel était celui de la femme de chambre turque qui effectuait son service de nuit au huitième étage. Elle avait été frappée à coups de crosse de pistolet avant d'être abattue d'une balle dans la tête. Dans sa bouche, la police découvrit un billet froissé de cinquante francs suisses. A la vue du cadavre de la malheureuse, Sam pensa à Lina et à ce qui l'attendait si ses poursuivants réussissaient à l'emmener à Bagdad.

La police suisse interrogea Sam pendant plus d'une heure. Ils le conduisirent à sa suite, le firent répéter son histoire à plusieurs reprises et le menacèrent sans grande conviction de l'arrêter pour avoir enregistré à l'hôtel le nom d'une épouse inexistante. Sam leur dévoila le moins de détails possible sur les événements des derniers jours. Ce n'était pas le moment. Il avait besoin de réfléchir. De nouveaux policiers ne cessaient d'arriver, avec de nouvelles questions, de nouveaux formulaires à remplir. Un homme du consulat américain rôdait dans le couloir. Sam réussit à mettre un terme à l'entretien en disant qu'il ne se sentait pas bien. C'était la pure vérité.

42

Sam Hoffman n'obtint aucune réponse lorsqu'il tenta d'appeler la chambre de son père au Noga Hilton. Il décida donc de s'y rendre et commença par le bar, espérant trouver le vieil homme perché sur un tabouret, vidant cognac sur cognac et racontant à ses compagnons de beuverie quelque anecdote scabreuse et montée de toutes pièces sur ses aventures au Proche-Orient, mais le barman ne l'avait pas vu de toute la soirée. Sam tenta ensuite sa chance au casino. Peut-être découvrirait-il son père penché sur une table de jeu, en train d'adjurer la chance de ne pas l'abandonner ? Mais Frank Hoffman ne jouait pas ce soir-là. Sam rappela sa chambre, sans plus de succès. Il essaya aussi la chambre d'Asad Barakat, au cas où son père et son ami banquier auraient ressenti le besoin de boire un dernier verre ensemble, mais le téléphone sonna dans le vide. Avec un sentiment croissant d'appréhension, Sam se dirigea vers le bureau de la réception.

— Mon père ne répond pas au téléphone, expliqua-t-il au réceptionniste de nuit. C'est un homme âgé. J'aimerais vérifier qu'il ne lui est rien arrivé.

Le réceptionniste lui demanda ses papiers afin de contrôler son identité, les examina un long moment, puis il décrocha un double des clefs et accompagna Sam jusqu'à la suite de Frank. C'était un homme d'apparence très convenable, précis et tatillon. Lorsqu'ils arrivèrent devant la porte, il frappa à la porte, doucement d'abord, puis plus fort. Sam se tenait à côté de lui ; une partie de son esprit croyait encore que la porte allait s'ouvrir et que son père allait sortir dans le couloir en jurant et en marchant d'un pas mal assuré, tout en ôtant ses boules Quiès. Mais la porte demeura close. Le réceptionniste frappa une nouvelle fois avant de se tourner vers Sam.

— Nous allons vérifier, annonça-t-il en introduisant la clef dans la serrure.

Sam entra le premier, en lançant un faible « Papa ? », comme un petit garçon perdu dans l'obscurité.

Soudain, il aperçut le corps d'Asad Barakat étendu sur le sol au centre de la pièce, le visage face au sol. Une petite mare de sang s'était formée autour de sa tête.

— Oh, mon Dieu ! s'écria Sam.

Il se sentit brusquement pris de vertige. A quelques mètres de la tête se trouvait une oreille. Elle avait été sectionnée et jetée comme un vulgaire détritus, laissant une mince traînée sanguinolente sur la moquette. Le réceptionniste était penché au-dessus du corps, et il jurait. Sam se dirigea vers la chambre à coucher et ouvrit la porte.

Frank Hoffman gisait sur le lit. Les draps étaient écarlates, trempés du sang qui s'écoulait d'une douzaine de blessures. Sam s'approcha, mais il eut aussitôt un réflexe de recul. Un petit ciseau, pas plus grand qu'un doigt, était posé à côté de la main droite de son père, et son extrémité était recouverte de sang et de particules de chair. Un marteau était posé sur la table de nuit. Sam était incapable de bouger, de respirer ou de proférer le moindre mot. Il se força tout de même à s'approcher de son père pour l'examiner. Il manquait trois doigts à Frank Hoffman, deux à la main droite, un à la main gauche. Deux orteils de chaque pied avaient été eux aussi sectionnés.

Sam se pencha sur le corps mutilé. Un bâillon était noué sur la bouche de Frank, mais lorsque Sam pencha la tête vers sa poitrine, il s'aperçut que le cœur battait encore. Il dénoua le bâillon et Frank marmonna faiblement.

— C'est moi, papa, murmura Sam à l'oreille de son père. C'est Sam. Ne meurs pas, papa.

Frank grogna et essaya de forcer son corps déjà presque sans vie à prononcer quelques mots. Il toussa quelque chose qui ressemblait à un « c », comme un bègue.

— Chhhut... fit Sam en lui caressant la joue.

Le vieil homme étendit la main comme s'il cherchait le combiné du téléphone. Le sang gouttait des moignons, là où auraient dû se trouver les doigts, et des restes de muscles et d'os tremblaient convulsivement sous la surface ensanglantée.

— Ne bouge pas, papa. Tout ira bien, tu verras.

Le réceptionniste de nuit entra et se mit à hurler à la vue du second corps mutilé. Il se précipita vers le téléphone et demanda de l'aide au rez-de-chaussée. Sa peur panique eut un effet revigorant sur Frank Hoffman. Il ouvrit les yeux et les braqua vers son fils en essayant à nouveau de former des mots, comme si c'était une dernière tâche dont il devait s'acquitter avant de s'autoriser à perdre conscience.

— Oui, papa ?

— Pas de police, murmura Frank. Appelle le responsable de l'Agence, ici, à Genève.

Il chuchota un numéro de téléphone et ferma les yeux. Sam l'embrassa sur le front. La police était sur le point d'arriver, ainsi qu'une ambulance. Il était trop tard pour tenter de maquiller le désastre.

Sam Hoffman passa les quelques heures qui suivirent dans une sorte d'oubli intemporel. Seule comptait la survie de son père. On transporta le vieil homme à l'hôpital du canton et il demeura au bloc opératoire jusqu'à l'aube. Les médecins suisses réussirent à réimplanter deux de ses doigts, mais ils eurent moins de chance avec le troisième ; quant aux orteils, ils ne se risquèrent même pas à tenter l'expérience.

Le personnel de l'hôpital autorisa Sam à rendre visite à son père tard le lendemain matin dans la salle de réveil. La peau de Frank paraissait douce et pâle, comme la surface d'un savon ; des tubes étaient fixés à son nez et à ses bras ; des infirmières surveillaient leurs écrans et ajustaient en conséquence les doses de médicaments et le débit des perfusions ; Frank leur appartenait, désormais. Vers la fin de l'après-midi, l'effet des sédatifs commença à s'estomper et le chirurgien-chef vint visiter son patient. Il annonça à Frank la bonne nouvelle – deux de ses doigts étaient sauvés – avant d'en arriver à la mauvaise. A demi réveillé, Frank leva les yeux vers le chirurgien et entrouvrit les lèvres.

— Je ferai un procès, réussit-il à murmurer faiblement.

Un envoyé du consulat américain vint rendre visite à

Frank Hoffman le lendemain matin. Ils parlèrent, sans témoins, pendant près de trente minutes. L'homme du consulat avisa ensuite Sam, installé dans l'aire de repos du service, et lui proposa de faire quelques pas en sa compagnie. Il prétendait s'appeler Art et ressemblait à tous les hommes qui venaient rendre visite à son père à la maison, lorsqu'ils vivaient à Beyrouth : un teint cireux dû au manque de soleil et à l'abus d'alcools forts ; des yeux qui auraient été perçants s'ils n'avaient pas perdu de leur mordant, comme une lame émoussée. Ils quittèrent l'hôpital et se dirigèrent vers le lac.

Art apprit à Sam que la police venait d'arrêter deux agents des services secrets irakiens qui travaillaient à Genève, aux Nations unies. Ils étaient accusés du meurtre d'Asad Barakat et de la femme de chambre turque. Le nom de Frank Hoffman n'était mentionné jusqu'à présent dans aucun journal et Art espérait que tel ne serait jamais le cas.

— Un sacré guêpier, répéta-t-il à plusieurs reprises.

Selon Art, le consulat considérait qu'il serait sage que Frank Hoffman quitte la Suisse dès que son état de santé le lui permettrait. Les Suisses étaient plutôt nerveux, et il serait dangereux de s'éterniser. Le consulat – Art tenait à employer cette circonlocution – s'était penché sur le problème : un arrangement pouvait être trouvé avec les autorités suisses. Frank et Sam se contenteraient d'une brève déclaration à la police et s'engageraient à collaborer pleinement à toute enquête criminelle ultérieure. En échange, les Suisses les autorisaient à quitter le pays. Il semblait y avoir un problème annexe d'escroquerie bancaire impliquant un établissement privé dirigé par un certain Mercier, ajouta Art. Les Suisses acceptaient de retarder la procédure liée à cette affaire pour un temps indéterminé. C'était un marché tout à fait acceptable. Si guêpier il y avait, les Suisses, pas plus que les Américains, ne tenaient à l'examiner de trop près.

— Je me conformerai aux décisions de mon père, répondit Sam à l'envoyé du « consulat ».

Sa réponse lui paraissait un peu boiteuse, mais elle correspondait bien à sa vision de la situation. Son père, quant à lui, était prêt à accéder à toute demande du gouvernement américain, ce qui faciliterait les choses. Des hommes de loi arrivèrent rapidement à Genève pour négocier les détails des accords et enregistrer les déclarations. Art revint rendre visite à Frank. Profitant d'un instant où il s'imaginait que Sam ne pouvait l'entendre, il lui murmura à l'oreille : « Le couvercle est bien refermé... » La réponse de Frank lui parvint dans un murmure : « ... Sur un beau paquet de merde brûlante... »

Ils quittèrent Genève le lendemain pour l'hôpital américain de Neuilly, près de Paris. Frank réussit à obtenir une vaste chambre qui donnait sur les immeubles cossus du voisinage. Pendant la première semaine, Sam tint compagnie à son père quasiment vingt-quatre heures sur vingt-quatre. Ses devoirs envers le vieil homme lui faisaient l'effet d'un anesthésique et l'empêchaient de trop penser à Lina. Pour passer le temps, Sam faisait la lecture à Frank. Il commença par *Catch-22*. Frank riait si fort aux passages les plus comiques que Sam devait essuyer les larmes qui ruisselaient sur ses joues.

Frank refusait de discuter des événements qui avaient conduit au désastre genevois. Il semblait comprendre l'ampleur de son énorme erreur de jugement, une erreur monstrueuse qui remontait à bien des années en arrière, et que rien ne pouvait effacer. Que pouvait-on dire d'une aussi terrifiante bourde ? La commenter reviendrait à vouloir en diminuer l'importance, aussi Frank préféra-t-il se taire. Cette histoire était désormais derrière lui, comme un iceberg que l'on perd de vue après qu'il a semé la mort sur son passage. Il ne parlait pas non plus de ses mutilations, ni de ce que les hommes de Hammoud recherchaient alors avec avidité. Comme tant de gens de sa profession, il se conformait à une éthique pragmatique que l'on pouvait résumer en quelques mots : « Faire au mieux avec ce que l'on a. » L'Agence s'occupait de tout, et calmait les foyers de turbulence. C'était le credo de toute une vie et quelques minutes de carnage dans une chambre d'hôtel genevoise n'y changeraient rien. Sam soignait son père, lui faisait la lecture et l'écoutait fulminer sur la marche du monde. C'était reposant, après tout. Sam réalisa pour finir qu'il aurait été déçu si son père avait tenté de s'excuser.

Une seule fois, une fin d'après-midi, alors que Frank était plongé dans la contemplation du mur de l'hôpital, il s'était permis un commentaire.

— Tu sais, fiston, ta garce de copine, on peut dire qu'elle a quelque chose dans le crâne...

Un matin, alors que Sam approchait de l'hôpital, il crut reconnaître un homme qui flânait d'un air absent sur le trottoir. Il avait déjà vu ce visage à Genève, dans le parc, près du lac, le jour de son rendez-vous avec Lina. L'homme portait maintenant un chapeau qui couvrait sa calvitie, mais le teint sombre et les yeux étaient bien les mêmes. Il s'attarda sur le trottoir toute la matinée. Sam finit par le désigner d'un geste à son père, en lui demandant ce qu'il en pensait.

— Qui est-ce ? demanda Frank. Ce type cherche à prendre racine, on dirait ?

— Je pense qu'il bosse pour Hammoud. Il m'a filé à Genève.

— Oh, bon Dieu ! s'écria Frank en portant l'une de ses mains bandées à sa tête. Ce n'était pas censé se passer ainsi !

— Qu'est-ce qui n'était pas censé se passer ainsi ?

— Il était convenu que les chiens de garde de Hammoud restent à la niche. C'est ce qu'ils ont promis à l'Agence. Mais qu'est-ce qu'ils foutent ? Je n'ai pas envie de passer mon temps à perdre des doigts !

— Que puis-je faire ?

— Appeler l'ambassade.

— Pourquoi ? Ils n'y pourront rien. Tu viens de me le dire, le problème était supposé être déjà réglé !

Frank réfléchit un instant en regardant par la fenêtre.

— Tu as raison. Inutile de les appeler. Je n'ai plus aucune confiance en ces salopards. (Il tourna les yeux vers son fils et tendit ses bras couverts de pansements.) Alors, fiston, tu as une meilleure idée ? Trouve vite et dis-moi !

C'était une sorte d'examen de passage, Sam ne pouvait l'ignorer.

Il existait en effet une meilleure idée : Ali Mattar. L'astucieux combinard palestinien n'accepta pas tout de suite de le voir, mais il changea d'avis après que Sam lui eut proposé une avance alléchante. Ali lui suggéra un lieu de rendez-vous dans le jardin du Luxembourg, près des courts de tennis. Toutes ces précautions lui paraissaient un peu mélodramatiques, mais Sam promit de s'y rendre. Ali arriva à l'heure dite vêtu d'un jogging italien de fantaisie ; il portait à la main une raquette de tennis sur laquelle l'étiquette du prix était encore parfaitement lisible. Sa moustache était encore plus tombante qu'à l'accoutumée. Il évita avec soin de regarder Sam jusqu'au moment où ils furent assez près l'un de l'autre pour se parler à voix basse.

— Tu es vraiment un homme dangereux, *habibi*, lui dit Ali lorsque Sam parvint enfin à lui serrer la main. Personne ne veut te parler, sauf ton ami Ali. Fais attention à ce que nul ne puisse nous voir, je t'en prie.

Ils se retournèrent pour observer deux adolescents qui se renvoyaient des balles sur l'asphalte du court.

— Pourquoi suis-je si dangereux ?

— Ne joue pas avec moi, mon ami, répondit le Palestinien. Tu sais très bien pourquoi. L'Irak, Genève, Hammoud... Comment va ton père, à propos ? Combien de doigts lui reste-t-il ?

— Neuf. Mais il se porte bien. Comment as-tu appris tout cela, d'ailleurs ?

— *W'allah !* Les nouvelles circulent vite, mon cher. On parle beaucoup de toi, de ton père, et de ce qui s'est passé à Genève. Boum ! Hammoud est encore fou furieux ! C'est ce que l'on prétend, en tout cas. Mais, bien sûr, Ali ne sait pas toujours tout, n'est-ce pas ?

— Tu en sais beaucoup. C'est pourquoi je tenais à te parler. J'ai besoin de ton aide.

— *Habibi*, je vais te dire une chose : tu es si dangereux que cela va te coûter très cher. Même ton ami Ali va devoir te faire payer beaucoup d'argent. Ce n'est pas du marchandage. Je tiens seulement à ce que tu sois prévenu.

— Je paierai. Combien veux-tu ? Dix mille dollars ?

— Quinze mille, mon ami. Pour une journée de recherche. Tu as beaucoup de chance, mon ami, car il se trouve que mon ami Ayad est à Paris. Je le verrai ce soir et il me dira tout. Quinze mille, minimum.

— Disons vingt mille. Je me moque de savoir combien cela va me coûter, il me faut la vérité.

— Tu jettes ton argent par les fenêtres ! Tu es devenu fou à Genève ? Mais c'est d'accord. A cheval donné, on ne regarde pas la denture. Tu comprends ce que je veux dire ? Tu me dis ce que tu veux savoir, et je trouverai.

— Alors écoute-moi. Aujourd'hui, de la fenêtre de la chambre d'hôpital de mon père, j'ai vu l'un des hommes de Hammoud. Il est resté là toute la matinée, comme s'il surveillait l'endroit. Nous voulons savoir pourquoi. Mon père pensait que cette histoire était bel et bien terminée, qu'une trêve avait été décrétée. Il veut savoir où veut en venir Hammoud.

— Je comprends, *habibi*. Je demanderai à Ayad. Il saura peut-être. Probablement. Sans aucun doute.

— Autre chose. Je veux savoir ce qu'est devenue la fille irakienne dont nous avons parlé à Londres, celle qui travaillait pour Hammoud. Elle a disparu à Genève. Je pense que les hommes de Hammoud s'en sont emparés et qu'ils l'ont emmenée à Bagdad, mais je voudrais m'en assurer. Qu'elle soit morte ou vive, je veux savoir la vérité. D'accord ?

— Si tu veux savoir, je trouverai, répondit Ali en haussant les épaules. Aucun problème. Je te verrai demain matin à onze heures, *inch'allah*, et tu sauras tout ce qu'Ayad m'aura appris.

— Où te retrouverai-je ?

Ali réfléchit longuement afin d'imaginer un endroit où personne ne s'attendrait jamais à rencontrer un musulman palestinien.

— Ali te rencontrera sur le parvis de la cathédrale Notre-Dame. Tu sais où elle se trouve, *habibi* ? Une grande église, avec des tas d'anges.

— Oui, je sais où se trouve Notre-Dame.

Sam regagna l'hôpital américain de Neuilly ce soir-là afin de faire un peu de lecture à son père. Ils s'étaient depuis peu plongés dans l'œuvre de Dickens. Le vieil homme avait demandé à Sam de lui lire *Dombey et Fils*, roman avec lequel il semblait déjà très familier. Il pleurait, lorsque Sam lui lisait les passages les plus poignants. Frank Hoffman sombra un certain moment dans la somnolence. Alors qu'il revenait doucement à la conscience, il pointa l'un de ses doigts bandés vers son fils.

— Dickens s'est comporté comme un salaud vis-à-vis de sa femme et de son fils, tu savais cela ?

Sam retrouva Ali le lendemain, comme convenu, sur le parvis de la cathédrale. Le Palestinien arborait une expression de malicieuse ironie, comme s'il venait de découvrir un secret particulièrement juteux. Ils s'éloignèrent du monument et traversèrent le Pont au Double pour rejoindre la Rive Gauche. Une bande de gamins juchés sur leurs rollers offraient leur spectacle à une petite foule, sautant par-dessus des cartons empilés et slalomant entre des boîtes de conserves. Sam s'éloigna de l'attroupement et vint s'appuyer au parapet du pont. Ali se pencha vers lui et mit sa main en cornet pour parler à Sam. Il était si près de lui que ses moustaches touchaient la joue de l'Américain.

— Tu m'as joué un tour, *habibi*. Mais cela ne fait rien. J'ai toujours su que tu aimais la plaisanterie.

— De quoi parles-tu ? Je n'ai joué de tour à personne !

Les yeux de Sam étincelaient dans le soleil du matin. De l'autre côté du pont, un gamin s'élança le long d'un tremplin improvisé et bondit au-dessus d'une pile de cartons de presque deux mètres de haut.

— Très bien, très bien. Je n'insiste pas, dit Ali en clignant de l'œil. Je te fournis des renseignements et tu me payes. Aucun problème. Laissons les tours de côté pour l'instant.

— Dis-moi ce que tu as trouvé, Ali. C'est sérieux, tu comprends ?

— *Ya bey !* Par quoi vais-je commencer ?

— Commence par ce que tu veux. Parle.

— Parfait. Tu sais, tu avais raison au sujet de cette fille, Lina Alwan. Les hommes de Hammoud la pourchassaient à Genève. Ils pensent qu'elle connaît tous les secrets financiers de Hammoud, et qu'elle les communique aux Israéliens. Alors, ils ont envoyé une douzaine des hommes d'Ayad, basés à Tunis, pour s'emparer d'elle. Ça fait beaucoup de monde. Ils l'attrapent, ils l'envoient à Bagdad, mais elle s'échappe et revient à Genève – *mish maoul* ! j'ignore comment ; les Saoudiens, peut-être.

— Oui, je sais déjà tout cela. Que lui est-il arrivé après son retour à Genève ? Est-elle morte ?

— Je ne crois pas, *habibi*, à moins que tu ne l'aies tuée.

— Qu'est-ce que tu racontes, Ali ? (Sam posa sa main sur l'épaule d'Ali et le regarda droit dans les yeux.) Où est-elle ? Dis-moi, bon Dieu !

— Personne n'en sait rien, *habibi*. C'est ce que j'essaye de te faire comprendre. Ayad pensait que tu étais au courant, toi ou peut-être ton père. Il n'a pas le moindre renseignement sur cette fille.

— Comment cela ? Elle n'est pas avec Hammoud ?

— Mais non ! Je me tue à te le dire, *akhee* ! Ils ne l'ont pas.

— Ils ont dû la capturer à Genève. Ils sont venus dans ma suite à Genève. Ils ont laissé son sac, je l'ai vu.

— Non ! Hammoud la voulait, c'est sûr, mais il n'a pas réussi à la capturer. Cette fille, Alwan, elle s'est échappée à Genève, et ils ne l'ont jamais retrouvée. Crois-moi. Hammoud a même abattu l'un de ses gardes tellement il était furieux. Je ne plaisante pas. Un vrai carnage.

— Et la famille du Chef suprême ? Ils étaient aussi à sa poursuite, pendant un moment. Ils l'ont peut-être attrapée.

— Non, eux non plus. J'ai demandé à Ayad. De toute façon, la famille du Chef et Hammoud sont redevenus de grands amis. Ils travaillent main dans la main. Si la famille détenait la fille, les gars de Hammoud seraient au courant, mais ils ne savent rien, je t'assure.

— Où peut bien être Hammoud, à propos ?

— Peut-être à Bagdad. Ou Chypre, ou Rome. J'ai entendu dire qu'il s'occupait d'une nouvelle affaire d'engrais industriels. Beaucoup de produits chimiques. Et il a tué d'autres gens, par la même occasion.

— Tu es sûr que Lina n'est pas avec lui ?

Sam ne parvenait pas encore à y croire.

— Non, je te l'ai déjà dit. La fille n'est pas à Bagdad.

— Elle s'en est sortie ! (Sam sentit s'insinuer dans tout son corps une merveilleuse sensation de légèreté, tandis que le poids du chagrin et du remords s'éloignait.) Elle est vivante !

Les larmes lui montaient aux yeux ; il n'y pouvait rien.

— *Ya, habibi*. Pourquoi pas ?

Ali lui donna une bourrade sur l'épaule, comme pour le taquiner.

— Mais alors, où est-elle ?

— Allons, mon ami, *azim*, dit Ali avec un nouveau clin d'œil. Trêve de faux-semblants ! Tu peux tout dire à ton ami Ali.

— Te dire quoi ?

— Où se trouve cette fille. Tu joues un jeu, mais tu sais très bien où elle est. C'est ce que dit Ayad. Les gars de Hammoud sont persuadés qu'elle est avec toi, c'est la raison pour laquelle ils te suivent, toi et ton père. C'est pour cela qu'ils sont furieux.

— Moi ? Tu es fou ? Elle n'est pas avec moi, je t'assure. Je croyais qu'elle était morte !

L'expression d'Ali ne laissait aucun doute quant à son incrédulité. Il se pencha vers Sam pour lui parler à l'oreille.

— Où est l'argent, *habibi* ?

— Ali, cesse de plaisanter. Je t'ai dit que je te paierais.

— Pas cet argent-là, Sam. Je ne suis pas surpris que tu aies voulu me donner tant d'argent hier ! Tu n'en manques pas, hein ?

— Mais de quel argent parles-tu ?

— Ne joue pas avec Ali, Sam. N'oublie pas ton vieil et cher ami, maintenant que tu es si riche. Tu n'as pas besoin d'un garde du corps ? Je suis à ton service. Tu n'as pas besoin de dire à Ali comment tu te l'es procuré.

— Procuré quoi ? Arrête, Ali, je suis sérieux.

— L'argent de Hammoud, *habibi*. Ne fais pas semblant. Ayad dit que tu n'as pas tout l'argent de Hammoud, mais que tu as coupé une belle tranche du gâteau. Tu es vraiment malin, *Amo* Sam. Comment tu as fait ?

— Mon Dieu ! En plus, c'est *elle* qui a l'argent !

Un large sourire éclaira le visage de Sam d'une oreille à l'autre, un sourire si large qu'il semblait pouvoir contenir le ciel et le soleil tout entiers.

— Comment diable a-t-elle pu réussir ?

— Très bien, insista Ali. On continue à jouer, si c'est ce que tu désires. Tu es riche, tu fais ce que tu veux. Ali sera ton esclave. *Abd-al-Sam*. Pourquoi pas ?

Sam tenta encore un moment de convaincre Ali qu'il

ne détenait pas la moindre parcelle de la fortune de Hammoud, mais il dépensa son énergie en pure perte. Après tout, si Ali pensait le contraire, quelle importance ? Il sortit de sa poche une enveloppe qui contenait vingt mille dollars et la tendit à son ami palestinien en lui demandant de le prévenir immédiatement s'il entendait quoi que ce soit de nouveau au sujet de Lina Alwan. Il se dirigea ensuite vers l'entrée de la cathédrale et s'enfonça dans ses profondeurs obscures. Il alluma un cierge pour remercier le Ciel d'avoir gardé Lina en vie.

Sam rapporta à son père ce qu'il avait appris d'Ali plus tard ce jour-là, à l'hôpital, mais Frank le coupa au bout de quelques phrases.

— C'est elle qui a l'argent de Hammoud, dit-il.

— C'est vrai, papa, en partie. Comment le savais-tu ?

— C'est évident, s'écria Frank en levant ses mains encore couvertes de bandages. A ton avis, que venaient-ils chercher dans ma chambre d'hôtel ?

— L'argent ?

— Bien entendu ! Toujours l'argent ! Ils voulaient savoir ce que l'Irakienne avait fait de l'argent de Hammoud.

— Mais tu as refusé de leur dire ?

— Non, espèce d'idiot ! Je n'ai pas refusé ! Si je l'avais su, je leur aurais dit. Et toi, sais-tu ce qu'elle a fait de cet argent ?

— Non, admit Sam en secouant la tête. Elle ne m'a jamais dit ce qu'elle comptait faire. Elle nous a laissés en plan, tout simplement. Comment allons-nous nous débarrasser des hommes de Hammoud ?

— L'argent. Je viens de te le dire. L'argent est la clef de tout. C'est ce que j'essaye de t'expliquer depuis que tu es gamin.

— Mais je n'ai pas d'argent.

— C'est ton problème. Pourquoi ne rends-tu pas visite à ton ami, ce taré de prince saoudien ? Lui, il en a.

— Et toi, papa ?

— Pas question. Je viens de louer les services d'une nouvelle infirmière. Quelle importance si les chiens de garde de Hammoud se rincent l'œil en regardant par la fenêtre ? Je m'occuperai de tout cela plus tard.

Greta, l'infirmière privée de Frank, arriva en fin d'après-midi. Se formes étaient généreuses et son petit uniforme blanc peinait à couvrir son corps. Lorsqu'elle se penchait pour ajuster les oreillers ou vérifier le pouls de Frank Hoffman, ses seins venaient caresser la joue du vieil homme. Frank expliqua à son fils que Greta avait en effet exercé la profession d'infirmière avant de trouver un emploi dans un cabaret de Pigalle. Ce soir-là, Sam réalisa qu'il était temps pour lui de rentrer à Londres.

43

Le lendemain de son retour à Londres, Sam Hoffman prit la décision de se rendre à l'hôtel particulier couleur crème de Hyde Park Square. L'idée de quémander l'aide du prince Jalal lui faisait horreur, mais il ne voyait aucune autre possibilité. Les hommes de Hammoud – ses *moukhabarat* – étaient toujours en poste près de son appartement de North Audley Street et la police britannique ne lui était d'aucune utilité. Les autorités de Sa Majesté lui avaient infligé une attente de presque deux heures à l'aéroport de Heathrow avant de le laisser entrer dans le pays, non sans le convoquer pour le lendemain matin afin de le questionner une fois de plus. Même le temps était devenu un ennemi. C'était la fin du printemps, mais il faisait déjà trop chaud ; une masse d'air sale et humide flottait au-dessus de Londres comme un gros nuage de vapeur. Les gens restaient cloîtrés chez eux, regardaient la télévision et se cachaient les uns des autres. Hoffman ne savait plus vers qui se tourner.

Il sonna à la porte du prince et le gardien à la mâchoire carrée vint au bout d'un moment lui ouvrir la porte. Il portait un pistolet dans un holster, remarqua Sam. C'était une précaution inhabituelle chez Jalal.

— Le prince n'est pas là, dit le gardien, qui referma aussitôt la porte.

Sam leva la tête vers les fenêtres des derniers étages, les appartements privés du prince. Les lumières étaient allumées. Il sonna encore et garda le doigt sur la sonnette jusqu'à ce que le gardien se décide à lui ouvrir.

— Le prince vous demande de ne pas insister. Il ne désire pas vous voir.

Il claqua la porte au nez de Sam.

Celui-ci opéra une retraite jusqu'à une cabine téléphonique, un pâté de maisons plus loin, et composa le numéro privé du prince, qui le lui avait confié des années plus tôt. L'appareil sonna une bonne douzaine de fois avant que Jalal se décide à répondre.

— Tu es bien obstiné, mon cher Sam. Que veux-tu ?

La voix du prince était plutôt cassante, et il ne restait rien de sa suavité rêveuse.

— Le travail n'est pas terminé, dit Sam. J'avais promis de faire quelque chose pour toi. Je suis prêt.

— Comme tu es attentionné ! Mais je n'ai plus besoin de tes services.

— Mais bien sûr que si, voyons ! Allons, Jalal ! Je ferai ce que tu veux. J'ai quelques problèmes d'argent.

— Vraiment ? Bienvenue au club !

— Mais enfin, Jalal ! Dis à ton gardien de me laisser entrer. Je dois te parler.

— Je suis désolé, je ne reçois personne en ce moment. Mes appartements sont quelque peu en désordre. J'ai eu récemment des visiteurs inattendus.

— Que s'est-il passé ?

— Tu l'ignores, vraiment ? Dans ce cas, nous devrions peut-être nous rencontrer, en effet. Ainsi, tu verras toi-même quel désastre tu as provoqué.

— Déjeunons ensemble. Chez Mirabelle, Brook Street.

— Mon Dieu, non ! Trop d'Arabes. J'essaie de les éviter, en ce moment.

— Dis-moi où, alors. N'importe quel endroit. Il faut que je te voie.

Il y eut un lourd silence pendant que Jalal réfléchissait.

— Au Burger King. A Piccadilly Circus.

Sam reconnut à peine le prince, qui l'attendait, assis à une table de Formica au fond de la salle. Il portait un imperméable informe et des lunettes teintées. Lorsque Sam prit place en face de lui, il s'aperçut que le visage lisse de Jalal avait été vilainement lacéré. Le hâle parfait de sa peau était barré de cicatrices bleu-noir, et un large pansement lui couvrait un œil.

— Mon Dieu ! s'écria Sam. Que t'est-il arrivé ?

— Je me sens déjà mieux, Dieu merci. Mon spécialiste en chirurgie esthétique considère que j'ai eu beaucoup de chance.

— Que s'est-il passé ?

Sam posait la question par pure politesse. La réponse était évidente.

— Quelques-uns de tes amis irakiens ont peu apprécié mon rôle dans l'évasion de Mlle Alwan. Ils avaient l'air de croire qu'elle était une sorte d'agent israélien. Est-ce vrai ?

— Non. C'est une bonne musulmane irakienne. Je te l'ai dit.

— Eh bien, c'était tout à fait déplaisant. Ces gens étaient persuadés que ton amie était partie avec leur argent. Ils ont mentionné le chiffre de cent cinquante millions de dollars. C'est une grosse somme, même pour un homme tel que Nasir Hammoud.

— Je suis désolé, Jalal. (Sam se pencha au-dessus de la table plastifiée et embrassa le prince sur la joue.) La décision t'appartient. C'est ce que j'essayais de te faire comprendre au téléphone. Je suis prêt à tenir mes engagements. Dis-moi seulement à quel moment agir.

Jalal pencha la tête de côté et son visage prit une expression presque attristée, comme s'il éprouvait de la compassion à l'égard de Sam.

— Je n'ai plus besoin de toi, Sam.

— Et ton ami turc ? Celui qui voulait acheter une banque aux États-Unis ? Tu m'as dit que j'étais l'homme de la situation.

— Ce n'est plus le cas. Il a opté pour une autre solution que je lui ai fournie.

— Mais je *veux* t'aider ! plaida Sam. J'ai *besoin* de t'aider ! Tu es mon seul ami, maintenant.

— Je ne suis pas sûr que tu me comprennes, mon cher Sam. Tu n'as pas d'amis. Comme on dit en Occident, tu portes la poisse.

En prenant congé du prince au fond de la salle empuantie par la graisse des hamburgers et des frites, Sam se demanda à quoi allait désormais ressembler son destin de paria. Une idée lui traversa l'esprit. Malgré toutes les difficultés qui ne manqueraient pas de l'assaillir à l'avenir, il restait soulagé d'un poids : plus jamais il ne serait forcé de frayer avec le prince Jalal bin Abdel-Rahman.

Sam ne put trouver le sommeil pendant les premières nuits qui suivirent son retour à Londres. Des images de visages et de corps meurtris l'obsédaient.

Son père ; Barakat, le rusé banquier palestinien ; la femme de chambre de l'hôtel ; Jalal lui aussi ; et peut-être, quelque part, Lina. Il éprouvait une sensation horrible, comme s'il était étendu sur un lit jonché de doigts sectionnés et de membres brisés, incapable de bouger sans écraser quelque chose. Après une troisième nuit d'insomnie, il consulta un médecin qui lui prescrivit des tranquillisants. Dans le lourd sommeil des nuits suivantes lui apparut en rêve une boîte d'un gris terne ; elle ne contenait que des ossements brisés.

Un espoir ténu s'insinua en lui au cours de l'une de ces nuits. Lina était en Israël ! C'étaient les Israéliens qui l'avaient kidnappée à Genève ; elle était maintenant étendue sur une plage de Tel-Aviv, elle racontait au Mossad ce qu'elle savait de Nasir Hammoud et des *moukhabarat* irakiens. Sam retrouva la carte de visite de Martin Hilton dans un tiroir de son bureau et composa le numéro de téléphone. Il n'y avait personne, mais Sam laissa un message sur le répondeur. Martin Hilton rappela un peu plus tard, le même jour.

— Nous ne l'avons pas, annonça-t-il d'emblée. Nous la surveillions à Genève, mais nous l'avons perdue. Nous ignorons où elle se trouve.

— Ne me racontez pas de salades, Hilton ! aboya Sam. Où est-elle ?

Hilton se contenta de rire.

— Je n'en ai pas la moindre idée. Vraiment. Si vous avez de ses nouvelles, contactez-moi.

Sam tenta de lui soutirer de plus amples renseignements, mais Hilton finit par perdre patience et lui fit comprendre qu'il ne pouvait se permettre de perdre son temps. La roue tournait. Sam représentait pour lui une affaire classée. Hilton, opérant sans doute sous un nouveau nom, était déjà occupé à manipuler quelqu'un d'autre.

Il fallait agir. Plutôt que d'attendre, impuissant, que les Irakiens viennent leur passer la corde au cou, à lui et à son père, il irait trouver Hammoud dans l'espoir de conclure un quelconque arrangement. C'était une pure folie – qu'avait-il à proposer à Hammoud, après tout ? – mais mieux valait tenter sa chance que demeurer inactif. De plus, Sam pourrait enfin voir le visage de l'homme dont le destin était entré aussi violemment en collision avec le sien. Un matin, alors qu'il venait de se réveiller, les yeux troubles, d'une mauvaise nuit de sommeil, il appela Coyote Investment.

Il n'obtint pour toute réponse que la voix d'une opératrice qui lui annonça que le numéro de la compagnie n'était plus en service. Il décida alors de se rendre à Knightsbridge à pied, dans la chaleur étouffante. Le gardien de l'immeuble lui confirma la nouvelle : la compagnie installée au cinquième étage venait de fermer ses bureaux londoniens. Les déménageurs étaient venus au beau milieu de la nuit, la semaine précédente, pour tout enlever. La plupart des employés n'avaient même pas été prévenus et étaient arrivés le lendemain pour trouver porte close.

— Où ont été transférés les locaux de Coyote Investment ? demanda Sam.

— A l'étranger, lui répondit le gardien.

Il communiqua à Sam la seule adresse de renvoi de courrier dont il disposait. C'était une boîte postale à Bagdad.

Helen Copaken reçut cette semaine-là une carte postale de Floride. La photographie dévoilait les charmes d'une plage des Keys avec des couleurs si vives que l'on aurait aimé porter des lunettes de soleil pour la contempler sans danger. Elle avait été postée de l'aéroport international de Miami. Elle ne comportait que quelques mots – « Tu me manques » – et une signature : « Une envahisseuse féministe ».

Sam Hoffman retourna à Paris après dix jours passés dans la chaleur londonienne. Son père était encore hospitalisé à Neuilly, mais il avait emménagé dans une suite spacieuse en compagnie de Greta, son infirmière privée. Frank Hoffman rayonnait. Son visage reprenait des couleurs, et certains des bandages qu'il portait aux pieds et aux mains lui avaient été retirés. Greta évoluait à pas feutrés dans la chambre, en sous-vêtements. Sam voulut marmonner quelques excuses et revenir à un moment plus propice, mais son père l'en dissuada.

— Assieds-toi, fiston ! lança-t-il. Je crois que j'ai enfin trouvé le moyen de nous débarrasser de ces ordures !

— Vraiment ? dit Sam en tirant un fauteuil vers le lit. Lequel ?

— Je vais démolir la baraque, voilà ce que je vais faire ! C'est la seule méthode qu'ils comprennent. (Il étendit le bras pour prendre une pile de feuilles dactylographiées sur la table de nuit et la tendit à son fils.) Lis ceci.

Sam prit le manuscrit et lut le titre :

PARLONS FRANCHEMENT

MES ANNÉES PASSÉES A CORROMPRE PRINCES,
ROIS ET PRÉSIDENTS
POUR LE COMPTE DE LA CIA.

— De quoi diable s'agit-il ?

— C'est mon livre. Tout y est. Tout ce que je t'ai raconté à Genève, et bien d'autres choses encore. Crois-moi, c'est un coup fumant !

— Comment l'as-tu rédigé ? Tu ne sais pas taper à la machine.

— Greta, répondit Frank en hochant la tête dans la direction de la femme à demi nue, à l'autre bout de la pièce. Je ne te l'avais pas dit, mais elle sait écrire sous la dictée ; c'est une excellente dactylo, entre autres qualités.

— Sans blague ? s'exclama Sam en regardant la blonde plantureuse vêtue de son soutien-gorge rehaussé et d'un slip diaphane.

— Sans blague. J'ai aussi un agent littéraire. « Sneezy » Slocum, le meilleur de ce côté-ci de l'Atlantique. Il s'est occupé de Maurice Chevalier, de Topogiggio la Souris italienne, de Pia Zadora. Des stars ! Ce type est génial. Il est persuadé que le bouquin va faire un malheur.

— Il va le faire publier ?

— Pas encore, fiston. D'abord, je vais l'envoyer par courrier à l'un de mes excellents amis à Washington en lui laissant, comment dire... un droit de préemption. Greta a déjà préparé l'enveloppe. Montre-la à Sam, ma chérie !

Greta tendit à Sam un paquet prêt à envoyer par messagerie internationale. L'adresse était inscrite sur l'étiquette.

LES AMIS DE L'ARABIE
c/o ROBERT Z. HATTON Esq.
HATTON, MAROLA & DUBIN
1700 J STREET N.W.
WASHINGTON D.C. 20036

— Appelle un coursier de chez DHL, Sammy. Maintenant. Et puis reviens me faire un peu de lecture. Tu m'as manqué.

Robert Hatton prit un vol pour Paris quarante-huit heures plus tard. Lorsqu'il arriva à l'hôpital américain de Neuilly, il portait un costume rayé gris et une chemise blanche amidonnée qui correspondaient bien à l'idée que se font de l'élégance les chefs d'entreprises et les hommes de loi, toujours identiques et imperméables à toute influence, quel que soit l'endroit du monde où ils se trouvent.

— Bonjour, Frank, lança-t-il en entrant dans la chambre. Comment allez-vous ?

Frank était confortablement assis dans son lit, les bras croisés devant lui, un sourire satisfait sur le visage.

— Je ne me plains pas, Bobby, même si je n'ai plus un nombre assorti de doigts et d'orteils.

— Je suis navré d'entendre cela, Frank. Très ennuyeux.

— « Ennuyeux », dis-tu ? Espèce d'enculé !

Hatton se contenta de sourire. Répondre en souriant lorsque l'on vous traitait d'enculé, cela faisait partie des obligations d'un juriste, après tout. Il desserra sa cravate d'un ou deux centimètres et cala ses jambes contre le lit.

— Alors ? lança Frank, les yeux brillants. Tu as lu des bouquins intéressants, ces derniers temps ?

— Oh, oui, Frank. Je n'en ai pas perdu un mot. Des histoires étonnantes, vraiment. J'ignorais que ta mémoire était si bonne.

— C'est drôlement gentil à toi de me le dire, Bobby. Imagine un peu, le petit Frank Hoffman, un écrivain ! Je n'ai pourtant pas étudié à Yale. Tu penses que des lecteurs seraient intéressés par mes souvenirs de la bonne vieille Arabie ?

— Je crains que oui. Ce bouquin risque d'être un best-seller. Il pourrait causer un beau raffut. Et même conduire au renversement de deux ou trois régimes dans la région.

— A ce point ? Waouh ! Je serai le roi des plateaux de télé !

— Hum... Oui, en effet. Un désastre total, en l'occurrence, en termes d'intérêt national. Les amis à qui j'en ai touché un mot partagent mon opinion à ce sujet. L'idée de causer tant de dégâts te fait-elle tellement plaisir, Frank ?

— Tu m'étonnes ! Je ne vis plus que pour cela !

— Nous pourrions te poursuivre en justice, naturellement. Rupture de contrat, contrats occultes, etc.

Frank renifla d'un air dédaigneux.

— Excellente idée ! Très brillant ! Tu adorerais voir ce vieux Frank Hoffman discourir à la barre, j'en suis sûr ! Oh oui, poursuis-moi en justice !

— Nous pourrions aussi faire appel à ton patriotisme. Tu es un bon soldat, Frank.

— Oublie ça. Cela marchait très bien lorsque j'avais encore dix doigts, mais plus maintenant. Tes gars m'ont laissé tomber. J'ai grimpé tout en haut de la branche pour vous, et vous avez laissé ces salopards d'Irakiens la scier. Oublie le patriotisme. Argument suivant...

— Très bien, Frank, fit Hatton d'un air résigné. Dis-moi ce que tu veux. Que faut-il faire pour ne plus jamais entendre parler de ton bouquin ?

— De l'argent, rétorqua Frank Hoffman. De l'argent, de l'argent, de l'argent.

— D'accord, mais combien ?

— Environ cent cinquante millions de dollars, si j'en crois mon fils. Payables à Hammoud ou à n'importe quel autre enfoiré susceptible de penser que j'ai encore trop de doigts et d'orteils. Immédiatement. Voilà mon prix. Sinon, mon agent littéraire brûle d'impatience. Vu ? Oui ou non ? Je dois savoir.

Hatton se tapota le menton de l'index, comme s'il se livrait à une opération de calcul mental.

— D'accord, céda-t-il enfin. Je pense que nous devrions pouvoir arranger quelque chose de ce genre pour M. Hammoud. Un éventail d'opportunités financières plutôt qu'une somme nette. Il comprendra. C'est un homme d'affaires.

— De quoi diable parles-tu ?

— D'une offre économique différenciée. Une licence pour des téléphones mobiles en Floride ; une franchise pour une télévision par câble en Écosse. J'ai entendu dire qu'une franchise pour le commerce de boissons non alcoolisées allait bientôt se trouver disponible en Arabie Saoudite. Nous trouverons quelque chose.

— Hammoud se lancerait dans la télévision par câble ?

— Pourquoi pas ? C'est un business d'avenir. Tu as un téléphone ? Je vais appeler mon bureau et leur dire de commencer à s'occuper de la paperasse.

Frank Hoffman secoua la tête. C'était donc ainsi que l'histoire allait s'achever.

— Je t'en prie, Bobby, fais comme chez toi. *Ahlan wa sahlan*.

44

Le calme revint comme par enchantement. Les guetteurs disparurent des abords de l'hôpital. Quelques semaines plus tard, Frank décida qu'il se sentait suffisamment en sécurité pour regagner Athènes, en compagnie de Greta.

— Nous allons nous marier, annonça-t-il à Sam avant son départ.

C'est en effet ce qui arriva. Une modeste cérémonie eut lieu dans la chapelle de l'hôpital. Sam était le témoin. Greta était en blanc. Frank but du champagne toute la nuit et une partie de la matinée suivante, puis ils s'envolèrent pour la Grèce, la mariée portant les bagages. Comme aimait à le souligner Frank, c'était une femme aux nombreux talents.

Les agents irakiens disparurent de la rue où se trouvait l'appartement de Sam Hoffman. Ses démêlés avec la police britannique cessèrent eux aussi du jour au lendemain. Sam se replongea dans les affaires de son cabinet et finit par s'apercevoir, au bout de quelques semaines, que ses clients étaient plus nombreux que jamais. Il dut rapidement s'offrir les services d'une secrétaire, puis ceux d'un assistant. Il tentait désespérément de cacher le fait que ses affaires l'ennuyaient à mourir. Il entreprit, en guise de thérapie, de rédiger le récit de ce qui lui était arrivé ce printemps-là. Vers Noël, il en était à cinq cents pages. Plus il écrivait, plus il se rendait compte à quel point il avait mal compris la jeune femme qui était le personnage central de l'histoire. Loin de la victime impuissante qu'il s'était plu à imaginer, elle était la seule à avoir réussi à émerger intacte de cette affaire, physiquement et moralement. Réalisait-elle, là où elle se trouvait, qu'elle avait vaincu ses ennemis ?

L'océan d'argent commença à battre les rives de la Tamise vers le milieu de l'été, sous la forme de sommes versées sur le compte de la Fondation irakienne pour la Liberté, dirigée par le poète irakien exilé Nabil Jawad. Au départ, il s'agissait de petits versements. Un don initial de cinquante mille dollars fut bientôt suivi d'un second de cent mille dollars. Une fois le système de transfert anonyme bien rodé, des sommes plus importantes commencèrent à affluer. Un compte numéroté ouvert à Curaçao opéra un transfert électronique de cinq millions de dollars. Un compte similaire basé dans les îles Anglo-normandes fit un don de dix millions. Un établissement luxembourgeois y ajouta dix autres millions et, trois mois plus tard, cinquante millions arrivèrent, en provenance des îles Caïman. L'argent venait toujours de banques différentes, et de comptes numérotés qui étaient clos aussitôt le transfert effectué.

La seule indication quant à la source de cette manne arriva sous forme d'un message adressé à Jawad au moment du premier versement, dans une enveloppe vierge. La dépêche était ainsi libellée :

> *Un donateur anonyme souhaite procéder à l'avenir à des dons plus importants en faveur de la Fondation irakienne pour la Liberté, dans l'espoir que ces sommes serviront à encourager largement la libération du peuple irakien.*

Le message était écrit avec soin, comme s'il sortait d'une imprimante laser, et plié dans une petite enveloppe scellée. D'après le cachet de la poste, la lettre avait été postée à Blackheath.

La fondation fonctionnait de façon indépendante, sans aucun lien avec les services secrets arabes ou occidentaux. C'était un point capital pour Nabil Jawad. Pour commencer, elle se contenta d'actions modestes. Une station de radio commença à émettre vers l'Irak. Elle diffusait des chants et poèmes traditionnels, ainsi que des satires et des plaisanteries dont la police secrète, les dirigeants irakiens et les autres gouvernants arabes étaient la cible. Tout le monde en Irak écoutait cette radio. Un magazine intitulé *L'Irak démocratique* fut lancé à Londres et diffusé dans tout le Moyen-Orient. Il publiait des articles rédigés par les scientifiques et les lettrés irakiens les plus brillants de la diaspora. Il se révéla d'abord difficile d'assurer sa diffusion mais, dans le monde arabe, l'argent ouvre bien des portes, et la Fondation irakienne pour la Liberté n'en manquait visiblement pas. A la demande du donateur anonyme, cinq bourses universitaires furent créées pour permettre à de jeunes Irakiennes de suivre des études dans des écoles commerciales américaines et britanniques. Le donateur précisa que le fonds destiné à financer ces bourses devait être baptisé *Fonds universitaire Randa Aziz*, du nom d'une jeune Irakienne décédée dans des circonstance tragiques lors d'un accident de voiture. Jawad donnait des lectures publiques et des tournées de conférences, et les cassettes de ses interventions furent vite si nombreuses à entrer en fraude en Irak que, bientôt, la voix du poète devint encore plus familière aux Irakiens ordinaires que celle de leurs nouveaux dirigeants. Ils commencèrent à organiser des groupes d'études à l'intérieur du pays, puis des lectures de poèmes. Les gens hésitèrent d'abord à s'y rendre, mais quelques-uns prirent leur courage à deux mains et d'autres suivirent. Ce n'était pas la révolution, mais c'était un début.

Un matin de printemps, un an presque jour pour jour après la disparition de Lina Alwan, une jeune femme traversa la rue pour se rendre au bureau de poste d'une petite ville de Californie du Nord et posta une enveloppe. Elle était confortablement vêtue d'un jean ample et d'un sweater, comme presque tout le monde dans cette petite agglomération située en lisière de la région des vignobles. La jeune femme était pourtant différente des autres, et pas seulement à cause de son léger accent. Lorsqu'elle parlait, même à ses amis, on sentait chez elle une certaine réserve. Et puis il y avait ce regard lointain qui évoquait une tristesse enfouie au plus profond de son être car, en surface, elle paraissait toujours heureuse. L'une de ses amies californiennes était persuadée que la jeune femme avait été la reine d'un royaume oriental dans une autre vie et que la grande roue du *karma* l'avait déposée ici, dans cette bourgade sans importance perdue au milieu des séquoias. La jeune femme s'était contentée de rire. Son amie était bien californienne pour inventer de pareilles histoires !

La jeune femme était très belle, avec son visage aux traits aristocratiques, mais lorsque les hommes tentaient de lui arracher un rendez-vous, elle leur répondait qu'elle était engagée envers quelqu'un d'autre. Son seul contact avec le monde extérieur en dehors de la Californie du Nord consistait en un échange régulier d'e-mails avec une personne qui vivait dans une banlieue de Londres. Elle passait des heures sur son ordinateur à jouer à un jeu étrange que cette personne lui avait envoyé, et dans lequel la joueuse – il fallait que ce soit une femme – devait régler ses paramètres de libido et d'ambition afin d'adopter la stratégie de vie adéquate. Elle montra un jour le jeu à l'une de ses amies californiennes, qui le trouva ennuyeux et sexiste, car il constituait une attaque contre toutes les femmes du globe.

L'enveloppe finit par arriver dans la boîte aux lettres de Sam Hoffman. Il y découvrit un billet d'avion de première classe pour San Francisco et un ticket d'autobus pour une petite ville du nord de l'État. Le vol était prévu pour la semaine suivante. Une note dactylographiée au traitement de texte l'accompagnait :

> *Je te veux pour moi.*
> Signé : *le Wawi.*

Sam resta longtemps plongé dans la contemplation de la lettre, comme s'il distinguait un visage au milieu de la feuille de papier, puis il la plia, la remit dans l'enveloppe avec les billets, et déposa le tout dans le tiroir de son bureau.

Mystérieux millionnaire

(Pocket n° 11695)

Le *Sun*, journal le plus prestigieux de la côte Est, est au bord de la faillite. C'est à la surprise générale que le richissime et énigmatique homme d'affaires Carl Gavin le rachète, puis prend sa tête. Le magnat, qui vit reclus dans une superbe villa à deux pas du Capitole, ne tarde pas à être l'objet de toutes les interrogations : qu'est-ce qui peut pousser un homme comme Gavin à se lancer dans le monde périlleux de la presse ? Que cherche-t-il ? Et... qui est-il réellement ?

Il y a toujours un Pocket à découvrir

www.pocket.fr
Le site qui se lit comme un bon livre
Informer
Toute l'actualité de Pocket, les dernières parutions collection par collection, les auteurs, des articles, des interviews, des exclusivités.
Découvrir
Des 1ers chapitres et extraits à lire.
Choisissez vos livres selon vos envies :
thriller, policier, roman, terroir, science-fiction...
POCKET
Il y a toujours un Pocket à découvrir sur www.pocket.fr

Impression réalisée sur Presse Offset par

BRODARD & TAUPIN

GROUPE CPI

30159 – La Flèche (Sarthe), le 22-06-2005
Dépôt légal : juillet 2005

POCKET – 12, avenue d'Italie - 75627 Paris cedex 13
Tél. : 01.44.16.05.00

Imprimé en France